JN294964

藤沢周平伝

笹沢信

白水社

藤沢周平伝

装幀・装画＝唐仁原教久
デザイン＝白村玲子（ＨＢスタジオ）

目次

はじめに

藤沢周平が亡くなってから、平成二十五（二〇一三）年一月時点でもう十六年がたっている。しかし、その人気は衰えるどころか、ますます存在感を増しつつあるように思われる。あえて「もう」という言葉を挟んだのには、十六年の歳月を疑わせる光景が随所に見られるからである。書店には生前と変わらぬ多くの藤沢作品や〝藤沢もの〟が並んでいる。まるで現役作家のようである。

昨年（平成二十四年）五月二十五日、鶴岡市立藤沢周平記念館の入館者が十五万人を超えた。藤沢文学を次世代に読み継いでもらうこと。作品の中に流れる庄内地方の風土や歴史を知ってもらうこと。それらを目的に開館してから、二十三年三月十一日に発生した東日本大震災を挟む二年余にして到達した数字である。七割は県外からの来館者だという。この数字が多いか少ないかは、にわかには判断できないが、人気の根強さを示す指標にはなるだろう。なぜ藤沢文学は、かくも人々を惹き付けてやまないのか……。

藤沢文学の魅力として、市井に生きる人々に注がれるやさしいまなざし、忘れられかけている日本の原風景の再現、端正で清冽な詩情あふれる文章などを挙げる評者は多い。それらが先行き不透明な閉塞の時代に生き、疲労している人々の魂の癒しとなっているのだろうとも言われる。いずれも正鵠を射たものだろう。

藤沢文学は時代小説、歴史小説、伝記小説と作品の世界は広い。筆に冴えを見せた時代小説を書く理由を周平は随所で披瀝している。要約するとおおよそ、どんな時代にも、親は子を気づかわざるを得ないし、男女は相ひかれる。景気のいい隣人に対する嫉妬は昔も今もあるし、無理解な上役に対する憎しみは、藩中でもあったことである。小説を書くということは、そういう人間の根底にあるものに問いかけ、人間とはこういうものかと、仮に答えを出す作業であろう。社会を書くとか何とか言うが、究極的には人間を書くのが小説だ、ということになろうか。だから時代小説ではあっても、現代が色濃く投影されている。人間を問うのに「時代もの」「現代もの」の別はない。芭蕉の言う「不易流行」の思想の体現といえる。時空を超えた普遍的な人間性に視点を据えた藤沢文学だからこそ、多くの読者に共感を持って迎えられているのだろう。

藤沢文学についてては、生前は言うまでもなく、没後も多くの人々が語り、いまさら改めて付け加えるものは何もないように思われる。あえて記すとすれば「死と再生」の文学であるということだろうか。「死と再生」とは、周知のように周平自身がエッセイ集『半生の記』の一タイトルに用いている言葉である。

周平は二十三歳の春に集団検診で肺結核が見つかり、二十九歳の秋まで六年余に及ぶ療養生活を強いられる。過酷な手術で「死」と隣り合わせの季節もあった。恢復後、社会復帰して三浦悦子と結婚。ようやく貧しいながらも自足した日々を手に入れる。しかし、平穏な日々はつづかず、妻は四年目に生後八か月の一人娘を残し、二十八歳で病没する。

周平は、〈そのとき私は自分の人生も一緒に終ったように感じた。死に至る一部始終を見とどける間には、人には語れないようなこともあった。そういう胸もつぶれるような光景と時間を共有した人間に、この先どのようなのぞみも再生もあるとは思えなかったのである。（中略）／しかし胸の内にある人の世の不公平に対する憤怒、妻の命を救えなかった無念の気持は、どこかに吐き出さねばならないものだった。私は一番手近な懸賞小説に応募をはじめた。そしておそらくはそのことと年月による慰藉が、私を少しずつ立ち直らせて行ったに違いない〉（「死と再生」）と記している。

周平は妻の理不尽とも思える死に遭遇することがなくとも小説を書いたに違いないが、その〈悲劇〉が契機の一つであることは自らが証言しているところである。

それぞれの作品には周平の自己投影が透視できる。そうした作品世界はどのようにして形成されたのか。その手掛かりを求めて資料の渉猟に出かけてみた。現在（平成二十五年一月）、山形県立図書館の検索端末に「フジサワシユウヘイ」と打ち込むと、関係著作だけでも三百八十二件が表示される。この数字から受ける印象は人それぞれだろう。

惜しまれつつ他界した周平の享年は六十九。不可視の巨大な何者かが司っている人の死に早いも遅いもないが、いかにも早過ぎる。

ところで『藤沢周平伝』の執筆動機である。昨年、わたしは微温湯にひたるような歳月を重ね周平の享年を超えた。それを意識したとき、わたしの中に漠然とした、どこか感傷めいた感情が湧いてきた。それがどうした、と言われれば返す言葉もない。が、そんな茫漠とした感慨に触発され、作品を中心に周平の世界と生涯をたどってみようと思ったのが第一である。

いま一つ、平成六年二月、周平は第十回東京都文化賞を受賞している。そのときの受賞スピーチで「四十年以上、東京に住んでいながら顔はいつも山形のほうを向いています」云々と述べている。

たしかに周平は終始、山形の方を向いていた。それは最も自己の投影されるエッセイに顕著である。周平は言う。エッセイ集を通読してみると、〈しきりに郷里について書いていることに気づいた。しかし考えてみれば私は郷里にいくつかの大切なもの、たとえば風景、人情、教え子、友人知己などを残して、その日暮らしに似た都会生活を送っているわけで、こうした私自身の存在理由にかかわるような事柄については、どうしても繰り返し書くことになるのだと思う〉(『小説の周辺』「あとがき」)と。どんな作家も濃淡はともかく、その詩魂が原風景に染められているケースは多い。が、周平ほど郷土に執した作家は珍しい。そこで、周平の活字による証言を得ながら、山形から情報を発信してみようと思ったのが、第二の理由である。

第一章　乳のごとき原郷

さて、昭和元（一九二六）年は、前年暮れの七日間しかない。当時の表現を借りれば、二年は〈諒《りよう》闇《あん》のうちに新年は明けた〉ということになる。日本の前途は、厳しい国際環境とともに国内問題も関東大震災（大正十二年）後から深刻さを加えていた。金融恐慌の嵐に襲われ、中国では革命が進展して日本の支配層に強い危機感を抱かせ、山東出兵や東方会議という中国侵略路線がととのえられていった。

周平は二年、山形県東田川郡黄金村大字高坂字楯ノ下一〇三（現・鶴岡市高坂）に、父小菅繁蔵、母たきゑの三男三女の次男として生まれた。

私が生まれた十二月二十六日は、降りつづく雪が隣の家との行き来もままならない大雪になった。そういう夜に母が産気づいたので、父はかなりあわてたのではないかと思うけれども、さいわいなことに隣家の石川嘉太夫のおばあさんが村の産婆さんだった。

そうはいっても、いったん門口から家の前の通りに出て隣家の門口まで歩き、さらに隣家の入口まで行くには大変だったろうと思うのだが、父は深い雪をわけて隣に行き、帰りはおばあさんを背負ってきた。それで無事に私が生まれたと、母に聞いたことがある。（「黄金村」）

本名は留治。「留」の一字を見ただけで、つい余計なことを考えてしまう。子どもが生涯背負っていく名前には、両親の思いが籠もっていると思うからである。ここで思い出すのは吉村昭である。吉村に、〈母は九男一女を産んだが、八男である私は四男と七男を知らない。いずれも当時、幼児を襲う疫痢で死亡したが、七男を留吉と名づけたのは、これ以上子供を欲しくないという父と母の願いがあったにちがいない〉（「死顔」）の一文がある。留治が生まれたとき、「これで子どもは終わりにしたい」という思いが、いささかなりとも両親の中にあったのではないだろうか。「留」も「治」の字も、そんなことを容易に想像させる。

そんな失礼なことを考えたのには理由がある。

周平の生家の家業は農業である。農業規模は、田圃一町三反歩弱〈註＝うち小作田は五反歩〉と畑少々。この規模の自作兼小作農というのは、村のランクでは真中からやや下だっただろう。〈父母は出発のときから貧しかったわけである。しかしその貧しさは、食べる物がないとか着る物がないとかいった性質のものではなかったので、子供のころの私は貧しさを実感したことはない。ただ子供ごころにもひけ目に思うことがひとつあった。住む家が小さかった〉（「小さな罪悪感」）とあるからである。農家だったから食べ物には困らなかった。周囲がなべて貧しかったから、特に貧乏を実感することもなかっただろう。

ところで、この農業規模だが、小作田を引くと八反歩弱となる。そこで、つい農村でよく言う「五反百姓」という言葉を想起してしまう。実態はよく分からない。水呑みではないが、村の中でも平均以下であり、楽な生活ではなかったことが容易に推測される。加えて社会状況も決して明る

くはない。（混乱を招きそうだが、ここから藤沢周平と小菅留治の名前を適時使用する）

当時、農村ではよほどの資産家でもなければ、義務教育が終わった子どもは奉公に出た。それには「口減らし」だけが目的といえない面もある。いわゆる親方衆の家に奉公することで農作業の手順をおぼえ、傍ら礼儀作法を仕込まれるのである。小菅家でも長姉の繁美は親戚筋の温泉旅館へ女中奉公、次姉のこのゑは隣村の農家へ奉公に行っている。

奉公ではないが、留治にも、それに似た道が用意されていた。

十五年四月、留治は尋常高等小学校（尋常科）から同校高等科に進んだ。それは農村の子どもの典型的なコースだった。そのころのことである。留治は母から養子話を持ち掛けられている。Tさんという父方の従姉が、Kという遠い町に嫁入りしていた。ご主人は学校の教師でTさんは後妻だった。先妻の娘が一人いた。そこでTさんは、齢とったときのことを考えて、血のつながる留治を養子に貰えないか、と言ってきたのである。Tさんは、もし留治が将来学校の先生になろうという気持があるなら、先生の子どもになっておれば師範学校に入るにも有利だろう、というようなことを言ったらしい。留治はそういうところで通用している、不正な取引きの匂いをかいだような気がした。しかし、それには触れず、自分一人だけ姓が変わるのはいやだというと、母は「やんだか（いやか）。それならそれでええ」と言い、その話はそれっきりになったと言う。

周平は、なぜ言わずもがなの、そんな体験を語ったのであろう。〈将来学校の先生になろうという気持があるなら（中略）師範学校に入るにも有利だろうというようなことを言ったらしい〉と言うことや、〈不正な取引きの匂いをかいだような気がした〉と言うのは事実かも知れない。しかし、世の中にまかり通っている、不正に対する感慨を訴えたいためだけに記したのだろうか。養子縁組イコール「口減らし」とまでは言わないが、当時の豊かではなかった生家の実態を、それとなく告げるとともに、次男としての己れのアイデンティティーを、そっと提示しておきたかったのではなかったのだろうか。

そんなことを考えるのは、藤沢文学には、よく「部屋住み」の藩士が登場するからである。すぐに思い出すだけでも、『蟬しぐれ』の牧文四郎が養子であることは措くとして、『風の果て』では片貝道場の同期の五人の仲間が登場するが、杉山鹿之助を除く四人は「部屋住み」の身分である。他にも、『冤罪』の堀源次郎、『雪明かり』の芳賀菊四郎、『よろずや平四郎活人剣』の神名平四郎、「獄医立花登手控え」シリーズの立花登などがいる。彼ら「部屋住み」にとっては、婿になることだけが将来の夢であり、婿養子に入るしか食い扶持を得る術は見つからないのである。

その「部屋住み」だが、『広辞苑』には、〈嫡男のまだ家督を相続しない間の身分。また次男以下で分家・独立せず親や兄の家に在る者。曹子《ぞうし》住み。〉とある。ここで言う「部屋住み」は、後者の方である。つまり親や長男に生活の面倒をみてもらう「厄介おじ」、太宰治が『津軽』の中で述べている、津軽弁で言うところの「オズカス（叔父の糟）」のこと、いわゆる「東北の神武たち」（深沢七郎）である。次男以下の居候は、家では小さくなって鬱々として生活するしかない。そこで、「部屋住み」というのは藤沢文学を解読するための重要なファクターになると思うのである。

なぜそんなことにこだわるのかというと、のちに周平は、〈二男の後ろめたさと悲しみみたいなものがあります〉と発言しているからである。後ろめたさというのは、〈長男というのは大変なものだと思う。兄の指はぼくの倍です。そうでないと百姓はやっていけない。ぼくは苛酷な労働をしないで済む後ろめたさがある。兄に任せていいのか、と思いながら、そこから逃げているんですね〉

との思いであり、後者は、〈家を出て行かざるを得ない悲しみもある。それが小説のシッポみたいになっている。何かセンチメンタルに連なっているのかもしれないが……〉（井上ひさしとの対談「ふるさとの心と文学」＝「山形新聞」五十一年一月一日）と言うのがそれである。「部屋住み」に注ぐ周平のまなざしは、この辺りからきているのではないだろうか。

ここで留治が生まれた前後の農村の状況を紐解いてみよう。

「山形県農会報」（大正十年十二月号）は、〈富農であった自作農まで貧農となる現状は悲惨であり、暗い前途である〉と報じている。原因は米価の下落と消費物価の騰貴である。翌年は八月号から三回にわけ「本県農業の収入状態」を掲載している。それによると自作農収入千九百五十八円を百とすると自小作農は六十二、小作農は二十六になっている。小作農には米作による現金収入はなく、現金収入は養蚕と「手間とり」ともある。十月号には、〈五町歩の土地持ちが荷車ひきよりも少ない収入〉という衝撃的な記事が見える。十年の凶作のときは、五町歩地主の収入は税抜き千七百円の純収入で生計維持は困難だったとある。また小作農はほとんど生計に向ける余裕はないとも報じている。一方、荷馬車ひきが一日七円稼ぎ、それは田畑十町歩の地主収入をはるかに超えるとも伝えている。田圃一町三反歩弱（註＝うち小作田は五反歩）という留治の生家が、いかに大変だったかが推測できるだろう。

そんな社会状況から推測しての「留治」なる「名前考」である。そして、わたしはその結論（?）を確信し、長いこと信じていた。しかし、それは悪しき想像が過ぎたようである。周平は「ノーサイド」（平成四年九月号）のインタビューで阿部達二の、〈本名は「留治」でしたね〉との質問に対して、〈私は三男三女の四番目なんですが、父親の実家というかな、本家のじいさんだかひいじいさんに留治という人がいたんです。丈夫でよく働いて、金がたまった人だということでその名前をもらったんです。普通は「留」というのはもういらないという（笑）、そういう風習もあるけど、そうじゃないらしい。私はいかにも農家の次男という感じで、この名前がそんなに嫌じゃないです。うちじゃ評判悪いんですけど、田吾作みたいだなんて（笑）〉と語っている。そのことを知ったのは、没後の平成九（一九九七）年四月に出た『藤沢周平の世界』（文春文庫）でである。まったく失礼な話である。ここは泉下の周平に謝らねばなるまい。

さて、第一次世界大戦後の経済的不振は農業・農村・農民に深刻な影響をあたえていた。さらに金融恐慌・世界恐慌が追い打ちをかけ、昭和五年以降、農業恐慌の様相を呈した農村の疲弊はいっきょに露呈された。しかも、六年と九年には北海道や東北地方の農村は激しい冷害に見舞われた。山形県の内陸山間部では昭和九年の減収率が平年作の七十パーセントから五十七パーセントに及び、県全体では四十パーセントという激甚なものだった。しかし、農村の疲弊は冷害・凶作といった自然災害によってのみもたらされたものではなかった。その前に農産物価格の下落といった経済的要因があった。米価は元年を百とすると、四年には八十一、豊作の五年には五十と暴落し、豊作貧乏の様相を現出し、六年には凶作にもかかわらず四十九・五と最低を記録した。歴史家の間ではよく知られ、『山形県史』には決まって登場する、西置賜郡伊佐沢村（現・長井市）の役場の掲示板に「娘身売の場合は当相談所へ御出で下さい　伊佐沢村相談所」という掲示が貼られ、「娘身売防止数え唄」が流行したのも、このころのことである。相談所の趣旨は、役場が娘を娼妓に斡旋することではなく、堅実な働き口を探してやることにあったのは言うまでもない。

農村史はこれまでとして、留治の出生地である黄金村だが、現在は鶴岡市に編入されているが、その以前は山形県東田川郡にふくまれていた。東田川郡は山形県の西部に位置し、庄内平野と呼ぶ米どころの東南寄りの土地の呼称で、大部分はのどかな田園地帯であり、一部は山村地帯になっている。

初夏には裏の丘で閑古鳥が鳴き、雨期には姿の見えないアカショウビンが鳴いた。また、いまはなくなったが以前は川のそばに葦《あし》がしげる湿地があり、夏になるとそこで行行子《よしきり》が鳴き、巣をつくり卵を生んだ。

冬になると、雪はたったひと晩でおどろくほど厚く村の上に降りつもる。そういう日の朝は、まだ布団《ふとん》にもぐっている子供たちの耳に、村のあちこちで打つ藁《わら》打ちの音が聞こえてくる。一定のリズムでカーン、カーンとひびく澄んだ打撃音は、その日の藁仕事のために使う藁をやわらかくする音である。(「変貌する村」)

(そして村の)正面には田圃や遠い村村をへだてて月山がそびえ、北の空には鳥海山が見えた。村のそばを川が流れ、川音は時には寝ている夜の枕もとまでひびいて来た。蛍がとび、蛙が鳴き、小流れにはどじょうや鮒がいた。草むらには蛇や蜥蜴も棲んでいた。

私はそのような村の風物の中で、世界と物のうつくしさと醜さを判別する心を養われ、また遊びを通して生きるために必要な勇気や用心深さを身につけることが出来た。私はそういう場所から人間として歩みはじめたことを、いまも喜ばずにはいられない。(「乳のごとき故郷」)

いかにも閑かな田園風景である。また次のようなエッセイもある。

私は金峯山のふもと鶴岡市高坂に生まれたので、小さいときから友だちと一緒に、春は早春の花や山菜をとりに、秋は栗ひろいによく山にのぼった。村の子供は成長すると、大方は村を出て行くさだめである。私も同じ道を歩んだ。そして遠いところから鶴岡に帰ってくると、正面に金峯山が見えた。そのときに感じたなんとも言えない気持ちのやすらぎをおぼえている。金峯山は母なる山であり、そのなつかしさはいまもかわらない。

金峯山は形のいい山である。月山、鳥海山はもとより名山だが、金峯山も規模こそ小さいもののどっしりと座りがよく、しかも凡庸でない山相をそなえる山である。青葉若葉につつまれ、郭公の声がひびいてくる季節もよければ、紅葉の秋のころもよい。そして全山白色にかわる冬になると、山は今度は山水画のような奥行きの深い姿をあらわす。

村里にはまだあられやみぞれしか降らない歳末のころに、一夜明けると金峯山の峰が雪で白くなっていることがあった。私たち子供はその姿をみて正月の到来を予感し、親から聞いた歌、正月どごまで／金峯やまのかげまで／みやげなーになにと歌ったものだった。(「金峯山は母なる山」)

九年四月、留治は青龍寺尋常高等小学校（昭和十六年、黄金村国民学校と改称、現・黄金小学校）に入学する。この前後には満州事変があり、五・一五事件、二・二六事件があり、小学校四年生のときには日中戦争が始まったが、山形の田舎の村の暮らしは、そのころもまだ十分に牧歌的だった。留治少年は、あまり学校が好きではなかった。というよりも、かなり学校ぎらいだったようである。来る日も来る日も遊んだ。勉強は学校だけのことで、家に帰れば遊ぶものと決めていたのだ。親もいまのように勉強しろなどとは言わず放任していた。村の子どもが朝から晩まで遊びほうけていたのは、ひとつには、今のように上の学校に行く必要がなかったからでもある。なによりも百姓に学問は不要で、上級学校にやるとろくな百姓にならないと言うのが、農村の一般的な認識だった。百姓仕事は頭ではなく、とことん身体で覚えるものだから、というのである。

しかし、農家だから留治は仕事が忙しいときは骨身を惜しまず手伝った。年二回、つまり田植えと稲刈りのときは大人にまじって本気になって働いた。その期間、農繁期として学校も休みになる。月並みな表現で言えば、まさに村は蜂の巣を突ついたような騒ぎになる。そのときの手伝いは、田舎の子どもにとっては不文律のようなもので、仕事をよそに遊んでいる子どもは一人もいなかった。本格的な農業機械などない時代のこと。すべて人海戦術だったのである。

小学五年、六年の担任は宮崎東龍先生。宮崎先生は、〈長身白皙の、背広が似合うダンディな先生だった。スポーツマンだったがピアノもうまく、文学の素養が深かった。私の文学好きが決定的になったのは宮崎先生の影響だが、(中略)宮崎先生に出会わなかったら、私は作家になろうなどとは思わなかったろう〉(「聖なる部分」)。そして、〈私が文章を読んだり書いたりすることに興味をもったのは、小学校五、六年の時期でした。そろそろ戦争のにおいがしてきた一九三〇年前半のことです。/そのころは、テレビはもちろんラジオのある家もめずらしかった。映画は、盆と正月に小学校に巡回してくる無料映画を見るのが楽しみでした。(中略)もう一つの楽しみは、本を読むことでした。そのころの私は、異常な食欲につかれたように本を読みあさっていました〉(「とっておき十話」)

ところで、周平の手元に一枚の写真が残っていた。学校の帰りらしい、小学生の彼と三人の同級生が写っている半切の写真である。いつどこで誰に撮られたのか、またどういう経路で手に入ったのか、記憶のない不思議な写真だった。

ただその写真をみると、小学生の五、六年のころだとすぐにわかる。私とHという友だちがならんで歩き、うしろにやはり同級のTとSという女の子が歩いているという構図だが、Hが歩きながら雑誌らしいものに読みふけっているので、すぐにあのころの写真だとわかるのである。背景は昭和十三、四年ごろの、まだ十分に牧歌的だった農村風景である。農村にも戦争の色が濃く立ちあらわれてくるのは、もう少し後である。

Hが読んでいるのは、いずれ『少年倶楽部』か『譚海』、あるいは『新青年』だろう。私とHはそのころそういう雑誌や立川文庫に夢中になっていた。家で読むだけでは足りずに、学校の行き帰りに読み、ついには授業中に先生の眼をかすめて読みふけって、クラスの連中のひんしゅくを買った。

多分あのころの熱中ぶりの中に、小説を書くようになった原点といったものが、ひそんでいるはずである。だが私の場合、それがそのまま小説を書きはじめる動機になったわけではなかった。

（「一枚の写真から」）

小説を執筆するようになった動機はともかく、少年時代の旺盛な読書欲が窺える記述である。

留治少年を読書に駆り立てたのは、宮崎先生の影響の他に、姉たちが読書家であり、家にも沢山の本があった、という環境も大きく影響している。しかし、少年向けのものばかりではない。そんなこともあって、このころから留治は本屋に出入りするようになる。鶴岡の二百人町と南町の通りが出合う街角に、小さな古本屋があった。その店に行くと、留治は一時間あまり並んでいる本や雑誌をひっくりかえし、「譚海」か「少年倶楽部」を買うのが常だった。むろん古雑誌である。留治の頭には新刊雑誌というものの観念がなかったので、それで十分に満足した。小説が載ってさえいればよかったのである。しかし、一冊の雑誌が買えるのは、親に小遣いを貰ったときだけで、何も買わずに立ち読みするだけで店を出ることもあった。留治が長い間そうしていても店の人は何も言わなかった。ときどき店の奥から咳ばらいや、低い話し声が聞こえてくるだけだった。

あるとき留治は一冊の古本を買った。山中峯太郎の『敵中横断三百里』である。そのときの喜びは長く忘れることがなかったという。日露戦争のとき、敵の背後の様子を探るために建川美次中尉を隊長とした、中国東北部の敵中深く分け入った六人の挺身斥候隊の活躍をモデルとした『敵中横断三百里』は当時、少年たちを虜にした熱血愛国軍事小説である。エッセイ「町角の本屋さん」によると、中学生になったころに買った本には吉田絃二郎の『青鳩・生命の微光』(新潮社)、世界文豪読本選集《ママ》『ジイド篇』(第一書房)、明治大正文学全集『有島武郎・有島生馬』(春陽堂)、『鷗外全集』第四巻、第十二巻(鷗外全集刊行会)などがあり、それらは後年まで周平の手元に残されていたという。

藤沢文学の文章にみられる抒情は、あるいは中学時代に出会った吉田絃二郎などの影響があるのかもしれない。吉田は、人生の悲哀や生の寂寥感を詠嘆的抒情でとらえ、その陶酔的美文は追随を許さぬ名文として一世を風靡した作家だった。吉田の『わが旅の記　全紀行集』(第一書房　昭和十三年）には「出羽三山行の記」なども収録されている。そんなことから親しんだのではないだろうか。

　このころの思い出として、周平は家にあった一冊の詩集をあげている。その詩集は自分にとって宝物のような存在だったという。婦人雑誌の付録かなにかのようだった。ザラ紙の貧弱な体裁の詩集だが、中身は豪華そのものだった。

　詩集は二つの部分に分かれていた。前半は日本の近代詩と訳詩、後半は漢詩で編まれていた。近代詩の部分には蒲原有明、薄田泣菫、島崎藤村、土井晩翠、三木露風、北原白秋、佐藤春夫といった明治、大正の詩壇を風靡した一流詩人の代表作がずらりと並び、訳詩の部分には「秋の日の　ヴィオロンの　ためいきの」で始まるポール・ヴェルレーヌの「落葉」、ブラウニングの「春の朝」などが載っていたことを記憶しているという。後半の漢詩の方には中国の詩人の詩があったかどうか記憶が脱落しているが、日本の漢詩では幕末の藤田東湖、頼山陽、梅田雲浜、雲井龍雄などの名作が並んでいた。留治は立川文庫や「少年倶楽部」の小説に熱中する一方、繰り返しその詩集を読み、半分以上は暗誦できるほどになっていたという。漢字にはルビがふってあり、読みくだし文もついていたので、さほど読みにくいものではなかったのだろう。

　留治が初めて心を惹かれた詩は、カール・ブッセの「山のあなた」だった。姉の持っていた詩集『海潮音』で出会い子ども心に衝撃を受けたという。ご存じ〈山のあなたの空遠く／「幸」住むと人のいふ。／噫、われひとゝ尋《と》めゆきて、／涙さしぐみ、かへりきぬ。／山のあなたになほ遠く／「幸」住むと人のいふ。〉（上田敏訳）である。

山形県鶴岡市郊外の村で生まれた小学生の私にとっては、そこから見る景色が全世界だった。東には月山があり、北には鳥海山があり、その間には庄内平野の田んぼが続いていた。勉強もできず、学校も嫌いだった私は、村はずれの川辺で遊びながら彼方に沈む夕日を眺めるのが大好きであった。その夕日の先には何かがあるぞという、漠然とではあるが夕日が朝日であるような観念を抱いていたのだろう。つまり、自分で眺める世界のほかに別の世界があると感じ、それに憧れる気持ちが、このブッセの詩と重なったのだと思う。そして〝幸〟も簡単にはみつからないものなのだと、妙な確信を得たのもこの詩からである。(「私の出会った詩」)

この感慨は理解できる。わたしは敗戦後、満州から父の生家のあった山形県酒田市の沖に浮かぶ飛島に引き揚げ、そこで小学校時代を過ごした。周囲十・二キロ、二・四九平方キロメートルの世界がすべてだった。冬になると日本海は荒れに荒れ、二十七トンという小さな定期船は月に、一、二回しか航行しないことも珍しくなかった。海という「峠」の向こうには別世界が広がっていた。その世界の覗き窓は鉱石ラジオであり、新聞であり、雑誌の「少年倶楽部」「譚海」「子供の科学」などだったから……。

話は前後するが、十三年(十一歳)、留治はどもりになる。四年生のときの学芸会で「一太郎やーい」という劇の主役をつとめたのだから、それまでは普通の子どもだった。突然の吃音である。それはどもりながらも話せる、というような生半可なものではなかった。緊張すると声が出なくなる性質のものだった。だから吃音というより失語症といった方が正確かもしれない。授業中、本を読むよう指名されたりすると、まったく声が出ないのである。教科書を手にして立つことは立つ。

が、そのまま声を出せず、坐れと言われるまで突っ立ったままだった。同級生は変な顔をし、くすくす笑う者もいた。その笑い声は留治の背中を刺した。

そのどもりは教室の中だけのことだった。休み時間になると普通に話せた。心配した母は、「ンださげ（そうだから）、賢治の真似すんなと言ったのに」と留治を叱った。村には橋の上でどもりの真似をするとうつる、という言い伝えがあった。家は青龍寺川の近くにあり、そこに下の橋と呼ぶ橋があった。その橋の上は子どもたちの有力な遊び場の一つだった。そこで隣家のどもりの賢治をからかったに違いない。母は賢治のどもりがうつったと判断したようである。

もちろん、そんな非科学的なことがあるわけがない。留治のどもりは、先に触れた宮崎東龍先生が担任になり、はじめて教室に姿を現した日から始まったのである。宮崎先生はスポーツから授業まで万能の、誇るべき担任で、理想的な教師だった。しかし、ひどい癇癪持ちであり、学校中で一番恐い先生だった。

留治には毎日の授業が憂鬱だった。好きな学科は音楽と作文と図画の三科目だけ。作文も図画も声を出さなくてもよかったからだ。音楽のときは、不思議なことに何の支障もなく声が出た。

本を読んだりする授業のざわめきの外で留治は孤立した。留治は無口になり、本ばかりむさぼり読む少年になって行った。姉たちのお古の雑誌や本、親に買って貰った本はすべて読み尽くし、友達から借り、近所の家に上がり込んで読み、さらに鶴岡の図書館まで押し掛けた。立川文庫から大人の小説まで手当たり次第に読みあさった。それでも満たされず、酒田の図書館にも自転車で出かける。往復四十キロの道を、本読みたさに出かけたのである。

好きな科目に作文を挙げているが、留治少年の小学校五年生のころに書いたと思われる作文が残っている。後の周平の原点と言えば大袈裟に過ぎるが、山形新聞社編『藤沢周平と庄内』（ダイヤモンド社）から引いてみたい。わら半紙一枚の「兄弟貯金」と題する作品である。

僕は十月十一日の日、一つの箱を利用して預金箱をつくりました。それを柱に打ちつけ、それに僕と妹と次の弟とが入れる事にしました。すると弟が「名前をつけよう。」

と言つたので、僕たちは大さんせいをしました。早速僕が名前を考へました。そして兄弟しか入れない貯金箱だから、兄弟貯金とつけようと言つたら、妹も弟も大さんせいでした。やがて今までのただの箱は、りつぱな名前をもらいました。それから後、僕もお使に行つてもらつて来たお金などを貯金箱に入れました。弟もお菓子を買つたりするお金を入れてゐました。一番小さい妹までがお母さんからもらふ一銭二銭のお金を、僕たちのまねをして入れる事がたびたびありました。

そして皆、預金箱を開く日をたのしみにまつてゐました。

やがていよいよおとといの日開きました。

僕たちの兄弟貯金箱はぱつくり口を開きました。僕たちの目は一せいに箱の口に吸ひつけられてしまつた。やがて紙の上にみんなあけてみると、思つたより一ぱいあるのに驚きました。銀貨、銅貨みんな数えて、一円二十三銭ありました。僕たちは何時の間にそんなにたくさんになつたのだらうと、ただ口をあんぐり開けて見つめました。やがて少しづつでもつもればこんなに一ぱいになるのだと思ふと、思はず心の中で、兄弟貯金萬歳々々と叫びました。

十四年（十二歳）、引き続き担任だった宮崎先生は夏休みの終わりに召集され、上野元三郎校長が代理担任となる。上野校長は留治と同じ黄金村の農家の生まれで、山形師範学校卒の人だった。上野校長は「小説、稗史《はいし》を読むべからず」とした戦前の師範学校でひそかに小説を書き、原級留置の処分を受けたほどの文学青年でもあった。

そのころ、留治は一篇の小説を書いた。

それは童話でも綴り方でもなく、やはり稚い小説と呼ぶしかないようなものだった。ある忍者団が主役で、上杉謙信の車懸りの陣という戦法を使ったりする忍者の集団が、悪逆非道な城主を倒すといったようなものだった。滑稽なことにその時代ものは挿絵入りで、名前は忘れたが、眉目秀麗で忍びの術に長けた忍者団の青年首領の覆面姿がたびたび登場した。その覆面の恰好は、かの有名な『怪傑黒頭巾』にそっくりだった。（「時代小説と私」）

『怪傑黒頭巾』は高垣眸が昭和十年に「少年倶楽部」に連載した作品で、当時の少年たちを熱狂させた時代小説である。これこそは後に時代小説に筆を染めることになる周平の原点かも知れない。それと直接的な関係はないが、小学六年のころの思い出として、〈見知らぬ人に、君は将来、人に教えるか、物を書く人になるのがいいと言われた。（中略）あれは頭に残りましたね。うちにとてもいい水が出る井戸があるんです。一人で留守番をしていたら、知らない人がやってきて――鶴岡市内の旧士族のような人でしたが――水を飲ませてくれというんで、飲ませてあげたら、しばらく土間に立って私を見て、そういうことを言ったんです〉（「プレジデント」平成七年十二月号）と語っている。不思議なエピソードとして長く記憶に残ったようである。

十五年、青龍寺尋常高等小学校（尋常科）卒業。留治は郡賞を受ける。上野校長が意外な顔をした。教室では声を出せない、目立たない生徒だったからである。賞を貰った者は卒業生を代表して答辞を読むのがきまりだった。声のでない留治は他の人に読んで貰った。答辞の代読は開校以来はじめてのことだった。

ところで、留治のどもりは自然に治った。宮崎先生の記憶が、やや薄らいだころのことである。〈私のどもりは明らかに宮崎先生のせいだったが、私はそのことで先生をうらんだことは一度もなかった。それどころか、教師になろうとしたとき、私はあきらかに宮崎先生のことを考えていたのである。そしていま小説を書いていると、宮崎先生とどもりに出会わなかったら、こういう人生がなかったこともよくわかるのである〉（「宮崎先生」）と言う。どもりが治ったとは言うが、高等科二年のとき、東京吃音矯正学院のパンフレットを取り寄せているから、三年以上も続いたことになる。どもりと言えば同郷の井上ひさしを思い出す。井上ひさしもかなり重いどもりの体験があり、それにまつわる多くのエッセイを書いている。

十七年三月、黄金村国民学校高等科卒業。二年からの担任だった佐藤喜治郎先生は熱烈な軍国主義者であり、軍隊式の教育を実践、生徒にも同僚の先生方にも敬遠された教師だった。その佐藤先生が卒業のとき、「このまま百姓になるのはもったいないから、自分が手続きするから夜間部に行け」と熱心に奨めた。留治には進学の意欲がなかった。すると佐藤先生はさっさと手続きしてしまった。

留治の卒業後、佐藤先生は転任で学校を去り、まもなく出征して戦死する。後に、〈もしあのとき喜治郎先生が強引に進学を手続きしてくれなかったら、現在の私がなかったことも明瞭である。／横暴で独裁的だった喜治郎先生は、しかし教育者として見るべきものを見、なすべきことをきちんと心得ていたのだと思わざるを得ない。（中略）喜治郎先生の場合のような、先生の側のこの無償の情熱。そして生徒である私に、いまなお残る尋常でない懐かしさは何なのだろうか。／多分教育とは、どのような形であれ、生徒の心と身体をはぐくむという運命からのがれられない職業なのだろう。そこに教師という職業の、ほかの職業とは異なる聖なる部分があるように思われる〉（「聖なる部分」）と録している。なにが幸いするか分からない。人生における邂逅の不思議と言えるだろう。

四月、留治は山形県立鶴岡中学校（現・県立鶴岡南高校）夜間部に入学。

前年の秋、七歳上の兄久治は教育召集で山形市の霞城址の陸軍歩兵第三十二聯隊に入隊していた。一家の働き手を失った小菅家の次男として留治は、家計あるいは自ら学費を補う必要があり昼間部には行けなかったのである。久治は十七年春に一旦帰宅するが、十八年九月には再召集で北支へ赴いている。

留治は、昼は中村作右衛門の鶴岡印刷株式会社で原稿にあわせ活字を拾う文選の仕事をし、夕方、仕事を終えると学校へ向かった。九時に授業が終わると自転車で二、三十分かけて帰宅する、という日々をつづけた。しかし、冬になると積雪や庄内地方特有の地吹雪で自転車は使えない。徒歩での帰宅は無理ということで中村家に下宿することになる。下宿代を出していないのだから、実質は中村家の居候、いわば「やっかい叔父」と同じ立場である。が、面倒見のいい中村は、よく留治を部屋に呼んで座禅を組ませたり精神訓話などをした。

十八年、学制がかわり留治は新制の一年に入り直し、昼間は黄金村役場の税務課書記補として働くことになる。小菅家とは縁続きの高山正雄が助役を務めており、高山と両親の間にやはり子どもは親元に置くべきだ、との相談がなされたのである。村役場に欠員が生じたこともある。そこで中村と高山が対決する。二人は鶴岡中学の先輩後輩の関係にある。中村は留治を双葉町（遊廓のある町）へ連れて行ったりしない、という条件を出して折れた。夜間中学には年長者もおり、双葉町に出入りする者も少なくなかった。加えて田舎の村役場には呑兵衛が多かったのである。

そこで留治は経書の講義を受けたり、農事の勉強の集まりである「荘内松柏会」に参加する。高山はその会の幹部で、陽明学の安岡正篤に師事していた。安岡は国家主義の運動家で東京帝国大学在学中に「論語」の研究に没頭、卒業後は一時期、文部省で精神運動に従事している。大正十三（一九二四）年には山形県飽海郡西荒瀬村（現・酒田市）出身の大川周明らと「維新日本の建設」を綱領とする行地会（翌年「行地社」と改称）を結成、昭和二年には金鶏学院を創立。満州事変（一九三一年）後は軍部と組んで〈革新〉を唱え、ファシズム体制を確立して行く新官僚に、多大な精神的影響を与えた人物である。そんな高山の影響もあってのことだろう、役場には昼休みに集まって『論語抄』を読むような習慣があった。また、留治は高山の自宅を頻繁に訪ね、書斎の本を片っ端から読んだ。その中に吉田松陰の『講孟餘話』もあり、留治の脳裏に松陰が刷り込まれた。後に先生と呼ぶのは、〈学校で教えをうけた諸先生がたと、ほかには長州萩の吉田松陰という方だけである。それは私の親戚筋のひとで高山正雄さんという漢学を能くするひとが、まだ子供だった私をそのようにしつけてしまったので、いまさら吉田松陰と呼び捨てにしろ、と言われても困るのである。

松陰先生と書かないと落ちつかない〉(「市井の人びと」)と書いている。留治の漢学の素養は、ここで磨かれたようである。

ところで中学の真木勝校長は陰鬱な顔をした東大出の国粋主義者だった。その影響もあってのことだろう、中学時代に起こした忘れられない痛恨事があるという。エッセイ「敗戦まで」などによると、それは留治の提唱でクラス全員が酒田に出かけて予科練の試験を受けたことである。予科練とは海軍飛行予科練習生の略称で、昭和五年に創設された飛行搭乗員養成制度のこと。旧制中学四年一学期修了者（甲種）、高等小学校卒業者（乙種）による志願制だった。十七歳の留治は、〈民主主義という言葉を知らなかった。誰にも教えられなかったし、読まなかった。あるいは知っていても、私はやはり予科練の試験を受けに行ったかも知れないが、それはそれで、国のために死ぬと自分で選択した結果だから悔いることはないのだ。／そうではなく、私は当時の一方的な教育と情報、あるいは時代の低音部で鳴りひびいていた武士道といった言葉などに押し流されて、試験を受けたのである〉（「『美徳』の敬遠」）。そして戦争に、〈敗けるときは一億玉砕しかないと思っていた。完全な軍国主義者で、そういう自分を疑うすべを知らなかった〉（同前）のだから仕方がなかった。

しかし、後に忸怩たる思いで回想するのは、そのとき、彼は国を憂うる正義派ぶって、積極的に級友をアジって一緒に予科練の試験を受けさせたことである。留治は近眼ではねられ、予科練に行った級友たちも塹壕掘りをやらされただけで帰って来たからいいようなものの、もし戦死でもしていたらやりきれなかっただろう。その悔いはのちのちまで残り、以来、留治は右であれ左であれ、人をアジることだけは二度としまいと心に決めたと言う。

率先して予科練の試験を受けたことなどからも想像することは容易だが、いかに留治が徹底した軍国少年であったかを示す証言である。いいとか悪いということではない。軍国少年に傾斜したのは、なによりも純粋であることの証左だろう。

ところで戦況である。二十年になると、まだ牧歌的な風景が残っていた庄内地方にも艦載機のグラマンが姿を現すようになる。「空襲」という名の「無差別爆撃」について触れておくと、〈山形県で実際に警戒警報・空襲警報が発令された最初は昭和二十年二月十六日であったが、このときは来襲せず、まもなく解除となり、五月十一日、B29一機がはじめて山形県上空に姿をみせた。／県内で最初に爆撃があったのは六月三十日で、酒田港に大型機一〇機による五四個の機雷投下がおこなわれ、一人が負傷した。そして、八月三日、このときの機雷にふれて浚渫船阿波丸が爆沈し、行方不明者二人と負傷者九人をだした。／ついで、八月九日、北村山郡東根町（現・東根市）の神町飛行場（現・山形空港）がグラマン機十五、六機による爆撃にあい、死者三人・負傷者二人をだしたほか、格納中の海軍練習機一二〇機のほとんどが破壊された〉（岩本由輝『山形県の百年』山川出版社）。その後、次々に各地が襲われる。最大の被害は、八月十日のグラマン機二十七機による酒田市の空襲で死者十六人・行方不明十四人・負傷者三十三人を出している。

そうした状況の中で留治は八月十五日を迎えた。敗戦というものにどう対処していいのか見当もつかなかった。留治は言う。

終戦のラジオ放送を、私は役場の控え室で聞いた。放送が終ると五十嵐村長が「負けたようだの」と言った。私たちは無言で事務室に帰り、目の前の仕事に手をもどした。喜びもかなしみもなく、私はだだっぴろい空虚感に包まれていた。しばらくして、これからどうなるのだろうと思ったが、それに答えるひとは誰もいないこともわかっていた。(「敗戦まで」)

予想だにしなかった、敗戦にいたるまでの留治の胸奥を覗いて見よう。
昼は働き、夜は学校に行くという生活を送りながら、留治には、今の生の在り様は仮の姿でしかないのだ、という想いが強かった。だから突然の敗戦の報は留治を少なからず混乱させた。

具体的にいえば徴兵検査までの生活ということである。そのときが来れば一兵士になるのだと思っていた。事実そののがれられない運命の時は目前に近づいていたのである。ところが敗戦で帝国陸軍の兵隊になる道は突然に消滅して、私は自分の命を自分で勝手に使っていいことになったのである。心理的にはだいぶ前から国に預けておいた命が返されてきたようなものでもあった。(「湯田川中学校」)

こう自身が語っているように、熱烈な軍国少年だった留治の将来に約束されていたのは確実な〈死〉だけであり、別の選択肢があるなど考えることもできなかった。ときが至れば見事に散華しようと心していた。ところが敗戦で帝国陸軍の兵隊になる道は突然消滅した。それは判決を受け刑の執行を待っていた死刑囚が、大赦に遭遇し突然解放された、そんな戸惑いにも似た心理状態なのだろう。持て余すほどの〈自由〉な未来を預けられ、来年卒業したらどうするか考えを巡らしていたとき、率然と、卒業したら上の学校に進学しようと心に決めた。〈突然の決心ではあったがゆるぎないものだった〉(同前)

留治は猛烈な受験勉強を始めた。

進学を考えた学校は、同じ県内の山形市にある山形師範学校だった。村役場の仕事に格別の不満があったわけではないが、留治はもっと社会的にひろがりのある仕事がしたかった。いい先生になって子どもたちを育てようと思った。


そう思う心の中には、尊敬おくあたわざる小学校の先生たちの姿や、松下村塾のことなどもあったはずである。教師という職業は、若い私には漠然としかわからないものの人間の可能性を引き出したり、発見してのばしたりすることで子供が少しでもしあわせになれる方向にみちびく、やり甲斐のある仕事のように思われた。

そして進学先に山形師範をえらんだもうひとつの理由は、師範のほかには私が知っている上級学校はなかったからでもある。同級生のなかには、卒業したら東京の大学に行くというのが数人いた。しかし私は彼らが進学したいという大学については、戦争中の海軍兵学校、陸軍幼年学校、陸軍士官学校ほどの知識もなく、また東京という町にも少しも興味がなかった。(同前)

二十一年三月、留治は鶴岡中学校夜間部を卒業する。十八年に学制が三年にかわったため、卒業証書は「三年修了」になっている。

猛勉強の甲斐があって山形師範学校の入学試験に合格する。しかし、合格はしたものの、兄久治はまだ帰還せず生死も知れなかった。もし兄が復員しなければ、一家の働き手として進学を諦めなければならない。ただ幸運なことに、その年の師範学校の入学式は五月下旬だった。父は久治が帰らなくとも山形にやると決めていたが、留治は入学式ぎりぎりまで待って判断しようと思った。五月になって、ようやく兄が中国から帰って来た。

兄は痩せこけた姿で復員して来た。背中に毛布を背負った異様な姿の兄が土間に入って来て、生まじめに敬礼し、大声で「ただいま帰りました」と言ったとき、私ははずかしいほど泣いてしまったことをいまもおぼえている。(「青春の一冊」)

留治は無事に入学することができた。〈進学によって、私は所有する何物もないかわりに自由だけはふんだんにある、本来の次男の立場にもどったのである〉(「湯田川中学校」)。まさに「厄介おじ」の悲哀と恍惚と言える。

入学すると北辰寮の北寮二階に入寮する。六人部屋(十六畳)で同室者は三年(室長)一人、二年二人、一年二人、予科生一人だった。部屋の中心線に沿って、南の窓ぎわから二列に机が並び、そこに三人ずつ向き合って、勉強したり本を読んだりするようになっていた。留治が入学したころの師範学校は、昔にくらべるとずっと自由な雰囲気になっていたらしいが、それでも学習時間、消灯時間、食事の時間は決まっていたという。おそらく全寮制時代の名残なのだろう。

寮生活にはすぐに馴れたが、腹がすくのにはまいったようである。食堂の飯は、そのころは普通だったグリンピース入りの盛り切り一杯。それを喰ってしまえば終わりである。味噌汁やおかずがついてはいるものの、主食の足りなさはどうしようもない。が、それが当時の配給量だった。そこで夜の学習時間になると、火鉢で飯盒めしを炊いた。米は各自が運んで来たもので、帰省した人は米だけでなく握り飯などの食料を持ち帰り、それを六人で等分に分けた。食に関してだけは〝原始共産制〟という趣があった。

師範に入るといろいろなサークルが会員を募集していた。文学に関心をもっていた留治は短歌の会に顔を出す。齋藤茂吉の高弟である歌人の結城哀草果が指導に訪れたときのことで、留治は光頭、モンペ姿の哀草果を初めて見た。それまで茂吉や長塚節の短歌ぐらいは読んでいたが、実作の経験はまったくなかった。ズブの素人の留治にとって、その日の短歌会はあまりにも高級な雰囲気で居心地が悪かった。ひどく場違いな席にいるような気がして、それきり短歌会へは出席しなかった。

次に聖書研究会なるものに顔を出してみた。宗教的な関心から近づいたわけではなかった。芥川龍之介の小説や北原白秋、木下杢太郎の詩や戯曲にみる〝南蛮趣味〟などに刺激されてのことだった。つまり「文明」としてのキリスト教についてほのかな関心といったほどのことが原因で、動機は非宗教的なものだった。行ってみると、すぐガリ版刷りの賛美歌の印刷物を手渡され、女子学生のオルガンで、一緒に何曲か歌わされた。それがきっかけで教会に行ってみることになる。教会では彌撒《みさ》か何かが行われたが、それは門外漢からみるとかなり生々しいものだった。まだ神と契約を結んでいない者を、その場からはじき出す光景にも見えた。それきり教会には行かず、聖書研究会からも足は遠退いた。

一時期、毎日、映画館街に通った。新作が入ると、時には授業をサボって一日一館ずつ見て回った。市内には六館しかない。六日で一巡してしまい、七日目にはもう一度一番初めの映画館に入り二回目を見た。毎日毎日は形容詞ではなく事実だった。記憶に残っているのは「心の旅路」「ガス燈」「旅路の果て」、天然色のソ連映画「石の花」、イギリス映画「ヘンリー五世」、フランス映画

「美女と野獣」など。日本映画では「大曾根家の朝」「わが青春に悔なし」「我が恋せし乙女」「安城家の舞踏会」「素晴らしき日曜日」「銀嶺の果て」「四つの恋の物語」「酔ひどれ天使」「わが生涯のかがやける日」などだと言う。映画らしい映画はむろんだが、アメリカ産のミュージカル映画が好きだった。

私はほとんど毎日その映画街に通い、ことにいい外国映画は二度も三度も見た。(中略)そんなふうだからときには映画を見るお金に窮して、買ったばかりの太宰治や島崎藤村の小説を古本屋に売り、映画代にあてたこともある。またそのころ、寄宿していた学生寮の寮祭で第二寮歌の歌詞を募集した。私はさっそくに、いま考えると顔が赤くなるような星菫派ふうの歌詞を書いて応募したのだが、私の友人が選考委員に加わっていたので、お情けでこれが当選した。その賞金もたちまち映画代に消えるというぐあいで、卒業すれば教職につく身にあるまじき逸脱ぶりだったのである。

この時期の熱狂的な映画狂いの日日は、いまの私をみるひとには容易に信じてはもらえないと思うけれども。(後略)(「熱狂の日日」)

師範二年の秋、留治は寮を出て市内に下宿する。通称寺町の善龍寺で、学校から歩いて五分もからない距離にある。下宿したのは必ずしも集団生活を嫌ったからではなかった。寮生活を経験したことのある人には実感として分かるだろうが、なにしろ騒々しいのである。血気盛んな男たちの得体のしれない狂騒で満ちている。例えば「ストーム」と称して酔っ払った大勢の連中が真夜中、高唱したり、ドタドタと廊下を踏み鳴らし練り歩き、果ては部屋に暴れ込んでくるなど日常茶飯事なのだ。加えて北辰寮に隣接したプールの向こうがピアノ室で、そこから毎日毎日ピアノの音が聞こえてくる。それがせめて練習曲でもあったら我慢できただろうが、たいていは単調な指の訓練である。これは畑違いの者にとっては恐るべき雑音でしかない。まさに騒音公害である。その喧騒と食事に対する慢性的とも言える、献立と量の両方に対する不満が下宿に駆り立てたようである。

一緒に下宿したのは、三年の芦野好信と同級の小野寺茂三である。二人は入学したときに入った北寮で同室だった。善龍寺の二階は広々としていて、引っ越すと早速、眩いばかりの白米だけのご飯のカレーライスが出た。寮からみると別世界のようだった。

善龍寺は居心地がよく、ずっと世話になるつもりだった。が、住職が病気で寝付いてしまい、奥さんは看護に手をとられ、下宿人の世話をするどころではなくなった。そこで留治は小野寺と薬師町の須貝宅の二階へ移ることになる。三年になった春のことだった。

須貝は一見茫洋とした風格のある方で、口数が少なく、顔を合わせても大概は「やあ、やあ」と言うぐらいだった。奥さんの方は明るく話好きの人だった。しかも女子師範の卒業生でもあったので、身内意識というか、それとなく目を配る必要もあってか、時たま階下に呼んでお茶を振る舞ってくれた。そして世間話の合間に学校のことを聞いたり、教師の卵である留治たちに先輩風の軽い訓示を垂れたりした。このお茶の時間を除けば、一切干渉がましいことは言わなかった。下宿と言っても自炊だったので、大家さんとはほとんど没交渉でいられた。留治は後にも先にも例がないほどの黄金のような自由を手にした。下宿で守るべき規律は飯炊きと部屋の掃除だった。

その年の暮れ、留治は須貝の下宿を出て単身、宮町の長谷川宅に移る。〈突然に下宿を変ったのは、卒業を前に一人で整理したいことがあったからだが、このあたりで私の生来の孤独癖が顔を出したということだったかも知れない〉（「わが思い出の山形」）

この「一人で整理したいこと」についてはいろいろな推測がなされている。女性問題もそのひとつではないかと見られている。ちなみに小野寺は、次のように証言している。

三年の頃、女性からとみられる小菅さん宛ての手紙が下宿先によく来た。封筒の裏には、アルファベットでK・□とあった。その□の部分がいまでは思い出せない。（中略）大分分厚い手紙もあった。小菅君も手紙などを書いていた。多分、地元の人ではないかと思っていた。ほとんどプライバシーについては話をしなかったが、時折、それらしき人の存在については否定をしなかった。（山形新聞社編『藤沢周平と庄内』ダイヤモンド社）

留治は、「K子」を詩に登場させている。〈「意中の人、という印象で、強く思っているように感じた。そうでなければ、詩の中であのように書けない」〉と小野寺は語る。〈「卒業近くなって、小菅君が『一人になって考えたい』と下宿を出ていった。それまでずっと一緒にいたので、私は少し不満を感じたが、小菅君は『君がイヤだとか、そんなんじゃない』と説明してくれた。女性のことがあったのではと後年、思ったりした」〉（同前）

「詩の中であのように書けない」と言うのは、後に触れる同人雑誌「砕氷船」に載せた「女」という詩のことである。その詩篇は〈「あたし。火が好きなんですの。」／女は言つて羞らふ様に微笑した。／私はうなづいて涙ぐんだ。／（中略）――彼女は夫を失へる子なき未亡人――〉と結ばれている。

このことに関しては、「砕氷船」の仲間であった蒲生芳郎も次のように記している。

詩を読んだとき、大いにうらやましい気がしたのを覚えている。半ばは、そのスマートな詩的感性にたいする羨望があったが、半ばは、「おい、小菅君よ、こんなひとがいるのかい」というたぐいのうらやましさだった。「なに、詩にだってフィクションはあるさ」と、その場は軽くいなされたが、その頃、小菅君が、毎晩机に向かってせっせと何かを書いていたことは、下宿を同じくしていた小野寺茂三が証言している。もちろん、その中には文学的習作のたぐいも含まれるだろうが、「砕氷《ママ》船」やその前の回覧雑誌に寄せる原稿はそれほど多いわけではなかったから、せっせと書いていたものには、青春の手紙も含まれていたにちがいない。ただし、その相手が、「夫を失へる子なき未亡人」でなかったことまではたしかである。その意味では「詩にもフィクションはある」という言葉は信じてもよかった。（『藤沢周平「海坂藩」の原郷』小学館文庫）

このことに関しては後に詳しく触れてみたい。

二十一年夏の終わりごろ、留治は帰郷した伯母の國恵を送って千葉の田舎まで行っている。疎開していた伯母の一家は、利根川の高い堤防の下にある村に住んでいた。留治は牧歌的な風景に囲まれた村に五日ほど滞在する。退屈しているだろうと思ったのか、ある日、従姉が東京の浅草に連れて行ってくれた。

その日、初めて留治は東京の街を歩いたことになる。浅草寺の境内や花やしき通り、六区の映画街などを歩きながら、留治は一つの想念に気持ちを奪われていた。それは東京の街の賑わいとか、人間の多さといったことではない。ここが東京なら、この人ごみの中を石川達三や川端康成が歩いているかもしれない、という想いだった。石川は昭和十年に「蒼氓」で第一回芥川賞を受賞、十三年には『結婚の生態』がベストセラーになっている。川端が出て来たのは、かつて川端の短篇集『浅草紅団』を読んでいたせいだろうが、ともかくその想いは留治を興奮させた。当時の作家は神秘的なヴェールに包まれた、畏敬を感じさせる遠い存在だったのである。その人たちと同じ土を踏んでいる、という昂揚した想念の在りようは、地方にいて文学に心を寄せる青年のものとして格別笑うべきことゝとも思えない。ただ、そう思って興奮したと言うあたりに、十八歳の留治の文学青年的な傾向が露出していると言えるだろう。

そのころ、留治は三好達治の詩の叙情性に惹かれていて、その何篇かは暗誦出来るほどだった。が、抽象的な意味での詩人や比喩としての詩人しか思い描くことが出来ず、具体的な〈生身の詩人〉の姿が見えて来なかった。彼らはやはり遥か遠くにいて、神秘的に聳え立っている存在だった。

そういう留治の詩人観を一撃する事件が起きた。二十二年、真壁仁が『青猪の歌』（札幌青磁社）を刊行したのである。八文字屋や山形市内の書店の書棚を飾った詩集は、まさに眩しい存在だった。〈一冊の新刊詩集は、山形にいわゆる世に認知された一人の詩人が住むことと、その存在をきわめて具体的に、かつ雄弁に物語っていたのである〉（「詩人」）

同じころ、留治は山形県西川町岩根沢に疎開していた詩人、丸山薫の講演を聴きに行っている。会場は山形南高校。行ってみると、ほんのひとにぎりほどの聴衆が坐っているだけだった。詩を読んで丸山に対して抱いていたスマートなイメージはなかった。話の内容は記憶に残っていないが、いわゆる「本物の詩人」に会ったその日の出来事は、その後の留治にいくらかの影響を残したようである。

影響の中身は、要するに丸山の有名な「砲塁」、あるいは「噴水」、「神」のような詩から、存在の重層性というと面倒くさいが、物ひいては世界は決して一面的な存在ではないという、物の見方を教えられたということであったろう。

それだけのことだがしかし、「溟い海」という初期の自作の中で私自身が気に入っていた二、三の文章などは、若い時分に前掲のような丸山薫の詩に出会い、若干の影響をうけたこととまったく無縁ではないような気がする。もっともいまの私は、「溟い海」で目ざしたような表現とは逆の方向で言葉をさがすのに苦心しているのであるけれども。(「続詩人」)

ところで留治は映画館通いなどで授業を結構サボっている。たった一度だが、数学の追試験も受けている。それでも別に単位を落とすこともなく卒業に漕ぎ着けたのは、大いに「代返」を利用し、ギリギリの線で授業に出ていたのだろう。

しかし、無闇やたらにサボったわけではない。好きな授業、たとえば古文の秋保光吉、近代文学の関良一の授業には、大体欠かさず出席した。秋保は山形師範学校出身の伝説的な秀才である。授業はしょっちゅう脱線、加えて愛すべき毒舌家だった。

脱線の中でいまもはっきりとおぼえているのは、一時間の講義時間を全部つぶして、新刊の吉野秀雄の歌集「寒蟬集」を読んでくれたときのことである。歌人吉野秀雄の名前と「寒蟬集」の中の二、三の絶唱は、以後私にとって忘れ得ないものとなった。（「仰げば尊し」）

関良一先生の授業の中でいまも記憶に残るのは、「化政度の文化」という一連の講義と近代文学の中の「夏目漱石論」である。ことに漱石論の中で関先生が歯切れのいい口調で「漱石はドメスティック・ハッピネス（家庭的な幸福）を欠いていた」と言ったのが昨日のことのように思い出される。（中略）また、いまにして思うのだが、先生の「化政度の文化」は名講義だった。おそらく私はその講義ではじめて江戸時代を文化的な面から見る目をあたえられたのだと思う。そして私はとくに関先生に親しくしていただいたことがないにもかかわらず、いま江戸の町のことを小説に書いているときに、無意識のうちに時代を文化、文政のころに設定していることが多い。そしてその姿勢が書く上で一番楽だということは、講義を聞いた文化、文政度という時代が、私にとって江戸理解の鍵の位置を占めるということかも知れないのである。（同前）

関良一は関冬日子の俳号を持つ加藤楸邨「寒雷」同人の国文学者である。二十年から山形師範学校、山形大学教育学部で教壇に立ち、清新な講義で学生を魅了したことは、遥か後輩のわたしたちにも聞こえてきた。留治も惹かれたその一人であるが、普段の講義だけではない。同人雑誌「砕氷船」に依る文学青年に刺激を与えつづけた気鋭の近代文学研究者でもあった。周平は後に関の住む大泉学園町に新居を構えている。すでに作家としての地位を確立していた周平だが、関を訪ねようとはしなかった。それは、関とは一度も個人的な会話を交わしたことがなく、加えてそのころ関が病んでいると聞いたからである。しかし、五十三年三月、関は急逝する。周平は驚きと同時に激しい後悔を味わい、同人雑誌の仲間と告別式に参列する。そのとき弔問者名簿にも、献花にも、「藤沢周平」ではなく「小菅留治」と署名した。

エッセイ「仰げば尊し」に、〈先生の葬儀が行なわれた日は、三月中旬のあたたかい日だった。神奈川の海老名に住む阿曾侊二、仙台から駆けつけた蒲生芳郎、山形から来た松坂俊夫の諸氏と私の四人が、私の家で落ち合って葬儀に出た〉とある。

人気のあった秋保、関の自宅にはよく学生が出入りしていたようである。留治と小松康祐が入り浸っていたのは倫理学の野尻博だった。訪ねると、奥さんがお茶とお菓子や山形名産のオミヅケ（近江漬け）を出してくれた。それを目当てに伺ったわけでもないだろうが、半飢餓状態で、絶えず腹をすかせていたことは事実であり、食物が比重を占めていたことは否めないようである。とにかく空腹だったのである。

赫赫《かつかく》たる経歴を先生は語らなかった。穏やかな笑顔でむかし話をしたり、少し恥ずかしげに奥さんとのロマンスを披露したりした。子供はおられなかったが、じつに仲のよいご夫婦で、私と康祐さんは、その家ではいつも幸福な家庭の雰囲気に包まれるのだった。私たちはもしかしたら、その幸福のお相伴にあずかりたくて足しげくおたずねしたのかも知れない。（「仰げば尊し」）

しかし、野尻は、留治が一年の冬に病気に倒れ、一年半後の昭和二十三年の五月に亡くなる。

肺結核だったと思う。亡くなられた日、私たちは奥の客間に寝ておられる先生のそばに呼ばれた。私たちを見ると、先生は乱れる息をととのえながら「死ぬということは、なかなか苦しいもんですなあ」とおっしゃった。私たちは茶の間にしりぞいたが、奥さんに、帰らずにそこにいるようにと言われた。間もなく医師が、先生の臨終を告げた。先生の死は、しばらく私を虚無的な気持にした。しかしまた、先生が死期の苦痛の中で悠然と示して見せた精神の優位ということは、その後もしばしば、ともすれば虚無的な心情に傾きがちだった若い私をはげまし、生きる方向に引きもどしてくれるようにおもわれたのである。(同前)

このほか印象に残った教師に、漢文の雨宮重治、書道の菅野小鶴がいた。雨宮は十八年十二月に着任、二十五年三月まで山形師範学校と山形大学教育学部で教鞭を執っている。留治の漢学の素養だが、もともと鶴岡市は藩校致道館に見られる漢学の伝統があり、また黄金村役場に勤めていたときに培われたものだろう。そうした下地があってのことだが、雨宮の授業は留治にかなりの影響を与えたようである。

雨宮は「詩経」の国風の詩を好んだという報告がある。国風とは諸橋轍次の『大漢和辞典』では、〈詩経の詩の一体。六義の一。諸国の民謡の称。風は、民謡の意。一説に、人を感ぜしめること風の物を動かすが如き意に取るといふ〉と説明されている。

留治が影響されたと推測するのは、代表作の一つ『蟬しぐれ』に、それがもろに出てくるからである。「雲の下」の章は、〈牧文四郎は、自分の部屋に閉じこもって本を読んでいた。／書見台にのっているのは写本の詩経「国風抄」である。居駒塾は暮れの二十五日から休講に入り、明日正月三日に、年賀をかねた初講義が行われる。（中略）その日までに「国風抄」を読んでおくようにと居駒から言いわたされていた〉と始まる。

そして当日、〈居駒塾の塾生は二十人ほどである。居駒礼助の静かで沈着な声が、国風の詩を読み上げていた〉とあり、つづいて〈関々たる雎鳩／河の洲にあり／窈窕たる淑女／君子の好逑／／参差たる荇菜／左右にこれを流《もと》む／窈窕たる淑女／寤寐にこれを求む／／これを求めて得ず／寤寐にこれ思う／悠なる哉／悠なる哉　輾転反側す／／読み終わると、居駒は丁寧に解釈を加え、この詩はうつくしい娘を求める男の気持をうたったものだと言った。そして最後に、返事がもらえないので寝ている間もそのことが気になる。長い長い夜を寝《い》ねがたくてしきりに寝返りを打つと説明〉したとつづく。

それだけではない。さらに〈孔子は、詩は以て興ずべく、以て観ずべく、以て群すべく、以て怨ずべしと言っておられる。江森（註＝居駒の解釈を聞いて笑い、講義の場から追い出された塾生）はこの詩をただ男女の交情をうたったものと侮ったようだが、そういうものではない。この詩は領主のしあわせな婚姻を祈る歌とされ、また朱子は周の文王とその室太似をたたえた歌かという説を立ててもおるが、いずれにしろここには、しあわせな婚姻をねがう人間の飾らない気持ちが出ている。四民の上に立つ諸子に、このような庶民の素朴な心や、喜怒哀楽の情を理解する心情も養わねばならぬ。大事なことである〉と、懇切な解説まで書き添えていることなどは、その証左と言えるだろう。

それはさておき、師範時代、留治は完全に文学にかぶれ、授業をサボっては下宿で小説を読んでいた。〈当然そのころに読んだ小説は大変な数にのぼるはずだが、つまらないものも読んだとみえて、いま思い出せるものは案外少ない。青春の情熱というもののいささか跛行的な性質をみる思いをするわけだが、強いて記憶にあるものをあげれば〉（「乱読の時代」）として、宮本百合子の「風知草」「播州平野」、野間宏の「暗い絵」「顔の中の赤い月」「崩壊感覚」、椎名麟三の「深夜の酒宴」「重き流れの中に」「永遠なる序章」、梅崎春生の「桜島」「日の果て」といった作品を挙げている。そしてこう続ける。

ことに野間以下の三人の戦後派作家の作品は、私がこうして書名をあげるだけでその時代を思い出される人もいるのではあるまいか。ことに野間、椎名の初期作品は、私などもおぼろげに気づいていたように、思想的にも方法的にもこれまでの日本文学にはなかったタイプのもので、その登場ぶりは興奮をさそうに十分だった。（中略）それらの戦後小説とはひと味違った、それでいていまも記憶に残る一群の本がべつにあって、それらの本がやはり山形に住んだ戦後の一時期を思い出すよすがになっているということを書きたいわけで、いま思い出すままに順序不同に書名をあげるとつぎのような本がそれである。

阿部次郎「三太郎の日記」、三木清「哲学ノート」、レマルク「凱旋門」、中河与一「天の夕顔」、ノヴァーリス「青い花」、長与善郎「竹澤先生と云ふ人」、西田幾多郎「善の研究」、アンドレ・ジィド「狭き門」、太宰治「斜陽」、横光利一「旅愁」、倉田百三「出家とその弟子」、「愛と認識との出発」、ヴァンデ・ヴェルデ「完全なる結婚」、そして和辻哲郎「人間の学としての倫理学」「風土」など。

この雑然とした書名の種明かしをすると、この中の何冊かは当時のベストセラーで、そのほかは学生の間でよく読まれていたといったようなものである。そして全部に共通する性格は、自分から読んだというよりは人にすすめられて、あるいは評判を聞いて読んだ本ということである。
(同前)

師範学校時代と教師時代の留治が文学青年であったことを証明する動かぬ物的証拠となるのが、二冊の同人雑誌「砕氷船」と「プレリュウド」である。

まず「砕氷船」だが、奥付をみると発行は昭和二十三年十二月十五日、ピラミッド同人会、編輯は松坂俊夫・蒲生芳郎、印刷は丹羽秀和、那須五郎とあり、そばにカッコして非売品二十部限定と記されている。体裁はB5判、二十四頁。奥付の横にピラミッド同人として五十音順に蒲生芳郎、小菅留治、小松康祐、土田茂範、那須五郎、丹羽秀和、松坂俊夫の七名の名前が載せられている。蒲生、丹羽、松坂の三人が下級生で、残る四人が卒業期の三年である。

言いだしっぺの蒲生の書いた「あとがき」の中に、〈これまで回覧だった僕達の作品が、はじめてあと迄残る形で出来上るわけだ〉という一節がある。「吾が存在のピラミッドその基礎は与えられ建設されてあるのだが」云々というゲーテの言葉を、創作の理想に掲げて出発したピラミッド同人会が、何らかの理由ですぐには同人雑誌を持てず、自筆原稿を持ち寄って綴じたものを回覧していたことが分かる。

その回覧雑誌「ピラミッド」について、〈エドガー・アラン・ポーを伝記ふうにまとめ、それにポーの長詩「大鴉」についての感想をからめたものを書いて提出したようにおぼえている〉(「同人雑誌」)と録している。

ポーには青年時代から関心を寄せていたようである。

二十代のはじめごろ、しきりにポーを読んだことがある。といっても気持をひかれたのは「大鴉」とか「アナベル・リイ」とかの詩人としてのポーで、その悲劇的な生涯に感動してついには覚書ふうの評伝まで書き、同人雑誌に出したほどだから相当の熱中ぶりだった。しかし詩人ポーが先入観になって、小説の方はかなりおざなりなつき合いで今日まで来たことが考えられるのである。／とにかく「モルグ街の殺人」、「黄金虫」が傑作であるゆえん、これらの小説が近代推理小説の出発点と言われるゆえんなどが、今度は不思議なほどにしっくりと腑に落ちたのだった。あいまいさのかけらもないポーの推理には、これこそ推理小説だと思わせるものがある。

また『アッシャー家の崩壊』などはもっぱらシンボリックな読み方をされるようだが、私には『アッシャー家…』も『黒猫』も『メールストロームに呑まれて』も同列の恐怖小説の傑作のように思われる。ポーの才能の多面的な豊かさははかり知れない。(〝ただいま読書中〟「文藝春秋」昭和六十年五月号)

その「砕氷船」に留治は「女」「死を迎へる者」「白夜」「睡猫」の四篇の詩を寄せている。藤沢文学の出発点とも言えるものなので全文を載せておきたい。『藤沢周平全集』(第二十五巻)から引くが、全集掲載時に語句を訂正した箇所も見受けられるので、同人雑誌掲載時の表現・字句をカッコ内に示しておく。ただ発行されて六十五年がたち紙が劣化、ガリ切りの技術が稚拙なこともあって、判読の難しい部分もあったことを断っておきたい。

○「女」〈「火を焚きませう（しよう）か？」。／フト顔を上げて女は言つた。／／暗い庭に降りて／二人は燃えさうなものを拾つた。／いろんなもので小さな山が出来た。／／「あたし。火を焚くのが好きなんです。」／女は呟いて静かにマッチを擦つた。／突然闇を裂いて／紫の光がけはしく走つた。／／「あたし。火が好きなんですの。」／女は言つて羞らふ様に微笑した。／私はうなづいて涙ぐんだ。／／火は勢を増した。／――彼女は夫を失へる子なき未亡人――〉

○「死を迎へる者」〈さあカーテンを引かう／そして、独りで灯をともさう／すでに日は暮れたのだ。／おゝ／何といふ青ざめた焔の色（。）／然し　部屋には穏かな気配ばかりだ。／／雨だ。／トタン（塗炭）の屋根に／雨樋（雨樋ひ）に／軒先の缶（罐）からに／あらゝかに冷い雨の音。／それは全く新しい響きで／私の心を打ひしぐ／／さあ、／グラスに赤い酒を注いで／ロッシーニを掛けよう。／これでいゝ。／白い茉莉花は匂つてゐる。／／さて更けた。／雨は降りしきる。／棄て猫の遠い泣声も凋れて来た。／／立て！／トランペット奏手。／我が運命のフィナーレを。〉

○「白夜」〈一枚の枯葉が／悲しく（地に）落ちたその夜。／／野にも山にも／雪が降つた。／雪は音もなく地上を白くした。／／川辺の枯葦は／天に向かつて（向つて）／細く鋭い悲鳴を挙げた。／／灯の瞬きの細い室で／男はヴァイオリンを取り上げた。／／男は眉をひそめてG線を修正する。／訴へる様なG線の呻きが／灯影を逃れて白い夜に吸はれていつた（行つた）。／／やがて／壁上の影は憂愁（憂■）に揺れて／青い灯の洩れる窓から／アンニィ・ローリイの調べが／低く〳〵廻転（轉）する夜の中にもつれていつた（行つた）。〉

○「睡猫《すいめう》」〈昨夜降つた雪を散らして／鶏は丹念に青菜をついばむ。／／寒気（空気）は冷い。

／然し縁側には日の光が／一パイ降り注いでゐた。／／つるし柿がかさと揺れて／ためらふ様に軒にまつはつてゐた／一匹の蜂が／急に鋭く青い空に飛び去つた。／／死んだ様に動かなかつた睡猫が／ゴソリと身を揺つて目を開く。／／微かな目の光を庭先に放つて／睡猫は声もなく欠伸する。／／短い初冬の日は／欅の梢に赤らんでゐる。〉

全集で「白夜」の一連は「壁上の影は憂愁」となっているが、原本では判読困難な状態である。ただ、■の文字の立心偏《りっしんべん》ははっきりしている。旁《つくり》の方が不明なのだが、字画から推定すると「恨」と思われる。

ところで藤沢文学における風景の詩的描写には定評があるが、これらの詩篇には、その萌芽が見られるようである。のちに蒲生芳郎は、〈当時、俺にはなくて小菅にあると感じたのが、天性の詩的感性でしたよ。やつは小学校時代から、漢詩のアンソロジーとか読んでいるんだよな。（中略）「砕《ママ》氷船」の小菅の詩を見た時には驚いたな。っていうか、ショックを受けたわけです。さっき言ったように、少年時代の読書体験が似てるな、なんて話を当時から小菅としてたのに、その詩の中には、全然違う小菅留治がいたわけだ。それから密かに、これは俺とは違うなという感じを持ち続けたわけだけれど、まさか大作家になるとはな（笑）〉（「文藝春秋」平成九年四月臨時増刊号）と回想している。

「砕氷船」は小菅、小松、土田、那須の卒業によって一号で終わった。まさに〝カストリ雑誌〟の運命そのものだった。

「プレリュウド」第二号の発行は昭和二十六年二月。創刊号はワラ半紙一枚の体裁だった。第二号の同人は小松康祐、東海林勇太郎、土田茂範、那須五郎、小菅留治の五人。この陣容からも分かるように「砕氷船」を引き継ぐものだった。小松康祐の俳句をのぞいた四人の作品はすべて詩であり、まるで詩誌のようである。が、どの作品にも「砕氷船」時代にはなかった、厳しい現実社会との接点がほの見えるのが特徴と言える。発行時、留治は山形県西田川郡湯田川村立湯田川中学校（註＝同校は三十年鶴岡市立になり、三十二年に市立大泉中学に統合され現在は存在しない）で教鞭をとっていた。留治は第二号（B5判、十二頁）から加わり、次の「みちしるべ」と題する詩篇を発表している。（註＝これも全集から引き、発表時の表記はカッコ内に示す）

〇「みちしるべ」〈鎖は　らちもなく飛び散り／追憶は　かへ（かえ）るよしもなし（ない）／／だが（だが、）　日は蕭蕭（昭昭）と／山巓の白雪に沈み／空間は変らざる孤独と静謐を歌ふ（歌う）／／かかる日（かかる日、）　私は／ただひとり道標をさがすのだ（さがすのだ。）／今は記憶もうすれ／刻まれた文字も崩れ／形容さへ　まろく磨滅した筈の／冷い道標を。／／繁茂した草をわけ／一筋　北に走る／たしかにある筈の／道を示す／石塊を。／／だが／低迷は久しい。／四方に絡み合ふ（合う）／岸（草）の成長の中に／私は今立つてゐる（いる）寸尺の位置のたしかさをうたがふ（うたがう）。／示せ／たしかに　道はあつたのだ。〉

この詩篇では「昭昭」が「蕭蕭」と換えられている。作者が手を入れたのだから、他人があれこれ言う筋合いのものでもないが、どちらが表現としていいだろう。『広辞苑』には、「蕭蕭」は、〈①ものさびしく風の吹くさま。ものさびしく雨の降るさま。②ものさびしいさま〉、「昭昭」は、

〈あきらかなさま〉とある。思うに「蕭蕭」は詩句として常套に過ぎないだろうか。「中庸」に、〈天斯昭昭之多也（あきらかなものが集まって天が出来上がっている）〉という言葉が見える。ここは、きわめて明らかな意の「昭昭」の方が、周平というより、当時の留治の心境により近かったのではないだろうか。と言うのは、留治には少年時に強烈な〈赤い夕日〉体験があり、後に三つの作品に「赤い夕日」という同じ題をつけていることからの勝手な推測である。

ところで「碎氷船」と「プレリュウド」の詩を較べると一目瞭然なのが表記の差異である。初出の「みちしるべ」は現代仮名遣いになっている。現代仮名遣いは二十一年十一月の内閣告示により次第に一般化していった。つまり留治が師範学校に入学した年である。しかし容易に馴染むことができなかったのか、「碎氷船」時代は歴史的仮名遣いをしている。この二誌の間に起こったことと言えば、留治が教職の現場に立ったということである。そして国語教師として留治も現代的仮名遣いに移行したのだろう。ちょっと論理が飛躍するかもしれないが、教壇という現実に立脚したとき、もう青臭い文学青年であることから離れなければならないことを、留治は認識したのではないか。現代的仮名遣いの使用は、そんなことも窺わせる。つまりいつまでも文学青年であることを現実は許さなかった。それは何も留治だけを襲った感慨ではなかった。

「プレリュウド」第二号を出した後、同人たちは次第に作品が書けなくなる。〈文学の片手間に人の魂をあずかる教育の仕事をやるわけにいかないことは自明のことである。しかしまた文学も、教育の片手間にできるようなものではなかった。どちらかを選ばなければならなかった〉（「同人雑誌」）のだ。第二号を最後に、結核を患った小菅留治をのぞいた同人たちは、文学を捨てて教育の世界に没頭していくことになる……。

同人雑誌の話はここまでにして、実時間に戻ろう。

二十四年三月、山形師範学校を卒業した留治は、山形県西田川郡湯田川村立湯田川中学校に赴任する。卒業を前に勤務希望校の調査があった。留治は自分が学んだ黄金小、中学校を書いた。留治が頭に思い描いていたのは純農村の学校だった。ところが湯田川村は広く知られている温泉所在地である。そこは町ではなかったが、どこか町のにおいが漂う〝農村〟だった。村の目抜き通りには十数軒の温泉旅館が並び、土産物店や飲食店、理髪店などがあった。

同校の所在地は留治の生家の隣村である。


隣村とは言うものの、中学校がある湯田川村は私の村の西にひろがる懐のふかい丘陵にへだてられた、私には未知の土地だった。私の村では朝は真東にそびえる月山の上から一日の日が射しはじめ、日暮れになると、日は西にひろがる低い丘陵地帯のむこうに沈んだ。東側の村村の姿は終日あきらかに見えていたが、丘の陰にある西側の村村の姿は片鱗も見ることが出来なかった。教師になって赴任してはじめて、私はいつも日が暮れる丘のむこうにある村を見たのである。

(「湯田川中学校」)


最初に担当したのは二年B組（生徒数二十五人）だった。担当は国語と社会。希望した学校ではなかったが、その生徒たちを前にして、留治はいい先生になりたいと思った。留治は詰衿の服で、途中に急な坂道もある、高坂から七キロの道を自転車で通った。

希望と期待を持って臨んだ職場だった。しかし、挫折感が訪れるのは早かった。教育現場は想像していた世界と大きく違っていた。まず予想以上に多忙な職場だった。その理由の八割方は頻繁に開かれる職員会議である。時間の取られる職員会議のほかに本命の授業がある。多忙な日々は留治の教師観を少しずつ変えていった——。

そのころの教育界は戦後にふさわしい新しい教育方針の導入を模索し、検討されていた時期である。昔のような教科書中心の教育は否定され、それに代わる自由な発想にもとづく新しい教育が求められていた。その中で最も期待されたのは、新設の社会科を中心に据えた教育だった。現実社会の動きの中から教育のテーマを選び出し、そのテーマを勉強する過程で基礎学力を養うというもので、コア・カリキュラム（核心教育課程）と呼ばれる方式である。

その活動の一環として、無着成恭は山形県南村山郡山元中学校で生活綴方の実践学習を精力的に進めていた。無着は山形師範学校で留治の一年先輩。無着の実践の成果が二十六年三月に青銅社から刊行された『やまびこ学校』である。二年生四十三人の生活綴方を集めたものだが、戦後の東北の貧しい山村で生きる人たちの姿と生活が、子どもたちの視線で描かれており、全国的に大きな反響を呼び起こしたのは周知の通りである。

ここで教壇に立つ留治の姿を福澤一郎のエッセイ「仰げば尊し」（「文藝春秋」平成九年四月臨時増刊号）などから再現してみよう。

赴任してまもないころ、留治は黒板に三好達治の詩を書いてみせた。〈私は峠に坐つてゐた。／名もない小さなその峠はまつたく雑木と萱草の繁みに覆ひかくされてゐた。××ニ至ル二里半の道標も、やつと一本の煙草を喫ひをはつてから叢の中に見出されたほど。〉で始まる「峠」という散文詩である。田舎の生徒たちにとって詩などというものは初めての経験だった。留治は「いい詩なんだよ」と語った。また芥川龍之介の作品をよく朗読して聞かせた。「トロッコ」や「蜘蛛の糸」であり、ガリ版刷りの「杜子春」は全員に配られた。また〈凱風　南よりし　彼の棘心を吹く／棘心　夭々たり　母氏　劬労す〉といった漢詩も教えた。文学作品を授業に組み込むあたり文学青年の〝尻尾〟が窺え、授業に興味を持たせようと苦心するあたり、教育に傾ける留治の情熱が伝わってくる。

ところが、三か月ほど経ったころ、前述のように留治は自信を失い教師をやめようかと思いつめる。多忙な時間に追われ、落ち着いて〝自分の教育〟を考える時間がない。加えて生徒たちが思うように動いてくれないのである。師範学校で一応は発達心理学などを勉強したはずなのに、実際に教育現場に立つと何の役にも立たなかった。総体が、自分の頭にあった学校とか教育とかいうことと、あまりにもかけ離れているように思えたのだ。

しかし海が好きだった留治は、夏休み前に開かれた由良海岸での四泊五日の海浜学校に出かけたころから次第に元気を取り戻す。九月になって異動があった。そして一年生五十五人のクラスを担任するようになってからは、もう教師をやめたいなどとは思わず、一人前の教師を目指して歩き始める。そうなると文学青年などということとの訣別は当然と思われ、同人雑誌に詩を発表することもなくなった。しかし文学への関心が枯渇したわけではない。小説は相変わらず読んでいた。

留治は文学への関心を教育に生かすべくいろいろな工夫をしている。例えば研究授業で内臓の働きを分かりやすく劇化した寸劇を使ったり、子どもたちを総動員しての放送劇の実践などがそれである。一年生のときはアンデルセンの「みにくいアヒルの子」を脚色。二年生のときは湯田川温泉の発祥にまつわる伝説を脚色した自作の「白鷺」という放送劇を校内放送で流したりした。「白鷺」

にはシューマンの「トロイメライ」（註＝チャイコフスキーの「イタリア綺想曲」とも）が挿入曲として採用され、初めてクラシックに出合った生徒もいて新鮮な感動を与えた。それらの放送劇はクラス全員が参加して行われた。授業に関心を持たせることもあるが、留治の狙いは別のところにあった。普段は教科書の音読も出来ないような生徒が、セリフを一つ与えたり、放送劇のB・G・Mの係をやらせると、見ちがえるほどいきいきしてくるところに着目していたのである。

このころの思い出を書いたエッセイに「若い日の私」というのがある。「自作放送劇の成功に感激」というサブタイトルが付けられ、「毎日新聞」（昭和六十年十一月十五日）に掲載されたものである。

山形師範を出て温泉のある小さな村の中学校に、教師として赴任した。（中略）行ってみるとそこは私の村よりひとまわり小さく、生徒も体が小さいように思われた。そして十軒余の温泉旅館が軒をならべる半農村、半温泉地の特異な地域でもあった。

私は希望に燃えて赴任し、学校が終わると温泉でひと汗流して帰途につくというめずらしい環境にもなれて行ったのだが、そのうちにいまで言う五月病のようなものにかかった。学生時代に思いえがいた教師生活と現実とのギャップにつまずいたというわけだが、要するに先生稼業が夢も持てないほどにいそがしく、また学校で勉強して来たことが現場ではほとんど何の役にも立たないなどということから、だんだん仕事に嫌気がさして来たのである。

そういう状態なので毎日が少しもおもしろくなく、機械的な授業を繰りかえすだけで、私は教育というものがこんなに感激のない職業なら、教師をやめようかと真剣に思い悩んだのである。

（中略）

学校では、七月になると全校をあげて海辺に宿をとり何日間か海浜学校を開く。泳ぐということが嫌いだったら、私の五月病はいっそう深刻になったかも知れないが、私は夏の間は海か川で毎日でも泳ぎたいほどの水泳好きである。生徒に泳ぎを教え、また彼らを水の危険から守ってやる仕事は気に入った。私は張り切って海辺の毎日を過ごした。

そして海浜学校が終わるころには、私は生徒をこれまでになく、かわいいと思うようになっていたのである。（中略）

そのあたりが転機で、あとはだいたいうまく行って五月病も消えたのだが、そのことはむろん、その時期から私が教師という職業に自信を持ったということであったろうし、その意味では、それまでの私は生徒の眼にもかなりたよりない教師に見えたはずである。

担任した生徒を一年から二年に持ち上がりした年、私は課外活動で土地の伝説を取材して私がつくった放送劇を全校放送することにした。小説は書いていなかったが、そのころ私はやはり一種の文学青年で、しかし教育という場所ではその気分をつとめて抑制しようとしている教師だった。しかしそういう志向はどこかに現れずにはいなくて、生徒と一緒に放送劇をつくることになったのである。

何日も何日も練習し、バックにチャイコフスキーの「イタリア綺想曲」を使った放送劇「白鷺」が完成した。発表の日、私は放送をすべて、生徒にまかせて教室に帰り、スピーカーから流れる放送劇を聞いた。すばらしい生徒たちだと思った。むかしの教え子に会うと、いつも話題になる若い日の思い出である。

この教職時代に留治は三浦悦子と出会った。留治が湯田川中学校に赴任したとき、三浦悦子は三年生だったので直接の教え子ではない。悦子の姉の慶子が湯田川小学校の教師をしており、慶子の夫、つまり義兄である武弥は山形師範の先輩で、同じ中学校の同僚だったことから、この二人の先輩教師の妹が三年にいる、ということを留治は聞いていた。悦子はひかえめな目立たない少女で、三浦夫妻の家に招かれて行っても、その家で見掛けることもなかった。たった一度、進学のための補習授業を受けていた三年生のテストの監督に駆り出されたことがあって、そのときはじめて三浦悦子と顔を合わせただけだった。その三浦悦子と、三十四年に結婚することになる。

教師生活という日々の中にあった二十五年一月、父繁蔵が脳溢血で死去する。享年六十一だった。

私の父は、生きている間は営営と働き、死ぬときにも何ひとつ書き残さなかった。父の人生はそれできちんと完結している。余分な夾雑物のようなものは何もなかった。男の生き方としては、その方がいさぎよいのではないかと思うことがある。

にもかかわらず私は、物を書きすぎるほどに書かざるを得ない仕事を選んでしまった。不肖の息子と言わざるを得ない。もっとも私には小説を書き出す動機があったので、そうなったことを後悔はしていないが、父のような生き方にくらべると、その動機というものにしても、女々しいといえば多分に女々しいことだったかも知れない。（中公文庫『周平独言』の「あとがき」）

第二章　結核療養所は大学

昭和二十六（一九五一）年三月、学校の集団検診で肺結核が見つかる。健康に自信があった分だけ留治のショックは大きかった。教職の軌道に乗り始めて三年目になるはずの新学期から休職し治療に励むことになる。生徒にうつすのではないかという不安もあった。

留治の長い不運な歳月の始まりだった。

休職の手続きを済ませると、留治は鶴岡市三日町（現・昭和町）の中目医院に入院する。拡大したレントゲン写真で確認したところ、病状は右肺上葉にはっきりした病巣がひとつ、左肺に小さなカゲが一、二か所あるというもので、右肺のものが主病巣だった。しかしそれは空洞化しておらず、また病気は非開放性だったので生徒に伝染する心配はなかった。ただちに入院治療しなければならないような状態ではなかったが、一日も早く職場に戻りたかったために入院したのである。

治療は、寝ていて栄養のあるものを食べ、週一回だったようだが気胸療法を行うだけだった。それだけの治療で病状は好転し、八月末には退院の許可が出た。自宅で休養しながら気胸をやりに通院した。前途はすこぶる明るく、留治は村の四季のうちもっとも快い秋を満喫した。

ところが暫くたち、家の方で思いもよらぬ災厄が起こった。兄の久治が新しい事業に手を出し失敗して借金をつくり、田圃を手放さなければならない事態を招いたのである。兄は田畑を売ってトラックを買い、砂利などを運搬する運送業を始めていたのだ。はじめは田圃一枚ぐらいを売って資金をつくり、つつましく営業していたが素人のこと、うまくいくはずがない。借金ができて行き詰まってしまう。で、また田畑を売るという〝自転車操業〟のような状態に陥ってしまった。発覚したのは二十七年一月のことだった。

兄は金を工面するため土地の権利書を持ち出して行方不明になった。留治も安穏と寝ていられる状況ではなくなる。兄が遊廓街をさまよっているという噂を聞いて、留治は次姉このゑと吹雪の中、握り飯を懐に鶴岡市内を歩き回ったりした。増田れい子は「私の紳士録」（「毎日新聞」昭和五十六年一月七日）で、そのことに触れた上で、〈一家の経済を支えようと発奮したがためにどん底に落とされた長兄を、弟は愛した。たたかいに敗れたものに対する熱い情熱が弟の心をひたしていた。そのとき、藤沢さんは、もう作家になっていたのだ、と思う〉と記している。

この増田の見解に対して松坂俊夫は、〈多少つけ加えるとすれば、いわば藤沢文学の中を流れる、ときめく者ではなく弱者や下積みの者への共感という主調音も、すでにこの頃から生じていたと考えられますし、この兄への弟の思いは、「又蔵の火」の中で、見事に描かれています〉（『東北の作家たち』福武書店）と指摘している。

ちょっといい話なので、つい脱線したが話を戻すと、この借金騒動は親戚の協力もあって二月一杯ぐらいで片づいた。

それはともかく、心労もあってか留治の病状は少し逆戻りした。

中目医師は五月になると気胸のほかに結核治療薬のパスを、七月に入るとさらにストマイの併用を始めた。レントゲンによる所見では左肺のカゲはほぼ完治したが、右の主病巣はもとのままというものだった。その経過は留治の気持ちを暗くした。

パス、ストマイの併用も、思うほどには治療効果を上げなかった。そのことがはっきりした八月末、留治は中目医師と相談した結果、しかるべき専門病院に入院することにする。入院を申し込んだのは北多摩郡東村山町久米川（現・東京都東村山市）にある篠田病院・林間荘である。林間荘はいわゆる結核療養所だが、同じ東村山にある結核専門病院保生園と契約していて、手術が必要な人はそちらで手術できるようになっていた。

しかし、その当時は結核患者が多く、入院は順番待ちだった。入院許可の通知がきて、留治が鶴岡を出発したのは、申し込んで半年たってのことだった。

中目医師の話を聞いた段階で、留治には東村山町の場所さえ分からなかった。ただ北多摩郡という地名には、なんとなく田舎育ちの留治の緊張をやわらげるものがあった。〈東京といっても田舎に行くのだと私は思い、そこで誰にも知られずに死ぬのもわるくはないと、ちらと考えたりした〉（「療養所・林間荘」）

二十八年二月、留治は兄久治に付き添われて上京する。

兄は戦争中に二度も北支に出征して、私よりはいくらかひろい世間を見ていた。／（中略）七つ齢上のその兄がそばにいるので、旅の途中は何の不安もなかった。体力もまだ残っていて、長時間汽車に揺られて来たにもかかわらず、さほどに疲れてもいなかった。ただこれから行く病院に、私はそれほど希望を持っているわけでもなかった。結核療養所という名前には陰鬱なイメージしかなかったし、その上私は自分を、要するに結核がなおらなくて田舎に居場所がなくなったので、東京の病院にやって来た人間だと思っていた。行手には相変らずちらつく死の影を見ていた。(「青春の一冊」)

上京のときの模様を後年、次のように回想している。

上野駅に近づく汽車の窓から見た日暮里、鶯谷あたりの、日に照らされた石垣の光景が、いまも記憶に残っている。それはとても、二月とは思えないあたたかそうな景色だった。

私が乗っているのは、前日の夕方に山形県の鶴岡駅を発った汽車で、当時東京に来る人は、たいていは夕方に乗って朝の六時何分かに上野に着くこの夜行列車を利用したものである。十四時間かかったが、夜行列車なら長く退屈な時間も途中で眠るのでいくらかしのぎやすいし、また夕方に上野に着くのでは心細いけれども、朝ならば方角もわかるというようなものだったろう。

(中略)

田端、日暮里、鶯谷と山手線の駅がつづくあたりの上野の山の石垣は、電車から飛散する金属の粉末のせいか、赤錆びた色に染まっていた。そしてまだ朝が早いせいだろう、ホームに見える人の数もそんなに多くはなかった。そういう景色全体に、力弱い朝の日射しが差しかけ、景色はあたたかく煙っているように見えた。それは私に言わせれば、疑いもない春の光景だった。私はショックを受けていた。(中略)

その二月が郷里の冬の頂点だった。そして、その暗くて寒い二月をこらえ抜かなければ、春はやって来なかった。だが三十数年前のその朝、私は上野界隈にまったく顔が異なる二月を見たのである。それはほとんど文化的ショックと言ってもよいものだった。(「二月の声」)

この文章と似てはいるが、少しヴァージョンの異なる「雪のない風景」という四枚半ほどのエッセイがある。「山形新聞」(五十九年一月一日)に掲載されたものである。未刊行(平成二十五年一月現在)のようなので全文を載せておきたい。

東京の冬というものをはじめて見たのが、昭和二十八年の二月である。私には千葉に住む伯母がいて、帰郷した伯母を送って東京経由で千葉に行ったりしていたので、東京がはじめてというわけではなかったが、冬の東京を見たのはそのときが最初だった。

清水トンネルを抜けて汽車が関東平野に入ると、もうそこには雪がなかった。川端康成の「雪国」とはちょうど逆だが、私はそのとき一種のカルチャー・ショックのようなものを感じたことをおぼえている。

それまで私の頭の中には、冬と雪とは切りはなすことの出来ない複合観念のようなものとして存在していた。冬といえば雪に覆われた大地や吹雪のことであり、また雪があるからその季節は冬だったのである。ただ寒いだけなら、春だって秋だって寒くてこごえるような日はある。雪こそ冬そのものだった。昭和二十八年といえばまだテレビもないころなので、どこかに雪のない冬があるなどということは、たとえば話には聞いても想像力が及ばなかったのだが、汽車が関東平野に入ると行けども行けども雪はなく、どう見ても春としか思われない日射しが、赤茶けた大地を照らしているのだった。

上野で山ノ手線に乗りかえ、北多摩にある町に行くためにさらに高田馬場で西武線に乗りかえて行く間も、雪のない町に対するおどろきはさめなかった。鷺ノ宮とか上井草、武蔵関、田無といった駅名のある西武沿線は、いまは隙間なく家が建ってしまったが、私が上京したそのころはまだ田園地帯で、芒や雑木林の間に、青々と麦畑がひろがっていた。山形にいては想像も出来ない光景だったのである。

以来私は東京に住むことになって、ざっと三十年ほどの月日が経つことになったのだが、いまだに気持のどこかに、雪のない冬とのつきあい方が十分にのみこめていないような、奇妙な違和感があるのを否めないのである。

もっとも最近はいったいに気候があたたかくなったのか、鶴岡のあたりでも雪のない正月がめずらしくなくなったようだが、私が子供のころは雪が多かったのである。ひと晩降りつづけば五、六十センの雪はわけもなく積もって、村の大人たちが子供を学校にやるために道ふみに立ったりした。家のひさしに雪がつくほどの大雪の年もあった。

しかし庄内の冬で忘れがたいのは、やはり冬の季節風である。いったん吹き出すと、昼も雪の道が見えなくなるほどの地吹雪になり、夜は夜で、寝ている耳に遠い木々を鳴らす風の音がこうこうと聞こえた。私たち子供は、いろり端で昔ばなしを聞いたあと、その風の音を聞きながら眠りについたのである。

庄内地方にくらべると、三年住んだ村山の冬は、と言っても山形市内のことになるが、いったいに雪が少なく、風もさほどにはげしくはなかったように記憶する。もっとも山形市内も、三年住んだ最後の年は雪が多くて、学校から宮町の下宿に帰るときに、降りしきる雪と風で全身雪まみれになったこともあるから、一概に雪が少ないとも言えないのだろうが、庄内のようにはげしい西風が少ないのは事実だろう。

雪の山形を考えるとき、私の脳裏にうかんで来るのは、庄内の方は雪の原っぱを走る地吹雪のイメージであり、山形市の方は何か童画にでも出て来るような、雪のこんもりかぶさった家に灯がともっているという光景なのである。車社会に変ったいまは、そういう雪景色の方も大変化したに違いないのだが、いずれにしても雪のある風景から遠ざかって、ほぼ三十年になるわけである。

と言っても東京には雪が全然降らないというのではなく、一月が過ぎ、二月が過ぎ、もうそろそろ春かと思う三月に入って、ある日どさりと雪が降ったりする。しかし山形のように二日も三日も降りつづくということはまずないので、せいぜい十チセンか二十チセンも積もれば終りである。

これだけの雪が降ると東京では大さわぎになり、電車がとまることもあるので、私は「これぐらいの雪で汽車をとめていたら、山形じゃ商売にならないな」などと、ほかに自慢するものは庄内米と種なし柿ぐらいしかないので、東京の雪に対する構えのひ弱さをあざ笑ったりするのである。

だが東京の冬の本質は、ほんとうは雪ではない。ひたすらな空気の乾きと、めりめりと身体にこたえるような寒さが本領である。この年齢になっては、しいて雪のある鶴岡に帰りたいとは思わないけれども、前の方にも書いたようにそういう東京の冬が、身に合ったものでないことも確かである。生まれ育った風土というものは、気質だけでなく体質にまで影響するものらしい。

午後三時を過ぎると、私は少々寒い日も日課の散歩に出る。歩いて十分ぐらいのところにある櫟林に行って、その中を散歩してもどるのだが、林のむこうに沈みかけている冬の日を見るときなど、いかにも異郷にいるという気がして来て、何とはない流離感のようなものに身を包まれるのを感じるのである。

再び余談になるが、依頼して届いたこの原稿に添えられた私信に、〈(前略) この間ひさしぶりに、立原正秋さんの「果樹園への道」を読みました。何かひと時代が過ぎたなという感慨をうけました〉とある。

立原は藤沢文学の理解者の一人であり、積極的に応援もしていた。ちなみに佐々木信雄は「幻の大作」というエッセイの中で、〈昭和四十七年の春に、「オール讀物」新人賞の選考委員をしている立原正秋さんから、「ササキさんよ、良い作家がいるぞ。会ってみるといいよ」と勧められたことがあった。日頃から、立原さんを優れた読み手として尊敬していたぼくは、その話にすぐに飛びついた。藤沢さんにお目にかかったのは、それから間もない同じ年の四月二十四日だった。／東銀座にあった日本食品経済社のオフィスにうかがったと記憶している。編集室の手前にスクリーンをたてただけの応接室に現れた藤沢さんを見て、ずいぶんと痩せた方だなと思ったのを覚えている。／もちろん「小説新潮」に原稿をいただきたい、というのが、ぼくの用件だった。しかし、ぼくの力不足のせいか、あるいは、賞をとるまで他誌に書いてはだめと、「オール讀物」からストップがかけられていたためか——はじめて「逆軍の旗」の原稿をいただいたのは、それからほぼ一年と少しが経っていた〉(「文藝春秋」平成九年四月臨時増刊号) と述べており、立原の周平応援を証言する話である。

周平も立原を敬愛していたことは、教え子である長浜和子への手紙（昭和四十八年八月二十七日付）に窺うことができる。この日付からも分かるように、この年の七月十七日に開かれた選考委員会で直木賞に決まった直後のことである。そのとき長浜和子は病気療養中で、新聞に出た受賞の記事にある藤沢周平が小菅留治先生であることを知って驚き、手紙を出したことへの返事である。手紙の冒頭近くに、〈すぐに返事をあげたかったのですが、いろいろと雑用がふえて、なかなか手紙を書くひまがありませんでした。やっとひと落ちつきしましたので、一番めに立原正秋という先生に、二番めに和子に返事を書きはじめたところです〉とあることからも推測できよう。

立原は同じ直木賞作家である。周平と文壇との交流は少なかったと仄聞するが、立原との接点、もしくは親近感を抱いたことには、「オール讀物」新人賞を受賞したときの選考委員だったことが第一であり、他に山形市が上げられるように思われる。

立原の『果樹園への道』（文藝春秋・文春文庫）の舞台は、〈太平洋側に蔵王連山、反対の日本海側に朝日山地、そしてこの二つの山脈をつないだ南側に飯豊山が控えており、このように三方を二千メートル級の山脈に囲まれ〉た盆地の町とあるが山形市のことである。山形市は周平の青春時代を過ごした地であることも、この作品に親しみを覚えさせたのではないだろうか。

立原は『果樹園への道』の執筆に当たって三度山形を訪れており、そのたびにわたしも紅灯の巷に同行している。それはともかく、作品に登場するのは「盆地句会」「盆地文学」「盆地文芸」などにつどう地方の文化人たちである。峠を越えて盆地の町を出たいと願いながら果たせぬ人、峠を越えていながら戻り、ふたたび峠を越える人などの織りなす、多彩な人間模様が描かれている。小松伸六は、〈実在のモデルがあるようだが、すべてがかげりをおびた憧憬のなかで描かれているので、あくまでも清冽。立原作品のなかでも秀作〉と評した。

周平が、〈ひと時代が過ぎたな〉と言うのは、作品に描かれているような、文学に関する熱い想いを抱いて人々が集った、そんな朱夏のような季節が遠く過ぎ去ったことへの感慨だろう。過去を懐かしむわけではないが、あの時代は確かに熱かった。居酒屋の縄暖簾を潜ると、文学を巡って談論風発、侃々諤々の光景はざらに見られた。文壇への足掛かりになっていた同人雑誌全盛の時代だった。しかし、今は見ることは少ない。あの灼熱の季節を突き動かしていたものは何だったのか。そうした状況は、ひとり山形だけではないと思われる。周平ならずとも抱く感慨ではないだろうか。

この作品の中でリフレーンのように何度も引用されるのが、真壁仁（作中では真野仁）の、〈峠は決定をしいるところだ。／峠には訣別のためのあかるい憂愁がながれている。／峠路をのぼりつめたものは、／のしかかってくる天碧に身をさらし／やがてそれを背にする。／風景はそこで綴じあっているが／ひとつをうしなうことなしに／別個の風景にはいってゆけない。／大きな喪失にたえてのみ／あたらしい世界がひらける。（後略）〉と展開される「峠」と題する詩である。

真壁は自作について、〈峠は、空間として見れば、ひとつの綴じ目、空間の折目、境目、そして、ひとつの空間から次の空間、すでに体験の世界から未知の世界へ、移っていくのが峠なんですね。時間的に言えば、過ぎ去った、その過去と未来の境の現在が峠な訳です。そしていくつもの峠を越えていくのが人生であるという気がするんですよ。峠を越えると、また峠がある。そこでなじんだ世界は、なかなか捨てがたいんです。だけど、捨てなきゃいけないんですよ。でなければ未来はない。そういうのが峠です〉（「詩心について」）と語っている。そのような解説を記すまでもなく、この詩篇には、小さな村から遠い未知の世界を想像していた少年時代を持つ、周平の心の琴線に触れるものがあるのではないだろうか。

また脱線してしまったが、話を戻そう。

留治は篠田病院・林間荘に入院した。先に送っておいた夜具の荷を解いてベッドに寝かせると、兄は口ずくなに留治を励まし、また十四時間かかる夜行列車で鶴岡に帰って行った。兄が引き上げたあと、簡単な診察があった。

翌日の詳しい診察で安静度は三度と決まる。三度とは手洗いと洗面に行くほかは原則として横臥静養するというものである。留治は診察と、よんどころない買い物があって病院内の売店に行くほかは、規則を守ってベッドに横たわっていた。風呂にも入れず、清拭《せいしき》といって週に一回ぐらい看護婦が身体を拭いてくれた。〈私は自転車を乗り回していた入院前の自分を思い、おれの病状はこんなにわるかったのかと落胆した〉(「回り道」)

静かに寝ていたのは、規則のせいばかりではない。周平は井上ひさしとの先の対談(「山形新聞」前掲)で、当時の模様を次のように回想している。


入院して東京の人と同室(註＝二人部屋)になって、一週間ぐらいしゃべれなくなったんです。無言の行です。用事があると話さざるをえないのでポツリ、ポツリしゃべったが、それが実に怖いんですね。笑われるんじゃないかと思って……。いい看護婦さんで、同室の人も、そう悪くない人だなァとわかって、それじゃ話してみるか、といった具合でした。国語教師で標準語を教えていたのに、失語症になった。東京弁が話せるようになって、初めて東京弁も地方語の一つにすぎないと思った。それから方言のよさがわかったような気がする。あのころの言葉は光っていたなァ。

周りに氾濫する東京弁に圧倒され、小さく萎縮している留治の姿が彷彿する。この心理は何も留治に限ったことではなく、東北から上京した人たちが多く体験する〝恐怖〟だろう。

それはそれとして、今にして思えば、そんなに萎縮しなくても良かったのではなかったか。と言うのは篠田病院は、もともと山形とは縁が深かった。初代院長の篠田義市（神経内科）は山形市の名門病院・篠田病院院長の実弟である。篠田義市は東京・新宿で神経内科病院を開業していたが、昭和十五年、その別院というかたちで篠田病院・林間荘を設立した。そして二十六年十二月、山形と東京は合併し、医療法人篠田好生会東京篠田病院林間荘となったのである。そんなことから、看護婦も半数ほどは山形の女性だったので、堂々と山形弁で語り掛けても通じたことだろう。

ここで暫く林間荘での日々について触れておこう。

結核療養所という名称は留治に陰鬱な感じを抱かせ、前方にはちらつく死の影しか見えなかった、と言うことには触れた。が、そのイメージは一転した。

若いころ、肺結核で数年療養生活を送ったと言うと、聞くひとは大てい気の毒そうな顔をする。それは当然で、病気などしないに越したことはない。

しかし麦畑と雑木林に囲まれた東京郊外の療養所で過ごした月日は、いま思い返してみても、歳月のヴェールを透かしてみる美化作用が働いているにしろ、手術の一時期をのぞけば、全体としては不愉快なものではなかった。当時、親兄弟がどんなに私の病気を心配していたかを考えれば、療養生活が面白かったとは口が裂けても言えないのだが、白状するとかなり面白かったのである。

療養所には何でもあった。図書の貸出し制度がきちんと運営されていたし、俳句会もギター愛好会もあった。囲碁、将棋もさかんで、年に二回ほどトーナメント方式の大会をやったし、文化祭まであって、ギター演奏会はむろん、素人ばなれした漫談や、歌舞伎好きの連中の玄冶店《げんやだな》の舞台まであって、それがまた、じつに達者な演技だったのである。

私はそこで本を読むほかは、俳句をおぼえ、ギターと囲碁をおぼえ、そのうえ花札までおぼえて、連日コイコイにはげむ始末だった。（中略）療養所は、私にとって一種の大学だったと思う。世間知らずもそこで少少社会学をおさめて、どうにか一人前の大人になれたというようなものだった。悪いこともずいぶんおぼえたが、それも知らないよりずっとましだったことは言うまでもない。（「再会」）

また、〈病院生活は私の大学だったと書いたのは少しも誇張ではなく、このときの病気と入院がなかったら、私がいまのように小説を書けたかどうかは甚だ疑わしいと思う〉（「回り道」）とも記している。

楽しかったという療養生活の一つとして、俳句会を取り上げてみたい。

入院早々、療養仲間の鈴木良典の提唱で俳句同好会が作られ、留治は入会を勧められ参加する。

会員は十人ぐらい集まったと思う。私のような患者、看護婦さん、事務所のひとなどがメンバーだった。病院は、松平伊豆守信綱が作らせたという野火止川、といっても幅一間ほどの細い流れだったが、その川のそばにあったので、会の名前を野火止句会と決め、私たちは希望にもえて出発した。

とはいえ、きちんとした俳句の経験者は、主唱者であるS（註＝鈴木良典）さん一人だった。ほとんどのひとが、実作ははじめてだった。私もはじめてだった。私たちは、Sさんを先生格にして、俳句には季語というものが必要で、その季語は歳時記という本に書いてある、というようなことから、俳句の手習いをはじめたのである。

私はSさんに教えられて、虚子の『季寄せ』（三省堂版）を買った。そして句会にも吟行にも、その小さな『季寄せ』を、離さずに持って参加した。（「小説『一茶』の背景」）


とあるから、まったくの〝ど素人〟からのスタートということになる。

三か月ほどたち、鈴木が提稿していた静岡の俳誌「海坂」への投句を奨められ、投句を始めた。「海坂」は百合山羽公・相生垣瓜人が主宰する俳誌である。同誌には羽公選「海坂集」と瓜人選「帆抄」の二つの選句欄があった。投句した時期は二十八年春から三十一年春までの三年ほど。二十八年六月号に四句採られたのを最初に、三十年八月号まで四十四句ほどが入選した。俳号は最初は小菅留次、のち北邨と名乗った。全集には百十一句が載っているが、アトランダムに上げてみよう。

「海坂」より

陽炎や胸部の痛み測りゐる
聖書借り来し畑道や春の虹
葬列に桐の花の香かむさりぬ
桐の花咲く邑に病みロマ書読む
水争ふ兄を残して帰りけり
蜩や高熱の額暮るゝなり
汝を帰す胸に木枯鳴りとよむ
軒を出て狗寒月に照らされる
更衣して痩せしこと言はれけり
桐咲くや田を売る話多き村
メーデーは過ぎて貧しきもの貧し
水争ふ声亡父に似て貧農夫
十薬や病者ら聖書持ち集ふ
桐咲くや掌触るゝのみの病者の愛

「のびどめ」より

汝が去るは正しと言ひて地に咳くも
薔薇色の初明りさせ病者らに

初鴉病者は帰る家持たず
雪の日の病廊昼も灯がともる
抗はず極暑の人とならんとす

「拾遺」より

野をわれを霙うつなり打たれゆく
　　湯田川中学校碑文
花合歓や畦を溢るゝ雨後の水
閑古啼くこゝは金峰の麓村

留治は「海坂」に投句する一方で現代俳句の作品を読むようになる。

好きになった作家が、秋桜子、素十、誓子、悌二郎だと言い、ことに篠田悌二郎の作品に惹かれたといえば、私の好みの偏りがややあきらかになるだろう。

つまりひと口に言えば、自然を詠んだ句に執するということである。だからここに名前を挙げなくとも、「月の出や印南野に苗餘るらし」という句で永田耕衣が記憶され、「枯野はも縁の下までつゞきをり」で、俳人久保田万太郎が忘れ得ぬ作家となるというふうである。人事よりは自然の方に心うたれるのである。好みのこの傾きは、その後読み直した芭蕉や一茶の場合も例外ではなかった。

むろん人間をうたい、境涯をうたってすぐれた句があることを知らぬわけではない。村上鬼城は好きな俳人である。中村草田男も富田木歩も嫌いなわけではない。だがそうした句も、篠田悌二郎の、たとえば「静かなる月夜も落葉屋根をうつ」という句を持って来ると、少なくとも私の内部では徐徐に光彩を失うのである。悌二郎の句はうつくしいばかりではない。美をとらえて自然の真相に迫る。（『海坂』、節のことなど）

ここで注目されるのは、その多くは昭和初期に虚子の「ホトトギス」に依って活躍した、いわゆる四S（註＝水原秋桜子・高野素十・山口誓子・阿波野青畝）に惹かれたということだろう。「海坂」は、その秋桜子の「馬酔木」系の俳誌である。秋桜子は〈「ホトトギス」にいた時は、写生を基礎に独特な感覚をもって短歌的な抒情表現を導入し、感動を調べによって表す主観写生を樹立して、虚子の指導方針たる客観写生と対立し、昭和六年に「馬酔木」に「自然の真と文芸上の真」の論文をかかげ訣別を宣言した。（中略）戦後は、自然諷詠の中に一段と心境を深め〉（能村研三）た俳人である。多くの評者が絶賛する藤沢文学の秀逸な自然描写の視線は、このあたりでも研ぎ澄まされたのだろう。

こうしたエッセイを読むと、留治の作句の基調が見えてくる。「海坂」「のびどめ」に掲載された句の多くも、おおむね自然詠を基本とするものである。しかし、中には直截的に溢れる感情を吐露する抒情句もないではない。

蒲生芳郎は次のように指摘している。

百十一句のうち、まず二十九番目に「汝を歸す胸に木枯鳴りとよむ」という句がある。これだけでもはっとするが、さらに読み進むと、五十二句目に「桐咲くや掌觸るゝのみの病者の愛」という句が目に入る。やはり、と思いながらも、あるいは、藤沢さんの療養中からときどき見舞いに訪れていたという三浦悦子さん――藤沢さんと故郷を同じくし、そのころ東京で働いていたという三浦悦子さんが、この俳句のひとかとも思う。しかし、さらに読みすすむ。七十一句目に、「汝が去るは正しと言ひて地に咳くも」という句が目に焼き付いてくる。ここまできて再び胸を衝かれる。このとき藤沢さんのもとを去ったのは三浦悦子さんではない。このひととは、このあとの、長いおだやかな愛を通じて結ばれたはずだ。（「半生の記」参照）

三つの句が離ればなれに置かれているから、隠し絵のようになっている。しかしこれらの句を次のようにひとつに並べてみれば（註＝略）、一つの哀切な愛の絵柄が――あたかも『白き瓶』の主人公長塚節の晩年の悲恋に通じるような絵柄が浮かび上がる。（『藤沢周平「海坂藩」の原郷』）

その点について蒲生は、さらに周平と殆ど幼い日からの生い立ちを共にしたKさんに質している。

藤沢さんの若き日に、人には語らず、「半生の記」にも書かなかったもう一つの愛があった。同じ黄金村のひとで、藤沢さんが村の役場で働いていたころから親しいひとだったという。当然のことながら、同じ村うちのKさんもよく知るひとだった。はたして山形の下宿から藤沢さんが書き送った手紙はこのひと宛のものだった。そのひとは藤沢さんを深く愛し、よく尽くし、周りには目立たない静かな愛は長くつづいた。藤沢さんが師範学校を卒業し、郷里に帰って教壇に立ったころ、二人の結婚話が具体化した。家同士の了解も得られ、正式の婚約者として結納もかわしたという。しかしその直後、藤沢さんを襲った思いがけない病気によって二人の恋がさえぎられる。（中略）いつ治るあてもない〈肺病患者〉が、娘の結婚相手として嫌われたのは無理もなかった。藤沢さん自身も思うところがあったのかも知れない、相手の〈家〉から婚約解消が言い出されたとき、みずから身を引くようにしてそれを受け入れたという。（中略）そのひとが何度か東京の入院先を訪れていることは、先の三つの俳句が物語る。（同前）

その人は平成六年夏に亡くなっている。周平より二年半先のことだった。彼女の病が不治のものであることを知ったKさんは、それとなく事情を周平に告げた。折り返し、一度見舞いに行ってもいいものか、という問いあわせがあったという。〈是非にも、とKさんが呼び、その日、そのひとは入院中の病院の許可を得て外出した。いまは人妻であるそのひとは、Kさんと、それからもう一人の若い日からの共通の友だちと、ふたりに付き添われて藤沢さんに会い、四人で食事をした。――静かな料亭の一室で、しみじみとした、しかし和やかな食事だったという〉（同前）

生前の周平は、この愛について人に語ることはなかった。しかし、娘の展子には語っている。彼女が二十代の初めに「大失恋」をしたときのことである。そのシーンを『藤沢周平　父の周辺』（文藝春秋社・文春文庫）から引いておこう。

周平は「人生は思い通りにならないこともあるんだよ。あきらめろ」と言う。そんなある日、周平は展子を散歩に誘う。近所の喫茶店で一休みしたとき、それまで沈黙していた周平が口を開く。

「お父さんもね、昔、結婚の約束をしていた人と、結婚出来なかったんだよ」
(え?)と思い、顔を上げて父の顔を見ると、父はさらに話を続けました。
「まだ、お父さんが鶴岡にいて先生をしていた頃に、付き合っていた人がいたんだけど、お父さんは結核になっちゃって、東京の病院に入院してしまったただろう。当時、結核はひどい病気だったから、退院しても仕事があるかどうか分からなくてね。向こうのおばあさんがお父さんと付き合うことに大反対して、結局、駄目になっちゃったんだよ」(中略)
「人生で自分の思い通りにならないことはたくさんある。だけど、あの時、思い通りにならなかったために、お母さんと一緒になって展子が生まれ、そのお母さんが亡くなって今のお母さんと知り合って今の生活があるのだから、それでよかったのだと思う」(「人生は思い通りにならぬもの」)

その俳句であるが、周平が色紙を求められると好んで書いたのが「軒を出て狗寒月に照らされる」である。私の手元にある色紙には「軒を出て犬寒月に照らされる」とある。多くは「犬」と書いたようである。〈ただしバカのひとつおぼえのように、「軒を出て犬　寒月に照らされる」という句、一点ばりである。/この句は、むかしむかし百合山羽公先生にほめていただいた句なので、誰はばかるところもない。臆するところなく書く。だが、同じひとに二枚三枚も色紙を出されると、とたんに私の馬脚があらわれる。これはと思う手持ちの句は、「軒を出て」一句だけなのだ〉(「小説『一茶』の背景」)

なお、後年、周平の記念碑に刻まれた句は「花合歓や畦を溢るゝ雨後の水」である。

　ここで句誌名の「海坂」に触れておきたい。「海坂」とは「海界」「海境」とも書かれ〈海神の国と人の国とを隔てるという境界〉（広辞苑）を意味する古語で『古事記』や『万葉集』に多くの用例が見られる。『古事記』では「海幸彦、山幸彦」の場面に〈即ち海坂を塞へて返り入りましき〉と見え、この国と黄泉の国の境には黄泉平坂《よもつひらさか》があると信じられていたのと同様に、海神の国とこの国の間にも海坂があると信じられていたのである。『万葉集』巻九の浦島子の長歌に〈春の日のかすめる時に　住吉《すみのえ》の　岸に出でゐて　釣船の　とをらふ見れば　古《いにしへ》の　事ぞ思ほゆる　水江の　浦島の児が　かつを釣り　鯛釣りほこり　七日まで　家にも来ず　海界《うなさか》を　過ぎてこぎ行くに　海《わた》若《つみ》の　神の女《をとめ》に　たまさかに　いこぎ向ひ　あひとぶらふ　……〉とある。折口信夫の『萬葉集辭典』（中公文庫）には、〈舟が水平線に達すると、影を隠して見えなくなるのを不審に思うた古代の人が、其處に傾斜があつて、其を下るから見えぬ様になるものと考へてゐた空想の坂。又、海境の義で、海のくぎり目を、即、海の限の水平線を言ふのだとも説くが、前の方が自然である〉とある。

　この「海坂」は、周知のように周平が小説の舞台によく使う架空の北国の小藩の名前だ。それは句誌の名前を〝無断借用〟したものである。周平は、〈海辺に立って一望の海を眺めると、水平線はゆるやかな弧を描く。そのあるかなきかのゆるやかな傾斜弧を海坂と呼ぶと聞いた記憶がある。うつくしい言葉である〉（『海坂』、節のことなど）と述べている。

　ところで前掲の三つの句からは、女性との訣別があっただろうことを窺わせる。が、この時期、懐かしい再会もあった。手術が終わり、篠田病院・林間荘に戻ってきたとき、三浦悦子が訪ねてきたのである。悦子は留治が病気療養のため上京した年の春に鶴岡の高校を卒業し、母親が東京生まれであったことから上京、叔父の家に寄宿しながら会社勤めをしていた。留治を見舞ったのは、彼女の意志ではなく家人に促されて来たもののようである。叔父の家は三鷹にあったので、病院からはそれほど遠くはない。悦子は、その後もときどき思い出したように見舞いにやって来た。

三浦悦子が訪ねて来たのは、手術後の体調が落ち着いてきたころのことである。もう外出、散歩が許されていたので、留治は西武多摩湖線の八坂駅まで送ることもあった。


送って行っても、途中先生と生徒以上の話があるわけではなかったが、ただ事情をよく知っている同郷の者がそばにいることで、気持が安らぐことはあった。悦子は会社のコーラス部に入ったとかで、歩きながらそのころはやりだったロシヤ民謡を歌って聞かせたりした。

しかし三浦悦子は、私が退院する前に勤めをやめて帰郷した。くわしい事情は聞かなかったが、そろそろ結婚準備のためかなと私は思った。そして、そう思ったとき心の中に少し落胆する気分があったことをおぼえている。私はまだ退院が決まらず、なんとなく取りのこされたような気がしたからだろう。(「死と再生」)


ロシア民謡とは「ともしび」や「黒い瞳の」「トロイカ」といった歌なのだろう。うたごえ運動が盛んだった、当時の記憶を呼び戻してくれる懐かしい記述である。

せっかく希望が見えるところまで来たのに、わたしとしては結核治療の場にも立ち合いたいので、留治には申し訳ないが、再び時間を戻したい。

林間荘に入って何度目かの診察のとき、主治医が化学療法でも治癒するが、その場合は回復に時間がかかるだろう。手術はきついが、やれば比較的短期間で治る可能性があることを話した。留治は躊躇わず手術を選んだ。理由の一つに、林間荘への入院が遅れたために、医療費の給付期間が一年ちょっとしかなかったことがある。それだけではない。〈私の気持の中にははかばかしくならない病気に対する投げやりな気分がひとつあった。なおろうとなおるまいと、とにかくこのへんでケリをつけたいものだと私は痛切に思っていたのである〉(「回り道」)

入院して一か月後、薬餌療法より手術が適当という最終的な治療方針も決まった。

前方にかすかに希望が見えたようでもあったが、同時に、それまで曖昧《あいまい》だった死も、禍禍《まがまが》しくはっきりした姿を現わしたのを感じた。重苦しく不安な日日が過ぎて行った。

もっともまったく予想外なこともあった。療養所の暮らしは少しも暗くはなく、むしろ明るいものだったことである。そこはたしかに死の影が張りついている場所ではあったが、また治療して社会にもどって行く人間を見ることが出来る場所でもあった。(「青春の一冊」)

手術は篠田病院が契約している、同じ東村山町にある結核専門病院の保生園で三回にわたって行われた。右肺の上葉切除につづいて、手術した側の肋骨を計五本切り取る補足成形手術が二回だった。うまくいけば最初の手術で済むはずだった。手術も二度までは余裕があったが、三度目を告げられたときは、さすがに疲労も極に達していた。予期せぬ三度の手術のため、林間荘に戻る日は遅れ十月末になった。が、これでやっと結核と縁が切れたのである。

療養所の生活は楽しかったというのは、ある意味で事実だろう。しかし精神的にはともかく、肉体的にはどうだったのか。手術に伴う苦痛などについて周平は多くを語っていない。短絡的との謗りを受けそうだが、ここでも吉村昭のことを思ってしまう。

周平と吉村昭の軌跡はよく似ている。吉村は周平と同じ昭和二年生まれである。吉村も学生時代に同人雑誌（註＝学習院大学文学部時代に「學習院文藝」を改称した「赤繪」）に所属して文学修業をしている。一時期、俳句に親しんだことも共通する。サラリーマン生活をしながら執筆を続けたことも軌を同じくしている。吉村は、その後も「文学者」「Z」といった同人雑誌に参加するが、周平は独自に小説界を開拓していく。そして懸賞小説で作家デビュー（吉村は四回の芥川賞候補ののち「星への旅」で昭和四十一年、第二回太宰治賞）したことも同じである。

それは措《お》くとして、吉村も肺の病に罹り胸郭成形の大手術を受け、左胸部の肋骨五本を切除するという、まさに「死」を垣間見る体験をしている。吉村は二十一歳。周平は二十五歳のときである。五年の歳月を隔ててはいるが、その間にどれほど手術の技術が進んだのだろう。

吉村が肋膜炎を発病したのは十四歳のとき。しばらく小康状態を保つが十七歳のとき肺浸潤と診断される。そして二十一歳（昭和二十三年）の正月に喀血、九月に手術を受ける。

町医の指示で、絶対安静を守り、病臥する身になった。（中略）
自分でも、死が間近に迫っているのを意識した。
私は、死に対する恐れを感じながらも、少しでも長く生きていたい、と思った。あと五年間――千八百余日生かせてもらえれば、と願った。
六月中旬、太宰治氏が入水自殺《（マ　マ）》したことを新聞で知った。『人間失格』などの作品を興味深く読んでいた私は、一日も長く生きたいと願っている私のような人間がいる一方、自ら命を断った太宰氏のような人がいることに複雑な思いであった。

病状はさらに悪化し、貧血も激しくなって意識が失われることもしばしばだった。その頃、結核専門の療養誌に、ドイツで開発された結核治療の外科手術がおこなわれはじめていることが紹介されていた。

その手術を受けたいと思った私は、三兄に懇願し、兄は、手術の内容とその結果について調べ、

「危険だからやめた方がいい」

と、言った。手術中に死ぬ者もいて、たとえ無事にすんでも根治するかどうかはデータ不足で不明だという。

しかし、私はこのまま推移すれば近い将来死が訪れることは確実で、たとえ危険であろうと、その手術に賭けてみたいと思った。（中略）

苛酷な検査と大量輸血の末、（中略）局所麻酔のみで左胸部の肋骨五本を切除され、激痛に終始した五時間であった。（吉村昭『私の文学漂流』）

手術して二年半が経過、結核菌は再び動き出す。再手術をすすめられるだろうが、あのような激痛を味わうのなら死んだ方がいいと思った（註＝実際は肺炎）、と吉村は述懐している。

肋骨をはずして胸壁で肺の病巣を潰すという、まだ実験段階であった胸郭成形手術の凄まじい場面は、吉村昭の初期の作品「さよと僕たち」（『青い骨』所収）に出てくる。この吉村の状況は、周平のものと、そう遠くないのではないだろうか。

この結核体験から生まれたと思われる評伝小説を書いていることも共通している。改めて言うまでもないだろうが、周平は『白き瓶』で長塚節（享年三十五）を、吉村は『海も暮れきる』で尾崎放哉（享年四十二）を描いている。いずれも結核を患った文学者である。二人は、あたかも自叙伝を書くように精力を注いでいる。

手術を終え保生園から戻ってきた留治は予後のよくない患者として、しばらく安静度三度の生活をつづける。翌三十年三月になって安静度四度の患者六人の大部屋に移ることができ、散歩や短時間の外出が許されるようになる。三浦悦子が訪ねてきたのは、そのころのことなのだろう。

その間の文学的な活動を見ると、林間荘に戻った留治を待っていたのは詩の会「波紋」の旗揚げだった。留治も結成同人に加わる。会を「波紋」と名付けたのは留治だった。三十一年五月、「波紋」選集第一号が発行された。八人で出発した会は、一年後には在院者三十三名、退院者十六名の計四十九名に膨らんでいた。留治の発表した詩に「秋」というのがある。それは、〈そして青白い病身にも、日日が枯れ落ち、ひとひら、またひとひら枯れ落ち、その重みの下で、私は不安な眠りに落ち、時時還すあてもなく借りた幾枚かの貨幣の重みを夢にみて、また目覚めるのだ〉というフレーズをもつ詩篇だった。またこの時期、留治は患者自治会の文化祭で上演する戯曲「失われた首飾り」を書いたり、自治会文化部の文芸サークル誌「ともしび」にも寄稿する。まるで昔日の文学青年に戻ったような日々を送っている。

周平は文学へのスタートの時点、つまり山形師範学校の同人雑誌時代、ジャンルとして詩を選んだ。青春の文学として詩は恰好のものだった。その詩作は療養所時代にも受け継がれたわけである。しかし、やがて詩からも俳句からも離れ、最終的には小説という形式を選択することになる。周平は、〈作句の方はのびなかった。(中略)才能に見切りをつけたあんばいだった〉(小説『一茶』の背景)と記しているが、小説を選んだことには、後の周平の言う、〈抱え込んでいた底知れぬ鬱屈〉を盛る器として、詩や俳句は相応しくなかったからだろう。

ここで当時の留治の読書体験について少し触れておきたい。

結核療養所にいたころ、〈自治会の文芸誌「ともしび」に『ハンス・カロッサ覚書』という文芸評論のまねごとめいたものを書いた〉(「同人雑誌」)。

二十五、六歳という年齢には、青春と呼ぶには少しトウが立った感じがあるかも知れないが、私がハンス・カロッサの「ルーマニヤ日記」を読んだのは大体その齢のころだった。／もちろんその以前にも、狂ったように戦後文学やら海外文学やらを読みふけったいわゆる乱読期があって、その中にも記憶に残る本は沢山あるわけだが、何分脈略もなく読んだ書物の中から特にこの一冊という言い方をするのはむつかしい。／一冊を示すということになると、私はどうしても、乱読の時期から昭和二十八、九年ごろに、失意のどん底の中で読んだ「ルーマニヤ日記」を挙げたくなる〉(「青春の一冊」)と綴っている。

それは留治が兄とともに上京して間もない時期に、患者自治会の文庫から借りて読んだ作品である。『ルーマニヤ日記』は、同じカロッサの『ドクトル・ビュルゲルの運命』にくらべて、ある種のくつろぎと勇気を与えてくれたと言う。

戦場小説である「ルーマニヤ日記」にも、当然死はひんぱんに出て来る。だがカロッサは始終余裕をもってその死を語っていた。戦場の死は多くの場合偶然でしかなく、負傷すれば、命はもはや他人にゆだねるしかない。そして最悪の場合も、「注射が終ると彼はほとんど気持よさそうに白樺の幹に頭をもたせかけ、両眼を閉じた。その深い眼窩にはただちに大きな雪片が落ちて来た」というようなほとんど幸福な死があることとそのことを記述するカロッサの平静さは、大手術と死の不安を抱える私にとって、小さくはない慰藉をもたらすものだったのである。

人間についての深い洞察と同情、そこはかとないユーモアとうつくしくきびしい自然描写からなる珠玉のような戦記文学「ルーマニヤ日記」は、私の青春の終りにめぐりあった、まぎれもなく忘れ得ない一冊だった。（同前）

早川正信は、〈この「青春の一冊」ほど、藤沢の読書の核心をつく文章はないであろう。その深い思いに、改めて解説を施すことなど一切不要と言える。生死のぎりぎりの崖に立った心境と、不思議なほどの冷静さを保ち得た心境を客観的なまでに冷徹に見ているのである〉（『藤沢周平の山形』山形大学出版会）としている。

いま一つの読書体験であるが、〈この際キザを承知で好きな作家を挙げれば、シュトルム、カロッサ、チエホフであり、水上滝太郎、神西清である。一体に私は一人の作家に傾倒するということが少なく、作品に執する方である。挙げた作家の中でもほとんど全作品を読んだかと思うのはシュトルム、カロッサだけであり、あとはチエホフなら戯曲と中篇の「谷間」、水上滝太郎なら「大阪の宿」、神西清なら「恢復期」という離れ難い作品があって、それで好きだということになる。そういう意味では、ウジェーヌ・ダビの「北ホテル」も落とすわけにいかないようだ〉（「周五郎さんのこと」）とも述べている。佐伯彰一は、〈藤沢作品からはふしぎとドイツ風な教養主義の香りが感じられる〉（『藤沢周平の世界展』の図録）と言い、郷里を同じくする丸谷才一は、〈おそらくあなたは、青春から中年にかけてのころ、ヨーロッパの文学に親しみ、それに影響されて小説を書かうと志したけれども、現代日本の文明と風俗はヨーロッパのそれのやうな優雅と完成を持つてゐないため、夢を托すべき登場人物たちを同時代の日本において動かすことができなかつた。優雅と完成があると見えたのはむしろ江戸時代だつた。そこでやむを得ず、江戸といふ様式美の時代に想を構へるしかなかつたのではないか。／従つてあなたの小説はヨーロッパに学んだ本式の方法を中心部に秘めることになり、そこでおのづから作中人物に寄せる愛着はあんなに深く、その造型はあんなに堅固になつたのではないでせうか〉と「弔辞」で述べている。

三十二年春、留治は病院敷地内の外気舎に移る。そこは回復期に入った患者が、体力と経済面で退院の準備を整える所で、半年後の退院が原則だった。ようやく留治にも長い闘病生活に終止符が打たれる希望が見えてきた。

七月、留治は自治会の機関新聞「黄塵」の編集責任者になり、八月の一か月間は、病院内の新聞配達のアルバイトをする。報酬は月千二、三百円ほどだったが、目的は日常生活に身体を慣らすことにあったのだろう。「死の病」から生還した留治は再就職の活動を始めた。

病院から長期の外泊許可を貰って帰郷したのは、東京で就職するつもりがなかったことや、そのころ借金問題が再燃して生家が破産の危機に直面していたこともある。が、一番の目的は教職への復帰の見当をつけることにあった。教職が聖職だという意識はなかったが、できれば再び教師の道を歩きたかったのである。

かつて山形県は、その理由は判然としないが、施設設備の福岡県、教育理論の長野県と並んで三大教育県と言われていた。戦後教育の重要さも認識していた留治も、その一翼を担いたいという思いがあったのかも知れない。それが無理なら、何でもいいから、とにかく働く場所を見つけるつもりだった。留治に気持ちの余裕はなかった。

再就職の話はうまくいかなかった。留治自身はすっかり回復したつもりであり、体力にも自信があった。しかし、世間の眼から見れば、ただの病み上がりにすぎない。はたして人並みの仕事ができるものなのかどうか、怪しみ懸念したのは自然なことである。当時は家族から結核患者を出そうものなら、悪くすれば一家全滅という状態すら招いた。周囲からは〝肺病まき〟、つまり肺病の家系（一族）と忌み嫌われたものである。それほど結核が恐れられていた時代だった。

再就職の話は難渋した。それが相談相手の拒否によるものであることに留治は長いこと気づかなかった。就職を頼んだ人たちが、いずれも親切で態度も慇懃《いんぎん》だったからである。難航したのには、病気のことだけではなく別の事情もあった。頼りにしていた中村作右衛門や高山正雄と言った地方の有力者だった人が、公職追放（連合国最高司令官マッカーサー元帥は二十一年一月四日、日本政府に対し、日本を戦争に駆り立てた人物を一切の公職から追放し、政界を粛正すべきとの重大発表を発し、同時に超国家主義団体の解散を指令した。日本政府は一月三十日公布の内務省令、二月二十八日公布の勅令により、その指令を実施に移した）にあったり、齢をとり、もう昔日の勢いがなかったこともある。鄭重《ていちょう》に「考えてみよう」とは言ってくれたものの、確かなあてがあるようでもなかった。

そんなある日、留治は術後に自宅で静養していた、湯田川中学校の校長だった小杉重弥を見舞いがてら近況報告に立ち寄った。就職の話を持ち出すつもりはなかった。が、小杉の方から触れてきた。狭い鶴岡で職を探すのは難しいのではないか、という悲観的な見解だった。そして小杉は、

「小菅先生の才能を生かすには東京が一番だと思う」とつづけた。教師時代に作った放送劇や、授業に使った寸劇などを踏まえての発言だった。しかし、留治には、そういう〝才能〟を生活の糧にしようということなど考えたこともなかった。文学青年であることと、それで飯を食うことの間には底知れぬ亀裂が口を開けていて、何の用意もなく跳べば無間地獄に墜ちることを、半ば本能的に知っていた。留治には、小杉の言うことが空虚な言葉としか思えなかった。

留治のこだわった教師への復帰は叶わなかった。そして〈石をもて追はるる〉ようにして故郷を後にする。かつての同人雑誌仲間は、それぞれが教職につくなり、自分の描いた理想への道を着実に歩んでいる。一人教職の道から外れた留治を襲ったのは「脱落者」という悲愴な想いではなかっただろうか。

結核に見舞われなかったら、留治は教職の道を全うしたに違いない。そうなれば、教え子たちの証言にみられるように、慕われる教師として多くの人材を世に送り出し、校長か教頭、あるいは同人雑誌仲間のように大学教授として定年を迎えたことだろう。だとしたら、わたしたちは藤沢周平に出会えなかったかも知れない。教師の道を絶たれてから、留治が小説の道を見据えるようになったのは確かだからだ。稀有な才能からして、たとえ教師をしていても藤沢周平は存在しただろうと言う人もいるかも知れない。しかし、わたしは否と答えたい。留治には、そんな器用な真似はできず、〝二足草鞋〟を履くなど出来そうもないし、はなから無理だと思うからである。

留治は教職復帰への夢を絶たれ、挫折感を抱いて病院に戻った。それは故郷に居場所がなくなり、江戸に出た小林一茶の境涯にも似ている。後年、一茶を小説化することになるが、林間荘での俳句との遭遇に加えて、その辺りに執筆の原点があるのではないだろうか。藤田昌司は、周平が〈ええ、私も田舎から出てきて、業界紙の記者をやりながら、一茶のような〝根なし草〟の悲哀をたっぷり味わいましたからねえ〉（文春文庫『一茶』の解説）と語ったことのあることを報告している。

失意のうちに病院に戻ったとき、東京に住む教師時代の同僚である大井晴からハガキが届いた。それには小さな業界紙の仕事があるが働いてみないかとあった。そのころ、留治は普通の人のように働いて金を貰えるなら、日雇いの仕事もいとわない、という追い詰められた気持ちになっていた。明日あす三十歳になる。なのに職もなければ金もない。むろん住む場所も結婚する相手もいない。留治は社会的には一人の無能力者に過ぎなかった。

業界紙というものがどういうものか、留治には見当も付かなかった。しかし、物を書く仕事だということで気持ちが惹かれた。日雇いよりは知的な感じもしたし、書くことは嫌いではなかったからだ。業界紙の知識は皆無だったが、病院の自治会の機関新聞「黄塵」の編集責任者をしたことがあるので、まんざら新聞に縁がないわけでもない、と自らを納得させ、すぐに紹介依頼の返事をしたためた。

第三章　死と再生の季節

昭和三十二（一九五七）年十一月、留治は篠田病院・林間荘を退院。東京都練馬区貫井町（現・貫井）に間借り、弟繁治と同居して、業界新聞社に通勤し始めた。

K新聞社は、社長以下七人ぐらいの小さな会社で、広告が多いときは週一回、少ないときは月三回、四頁建ての新聞を発行していた。


私の姉は、業界紙といえばすべて赤新聞と思うらしく、私がそこに勤めたのを心配して手紙をよこしたが、私は仕事が面白くて仕方なかった。せっせと取材して回り、十五字詰の原稿用紙に記事を書いた。

私がはりきって仕事に精出したのは、ひとつは足かけ五年も病人暮らしが続いて、休むことに倦きあきしていたからだと思う。働いて報酬をもらい、その金で暮らすという、普通の人にはあたりまえのことが、私にはこの上なく新鮮に思われたのであった。（「一杯のコーヒー」）

好きな仕事をして暮らすだけの報酬をもらえれば上等だと思い、一生この仕事を続けていいと考えていた。

切迫した状況にあった留治の、この感慨は正直なものだろう。しかし、いま一つ留治の気持ちは晴れない。言うまでもなく業界紙の経営は広告収入で成り立っている。その広告取り（営業部員）たちを、後に醒めた眼で、次のように書いている。

彼らはときに押し売り扱いされても耐え、三千円の広告のために、スポンサーの家族にまでお世辞をふりまき、取引きの秘密を嗅ぎつければ、そのことをほのめかして広告に結びつけ、手練手管の限りをつくして広告を取ってくる。そうして彼らは妻子を養っているのだった。（同前）

食べていくためには、なり振りなどかまってはおられない。業界紙に身を置くということは、そんな醜い部分をも引き受け容認しなければならないということなのである。

先に述べたように、留治は師範学校を卒えると準農村の中学校に赴任した。農村をストレートに「純粋・素朴」と結びつけるのは明らかに錯覚だが、それほど俗世間に汚されていないということは言えるだろう。そんな環境での日々を過ごしており、純粋培養とまでは言わないまでも、世間知らずであることは否めない。もちろん、それは留治の責任ではない。〈一種の大学〉のようなという療養所で世事を学んだと語っているが、どれほどのものか分からない。そんな彼が周囲から聖職者などというイメージを押しつけられる教師から業界紙の記者になったのである。一般紙の記者でさえ、とかく横柄になりがちで、世間からヤクザかゴロツキのように見られていた時代である。姉の抱いたという認識が一般的であったと言ってもいいだろう。

すべての業界紙の記者がそうだというのではない。いまはどうか識らないが、かつては蛇蝎《だかつ》のごとく嫌われる側面がないではなかった。いわば留治は〈聖〉なるものから、一転して〈俗〉なるもの、あるいは〈苦界〉ともいえる世界へ転身したのである。

最初の新聞社には一年半ほどしかいなかった。月給の安いことはともかく、経理に問題があったのだと言う。留治は営業の人たちと一緒に新聞社を辞める。

次に移ったのは、もっと劣悪な新聞社だった。経理は透明だったが、給料は前の会社より安かった。留治は編集長の名刺を持って取材に駈け回った。編集長といっても、ほかに部員はなく、編集部は彼一人だった。広告取りの営業部も一人、つまり社長を入れて三人だけの会社だった。きちんとした事務所といったものはなく、社長が懇意にしているマージャン荘の二階にある畳の部屋を借りて仕事の打ち合わせに使っていた。会議をしているとパイをかきまぜる騒々しい音が聞こえてきた。しかし周平は懸命に働き、いつかは会社を大きくし、たっぷり給料を貰おうと思った。

しかし、間もなく留治は三つ目の業界紙に移ることを考えるようになる。仕事に対する不満があったわけではない。会社の規模が小さいとか、事務所がないといったことでもなかった。ひとえに会社の経営困難のせいだった。ちなみに第一号の新聞を刷ったとき、その新聞を印刷所から受け出す金が社長にはなかった。つまり資本も運転資金もない会社だったのである。社長は刷り上がったばかりの新聞数部を鞄に入れ、受け出す金をつくるために新聞に載っている広告主に会いに出かけたのである。あきれた会社と思うだろうが、当時は資本金なしで事業を始める人間は珍しくなかった。資本金ゼロ、素手でひと儲けしようともくろむ男たちがうようよいたのだ。その会社も、はじめは順調だったが、次第に給料が出なくなる。社長に対して悪い感情はもっていなかったが、生活を保証してもらえないようではどうしようもなかった。

いまだ生活は安定しなかったが、三十四年の八月、留治は鶴岡市大字藤沢（現・鶴岡市藤沢）、三浦巌・ハマの三女悦子と結婚、東京都練馬区貫井町四丁目、のち三丁目の佐藤アパートに住んだ。もちろん共働きをしなければならなかったが、二人は若く体力もあり、そんな暮らしを苦にしなかった。留治は新橋まで通勤し、悦子は池袋の会社に勤めた。夕方には池袋駅で待ち合わせ、一緒に帰宅することもあった。娯楽といえば、たまに好きな映画を観ることぐらいで、あとは金のかからない散歩だった。西武園にはよく出かけた。貧しいが穏やかな日々がつづいた。

三十五年、日本食品経済社（現・港区愛宕）は週刊の情報誌を発刊する準備を進めていた。留治は「編集経験のある人募集」の求人広告を見て応募、「日本加工食品新聞」の創刊に携わることになる。日本食品経済社は十人たらずの会社だった。はじめは営業を担当させられたが、そちらの才能のないことが分かり、すぐに編集に回された。

この年は日本の戦後の過程で特筆すべき年である。国民的な盛り上がりを見せた日米安保闘争を経て岸内閣が退陣するや、所得倍増計画をひっさげて池田内閣が登場する。その後の経済高度成長の季節の始まりだった。また「農業基本法」が制定された年（翌年から施行）でもある。それまでの米作中心の農業から「選択的拡大」ということで畜産と果樹など、今後成長が予想される部門を積極的に伸ばしてゆく政策が取られた。結果的には「日本加工食品新聞」の守備範囲だった、ハム・ソーセージ類の食品業界がビッグ企業に急成長する期間でもあった。

この激動期に留治は食品業界の新聞記者として過ごしたことになる。まだ大きなパイの業界ではなかったが、業界専門紙は六紙あり競争も激しく、決して楽な基盤作りではなかった。まもなく留治は編集長に就任する。編集長といえども安穏とデスクに座っているわけにはいかない。小菅編集長はインタビューや取材をこなし、署名入りで精力的にコラムを書いた。さらに印刷所に行き、校正や割り付けから発送にまで携わる。多忙だが書くことは好きであり、生活もようやく安定の兆しを見せ始め、留治は小さく自足していた。

留治が小説に手を染めたのは、このころのことである。「日本加工食品新聞」で不満なく編集の仕事をしていたが、胸に満たされぬものがあった。小説を書き始めた動機を〈鬱屈〉としている。

三〇代おわりから四〇代初めにかけて、私はかなりうっ屈した気持ちをかかえて暮らしていました。それは、仕事や世の中にたいする不満というものではなく、私自身の内面にかかわるものでした。

ものを書くことが好きだった私は、食品関係の業界新聞で不満なく編集の仕事をしていました。でも、これが目的じゃないような気持ちがときどきするんですね。〝途中から曲がってしまったんじゃないか〟と。

一つは、これだと思ってついた教師を、病気でやめざるを得なかったことです。もう一つは、文学をやりたいという気持ちがずーっとあった。山形師範学校の時には、文学同人誌に入っていましたし……。

その上、一時、身内に非常な不幸なこともかさなりました。

気をまぎらすため、酒を飲んで知人にグチをこぼすとか、スポーツや賭ごとにのめり込む、ということができなかった私は、書くことにそれを求めました。

だから、小説を書きはじめたころ、私はそういう気持ちにふさわしい暗い色合の作品ばかり書いていました。男女の愛は別離で終わるし、武士は死んで物語がおわる。幸せな結末を書けませんでした。(「とっておき十話」)

ここに言う〈身内に非常な不幸〉というのは妻の癌死のことだろう。であれば、紹介が少し早かったかもしれない。

そのころの留治であるが、「日本加工食品新聞」の同僚だった金田明夫は、次のように証言している。

いつ頃だったでしょうか、小菅さんから、

「実はこの小説、ぼくが書いたんだ」

と教えられたことがありました。読み切り小説ばかり集めた、けっして一流とはいえない出版社から出されていた雑誌があり、小菅さんの小説が掲載されていたのです。私が見せられたのは一作品だけですが、他にもいくつか書いておられたようです。

時代小説でしたが、なんという雑誌だったか、内容はどうだったかは、申し訳ないのですが忘れてしまいました。本名で書いていなかったのはたしかなのですが、なんというペンネームだったかも覚えていません。(「業界紙は腰かけではなかった」)

それらの作品は平成十八(二〇〇六)年一月に十四篇が見つかり、『藤沢周平　未刊行初期短篇』と銘打って文藝春秋社から刊行。更に一篇が発見され、十五篇を収録した『無用の隠密』(文春文庫)

と題して出された。発表の場はいずれも「読切劇場」「忍者読切小説」「忍者小説集」である。それらの雑誌は二流（失礼！）ではあるが、それでも多少の家計の足しにはなり、妻の悦子も喜んでいた。しかし留治の気持ちは満たされなかった。やがて新たな小説界に挑戦することになる。

当時、文壇に出るには同人雑誌に入って研鑽を積むというのが常道だった。しかし、留治には時間的余裕がなく、合評会などに出席することができない。同人費など金銭的なゆとりもなかった。そこで懸賞小説へ挑むことになる。懸賞小説への応募は、賞を狙うということもあるが、自分の作品の水準がどの程度であるかを知りたいという気持ちが強かったようである。煩雑さを避けるために、文学については、後にまとめたい。

昭和三十八年二月、長女が誕生する。展子と名付けた。遠藤展子著『藤沢周平　父の周辺』（前掲）に「私の名前の由来」というエッセイがある。それによると、彼女の手元にある「育児の手帳」には周平の字で、〈名前をつけたわけ〉として、〈昭和三十六年十一月十二日に、生まれることが出来なくて赤ちゃんがなくなった。展子の兄である。父は貧しく、母は生家に帰って、その子を産もうとしたのだったが、貧しいための不安がいつも父と母につきまとい、その子には何もしてやれなかった。／その貧しい中で、父はその子に男なら展夫、女の子なら展子という名前をつけようとした。それが貧しい父親のただ一つの贈り物だった。今、元気に生まれた娘にかわいそうな兄につながる名前を贈る。きっとお前の誕生に力を貸してくれたに違いないと、父は信じるために〉と記されているという。親なら誰しも、子どもが生涯背負うことになる名前を付けるに当たっては神経をすり減らすことだろう。文意からすると周平は、どうやら「展」という字にとことん拘ったようである。

周平が生涯の師と仰いだ高山正雄の長男邦雄は「留治さんと父」（『藤沢周平記念館』所収）というエッセイに、〈留治さんは東京に行ってからも鶴岡に来るたびに我家に寄って、時には泊まっていきました。最初の奥さんを亡くされたばかりのころは、まだ赤ちゃんの展子さんをおぶって来て、囲炉裏端でおしめをかえたりしていたそうです。（中略）留治さんがおしめをかえた茶の間の跡には今、「霜雪を経て　花色展《の》ぶ　昭和四十九年秋　周平」と筆書きされた留治さんの色紙をかけています〉と書いている。「展夫」や「展子」の「展」には、この「霜雪を経て　花色展ぶ」の「展」こそが周平の頭の中にあったのではなかったか。なお、その色紙を書いたのは、その年の十一月九日、丸谷才一、田辺聖子と鶴岡市主催の講演会で講師を務めたときなのだろう。

展子が生まれた月の二十二日、一家は北多摩郡清瀬町（現・清瀬市中里）上清戸五九一、中家繁造方に間借り、転居した。

ところで「日本加工食品新聞」に勤めてから、以前に較べて一応の安定は得たとはいうものの、業界紙の月給だけでは三人の生活を維持するのがやっとという現実もあった。前記の留治の小説の執筆は生活に少しのゆとりを求めての行為でもあったのだ。そして、その辺りにも留治の鬱屈したものの根源があるように思えるのである。それは、湯田川中学校の同僚・渡辺としに宛てた三十九年四月十日付手紙に、〈金が入るということだけでなく、小説のことを、悦子は喜んでいたようです。〝誰に見しょとて、紅かねつけし〟は女の心意気ですが、僕の小説も、結局は生活の紅鉄漿《べにかね》にすぎないのです。芸術のためでも、文学のためでもなく、それが暮しの上にもたらす、ささやかなゆとりとしあわせの感情のためで、動機は極く卑俗で、深刻ならざるものなのです〉とあることからも窺うことができる。

それらの雑誌で留治の鬱屈が晴れることはなかった。加えて生活の糧を得るための手段に文学を利用することを潔しとしない心情もあったようである。そこで自らの文学の在り方を探るべく、もう一段上を目指して投稿を始めた。

まず、読売新聞社が毎月行っていた短篇小説コンクールに小菅留治の名前で応募（懸賞賞金は入選五万円。佳作は作品名と作者名が紙上に発表）する。三十八年一月（第五十七回）に「赤い夕日」が選外佳作となる。選者は吉田健一だった。

そのころの留治にまつわる「冬の足音」と題する出久根達郎の短文がある。それは、読売新聞紙上に小菅留治なる名前を見た、〈私と友人（註＝北林昭三）は、すごい筆名だと感嘆した。／私は、この人は太宰治ファンに違いない、と推測した。太宰が高校時代だったかに用いた筆名に、小菅銀吉というのがある。それを真似たもの、とにらんだのである。私自身が太宰にかぶれていたから、ピン、ときたのだった。／小菅銀吉もすごいが、こちらも大胆な筆名だ、と私たちは話しあった。ちなみに二人とも、本名で応募していた〉（「文藝春秋」平成九年四月臨時増刊号）というものである（註＝太宰治は昭和四年九月二十五日付「弘高新聞」第八号に小菅銀吉の筆名で「花火」という作品を発表している）。小菅留治が藤沢周平と同一人物であることを出久根が知ったのは後年のことだった。周平の愛読者だった出久根は驚きの一方で懐かしい気もしたと述べている。留治と出久根は読売新聞を舞台に競いあった仲でもあったのだ。出久根が「佃島ふたり書房」で直木賞を受賞するのは平成四年。読売新聞の懸賞小説への応募時代から、およそ三十年が経ったことになる。

さて展子は健康に育っていった。貧しいが平穏な日々が流れていた。そういう生活がずっとつづくものだと留治は想っていた。

ところがその年の六月ごろから、悦子は体調を崩し、腹痛を訴えるようになる。近くの病院に通ったものの、なかなか治る兆しをみせない。不安にかられた留治は、かねて住んでいた練馬区富士見台の医師に相談、日本医科大学附属病院（東京・本郷）に入院させた。

そこで行われた精密検査の結果は、予想だにしない宣告だった。医師は進行の早い癌で治療不能だと告げた。

そのころＳＩＣ（と記憶している）という薬があって、末期ガンの特効薬だと言われていた。私はワラをもつかむ思いで吉祥寺のＵ医院をたずね、薬の発見者であるＵ院長に会った。院長は私の話を聞くと、ＳＩＣを使えば必ずなおるから心配せぬようにと言った。私は日本医科大病院に引き返してそのことを話したが、主治医は気の毒そうに当病院ではその薬は使えないことになっていると言い、しかしどうしてもその注射をやりたいというのであれば、やってくれる病院があるから紹介すると言った。親切な医師だった。紹介してもらった病院は、品川区・旗の台にある昭和医大病院だった。（「死と再生」）

留治は車に悦子を乗せ昭和医大病院（現・昭和大学病院）に転院する。途中、昭和通りで車をとめ、教えられた店でＳＩＣの注射液を買った。薬は患者が持参するのが規定だった。特効薬はひどく高価なもので、留治を心細い思いにさせた。

昭和医大病院では医師も看護婦も親切だった。展子は田舎に預けていたので、そこから会社に出勤し、夕方には病院に帰るという生活を留治は続けた。

十月、悦子は昭和医大病院で死亡する。二十八歳だった。前にも少し触れたが、そのとき留治は自分の人生も一緒に終わったように感じた。

下宿で小人数の親しい人たちにあつまってもらって密葬を済ませ、田舎でする葬儀に帰るまでの間骨壺と一緒にいると、時どき堪えがたい寂寥感に襲われることがあった。

しかし私はまた、死者がいくらあわれでも、そういううしろ向きの虚無感に歯止めもなく身をゆだねるのは好きでなかった。私には子供がいて、感傷にひたっている余裕はなかった。ちゃんと顔を上げていなければと思った。私は郷里から母を呼び、子供を引きとって新しい生活をはじめた。（同前）

このときの感慨を、渡辺とし宛の手紙（三十九年四月十日付）に綴っている。

人生には、思いもかけないことがあるものです。予想も出来ないところから不意を衝かれ、徹頭徹尾叩かれて、負けて、まだ呆然とその跡を眺めているところです。

これまでの人生経験、現在の智力、体力、経済力、そういうもののすべて、僕の頭の先から足の爪先まで、すべてを投げ込んで、結局負けてしまいました。尾崎一雄の「まぼろしの記」に、愛すべき者や、立派な人、罪ひとつ知らないような人達をも、少しも手加減しないで、思いもかけないような時も、冷然と奪って行く残酷で、力の強いもの、もしこの世の中に神というものがあるとすれば、そいつだろうというようなことがありましたが、単なる病気とか、不運とかいうもの以上のもの、その残酷な神に奪われたという気がします。

西方浄土までは、十万億土の長い道を歩いて行くのだそうです。方向オンチで、何かにつけて僕に聞かないと、自分で判断できなかったあれに、そんな長い旅ができるのだろうか。そんな馬鹿げた考えひとつにも、いまだに心がきりきり痛むのです。

僕も、何ひとつ知ることが出来ないあの世という別世界に、一人でやるのが可哀想で、一緒に行ってやるべきかということを真剣に考えました。子供がいなかったら、多分僕はそうしたでしょう。それが、少しも無理でなく、たやすいように思われたほど、あれが亡くなる前後、僕は死というものの、すぐそばまで行き、しきりに向うの世界をのぞいていたような気がします。

凡人の浅ましさで、それも出来ず、今子供が大きくなるにつれて、そんなことは出来なくなった今でも、そのことは時折胸をえぐる後悔となって心を責めるようです。


不特定多数が読む小説やエッセイではない。個人に宛てたプライベートな手紙だけに、飾ることのない本音の吐露だろう。もし、このような文が届けられたら、どんな言葉を返したらいいのか。その哀切を極めた言葉に胸ふたぎ、茫然と立ちすくみ沈黙するしかないと想うのは、わたしだけではないだろう。

留治の胸の内には、人の世の不公平に対する遣り切れない憤怒が湧いた。〈人生経験、現在の智力、体力、経済力〉のすべてを投じ、それでも妻の命を救えなかった無念の気持ちが鬱積して行った。

その底無し沼のような鬱屈のさまを、写し絵のように浮かび上がらせるエッセイがある。「野性時代」（五十五年四月号）に掲載したものだから、四十歳か四十一歳ころの光景ということになるだろうか。

近ごろはすっかりご無沙汰しているが、まだ子供が小さかった十二、三年前は、よく子供を連れて上野の動物園に行った。（中略）

私も動物園が好きで、子供をダシにして動物園に行くようなところがあった。好きな動物は狼、虎、豹、アザラシなどで、当時の上野動物園には、シベリヤ狼など数種類の狼がいたように記憶している。

あるとき、狼の檻の前にさしかかると、その中の一頭が急に吠えはじめた。するとそれにつられて、十頭あまりの狼が、鼻づらを空にさしのべていっせいに吠え出したのである。いわゆる遠吠えというやつで、陰々滅々として腹にこたえる声だった。私は気持がしびれたようになって、はじめて聞く狼の吠え声の前に立ちつくした。

いまはどうかわからないが、世の中がもっと険しかったむかしは、群の中の一匹の羊であるより、孤独な狼でありたいとひそかに思ったりする男たちが、あちこちやたらにいたような気がする。だが狼は、交尾しているところを目撃されると、見た人間を追尾して、人に話すと報復するようなまがまがしい獣でもある。だから胸の中に狼を一匹隠して生きている男たちも、そのことを人に話したりはしなかったはずである。

私も狼が吠えるのを聞いて感動したとは、誰にも言わなかった。ただしばらくして、もう一度その声を聞きたいと思って動物園に行ったのだが、どうしたことだろう、そのときはもう、どこをさがしても狼はいなかった。

私の足が動物園から遠のいたのは、狼がいなくなってからのように思う。パンダを見てもしようがない。（「狼」）


狼の檻の前にたたずむ姿は、暗い情念を垣間見せるようである。

胸に「一匹の狼」を棲まわせていた留治は鬱屈を小説という革袋にせっせと詰め込み始める。小説を執筆することが、この時期の留治の心を支えたことは疑えない。死の状況からの再生である。

物を書くことの好きな留治は業界紙記者の仕事は気に入っていた。しかし、職業に貴賤はないとはいうものの、このまま業界紙の一介の記者として自分の生涯が終わるのかと思うと、やはり満たされぬ想いに捉われた。加えて歳相応の生活もできないという、己れの腑甲斐なさへの感情もあったことだろう。

そのような経験が、後の藤沢文学を形成したのだろう。藤沢作品に登場するのは、多くは市井の無名の者であり、小禄の恵まれぬ藩士である。そうした人々の喜怒哀楽が描かれている。知名人に焦点を当てた場合でも、幕末の志士の雲井龍雄や清河八郎、歌人の長塚節、俳人の小林一茶といずれも華々しい人生を送った人ではない。

三十九年、北多摩郡清瀬町の都営中里団地に移転する。

ところで、これまで悦子の癌死について、何の疑いもなく、「年譜」やエッセイに記されたまま、周知のことのように書いてきた。が、周平が、それらについて口を開いたのは、後年のことだったようである。「プレジデント」（平成七年十二月号）で、次のように語っている。

「それと（註＝最初の奥さんをガンで亡くされたこと）再婚のことは今まで外にはほとんどしゃべらなかったんですが、一昨年（註＝昨年）だったか、朝日賞をもらったときに解禁することにしたんです。それはなぜかというと、今の家内との銀婚式がちょうど受賞日（註＝一月二十六日）と重なったんですね。それでその昔のことを外部に発表してもいいことにしたんです」

その言葉を裏付けるように、「半生の記」（『藤沢周平全集』月報　平成四年六月から六年四月）は最後の二回になってから「死と再生」のタイトルで先妻・悦子の癌死と再婚について触れられている。

そのエッセイは、

先妻と死産の子供の骨を納めた墓は、高尾の墓地群の一角にある。すべて同型同規模と定められた墓である。そこに時どきお参りに行く。墓を洗い、花と線香を上げてから家内が経文をとなえる。お参りが済んで墓前の芝生でそなえた菓子などをたべ終ると、私は立ち上がる。墓地は丘の中腹にあって、そこから八王子の市街や遠い多摩の町町が見えるが、風景は秋の日差しに少し煙っている。

私と結婚しなかったら悦子は死ななかったろうかと、私は思う。いまはごく稀に、しかし消えることはなくふと胸にうかんでくる悔恨の思いである。だがあれから三十年、ここまできてしまえば、もう仕方がない。背後で後始末をしている妻の声が聞こえる。二十八だったものねえ、かわいそうに。さよなら、またくるからね。私も妻も年老い、死者も生者も秋の微光に包まれている。

と締め括られる。周平、六十六歳の秋の日のことである。

さて、「年譜」（註＝「文藝春秋」平成九年四月臨時増刊号収録の「完全年譜」。以下同）を眺めると、昭和三十年代後半から文学的な形跡が登場するようになる。先に触れたように、読売新聞が毎月募集していた短篇小説への応募を経て、三十九年から「オール讀物」新人賞に投稿を始める。

三十九年は東京オリンピックの開かれた年である。東京モノレール羽田空港線の開通、そして東海道新幹線の開通などに見られるように、日本全体が「オリンピック景気」に沸いていた。大会の模様は衛星によるテレビ中継で世界四十五か国に放映された。日本の国際的地位の復活は、このスポーツの祭典を通じて実現、経済大国への進路が開かれて行った。そんな喧騒の世の中を横に見ながら留治は、夜遅くまで鬱屈した思いに駆られ、あのブルーブラックのインクの万年筆で、原稿用紙のマス目を一つ一つ埋める辛気臭い作業をつづけていたのだろう。

翌四十年に応募したときからペンネームに藤沢周平を使用したと「年譜」にはある。第二十六回に「北斎戯画」が第三次予選まで、つづいて第二十七回に「蒿里曲」が第二次予選を通過するが、いずれも最終候補にはならなかった。（これまで留治と周平を適時使用してきたが、ここからは周平に統一したい）

四十一年に「赤い夕日」が第三次予選まで通過した。読売新聞に投稿した作品と同名だが内容はよく分からない。捨てがたいテーマであり、あるいは改稿しての応募だったのかも知れない。毎回応募しているが、執筆環境は決して良好なものではなく、余裕のある生活とはほど遠いのが実状だった。この年十二月二十二日付、渡辺とし宛の手紙に日常生活の一端と感情を吐露している。

母が、やはり眼の具合が悪くて、毎日通院しろと言われたのですが、新聞の忙がしいのと一緒になって、どうしようもなくなりました。母と子供を病院に連れて行き、治療が終って、病院の前から車にのせて送り出して、駅まで駈足。

それでも、十時頃家に帰ってきて、展子と母を寝かせ、勿論掃除もやって、台所の仕事を済ませると、もう十二時なのです。

いま、くわえ煙草で食器を洗い、明日のお米をといで机に向ったところです。煙草でもくわえ、鼻歌でもうならないことには出来る仕事でありません、バカバカしくて。

これから三時頃まで、新聞の原稿書きです。そこで一服代りにあなたに手紙を書いたところです。まごまごしていると冬休みになりましょう。もう入りましたか。

人生とは耐えることだと観念したから、僕は生きています。だが、食器や、ほうきや、ふとんを敷いたり上げたり、に耐えることは、バカバカしい限りです。いい加減切り上げないとまずいのですが、適当な人物が見当りません。

そして文は、〈この間、テレビでデートリッヒ・フィッシャー・ディスカウの独唱で「冬の旅」を聞きました。「菩提樹」を聞いた時、突然に遠い遠い青春の日を思い出しました。柔らかく、感じやすかった若い日日の情感が古い記憶の中から一度に起ち上ってくるようでした。現実には、くわえ煙草の、四十近い「やもめ」が一人、無精たらしく鼻毛をいじりながら、テレビをのぞきこんでいるだけだったのですが。僕がいま抱いている心の中の風景が、どんなに荒涼としているか、その時、手にとるようにわかりました〉とつづく。周平の鬱屈の深さが見えるようである。

先の「赤い夕日」が第三次予選を通過したあと、四十六年に「溟い海」が最終候補に残るまで「年譜」には「オール讀物」新人賞の文字が見えない。充分な執筆時間が取れないことのほかに、なかなか受賞できないことから才能のないことを〝自覚〟し、作家になることを半ば諦めたのかもしれない。おそらく後者だと思われる。と言うのは四十三年十一月二十八日付の渡辺とし宛の手紙に、〈もう一度オール讀物の新人賞に挑戦してみたい気がしきりにしているのですが、どうなりますか〉とあるからである。

その間に、周平の周辺にはなにがあったのか——。

四十四年一月、周平は江戸川区小岩、高澤庄太郎・ヱイの次女和子と再婚する。周平四十一歳。展子五歳。展子によると、周平は、〈展子の幼稚園の卒園式と小学校の入学式があるから……〉（「父の意外な一面」）と説明したらしい。知り合って三か月後の結婚だった。

私はそのころ病弱な老母と幼稚園に通う娘をかかえて疲労困憊《こんぱい》していた。再婚は倒れる寸前に木にしがみついたという感じでもあったが、気持は再婚出来るまでに立ち直っていたということだったろう。

和子は官吏の娘だが東京の下町生まれ下町育ちで、飾らない率直な物言いをする女だった。そのために思うことの七分目ぐらいしか言わないことを美徳とする郷里の人たちに誤解されたり、また田舎の人人の間に抜きがたくある後妻に対する偏見に悩まされたりしたが、彼女の本性は生まじめで人の面倒見がよく、思いやりが深いところにあった。彼女は死んだ先妻のことも血の繋がらない娘のことも苦にせず、まとめて面倒をみるふうがあった。和子は私の家の状況を見さだめると、右に老母左に娘の手をひいて銭湯に連れて行き、車を呼んで病院に連れて行くことからはじめた。（「死と再生」）

まさに〈倒れる寸前に木にしがみついたという感じ〉の再婚だった。ようやく周平に小説の執筆に専念できる程度の時間的余裕が生まれ、挑戦が再開された。

四十五年一月、周平一家は清瀬の都営住宅から北多摩郡久留米町（現・東久留米市金山町）二―十一―二へ移転する。そこは平屋の一軒家で前には林が広がっていた。玄関を入るとすぐ左手に応接間があり、廊下の脇が納戸、その奥に六畳と四畳半の和室、それにキッチン、風呂場、トイレというものだった。四畳半は母の部屋だった。六畳間で家族は食事をしたり寝たりしたが、周平の仕事部屋でもあった。

そのころ、周平は「日本加工食品新聞」の〈編集長・小菅留治〉の肩書きで農林省、厚生省といった官庁、業界の組合団体、それに日本ハム、伊藤ハム、プリマハム、雪印といった大手の食肉加工メーカーの取材に駆け回っていた。

十一月二十五日は少し肌寒かったが、よく晴れた日だった。周平は電車で池袋まで出て、東上線に乗り換えて常盤台に行った。駅の周辺は高級住宅地になっているが、そこを抜けて十五分ほど歩くと前野町という工業地帯になる。そこにある日本ハムの関東事業部に取材に向かったのである。取材は首都圏で発売される新製品と宣伝計画を聞くことで、それが終わって事業部を出ると、もう昼だった。

周平は中華そば屋に入った。注文した五目そばが出来上がるまで、ぼんやりとテレビを観ていた。と、テレビの様子が急におかしくなり、続いて三島由紀夫の自衛隊乱入と自分から腹を切ったことを伝えた。異様な感じがしたという。三島が楯の会をつくったりして、日本の将来ということにひとつの考えを持っていることは知っていたが、事件は理論からいよいよ行動に移ったという感じがしなかった。


その途中で踏むべき手順が省略されて、いきなり滑稽なほどに飛躍した行動が出てきたという感じがした。異様な感じはそこからきていた。

これはやはり、文学者の行動だなと私はその時思った。(中略)川端康成が、都知事選挙で秦野章の応援に立ったときも、似たような感じをうけた。失礼な感想には違いないが、場違いなところで身丈けに合わないことをしているという感じが拭えなかった。小説家が政治にかかわったりすると、こういうことになるのかな、と思わせるようなものがあった。(中略)理論が実際のものになるには、現実を改変出来るだけの準備をととのえるとか、あるいは現実と折れ合う用意があるとか、そういう手続きが必要なわけで、そこに政治というものが必要とされるのだろう。また政治家という専門家の出番もそこにあると思われる。

こうした手続きをはぶいていいほど現実は甘くないし、無理にはぶけば、三島事件や過激派のテロのようなことが起こるのだろう。(「大衆と政治(I)」)

小説家や芸術家といった人たちの政治的行動に懐疑的な周平だが、そうした人種に政治を担う力がないと思っているわけではない。それは、〈ゲーテは、ワイマール公国の内閣に迎えられたとき、若きウェルテルの悩みを書き上げ、ファウストの初稿に手をつけていた作家で、遊歩者の嵐の歌やトーレの王などを仕上げた詩人だったが、一たん政治に踏みこむと、兵事、道路改修、財政、土地行政などでいずれもすぐれた業績をあげた実務家でもあった。彼は観念的な思考と現実を、安易に混同するようなことをしなかった〉（同前）と述べていることからも分かる。

また、〈私は日ごろきわめて非政治的なところで仕事をし、生活している。むろん物書きにも一市民としての政治との接触はあるから、選挙のときには希望をこめて、あるいは憤りをこめて一票を投じる。だがその程度である。政治家とも面識がなく、政党ともコネクションがない。またそれが必要とも思わない〉（「雪のある風景」）ともいう。

このように政治とは一定の距離を保っていたかに見える周平だが、一度だけ選挙演説をしたことがある。

ふだん私は、こういうことには慎重な方である。それは、ほかのひとはいざ知らず、非力な作家である私など、特定のイデオロギーに縛られたら一行も物を書けなくなるだろうという気がするからである。また政治家の人間の把え方と、作家の人間をみる眼は違うという考えもある。

作家にとって、人間は善と悪、高貴と下劣、美と醜をあわせもつ小箱である。崇高な人格に敬意を惜しむものではないが、下劣で好色な人格の中にも、人間のはかり知れないひろがりと深淵をみようとする。小説を書くということは、この小箱の鍵をあけて、人間存在という一個の闇、矛盾のかたまりを手探りする作業にほかならない。

それが世のため人のために何か役立つかといえば、多分何の役にも立たないだろう。小説を読んでも、腹が満たされるわけでもないし、明日の暮らしがよくなるわけでもない。つまり無用の仕事である。ただやむにやまれぬものがあって書く。まことに文学というものは魔であり、作家とは魔に憑かれた人種というしかない。そして、それだけの存在に過ぎないのだ。

これに反し、政治家は法律をつくり、制度と機関をつくり、これを行政に移して運用させ、人人の腹を満たし、財布の中味をふやそうとする。つまり人間の現実的な生活にしあわせをもたらすのが仕事である。少くともそれを仕事の目的としている。小説書きとは仕事の次元が異なる。(中略)私は政治というものに、時にかなり懐疑的な感想を抱くことがある。国を治め、天下を平穏に保つのが、政治の目的だろうと思うが、古来政治によって世の中が平和で、万民が幸福だったなどという時代がどれほどあったろうかと考えるのだ。(同前)

政治に対して、そのような姿勢を保ってきた周平だが、友人の小竹輝弥から頼まれれば、協力するしかないだろうと思っていた。そして初めての選挙応援演説に駆り出されることになる。五十一年十一月二十九日のことである。

周平が応援演説に駆け付けたのは、衆院選に山形二区から立候補した小竹輝弥で山形師範の同級生だった。が、もちろんそれだけではない。〈O氏は、私の友人であるが、私はただ友情だけでそう考えたのではなかった。(中略)O氏は人間の政治に対するナイーブな願望を、政治の上に生かそうと懸命であるだけでなく、彼自身政治とはそうしたものでありたいと願っていると私には見える。それは政争の権謀術数の中で、多くの政治家が失なってしまった、政治に対する初心〉（同前）に共鳴したからだった。応援の甲斐もなく小竹は落選したが、県内の共産党候補としては空前の四万に近い票を集めた。

その後、小竹は山形県議会議員を長く務め、六十二年に「自治功労・永年勤続議員」表彰を受けた。そのとき山形師範学校の友人代表として周平は祝辞を送っている。それは、〈小竹輝弥さん。あなたのことを考える時いつも思い出すのは、あなたが政治的な信条のために山形師範を卒業したものの教職に就けなかったときのことです。あなたは鶴岡で文房具の販売をはじめ、私が勤める湯田川中学校にも回ってきました。／私はそのころ、職員室であなたと二人きりでむかい合って話したことをおぼえていますが、そのとき少しはあなたから文房具を買ったでしょうか。その記憶がなくて、いまも私の心に残るのはそのときに感じたうしろめたい気持ちです。私はあなたとむかい合いながら、政治的な信念のために逆境にいる友人を見て見ぬふりをし、自分だけはぬくぬくと教師生活に安住していることを、みずから恥じないわけにはいきませんでした。記憶がいまもはっきりしているのは、その自責のためだろうと思います〉（「祝辞」）というものである。

後に小竹は、〈藤沢さんはやはり、教師を続けたかったのだと思う。作家になってからも、その気持ちに変わりはなかったのではないか。二年で教職を失い、私と同じ境遇になったわけで、その意味では、なりたくてもなれなかった、という悔しさの共有みたいなものが二人にはあった〉（山形新聞社編『続　藤沢周平と庄内』ダイヤモンド社）と記している。この小竹に対する〈うしろめたい気持ち〉こそは、藤沢文学の根底に流れる人に対する〈想い〉にほかならず、周平の温かい人柄を窺わせるものである。

周平と共産党とのつながりは、その後もつづいている。四十八年ころから「赤旗」に「時代小説と私」「史実と想像力」「ことばの味」などのエッセイを発表、同紙日曜版（五十三年一月一日―十月十五日号）に「呼びかける女」（単行本化のとき『消えた女』と改題）を連載、インタビュー「とっておき十話」（平成二年五月二十日―七月二十二日）などを掲載している。

ところで政治に絡む発言の比較的少ない周平だが、手元に四枚の原稿がある。「HATA No.204 B4（20×20）」の薄い茶色の桝目の原稿用紙にブルーブラックのインクで書かれている。わたしが「山形新聞」に勤めていたときに依頼したものが、たまたま保管されていたもので、題名はない。掲載したことは確実であるが、いつかは記憶から消えている。内容は田中角栄首相が提起した道徳教育の指針「五つの大切・十の反省」についてだから、四十九年五月以降のことだろう。ちなみに「五つの大切」とは、①人間を大切にしよう。②自然を大切にしよう。③時間を大切にしよう。④モノを大切にしよう。⑤国、社会を大切にしよう。「十の反省」とは①友達と仲良くしただろうか。②お年よりに親切だったろうか。③弱いものいじめをしなかったろうか。④生き物や草花を大事にしただろうか。⑤約束は守っただろうか。⑥交通ルールを守っただろうか。⑦親や先生など、ひとの意見をよく聞いただろうか。⑧食べ物に好き嫌いを言わなかっただろうか。⑨ひとに迷惑をかけなかっただろうか。⑩正しいことに勇気をもって行動しただろうか――というものである。

周平の文章は、その提言に対する感想といったものである。おおよその掲載期間は推定できたものの、調査する時間がなくお手上げの状態だった。そこで山形新聞社調査資料室の手を煩わせたところ、間もなく連絡があった。その原稿は「五つの大切、十の反省――日の丸と君が代と軍歌考」の題で四十九年七月二十三日付に掲載されていることが判明した。未刊行（平成二十五年一月現在）

のエッセイのようであり、読んだ人も忘れているのではないかと思うので、紙幅を惜しまず全文を掲載したい。

田中首相が五つの大切、十の反省を発表すると、大部分の人は薄笑いし、ある人は腹をかかえて笑うというふうだった。失礼な話である。五大切、十反省の中味は、そんなに悪いものではない。

にもかかわらず新聞はこきおろし、週刊誌はからかい、私が勤めている会社にも、わが社の五大切、編集部の十反省などという文書が出廻ってふざける。喫茶店で三時間もねばりはしないか、原稿執筆中に鼻毛を抜きはしないか、などと書いてある。原稿を書きながら鼻毛を抜くというのは、私のことである。まことに苦々しい風潮と言わねばならない。

と一応は思うが、からかいたくなる世間の気持はわかる。子張が政治を問いただしたのに対して、孔子は「これに居て倦むことなく、これを行なうに忠を以てす」と答える。田中首相が、首相の座に倦むはずはないが、しかし行なうに忠を以てしているとは言えないので、そういう首相が教訓がましく、五大切・十反省などを持ち出すと、どうしても反撥を喰うわけだろう。

こうした世間の反応、もしくは無反応の底には、むかしお上から下ってきたものを、う呑みに信用して手痛いめにあったという意識があるからだろう。私にもそういう気持がある。五大切・十反省は、田中版教育勅語という感じがする。お上の下されるものの匂いがする。うさんくさい眼でみられるのはやむを得ない。

ずばり教育勅語の復活などという声も聞く。しかしそういうことを考える方々は、いまの世の中の不安定、混乱が、教育勅語がないからだと本気で信じているのだろうか。空気も水も汚れ、いまに東京には人が住めなくなるなどといわれる。やがて日本中がそうなる気配がある。こういうふうにしたのは、教育勅語育ちの世代である。このあたりを頬かぶりして、子供たちに教育勅語をあたえようというのは、話がちぐはぐである。効果はないだろうし、もし効果があれば、それはそれでいまより恐ろしい世の中になるに違いない。

教育勅語と同様に、日の丸、君が代の復活をいう方々もいる。

私は日の丸の旗にはあまり抵抗がない。旗は持っているし、旗日に一度だけ外に掲げた。竿がなくて、物干竿にゆわえつけて出したのがあまりにみっともなく、一度でやめたが、気持にひっかかるものはあまりない。

しかし君が代は、大勢と一緒に唱わなければならないなどという場合、気恥ずかしさで声が出なくなる。軍歌はそうではない。酔っていようがいまいが、力をこめて唱う。

君が代と軍歌と、同じ時代におぼえ、唱ったものに対して、この気持の違いはなんだろうかと思う。私は君が代を唱いながら、誰かにだまされていたのだという気が抜けない。信じ込み、全心全霊を打ち込んで唱っていたものを、その実は誰かにその気持を利用されていたと解った気分ほど、後味の悪いものはない。男の沽券にかかわるという気分がある。自分でよしと判断したものでなければ、決して唱うまいと今でも思う。

軍歌は違う。その歌の下で、幾百万の人が死んだという思いがある。私もまたそうして死ななければならないという気持があった。そのために唱わなければならない歌であったので、お上の下されたものではなかった。

田中首相には気の毒であるが、五つの大切・十の反省は折角の立派な提案であるのに、上の方から言い出したそのためだけで、疑われ、無視される運命にあったようである。

そして疑うことの中に、人心の健全な作用がある。無条件にお上のいうことを聞くようであれば、むしろその中に人心の荒廃があるだろう。

文中に見える、〈私は君が代を唱いながら、誰かにだまされていたのだという気が抜けない〉という文言であるが、この〈誰か〉とは誰か。周平の脳裏に去来したのは天皇であり、ときの軍閥政治であり、教え子たちを戦場に駆り立てた教師であり、戦争を底辺から支えた庶民なのではないだろうか。あるいは田中首相の「五つの大切・十の反省」に触発されて、中学時代の痛恨事である、同級生を糾合して予科練を受験した軍国少年の苦い思い出を想起したのかも知れない。

ここで「君が代」と天皇を結びつけても、短絡的発想と非難されることはないだろう。後に周平は人間天皇に触れて、〈戦争中、私は子供なりに、いつか天皇のために死ななければならないだろうと思い、そのときどうしたら、男として醜くない死に方ができるかを考えつづけた。そのことは私の内部でもう清算がついている。それが迷妄だったことは明らかで、そこのところには、一片のセンチメンタリズムもさしはさむべきでないと自戒している。だが、自分にそう思いこませたもののこわさは、まだ残っている。私がしつこく人間天皇にこだわるのは、そこからきているのだろう〉(「天皇の映像」)と発言しているからである。

ところで田中角栄内閣は佐藤栄作内閣総辞職を受けて四十七年七月に発足した。周知のように田中首相が推し進めたのは「日本列島改造」構想である。著書の『日本列島改造論』は発行部数八十八万部のベストセラーになり、列島改造ブームが起こった。しかし地価は高騰、インフレの加速が促進されただけで、四十八年の石油危機を契機に構想は破綻した。その年の三月に発売された小松左京の『日本沈没』（光文社）は、奇しくも『日本列島改造論』のアンチテーゼとなり、そんな時代背景も手伝って発売後一年間で四百万部を売り上げた。

田中首相の提起は周平の言うように、確かに中味はそんなに悪いものではない。しかし、その後の田中角栄の経緯を見ると、あの提言は何だったのだろうと首を傾げるほかはない。実態と提言の乖離は、なんとも空々しい思いにさせられたものだ。田中角栄は、ご存知の金脈問題やロッキード事件と汚濁にまみれ、やがて教訓も忘れられた。政治に関してはこれまでにして時間を戻して話を進めよう。

第四章　「溟い海」で遅い船出

昭和四十六（一九七一）年三月、「溟《くら》い海」が第三十八回「オール讀物」新人賞最終候補に残った。毎年一回ぐらいは投稿していたが、予選通過リストに名前の出ないことも二、三回あった。〈田舎に子供を連れて帰るとき、鶴岡に着くのが待ち切れなくて、新潟で降りて売店で「オール讀物」を買って見たら、第一次予選にも残ってない。がっくりしちゃって、無口になったりした〉（インタビュー「幸も不幸も丸ごと人生を書く」）こともあった。最終候補に残ったのは、「溟い海」がはじめてだった。

四月五日の選考会で受賞が決まった。発表は六月号。選考委員は遠藤周作、駒田信二、曾野綾子、立原正秋、南條範夫。藤沢周平が「作家」として世に出た瞬間である。新人賞への投稿は三十九年から始まっているから、七年目にしての受賞ということになる。

小説は怨念がないと書けないなどといわれるけれども、怨念に凝り固まったままでは、出てくるものは小説の体をなしにくいのではなかろうか。再婚して家庭が落ちつき、暮らしにややゆとりが出来たころに、私は一篇のこれまでとは仕上がりが違う小説を書くことが出来た。「溟い海」というその小説がオール讀物新人賞を受けたとき、私はなぜか悲運な先妻悦子にささやかな贈り物が出来たようにも感じたのだった。

しかしこのとき、私にしても妻の和子にしても、将来小説を書いて暮らして行くことになるとは夢にも思っていなかった。そのあとのことは成行きとしか言えない。（「死と再生」）


周平は、「オール讀物」新人賞の入選通知を受けた日のことを、次のように書いている。


残業をしながら当落の通知を待った。

ほかにも残業の人がいたが、七時を過ぎると残っているのは臼倉社長と私だけになった。入選の知らせが来たのは何時ごろだったろうか。電話が終わったあと、私は一瞬茫然とし、それから受話器をおくと帰り支度をはじめた。

すると社長も帰り支度をはじめて、「ちょっと一杯やって帰りましょうか」と言った（中略）

入選の喜びが湧いて来たのは、そうしてしばらく酒を飲んだあとだった。私は小説を書くしかないような、根深い鬱屈をかかえていたのだが、その小説が日の目を見ることがあるかどうかは、いささか疑わしい気持でいたのである。それが現実のものになったことが、やっと信じられた。

私は席を立って家に電話した。しかしある面はゆい気持から、臼倉社長には話さなかった。私は入選の知らせをうけた小説が、自分のどういうところから出て来たかを十分承知していたし、また勤めと小説を混同すべきでないとも思っていたのである。

社長と別れて新橋から乗った電車は空いていた。いささかの酔いに身をまかせながら、私は勤めのかたわら一年に一篇ぐらい、どこかに作品を発表出来たらいいと思った。それ以上のことを望んでいなかった。(『溟い海』の背景」)

さらに、〈私はそのころ四十前後だったろう。もはや小説にうつつを抜かす年齢ではなかった。しかし一方で私は、小説にでもすがらなければ立つ瀬がないような現実も抱えていた。せめて新人賞に夢を託すようなことが必要だったのである。だからその新人賞を受賞したとき、私はこれで大願成就したと感じた。あとは文壇の片隅においてもらって、年に一作か二作雑誌に小説を発表出来れば十分だと思った。むろん、会社勤めをやめるつもりはまったくなかった〉(「出発点だった受賞」)とも記している。

掲載誌に作者の「受賞の言葉」が載っている。

本誌の新人賞は、文学に関心をよせるものとして、いつも意識の底に置いてきた。しかし(中略)気付いたら、四十を過ぎていたのである。

今度の応募は、そういう意味で、多少追いつめられた気持があった。その気持の反動分だけ、(受賞の)喜びも深いものとなった。

ものを書く作業は孤独だが、そのうえ、どの程度のものを書いているか、自分で測り難いとき、孤独感はとりわけ深い。(後略)

駒田信二は、〈私はこれを読んだとき「追いつめられた気持」「孤独感」という文字に眼をひかれたことをおぼえている。「溟い海」の北斎の内面に作者の血の通っている秘密がわかったような気がしたからである。しかし作者はこの「溟い海」によって日のあたる場所へ出たのである〉（文春文庫『暗殺の年輪』解説）と述べている。駒田の中に流れる温かいものの感じられる文章である。

ときに周平は四十三歳。遅い出発であった。

ちなみに同年生まれの作家には城山三郎、吉村昭、結城昌治、北杜夫、小川国夫らがいる。このうち最も早く頭角を現したのは城山三郎で三十三年に「総会屋錦城」で直木賞。次いで北杜夫が三回の候補の末、三十五年に「夜と霧の隅で」で芥川賞を受賞。吉村昭は四回の芥川賞候補を経て四十一年に「星への旅」で太宰治賞を受賞後、「戦艦武蔵」などの記録文学や歴史小説で活躍。結城昌治は三十四年、「寒中水泳」で「エラリークイーンズ・ミステリー・マガジン」に第一席入選し推理文壇にデビュー。四十五年に「軍旗はためく下に」で直木賞。小川国夫は三十二年に発表した『アポロンの島』で注目され根強い読者を獲得。四十四年に「ゲヘナ港」が芥川賞候補になるが拒絶し、以来「難解な作家」「文壇を拒絶する特異な作家」として位置を確立している。四十九年には『小川国夫作品集』（全六巻別巻一巻・河出書房新社）の刊行が始まっている。

「溟い海」は第六十五回直木賞候補となった。賞は逸したが、この作品は周平の事実上の処女作といえる。文化・文政期に活躍した画家、葛飾北斎が主人公である。天才の名をほしいままに一世を風靡した北斎だが、老いて自らの衰えを実感している。そんな時期に、まったく名前も知らなかった安藤広重が頭角を現してくる。新人広重の描いた「東海道五十三次」が世評をさらうのである。平板な絵に見えるが、じっくり観ると、ただならぬ絵であることが見えてくる。あるがままの風景を切り取っていないながら、生きた人間の哀感が封じ込められている。北斎は若い才能に強烈な嫉妬心を抱く。しかも広重は、もともと英泉が描くはずだった木曾街道の続き絵を描くことになったというのだ。「東海道五十三次」に続いて、それが評判にでもなったら、同じ風景画家として北斎の出番はなくなる。北斎は、ならず者を頼んで広重を待ち伏せ、腕の一本もへし折って絵筆を握られなくしてやろうと企む。

しかし、ひとり夜道を歩いてくる広重の横顔は、以前の印象に反してひどく暗かった。すでに浮き世に傷ついた陰惨な顔である。それを見て北斎は、広重も自分たちの仲間だと思い襲撃を思い止まる。が、おさまらないのが北斎の頼みに応じ、なにがしかの金をせしめる積もりだったならず者たちである。彼らは腹いせに北斎をさんざん痛めつける。北斎は這うようにして家に辿り着くや行灯に灯を入れる。行灯の傍には描きかけの絵がある。末尾の部分を引いておこう。

絹布の上に、一羽の海鵜が、黒黒と身構えている。羽毛は寒気にそそけ立ち、裸の岩を摑んだまま、趾は凍ってしまっている。

北斎は、長い間鵜を見つめたあと、やがて筆を動かして背景を染めはじめた。はじめ蒼黒くうねる海を描いたが、描くよりも長い時間をかけて、その線と色をつぶしてしまった。漠として暗いものが、その孤独な鵜を包みはじめていた。猛猛しい眼で、鵜はやがて夜が明けるのを待っているようだったが、仄かな明るみがありながら、海は執拗に暗かった。

それが、明けることのない、溟い海であることを感じながら、北斎は太い吐息を洩らし、また筆を握りなおすと、たんねんに絹を染め続けた。時おり、生きもののような声をあげて、木枯しが屋根の上を走り抜け、やむ気配もなかった。

溟い海辺の岩に立つ海鵜は、鬱屈を抱えた周平の心象風景であり、北斎の執念はそのまま周平の執念でもあるだろう。周平もまた、〈やがて夜が明けるのを待って〉、深夜、孤独なまま机に向かい、原稿用紙のマス目を埋めていたに違いない。

少し重複する部分はあるが、この作品について周平は次のように述懐している。

好き嫌いは別にして、いちばん忘れがたい小説をあげるとすれば、私の場合やはり「オール讀物」の新人賞をもらった「溟い海」ということになろう。

三十代のおしまいごろから四十代のはじめにかけて、私はかなりしつこい鬱屈をかかえて暮していた。鬱屈といっても、仕事や世の中に対する不満といったものではなく、まったく私的な中身のものだった。私的なものだったが、私はそれを通して世の中に絶望し、またそういう自分自身にも愛想をつかしていた。

そういう場合、手っとり早い解消の方法として、酒を飲むとか、飲んだあげく親しい人間に洗いざらい鬱屈をぶちまけるやり方があるだろう。だが私は古い教育をうけたせいか、そういうやり方は男らしくないと考えるような人間だった。自分の問題は自分で処理すべきだと思っていた。当時はまだ、そういう考え方が出来る気力と体力があったのだろう。

さて、そういう気持のありようは、べつに小説に結びつくとは限らないわけだが、私の場合は、小説を書く作業につながった。

「溟い海」は、そんなぐあいで出来上がった小説である。書いているときには気づかなかったが、活字になったものを読むと、いかにも鬱屈をかかえたまま四十を過ぎ、そろそろ先も見えて来た中年サラリーマンが書いた小説になっていたようである。主人公の北斎は、あちこちで私自身の自画像になっていた。(「『溟い海』の背景」)

ところで「年譜」には、「オール讀物」新人賞に応募したとき、初めて「藤沢周平」のペンネームを使用したとある。が、事実は、それ以前から使用していた。そのペンネームの由来であるが、「藤沢」は黄金村の隣村の地名で三浦悦子の生地であり、「周平」の「周」も悦子の姉の甥の一字を借用したものという。

この年の十月七日付で、松坂俊夫に宛てた周平の手紙が残されている。先にも述べたが松坂は山形師範学校時代の後輩であり、同人雑誌「碎氷船」の仲間でもある。

その手紙は、以下のような内容である。

ご丁寧なお便りで恐縮致しました。
お申し越しの件、趣旨は十分に諒解しましたが、そういう企画にとりあげて頂くには、いかにも時期尚早という気がします。いかがなものでしょうか。
なるほどオール讀物に一、二作品がのりましたが、それでもう作家というわけでもありませんし、私自身作家面するつもりは毛頭ありません。本業のほかに、多少文学にかかわりを持ったということに過ぎないのです。
貴兄のお申し越し理解は致しますが、なおかつひたすらに面はゆいわけです。
作品を公けにする以上、何かととりあげられることは拒むことができませんし、またそういう筋合のものでもないと思います。ただし、当方から、なにがしかの資料を提供するということになると、これは時期まだ早いと考えざるを得ません。後輩はかわいいし、出来ることなら言うことを聞いてあげたいのですが、事情右のとおりで、悪しからず御諒承下さい。
せめてもう二、三作眺めて欲しいということです。（後略）

この手紙の背景には、次のような事情があったと思われる。

当時、松坂は「山形新聞」に『やまがた文学への招待』（郁文堂書店）を連載していた。それは古《いにしえ》から現代に至る、山形県にかかわりのある作家・作品を解説する読み物だった。この連載に、「オール讀物」新人賞を受けた周平を加えようと資料の提供を申し出た。それに対して丁寧に断ったのがこの手紙だろう。少し知られた雑誌などに一作品でも掲載されると、たちまち肩書きが「作家」となる例をよく見かけるが、なんとも爽やかである。この謙虚な姿勢は、周平の人柄から来るものだろう。

ところで「溟い海」の受賞が周平の「作家」として世に出た瞬間であると書いたが、厳密に言えば正確ではない。前述のように平成十八年一月、周平が作家デビュー前の無名時代に雑誌に掲載された作品十四篇（のちにもう一篇）が見つかっている。この発見を窺わせるものは以前からあった。

先の金田明夫の文章の他に、昭和三十九年四月十日付の渡辺とし宛の手紙に、〈経子が、小説のことなど言ったそうですが、あなたぐらいに言うのは差支えないけれども、方方に吹聴するなと怒っていたと伝えて下さい。前に、僕の会社がつぶれて、田舎に借金話に帰った時、経子にも心配させたので、安心させるつもりで小説の話もしたのです。あまりあちこちに言ってもらいたいことではありません。小説書いているなどと人に言うためには、今の段階を、もうひとつ突き抜けたところが必要で、一ヶ月に一本、締切に間に合せるのが精一杯という、エネルギーを欠いた現状では、それもどうしようもありません。続けるかどうかも迷っている有様なのです〉とある。

また、阿部達二によると新人賞を受賞した直後、選考委員の一人である駒田信二から、〈あの人はこれまでにも雑誌にいろいろ書いていますから大丈夫ですよ〉（文春文庫『無用の隠密』解説）と筆力のあることを聞かされた、と語っていることからも推測されたことだった。

その〝発掘〟された十四篇は『藤沢周平　未刊行初期短篇』（文藝春秋）として上梓され、周平ファンには予期せぬプレゼントとなった。のち更に一篇を加えて『無用の隠密』（文春文庫）として出された。改めて作品名と掲載誌を挙げると、①「暗闘風の陣」（「読切劇場」三十七年十一月号）②「如月伊十郎」（同三十八年三月号）③「木地師宗吉」（同四月号）④「霧の壁」（同七月号）⑤「老彫刻師の死」（同八月号）⑥「木曾の旅人」（同九月号）／⑦「残照十五里ケ原」（同十月号）⑧「忍者失格」（「忍者読切小説」同十月号）⑨「空蟬の女」（「読切劇場」同十一月号）⑩「佐賀屋喜七」（同十二月号）⑪「浮世絵師」（「忍者読切小説」三十九年一月号）⑫「待っている」（「読切劇場」同三月号）⑬「上意討」（同四月号）⑭「ひでこ節」（「忍者小説集」同六月号）⑮「無用の隠密」（同八月号）となっている。ほぼひと月に一篇のペースで発表されている。この雑誌の版元は高橋書店である。

これら十五篇の作品は、三十七年秋から三十九年夏にかけて書かれている。その間に周平は大きな出来事に遭遇している。三十八年二月の長女展子の誕生と同年十月の悦子の死である。郷里から母親が上京するが、日常生活の雑用から解放されたわけではない。〈母と子供を病院に連れて行き、治療が終って、病院の前から車にのせて送り出して、駅まで駈足〉のような状態がつづいていたのである。「無用の隠密」（三十九年）を最後に周平は、それらの雑誌への執筆をやめ、もう一段上の世界を目指したことは先に触れた。

ところで、多くの作品に触れたいという愛読者の気持ちに応えることや藤沢文学の研究者にとっても、それらが意義ある刊行であることは理解できる。しかし、この〝発見〟につづく刊行は、果たして周平にとって本当に喜ぶべき事態だったのだろうか、という思いが湧いてくる。

というのは、第一期の全集に前記作品が収録されていないのは、周平が当該作品の存在を忘れていた、単なる失念によるものだろうか、という疑問から来る思いである。労苦を重ねた習作時代（?）の作品を忘れるなど信じられないことである。いまとなっては本当の理由は知るすべもないが、そこには忘却などではなく、周平の強い意志が働いていたのではないだろうか。

理由はある。周平が五十八年に発表したエッセイ「転機の作物」に、〈私が小説を書きはじめたのは、いまから十年ほど前のことだが……〉という文章がある。十年ほど前というと四十八年ころのことになる。つまり周平には「溟い海」からの出航時こそが「作家元年」だという意識があったと思われる。憶測ではあるが、デビュー以前の作品は「納得ゆく小説ではない」と自ら判断して意識的に葬った。言うなれば、これらの作品を作家・藤沢周平の作品として読まれることを拒否したのではないだろうか。

確かに周平の書いたものであることには間違いなく、藤沢文学の成立を知るための貴重な資料的価値があることも理解できる。しかし、自らにハードルを課し、妥協のない高い質の文学世界を構築し開示するには、たとえ愛着があっても、不本意な作品は捨てなければならないこともある。仮にそうであったのであれば、〈封印〉した作者の意志を尊重し、公にしないことこそ、作者の意に沿うというものではないだろうか。未収録の原因はなにだったのか。死者は語らないから真相は永遠の謎になる。周平ファンであればこそ気になる謎といえる。

それらの作品群については、後年の作品との類似性を指摘する評論家の声も聞かれた。こんなことを言ったら、熱烈な藤沢ファンから総すかんを食いそうだが、特に愛着のあったテーマは、埋もれさせるのを潔しとせず手直しして〝同弦異曲〟とまでは言わないまでも、〝編曲〟して再び舞台に載せた、と考えられなくもない。

その類似点だが、「木曾の旅人」は渡世人の宇之吉が四十年ぶりに故郷木曾福島へ帰ってくる。昔の恋人お佐和の墓に詣でたとき、お佐和の生んだ娘お登世と出会う。お登世はお佐和が生き返ったかと思われるほど瓜二つである。宇之吉はお登世の危機を救い、再びあて知らぬ旅に出ていく、という筋立ては、後年の「帰郷」(四十七年作)に酷似している。また「待っている」は、後年発表された「割れた月」(四十八年作)に、さらに「浮世絵師」もデビュー作「溟い海」とよく似た印象を受ける。いずれも発想は同根といえないだろうか。

これら三作品は周平にとって愛着のあるテーマだったのだろう。真実は分からない。が、前作では充分に意を尽くすことが出来なかったため、書きなおして発表したということも考えられる。であれば、全集に載せられなかった〝発掘〟なる十五作品は、周平が捨てたとするのが順当ではないだろうか。

それはさておき、このころの作品から思うに、周平には浮世絵への強い関心があったようである。つまり「浮世絵師」と第二十六回「オール讀物」新人賞の候補の「北斎戯画」、そして「溟い海」である。また「喜多川歌麿女絵草紙」「江戸おんな絵姿十二景」などの〝浮世絵もの〟もある。『喜多川歌麿女絵草紙』（青樹社・文春文庫）は「歌麿おんな絵暦」の題で「オール讀物」五十年六月号から翌年四月号まで隔月連載され、単行本化にあたって『喜多川歌麿女絵草紙』と改題された。周平は「あとがき」で、次のように述べている。

浮世絵師歌麿といえば、ただちに好色の絵師といった図式には賛成しかねる気分が、この小説の下地になっているかも知れない。歌麿は若いころはかなり遊んだ形跡があるが、おりよという妻を得てからは、なかなかの愛妻家でもあった。さきの図式も、ひとつの歌麿の読み方には違いないが、数ある浮世絵師の中で、歌麿ひとり好色漢の代名詞のように言われるのは、どんなものだろうか。

なるほど歌麿は、生涯美人絵を描き、また「歌まくら」、「ねがひの糸口」、「絵本小町引」といった枕絵《まくらえ》の名作を残している。だが美人絵の凄味ということなら英泉のような絵師もいるし、また枕絵は歌麿に限らず、当時の絵師がみんな描いたわけである。北斎の「浪千鳥」以下の秘画が、歌麿の作品に匹敵することはよく知られている。枕絵は、様式でなく生身の人間を描こうとした絵師たちにとって、必然の産物だったのであろう。

この小説は、そういうわけで歌麿に貼られているレッテルをはがしてみるという、やや天邪鬼《あまのじやく》な気分から生まれたものだが、おことわりしたように、これもひとつの歌麿の読み方ということである。

歌麿は蔦屋重三郎によって世に出た。美人絵を描いて人気絶頂の売れっ子絵師歌麿だが、出版統制が強まり、新しい趣向が求められる時代になっていた。寛政三（一七九一）年、蔦重から出版した山東京伝の洒落本が発禁になり、蔦重は身代を半分没収され、京伝は手鎖五十日の刑を受けた。錦絵発行には検印が必要だが役者絵と相撲絵は取り締まりの対象外だった。蔦重は歌麿に役者絵の制作を持ちかけるが、女絵に撤するつもりだった歌麿は断り、二人の仲は気まずいものになる。ある日、歌麿が蔦重を訪ねると、京伝と蔦重が顔を突き合わせて下絵を眺めていた。強烈な個性が出ている写楽の役者絵だった。盛りを過ぎたと思っている歌麿は、新しい才能に対する怯えを覚える。それでも女に惹かれつづける、四十歳前後の等身大の歌麿を描いた作品である。

ちょっと軌道を外したが、「溟い海」の話に戻そう。「溟い海」が受賞したとき、選考委員の一人である駒田信二は選評の後に、〈お豊という女がそれぞれ全くちがった形で三度、話の中にあらわれるが、それが鮮やかに時間の流れをあらわしていて、感心した〉と書き加えたと言う。

お豊は、最初は、両国橋の上での鎌次郎の話の中に、薬研堀《やげんぼり》に屋台を出していた評判の美人だがこのごろ富之助（北斎の長男）といっしょに姿をくらましてしまった女として語られる。二度目は、乳呑み子を抱いて北斎の家にあらわれる。お豊は富之助に捨てられ、北斎にしばらく子供を預かってくれと頼みにきたのだが、北斎はつっぱねる。三度目は「木曾街道」の絵を途中で投げだして姿をくらました英泉を柳原の土手へさがしに行った北斎の前に、お豊は夜鷹としてあらわれるのである。断片的にしか描かれていないにもかかわらず、お豊の姿は小説の中の時間の推移とともに、北斎の心理の推移とも重なる。そこに感心したのである。（文春文庫『暗殺の年輪』解説）

「溟い海」は第六十五回直木賞候補となる。他の候補は阿部牧郎「われらの異郷」、広瀬正「ツィス」、藤本義一「生き急ぎの記」、笹沢左保「雪に花散る奥州路」「中山峠に地獄を見た」、黒部亨「谷間のロビンソン」の五人六作品。が、この回は受賞作なしとなった。「溟い海」で文壇に足がかりのできた周平は旺盛な執筆活動を展開する。受賞第一作として「囮《おとり》」を「オール讀物」(十一月号)に発表。この作品で再び直木賞候補になる。他の候補は石井博「老人と猫」、田中小実昌「自動巻時計の一日」、宮地佐一郎「菊酒」、岡本好古「空母プロメテウス」、福岡徹「華燭」、木野工「襤褸」、広瀬正「エロス」の七作品。が、この回も受賞作なしだった。

「囮」について駒田信二は、〈版木師でありながら、病気の妹を養うために、人にはかくして目明しの下っ引をしている甲吉という男が主人公だが、下っ引甲吉の抱くうしろめたさには、当時業界紙の編集長を勤めながら作家活動していた作者の気持の反映も、あるいは、あったかもしれない。この甲吉の持つ暗さが、作品のすぐれた底流となる。ストーリーは目明しの徳十が追っている殺人犯綱蔵の情婦おふみと甲吉との関わりあいの顚末だが、おふみという女が正体をさらけ出すことなく、しかも鮮やかに描き出されていて、全体の出来栄えからいえば「溟い海」をしのぐ〉(同前)と評している。

その後、「賽子無宿」(「オール讀物」昭和四十七年六月号)、「帰郷」(「オール讀物」同年十二月号)、「黒い縄」(「別冊文藝春秋」一二一号)を相次いで発表。「黒い縄」は三度目の直木賞候補となる。他の候補は滝口康彦「仲秋十五日」、堀勇蔵「去年国道3号線で」、難波利三「雑魚の棲む路地」、武田八洲満「信虎」、小久保均「折れた八月」、太田俊夫「暗雲」の六作品。ところが、この回も受賞作なしと決定した。

「黒い縄」も「囮」と同じく捕物小説の形で書かれているが、主人公はおしのという出戻りの女である。物語は、かつて凄腕の岡っ引として知られたが二年前に仕事をやめ、今は息子がやっている植木屋を手伝っている地兵衛が、おしのの家の庭の手入れをしているところから始まる。もとおしのの家（材木屋）の長屋にいた宗次郎を、地兵衛は岡っ引をやめた今も執拗に追い続けている。その狙いは後に明らかになるが、宗次郎とおしのとの関わりあいを、ただちには正体をさらけ出すことなく巧妙な構成のうちに語っていく。

ところで、こうも落選・受賞作なしが重なると、周平はなにやら縁起の悪さといったものを覚えないではいられなかった。


過去三回候補に挙げられ、三回落ちたが、私が出たときに限って、直木賞は受賞作が出なかった。（中略）私が抜けた四十七年上期には、井上ひさし氏（註＝「手鎖心中」）、綱淵謙錠氏（註＝「斬《ざん》」）が受賞している。

私はもともと迷信とか運とかいうことに無関心であるが、こうなるといくら呑気でも、ジンクスのようなものを考えないわけにはいかない。あいつが出ると受賞作が出ないということになるとハタ迷惑であろう。ほかの方方に相済まないという気分になる。一度なんぞは芥川賞まで捲き込んで（註＝第六十五回）、両賞がなかったのは何年ぶりとかで話題になった。（「ハタ迷惑なジンクス」）

つづいて周平は「オール讀物」（四十八年三月号）に「暗殺の年輪」を発表する。自信作ではなかった。タイトルに苦心するのはいつものことだが、この作品でも決まるまでには悪戦苦闘したという。「ただ一撃」などは、まさにただの一撃で決まった。だが、「暗殺の年輪」と決まるまでに、少なからぬ曲折があった。

あるとき私は「オール読物《ママ》」に武家物の小説を書き、タイトルを「手」として提出した。「手」は、例によって汗だくの論理的格闘を演じたあとの、苦心のタイトルだった。だが、間もなく担当のN氏から電話がきて、「手」はよくないと言う。言われてみると、まったくそのとおりである。N氏はタイトルをつけ直すのに若干の時間をくれた。

私は家を出て所沢に行き、駅に近い喫茶店でお茶を飲みながら、「手」にかわるタイトルを考えた。（中略）私はその喫茶店にいる間に、四つか五つの題名を考え出し、N氏に電話した。

間もなくN氏から、その中の「暗殺の年輪」というのを、タイトルに採用したと知らせがあったが、むろんその時点で、その小説が直木賞をもらうようになるとは夢にも思わなかったことである。（「汗だくの格闘」）

またしても「暗殺の年輪」は直木賞候補になる。四度目ともなると受賞するしないにかかわらず、プロの作家として通用する、実力を充分に備えているとするのは衆目の一致するところだろう。それはさておき周平は言う。

担当編集者のN氏からその連絡を受けたとき、私はあまり気持が弾まなかった。『暗殺の年輪』は受賞するには少し力不足のように思えたのである。私はそのころ、自分では『暗殺の年輪』より少しマシと思われる『又蔵の火』という小説を書いていて、候補にしてもらうならこちらの方がいいのではないかという気がしたのである。

私はその気持を正直にN氏に言った。一回抜いてもらう方がいいのではないかと言うと、N氏はきびしい口調でそれは了見違いだと言った。候補にあがるのは得がたいチャンスなのだと言われて、私はいつの間にか自分が傲慢《ごうまん》な人間になっているのを思い知った。私は恥ずかしかった。

(「出発点だった受賞」)

第六十九回直木賞の他の候補作は、加藤善也「木煉瓦」、仲谷和也「妬刃」、長部日出雄「津軽世去れ節」「津軽じょんから節」、半村良「黄金伝説」、武田八洲満「炎の旅路」、赤江瀑「罪喰い」の六人七作品。この回は妙なジンクスも影響せず、周平と長部日出雄の二人が同時受賞した。選考委員は石坂洋次郎、川口松太郎、源氏鶏太、今日出海、司馬遼太郎、柴田錬三郎、松本清張、水上勉、村上元三。ここで選評における周平に関わる部分を覗いてみよう。

石坂洋次郎＝藤沢周平君の「暗殺の年輪」は達者な作品。危な気ないがその代り新鮮味に乏しいうらみがある。

川口松太郎＝藤沢周平君は過去三回も直木賞候補作品に選ばれながら不幸にして何時も次点程度で終っている。第二回作の「囮」はなかなかよかったがこれも決定的に至らず、今回が四回目であり藤沢君としても最後の望みを賭けた一作であったと思う。それにしては、今回の「暗殺の年輪」

も決定的傑作であるとは思えない。ただ過去の業績がものをいったのと委員諸君も好意的に見ていたようだ。その上長部君には将来への不安を持ったが藤沢君には不安がなく、むしろ決定的傑作を期待するという感じ方が誰にもあって、私も誠に同感だった。

源氏鶏太＝「暗殺の年輪」は、この一作よりも過去の実績を買われたと見るべきであろう。藤沢氏の小説は、たいてい安心して読むことが出来る。しかし、その反面、どの作品も額縁にはまったような印象をあたえている。恐らくいつも直木賞を頭においていたせいでないかと思う。だから今度は、もっと八方破れに書いて、新しい魅力を出して貰いたいし、藤沢氏にとって必要なことだという気がしている。

今日出海＝「暗殺の年輪」は前作も同じジャンルに属していたように思われる。同じような構成や設定は手堅いとも云えるし、平凡とも云える。この辺に作者の危機もあるかも知れない。

司馬遼太郎＝この作品は、いわばただの時代小説である。前記長部氏が持っている斬新な選球眼や、大きすぎる主題をやみくもに小説にしてしまう腕力沙汰というのはおよそ感じられず、ただ端正につくった上手物の焼物という感じだが、ともかく膚質のきれいさがすてがたいというところがあった。

柴田錬三郎＝藤沢周平氏は、すでに四回も候補になりながら、今回の「暗殺の年輪」もまた、ストーリイに新鮮味がなく、すでに誰かが書いたような物語であるところに、まだ、自信を持って世間に問う好材料をさがしあぐねている模様であった。しかし、その文章といい、その構成といい、藤沢氏は、もはや充分にプロフェッショナルであった。直木賞受賞を契機として、飛躍できる人、と私は、みた。そこで、あえて、藤沢氏にも受賞を、と私は主張したのである。

松本清張＝「暗殺の年輪」は、いつもの清冽巧緻な文章である。あまりに細部描写に蔽われているために全体の迫力を弱めているのは氏の美的欠点であろうか。だが、今度の作品はよほど省略が効いている。たとえば末尾の一行など、普通なら「女の居る家に」と説明を加えたいところをみごとに切り捨てている。山本周五郎調もかなり除かれてきている。しかし、氏の作品にはこれまでのところ惜しいことにかくべつ新しい発想も視野もみられない。既成の組合せといった気がする。それで物語におどろきが見られない。受賞を機会に乗雲の発展を望みたい。

水上勉＝「暗殺の年輪」については、私はいい読者ではなかった。前作の方がいいと思った。そのことは、私のまちがいかもしれない。もう一度ゆっくり読みかえしてみるつもりでいる。しかし、この作家は、候補歴もあり、達者である。その確かな腕さばきが、ぴったりきまった作品は、これから出るのではないかと思う。時代小説の軟派というか、そういう世界を耕してほしいと思った。したがって、授賞は将来へのおくり物として賛成である。

村上元三＝「暗殺の年輪」は、作品のねらいも古いし、こういうテーマの小説は、時代物畑の作家なら、たいていは書いている。相撲にたとえれば、自分の型を持っていない力士と同じだが、この作者の実力と、これまでの実績を買って推した。これを契機に、自分のスタイルを確立してほしい。

批評軸は多彩であり、満場一致の授賞など、そうそうあるものではない。周平の作品そのものは〈決定的傑作〉ではないにしても、それまでの実績と将来に対する期待が受賞につながったようである。

「暗殺の年輪」だが、主人公である葛西馨之介の父は、馨之介がまだ子どものとき、藩の権力者である中老嶺岡兵庫を暗殺しようと企てるが失敗し横死している。馨之介は少年のころから周囲の者が一種憫笑の眼で見るのを意識していた。が、それが何に由来するのか分からない。それから十八年、馨之介は家老たちから嶺岡兵庫暗殺をそそのかされる。いったんは断ったものの、父の横死後、母が嶺岡兵庫に体を提供することで葛西家を破滅から救っていたことを突き止める。周囲が憫笑の眼で見ていたのはそのためだったのだ。それを知った馨之介は暗殺を引き受ける。しかし嶺岡暗殺には別の企みがあった。馨之介の同輩で家老たちに手引きする貝沼金吾。その金吾をふくめ、家老たちは嶺岡兵庫を暗殺した後、馨之介を殺害し葬り去ろうと企んでいたのである。馨之介に警告する金吾の妹菊乃。次第に父の横死のからくりが見えてくる……。

「暗殺の年輪」の冒頭近くに、〈丘というには幅が膨大な台地が、町の西方にひろがっていて、その緩慢な傾斜の途中が足軽屋敷が密集している町に入り、そこから七万石海坂《うなさか》藩の城下町がひろがっている。城は、町の真中を貫いて流れる五間川の西岸にあって、美しい五層の天守閣が町の四方から眺められる〉とある。

海坂藩の誕生である。

海坂藩は、江戸から百二十里、出羽の国の日本海に面したところにある七万石の小藩。そして東西南の三方に山が連なり、北が海となれば、誰しもが周平の故郷である庄内平野と庄内藩を想起するだろう。それに違わず、モデルが酒井家庄内藩であることは周平も語っている。元和八（一六二二）年の山形藩最上氏の改易後、庄内十三万八千石には信州松代十万石の酒井忠勝が入部し、城地を鶴ヶ岡城に定めた。後に藩の規模は拡大するが、当初海坂藩をこぢんまりした七万石に設定したのは、その程度の規模の方が地理的に鳥瞰が可能であり、密なる人間関係も見えて、周平には描きやすかったからだろう。

この海坂藩を舞台にして多くの名作が生まれた。少し紹介は早いが、いわゆる「海坂もの」と言われるものには、明示されてないものもあるが、長篇に「用心棒日月抄」シリーズ、「蟬しぐれ」「秘太刀馬の骨」「隠し剣」シリーズ、「三屋清左衛門残日録」、短篇に「暗殺の年輪」「相模守は無害」「竹光始末」などがある。

関川夏央は「『ユートピア』としての海坂」と題するエッセイで、次のように述べている。

そこには、日々剣術の稽古にいそしんで、袴の折り目もまっすぐに、すばやく歩み去る若い武士がいる。たゆまず家事をこなして天地を恨まぬ女たちがいて、掘割を流れくだる水のように清涼な娘たちがいる。居酒屋につどって、一尾の冬の鰊《にしん》を分けあいつつ盃を傾ける老いた侍たちがいる。そして城下には、百年かわらぬ白い道があり、宵にはほのかなあかりに浮かぶ橋がある。

それはまさに私たちの帰りたい風景である。あるいは、経済からも進歩からも自由な「ユートピア」である。

藤沢周平文学の特徴は、陰謀家やその一党もまた、ユートピアの住人であることだ。友情や「忍ぶ恋」のみならず、争いや裏切りも含みこんでこそ人の世だという作家の思いが、海坂城下の限りない懐かしさとリアリティを、ともに保証する。藤沢周平の世界を生きるとは、そういうことなのである。(『藤沢周平記念館』)

井上ひさしは、弔辞を手向けている。

それぞれの分を守りながらその筋目を通そうとする男たち、それを軀と心で支える女たち。この人たちが、藤沢さんの端正で切れ味のよい、それでいてやさしくしなやかな文章でくっきり浮び上がってくると、どんな人物もとてもなつかしく見えてくるからふしぎです。なつかしさが高じて、今は全員がそれぞれ私の理想像になってしまい、いつの間にか、この海坂の御城下が私の理想郷になりました。これからも日常の俗事で疲れ果てるたびに、御作の海坂藩ものどこかを開き、千鳥橋東詰の餅菓子屋で買ったたまり団子を頰張りながら例の若松屋の前あたりをぶらついてみることにいたします。私と思いを同じくする人もまたこの世の末まで跡を断たぬはず。こうして藤沢さんのお仕事は永遠に市塵の中を、巷の塵の中を生きつづけ、屈託多い人びとを慰めるはずです。

藤沢さん、私に理想郷海坂を与えてくださってありがとう。(「海坂藩に感謝　別れの言葉にかえて」)

こうしたユートピア・理想郷とすることに異議を唱えるのが湯川豊である。

ここはユートピアではない。藩上層部は権謀術数に明け暮れ、毒を飼ったり人を斬れと指令したりして、なかなか物騒なところでもある。

家中の一般藩士、とりわけ下級武士は、上層部の動きに迷惑をこうむったりして、なかなか辛苦の生活なのだ。禄高三十石にも満たぬ下級藩士は、家族も含めて、貧しくひたむきに生きている。その姿勢は丸谷氏が指摘したように、江戸時代の本物の男や女よりも美しいといえるかもしれない。ただ、かつての日本人がめざした生き方とそう遠く隔っていないと思われる理由は、私たちはそこに強い懐かしさを感じ、懐かしさの背後に悲しみのようなものが漂っているのを感知するからである。（中略）

再度いうが、海坂藩はユートピアではない。町民にも百姓にも、藩士にも日常がある。藩士は執政たちの騒動に巻き込まれたとしても、一件が落着すれば戻っていく日常がある。

その日常を輝やかせるのは、海坂の風土、またその風土への人びとの信頼である。海坂藩は、藤沢周平の想像力が夢見た場所であっても、観念上の桃源郷ではなく、東北の風土への愛着がつくり出したもので、現実にその風土は存在した。（「吉里吉里国と海坂藩」＝「考える人」二〇一二年春号）

どちらの言い分に加担するかは、読者に任せるが、海坂藩への熱い想いは、そんなに隔たっているとも思えない。

九月、最初の作品集『暗殺の年輪』（文藝春秋）が上梓された。同書には「溟い海」によって文壇デビューしてから「暗殺の年輪」で直木賞を受賞するまでの二年間に書いた、右記二作品のほかに「囮」「黒い縄」「ただ一撃」の五作品が収録されている。この年に執筆した作品には、「恐喝」「夜が軋む」「割れた月」「又蔵の火」「逆軍の旗」などがある。発表誌は「別冊小説現代」「オール讀物」「小説推理」「問題小説」「別冊文藝春秋」「別冊小説新潮」と、物書きとしては申し分のない舞台だった。

「暗殺の年輪」のあと「恐喝」「ただ一撃」を発表する。「ただ一撃」も武家物である。一見耄碌《もうろく》しているかにも見える老武芸者の範兵衛とその息子の嫁・三緒との心の交流を描いた鮮烈な作品である。範兵衛は清家猪十郎との試合を翌日に控えている。舅に勝利を得させるために自ら軀を与え、翌朝、懐剣で喉を突いて自害する三緒という嫁が美しく描かれている。藤沢文学を彩る女たちはいずれも魅力的である。

その女だが、賛辞を惜しまないのは、周平を最も理解してくれていた駒田信二である。

「囮」のおふみ、「黒い縄」のおしの、「暗殺の年輪」の菊乃とお葉、そしてこの「ただ一撃」の三緒、どの女もかなしく、美しく、読者はこれらの女たちを、これらの女たちを描いているそれぞれの作品を、愛惜せずにはおられなくなる。そこがこの作者の作品の第一の魅力である。憑《つ》かれたような男たち、非情な男たちも、これらの女ゆえにその輪郭がくっきりと浮びあがってくるのである。

私は一人の作家がはじめて作家としての自己形成をなし得た作品を、作家的肉体と呼んでいるが、これらの五篇はまさに藤沢周平の作家的肉体そのものといってよいであろう。（文春文庫「暗殺の年輪」解説）

翌十月、周平は鶴岡市に帰郷する。控えめな周平のこと、〝故郷に錦を飾る〟とか〝凱旋〟といった晴れがましさの感情は前面には出さないが、これまでの帰郷とは大きく違っていたことだろうことは想像に難くない。かつては再就職先を探しての帰郷であり、その後は業界紙の記者という、ある種の鬱屈を抱えての帰郷だった。小説を執筆しているといっても、生活を少しばかり豊かにしてくれる程度のものであり、普通の書店には並ばないような二流の出版社の雑誌に書いていただけである。ここで業界紙の記者と小説家を天秤にかけるつもりは毛頭ないが、今回は文壇に確たる地位を築いての、精神的にも余裕のある帰郷だった。だから、それまで積極的には近づけなかった、かつての職場である湯田川中学校などにも出向くことができた。

私は、二十数年前に教師をしていた中学校にも行った。そこで私は、いきなり胸がつまるような光景に出くわした。私がそこに勤めたのはわずか二年である。たった二年で病気休職となり、それっきり私は教職を去ったのである。

会場の聴衆の前列にそのときの教え子たちがいた。男の子も女の子も、もう四十近い齢になっていた。それでいて、まぎれもない教え子の顔を持っていた。

私が話し出すと女の子たちは手で顔を覆って涙をかくし、私も壇上で絶句した。おそらく彼女たちはそのとき、帰って来た私をなつかしむだけでなく、私の姿を見、私の声を聞くうちに二十年前の私や自分たちのいる光景をありありと思い出したのではなかったろうか。

講演が終わると、私は教え子たちにどっと取り囲まれた。あからさまに「先生、いままでどこにいたのよ」と私をなじる子もいて、〝父帰る〟という光景になった。教師冥利に尽きるというべきである。

どこにいたかという教え子の言葉は、私の胸に痛かった。私は教え子たちを忘れていたわけではなかった。一人一人の顔と声は、いつも鮮明に私の胸の中にあった。しかし業界紙につとめ、間借りして小さな世界に自足していたころ、声高く自分のいる場所を知らせる気持がなかったことも事実である。そういう私は、教え子たちにとっては行方不明の先生だったのだろう。

業界紙の記者と小説家と、どちらが幸福かは、いまここで簡単には言えないことだが、そのときだけは、私は小説家になったしあわせを感じたのであった。(「再会」)


講演会に訪れた教え子たちは、一様に直木賞を受賞して、もう雲の上の人になってしまったのではないか、東京帰りは違うだろうというところを見せつけるのではないか、という一抹の不安と危惧を抱いていたのだ。しかし、それは杞憂だった。教え子たちが、ことのほか喜んだのは、周平がかつての小菅先生と変わらず地元の言葉、庄内弁で語りかけてくれたことだった。鬱屈した魂の長い遍歴はあったが、ようやく周平と郷里との距離は縮まり、かつての近寄りがたい原郷ではなくなっていった。

この年に執筆した作品に、周平が自信作であることをほのめかした「又蔵の火」(「別冊文藝春秋」一二五号)がある。

物語の主人公は、家の面汚しとして死んだ兄万次郎の仇を討つために鶴ケ岡の町に帰ってくる。又蔵は兄の死を悲しんだ者が一人もいなかったことから、兄の敵討ちをやろうと決心したのである。

土屋家の放蕩者が死んだことで、人人はむしろ安堵し、その死はすばやく忘れ去られつつあるだろう。兄が落ちた地獄の深みを測るものもなく、ましてその中で兄が傷つき、罰されていたなどと僅かでも思わず、たまに思い出しても、つまみどころもない遊び者だったと顔を顰めて噂をするだけなのだ。

そこで、又蔵は兄に代わって、ひと言言うべきことがあると気持ちを強くする。

一矢酬いたい、と言い直してもいいと思った。兄がしたことを、いいことだとは思わない。だが、放蕩の悦楽の中に首まで浸って満ち足りていたという人人の見方も、正鵠を射てはいないのだ。兄は時に悲惨で、傷ましくさえみえた。人人はそのことに気づこうともしなかったのである。

そして死闘を展開する。丑蔵は〈「始末をつけねばならん。土屋の家の体面を傷つけず、おぬしの意趣も通るような始末をな」〉と言い二人は差し違える。又蔵は本懐を果たし、丑蔵は武士らしい最期を遂げる。

この作品は史実を基にしている。仇討ちの場所は鶴岡市内の総穏寺。曹洞宗の名刹である。総穏寺の総門左手に「土屋両義士相討之地」の石碑が建ち、二人が闘った刀も残されている。

単行本の『又蔵の火』（文藝春秋）には表題作のほか「帰郷」「賽子無宿」「割れた月」「恐喝」が収録されている。周平は「あとがき」で次のように述べている。

「又蔵の火」は、私にとって二冊目の作品集である。直木賞受賞後の作品二篇と、受賞前の作品三篇を収めてある。

前後はわかれているものの、全体としてみれば、どの作品にも否定し切れない暗さがあって、一種の基調となって底を流れている。話の主人公たちは、いずれも暗い宿命のようなものに背中を押されて生き、あるいは死ぬ。

これは私の中に、書くことでしか表現できない暗い情念があって、作品は形こそ違え、いずれもその暗い情念が生み落したものだからであろう。読む人に勇気や生きる知恵をあたえたり、快活で明るい世界をひらいてみせる小説が正のロマンだとすれば、ここに集めた小説は負のロマンというしかない。この頑固な暗さのために、私はある時期、賞には縁がないものと諦めたことがある。今年直木賞を頂けたのは幸運としか思えない。

だがこの暗い色調を、私自身好ましいものとは思わないし、固執するつもりは毛頭ない。まして殊更深刻ぶった気分のものを書こうなどという気持は全くないのである。ただ、作品の中の主人公たちのように、背を押されてそういう色調のものを書いてきたわけだが、その暗い部分を書き切ったら、別の明るい絵も書けるのでないかという気がしている。

これらの作品のうち、「帰郷」「割れた月」は、周平の無名時代に執筆した作品に似ていることは述べた。

この期の収穫の一つである「逆軍の旗」は、四十八年の「別冊小説新潮」秋季号に掲載された。単行本の『逆軍の旗』(青樹社・文春文庫)には表題作のほか、藤沢文学の作品系列のうち、武家ものにも市井ものにも属さない、歴史小説である「上意改まる」「二人の失踪人」「幻にあらず」の三つの作品が収録されている。先の「又蔵の火」と「逆軍の旗」の二作品は、周平が言うところの、〈ハッピーエンドが書けなかった〉時期の〈負のロマン〉の秀作と言える。

その「逆軍の旗」は周平が戦国武将のうちで、もっとも興味を惹かれたという明智光秀の〈織田信長殺し〉を描いたものである。

光秀は信長殺しの誘惑につきうごかされ、信長を本能寺で討つ。光秀は長年にわたり信長に従い、信長の絶大な権力の行使を見つづけてきた。そして、自らその一端を担ってきた光秀だからこそ、信長への憎悪と狙撃する魅惑に駆り立てられる。

ほとんど酩酊に近い誘惑が、光秀を襲っている。そこに信長の運命が、暗い裂け目を見せているのを、光秀は覗き込んでいた。信長は、射程距離の中にいた。信長を呑みこもうとしている暗い亀裂の底に、光秀は己れ自身の死臭も嗅いでいる。

お主殺《しゅ》しである。その名分をふりかざして、四方から敵が殺到するだろう。叛軍の汚名を着て、一族はもとより三軍が亡ぶのである。だが、その迷いも、いま細作《さいさく》が闇の中に描き出してみせた裸の支配者を撃ちとめる好機の前に、ほとんど消えようとしていた。兵略の粋を尽くしても、こんな機会を作り出すことは出来まい。そう思うと、背筋に戦慄が走った。

光秀は眼を開いた。雨はやんでいるが、いつまた降り出すか解らない湿気を含んだ闇が、眼の前にあった。（中略）

……いま光秀を強く動かしているのは、もっと直截な、眼が眩《くら》むばかりの誘惑だった。傲《おご》りに満ちた壮大な権力が、一撃で崩れ落ちる機会が眼の前にある。どうしてそんな状況が、と怪しむほどの、恐らく二度とない好機だった。それに気付いたら、俺でなくとも、誰かがやるかも知れない、と光秀は思った。周囲に常に狙撃者の眼がある。それは必ずしも敵だけとは限らない。味方の中にも狙撃者はいる。それが強大な権力を持つものの宿命なのだ。


お主殺しの誘惑が繰り返し描かれる。

その日の直前の連歌会で光秀は「時は今あめが下しる五月哉」と発句している。そして誘惑は実行に移され、歴史に見る、いわゆる「三日天下」が実現されることになる。しかし、信長殺害のあと、光秀を襲ったのは虚しい思いだった。〈そこに立ち尽くしているのは、紛れもない一人の叛逆者だった。この荒涼とした風景のなかに、なおもおのれを賭けるようなものがあるとは、もはや思えなかった〉。つまり、光秀は反逆者ではあっても権力者ではない。権力の連鎖を断ち切ること、その光秀の思いが題名には込められているに違いない。

この作品について周平は、

ありもしないことを書き綴っていると、たまに本当にあったことを書きたくなる。(中略)しかし本当にあったことと言っても、こうした小説が、歴史的事実を叙述しているわけではない。歴史的事実とされていることを材料に、あるいは下敷きにした小説という意味である。だからこれは、べつに歴史小説と呼んで頂かなくともいいのである。

あったことを書きたくなるというのは、私の場合、一種の生理的欲求のようなもので、ありもしないこと、つまり虚構を軽くみたり、また事実にもとづいた小説を重くみたりする気持があるわけではない。片方は絵そらごとを構えて人間を探り、片方は事実をたよりに人間を探るという、方法の違いがあるだけで、どちらも小説であることに変わりはないと考える。(『逆軍の旗』「あとがき」)

と述べている。そして、

「逆軍の旗」は、戦国武将の中で、とりあえずもっとも興味を惹かれる明智光秀を書いたものだが、書き終わって、かえって光秀という人物の謎が深まった気がした。こういうところが、私を小説のテーマとしての歴史にむかわせる理由のひとつである。歴史には、先人の考究によって明らかにされた貴重な部分もあるが、それでもまだ解明されていない、あるいは解明不可能と思われる膨大な未知の領域があるだろう。そういう歴史の全貌といったものに、私は畏怖を感じないでいられない。そうではあるが、この畏怖は、必ずしも小説を書くことを妨げるものではない。むしろ小説だから書ける面もあると思われる。（同前）

とも綴っている。

ところで、周平に「信長ぎらい」というエッセイがある。「逆軍の旗」には信長に対する嫌悪、信長ぎらい、さらに「権力ぎらい」「権威ぎらい」がみごとなまでにあらわれている。その周辺を覗いてみよう。

エッセイは、〈信長ブームだというが、もちろん私はそのことにケチをつける気持などこれっぽっちもない〉と書き起こされる。周平にしても、もともとは信長嫌いではなかったのだ。

しかし、である。ブームの背景にはいまの時代が世界的に既成の体制とか権威が崩壊したり弱体化したりして、先の見通しを得ることがきわめてむずかしくなったので、たとえば信長が持っていたすぐれた先見性、果敢な行動力といったものをもとめる空気があるのだという説を聞くと、さもあらんという気がする一方で、まてよという気分にならざるを得ない。

それというのも私は問われれば信長はきらいだと答える方なので、いくら世の中が閉塞状況だからといって、信長のような人がいまの世の指導者として乗り出してこられては、大いに困惑するのだ。

として、信長ぎらいに到った経緯を次のように書く。

周平は戦中戦後の乱読時代の中で強く印象に残ったものとして、和辻哲郎の『風土』と『鎖国』をあげている。

『風土』のことはひとまず措いて、この稿に関係がある『鎖国』のことを言うと、読み終ったときの感想は、織田信長がもっと長生きしていたら鎖国はなかったかも知れず、そうなれば太平洋戦争もあんな形の無残な負け方をせずに済んだのではなかったかというようなものだった。

少少飛躍した物の言い方のようだが、太平洋戦争と敗戦をもたらしたあの時代に支配的だった空気というものは、あとで考えれば近代国家としての後進性の産物としか思えない国の独善、世界に対する認識不足が主たる特色をなしていたとしか思えず、それはせんじつめれば徳川政権下二百三十年におよぶ鎖国国家(オランダ、中国との貿易を窓口にして情報はとっていたとしても)としての在り方に原因を持つ欠陥ではなかったかと思われたのである。

ところで『鎖国』に登場する信長は、ヤソ教宣教師を媒介して接近してきた異文化、異国の存在に何の偏見も持たず、正確な理解を示して余裕があった。そのことは、信長を指導者とする当時の日本が、知性でも力でも西欧諸国とさほど遜色《そんしょく》なく肩をならべていたことを示すようでもあった。

見えてきたその風景は、敗戦でともすれば西欧に対する劣等感に取りつかれがちだった私を、大いに興奮させたものである。信長が長生きしていたらというのは、信長には世界と対等の国交をむすぶだけの器量もチャンスもあったと思われたことからうかんできた感想だった。そうなれば、鎖国による対外的な遅れは免《まぬが》れることが出来たろう。

そう思ったのだが、その単純な思い入れのまま二十年ほどが経《た》って、やがて小説を書くようになった私は、あるとき創作の下調べで信長関係の資料を漁《あさ》っていた。ところがその結果、私の信長観は百八十度転回して、一人の信長ぎらいが誕生することになったのである。

嫌いになった理由はたくさんあるけれども、それをいちいち書く必要はなく、信長が行なった殺戮ひとつをあげれば足りるように思う。

それはいかにも受けいれがたいものだったのだ。ここで言う殺戮は、もちろん正規の軍団同士の戦闘のことではない。僧俗三、四千人を殺したという叡山の焼討ち、投降した一向一揆《いっき》の男女二万を城に押しこめて柵で囲み、外に逃げ出せないようにした上で焼き殺した長島の虐殺、有岡城の人質だった荒木一族の処分、とりわけ郎党、侍女など五百人余の奉公人を四軒の家に押しこめて焼き殺した虐殺などを指す。

虐殺されたのは、戦力的には無力な者たちだった。これをあえて殺した信長の側にも理屈はあっただろうが、私は根本のところに、もっと直接に殺戮に対する彼の好みが働いていたように思えてならない。たとえば後の越前一向一揆との戦いで、信長は京都にいる所司代村井貞勝に戦勝を知らせて、府中の町は死骸ばかりで空きどころがない、見せたいほどだと書き送った。嗜虐的な性向が窺える文章で、このへんでも私は、信長のえらさをかなり割引きたくなるのだ。

こうした殺戮を、戦国という時代のせいにすることは出来ないだろう。ナチス・ドイツによるユダヤ人大虐殺、カンボジアにおける自国民大虐殺。殺す者は、時代を問わずにいつでも殺すのである。しかも信長にしろ、ヒットラーにしろ、あるいはポル・ポトの政府にしろ、無力な者を殺す行為をささえる思想、あるいは使命感といったものを持っていたと思われるところが厄介なところである。権力者にこういう出方をされては、庶民はたまったものではない。

冒頭にもどると、たとえ先行き不透明だろうと、人物払底だろうと、われわれは、民意を汲むことにつとめ、無力な者を虐げたりしない、われわれよりは少し賢い政府、指導者の舵取りで暮らしたいものである。安易にこわもての英雄をもとめたりすると、とんでもないババを引きあてる可能性がある。(「信長ぎらい」)

ついでに「権力ぎらい」や「権威ぎらい」について触れておこう。

周平が亡くなったあと、吉村昭と城山三郎が戦争体験を踏まえて「同時代の証言　語りつぐべきもの」という対談(「文藝春秋」平成九年四月臨時増刊号)を行っている。その対談に次のような箇所がある。

吉村　僕はそういう軍隊経験を味わってないけれども、組織の中に入るのは絶対いやだね。
城山　まあ入ってなくても、隣組だ、国防婦人会だとか、あの頃いろいろ網の目のような組織があったね。
吉村　隣組の組長なんて威張ってたなあ。何かあると、非国民とかどなりつけてね。(中略)
城山　われわれの世代には、権威とか権力的なものはもうこりごりという気持があるでしょう。藤沢さんにも、そういう部分がありましたね。あんなおとなしい人だけど、あの人の随筆読んでいたら、岩手県の宮沢賢治記念館に触れたくだりがありましてね。とにかくこの上のものは望めないぐらい整った施設だと。しかしかすかに権威主義が臭うような気がする、と書いてあるんですね。わかるような気がします。
　こういう一種の敏感さというのは、普通の人は感じないことだろうけど、権威や権力というものにいやになるほど触れた人間だと、臭ってくるんですねえ。

城山の言う随筆とは「岩手夢幻紀行」(『ふるさとへ廻る六部は』所収)のことである。昭和六十三年の執筆であり、紹介するのは早過ぎるようだが勘弁願う。そのときの印象を次のように記している。

宮澤賢治記念館――。
　それはすばらしい記念館だった。まず館の前庭にあるのは「よだかの星」の彫刻である。黒色の金属のように輝くその板石は、アフリカ産の黒御影石《くろみかげいし》だという。よだかはその表面に銀白色の洋銀で鋳《い》つけられている。館の入り口の前には、ツワイライトで青味を増すという白色の梟《ふくろう》の彫像がある。すでに賢治の世界だった。

館内はぐるっとひと回り出来るようになっている展示室のほかに、百人ほどは収容出来る多目的ホール、図書・資料室、喫茶コーナーなどが附属している。展示室では、賢治の生活、信仰、科学との関連、詩と童話の世界が、遺品や自筆原稿、採集岩石などを使用して整然と区わけ展示され、ほかに大銀河系図を示す宇宙ドーム、資料展示コーナー、ビデオ、スライド設備、さらに賢治の歌曲が聞けるサウンドボックスまであるというぐあいで、また館の外庭には、自筆原稿、手帳、メモを永久保存する、りっぱな収蔵庫もあった。

この上はのぞめない完璧な記念館だった。展示も、洗練されて一分の隙《すき》もない構成に思われた。おそらくこの建物には、賢治の遺業に敬意と愛情をささげる人びとの意志が反映されているのだろうと私は思ったが、その意志が強すぎて、かすかに権威主義が匂《にお》うような気がしたのは、私の錯覚だったろうか。

私は反射的に、昨日見て来たばかりの啄木記念館を思い出していたのである。館長が歌い、中年のオバサンが歌を知っている短冊を見つけてはずんだ声を出すような猥雑《わいざつ》さは、賢治記念館にはなかった。猥雑であって欲しいというのではないが、しかし……。

賢治記念館では、人びとはひとりうなずいたり、ささやき合ったり、目を見かわしたりはするが、大きな声は出さなかった。行儀よく賢治の世界をわかち合い、時に賢治語でしゃべり合い、巡礼のように館内をめぐっていた。そこにはほとんど高踏的と思われる雰囲気が立ちこめ、そして人びとにそういう気分を強いるものがその建物にあることも明らかなように思われたのである。

これは秀才と劣等生という趣かなと思いながら、私はむしろ啄木記念館の俗っぽさを懐《なつ》かしんでいた。

啄木は愛され、賢治は尊敬されているということだろうか、と車で花巻農業高校の敷地に復元されているという羅須地人協会にむかいながら、私は思った。しかしこの考えには、わずかに違和感があった。

ここには周平の権威嫌いのさまが顕著に表れていると言える。

さらに吉村昭は〈組織の中に入るのは絶対いやだね〉と語っているが、それは周平の「流行ぎらい」にも通じるようである。実際に藤沢家には長い間カラーテレビというものがなかった。白黒テレビでも何の不自由もなかったからである。無論、〈三種の神器〉といわれた3C、つまりカラーテレビ、カー（車）、クーラーは無縁の存在だった。

カラーテレビは後に備え付けることになるが、それもカラーテレビが欲しかったわけではなく、使っていた白黒テレビにガタがきて画面が歪むようになったから仕方なく入れたらしい。車は交通不便な地方にこそ最適で、東京では車に乗らなくてもバスや電車があるから不自由はしない。クーラーも四、五人しかいない一般家庭には不要であり、「夏葛冬裘《かかつとうきゅう》」こそ養生だともいう。つまり夏は涼しいかたびらを着用、冬は皮ごろもを着て、自然に逆らわないのが身体に一番いいというわけである。

3Cにそっぽを向くのは、偏屈などというものでは決してない。そして、フラ・フープやダッコちゃんの流行について触れ、〈流行が終ってしまえば、なんだと思うようなものだが、人びとが熱中したのは間違いないことであり、そこに流行というものの無気味な一面がある。あるいはそれを受け入れる人間の気味悪さがある。（中略）私には、流行というものが持つそういう一種の熱狂がこわいものに思える。人を押し流すその力の正体が不明だからである。それがダッコちゃんにも結びつくが、戦争にも結びつく性質を持っているからだろう〉（「流行嫌い」）と述べている。流行ぎらいの遠因は、対談で城山が語った、

これは藤沢さんが書いていたことだけれど、戦争に行くときに母親が涙流したりして送っていたけれど、戦争の末期になってくるともうみんな「万歳」「万歳」でね。一人、二人じゃなくて、もう十人とか二十人とかで故郷を出て行くから、みんなが同じように手を上げて「万歳」やって、その風潮になってしまっている。風俗とか、流行とか、時代の流れですね。そういうものに日本人は弱い、と書いてあった。
藤沢さんは僕らと同じような感覚を持っているから、そういう世の流れに流されていく怖さというものを非常に警戒していますよね。

と言う辺りにあるようである。付和雷同とまでは言わないまでも、組織、あるいは一斉に右にならえする風潮には苦々しく異議を唱えたくなるのは、何も戦中派に限った心情ではなく、わたしたちにも分かるものである。

なお、『逆軍の旗』に併載の「幻にあらず」は、上杉鷹山《ようざん》（治憲）と、その重臣竹俣当綱《たけのまたまさつな》による、破産に瀕した米沢藩財政再建の物語であり、遺作になった『漆の実のみのる国』の先駆をなす作品

である。

四十九年五月、周平は駒田信二と山形市に遊んだ。まだ日本食品経済社に勤めており、業界紙の記者と小説執筆の〝二足草鞋〟を履いていたときのことである。「聖五月」という季語そのままに、緑豊かな山脈を四囲に望む山形市の五月は、風光り山笑い美しい。そんな季節を狙っての旅だろうが、周平の好物の一つである孟宗竹のタケノコの旬でもある。

改めて二人の交流について触れてみたい。交流のきっかけであるが、第一に前述したように駒田は周平が「オール讀物」新人賞を受賞時の選考委員であり、好意的な批評をしてくれたことがあげられる。

いま一つ交流の〝原点〟は山形市にあるように思われる。と言うのは山形市は二人が共有する〝第二の故郷〟だからである。駒田（三重県生まれ）は旧制山形高等学校（現山形大学）の卒業生であり、山形を舞台にした「ほんとうは、みよこ」（「問題小説」五十一年三月号）という小説も書いている。

そんなことから贔屓《ひいき》と言ってはなんだが、駒田には山形県人に肩入れするようなところが見られた。例えば、駒田は「文學界」の「同人雑誌評グループ」（久保田正文・駒田信二・小松伸六・林富士馬）としても活躍（同グループは昭和五十四年、第二十七回菊池寛賞を受賞）したが、同人誌「山形文学」が発行されるたびに取り上げてくれ、同人たちの励みになったものである。

こんなこともある。「山形文学」第十八集に掲載された後藤紀一の「少年の橋」は第四十九回芥川賞を受賞した。山形県人初の芥川賞作家の誕生だった。その作品は初め「文學界」新人賞に応募したものである。が、第一次選考も通らなかった。そこで「山形文学」が拾い上げて掲載した。それが「同人雑誌推薦作」として「文學界」（三十八年二月号）に転載され、幸運にも芥川賞に繫がったという経緯がある。この転載には駒田の強い意志が働いていたことは疑いない。

余談だが、旧制山高には文学関係者がけっこういる。すぐに思い浮かぶ人だけでも、阿部六郎、坂本越郎、亀井勝一郎、神保光太郎、戸川幸夫、新関岳雄、吹田順助、島村盛助、岡本信二郎、宇野喜代之介、深町弘三、今泉篤男、小松摂郎などがおり、豊かな文学的土壌を形成していたのである。

それはさておき、このときの旅行は講演がらみではなく、駒田の古い友人である山形大学で仏文学を教えていた新関岳雄と山形新聞の論説委員長をしていた近藤侃一《こんどうかんいち》の誘いによるものだった。新関と駒田は旧制山形高校に在学中、同人誌「新樹」を出した仲間である。

周平と近藤とは、このときが初対面だった。周平は、次に書く予定の雲井龍雄（「雲奔る　小説・雲井龍雄」）の取材も兼ねていたが、山形は行くだけで心がくつろいだ。

格別の遊びはなかったが、二人は山形市郊外の万松寺《ばんしょうじ》で、新関や近藤らと酒を飲んだだけの清遊といった趣のものだった。座に連なったのは松坂俊夫、山形新聞文化部の松田滋夫らだった。

その万松寺であるが、この古刹を懐に抱いているのが世阿弥の「阿古屋松《あこやのまつ》」や藤原実方伝説で知られる千歳山《ちとせ》である。その千歳山の姿のよさだが、わたしが描いたのでは贔屓ととられかねないので、ここは司馬遼太郎の『街道をゆく　10　羽州街道、佐渡のみち』（朝日文芸文庫）から引かせてもらう。

山形市の目抜き通りには、竣工してせいぜい十年にも満たないといったふうのあたらしいビルが多く、設計にも外装にも新味がこらされていて、都市景観として美しい。

市街を東にすぎると、千歳山に出くわす。上代では赤松林のうつくしい丘を「神名備《かむなび》（神南備）山」として神聖視したが、この千歳山がそのなだらかな形状といい、林相といい、典型的な神名備山のすがたといっていい。山形市のひとびとはいまでも地域意識の象徴のようにしてこの山を愛しているらしい。（「山形の街路」）


神名備山を、県庁所在地の市がその市心に持っているというのは、例がない。（「花の変化」）


周平たちは、この山麓で遊んだわけだが、もちろん万松寺名物の孟宗竹のタケノコ汁が出たことは言うまでもない。そこで周平の予定を聞いた近藤は、すぐ山形新聞米沢支局に連絡を入れ、取材の手配をしてくれた。

翌日、周平は雲井龍雄が若いころに警備隊の一人として勤務していた高畠町に行き、その夜は駒田と再び小野川温泉で落ち合った。三日目は稽照殿《けいしようでん》（上杉神社宝物殿）学芸員の尾崎周道を紹介してもらい米沢市内を取材する。取材には駒田も同行してくれた。『志士・詩人　雲井龍雄』（中央書院）や『北斎　ある画狂人の生涯』（日経新書）の著書をもつ尾崎の漢学のたしなみはひととおりのものではなく、漢学を専門とする駒田がいてくれたので大いに助かった、と周平は語っている。

あえて山形行について触れたのは、これが周平の小説取材というものをした初めての経験だったからである。周平はその時のことを、〈しかしこういうことは、そのときにはわからず、あとになってだんだんにわかって来るのである。親の意見や冷や酒と一緒で、あとになって利いて来る。駒田さんは、新人にあたたかいひとである。私がいまも小説を書いていられるのは、方角もわからない新人のころに、駒田さんや近藤さんのような人びとにめぐりあえた幸運が、多分に働いている、と思わざるを得ない〉（『市井の人びと』）と回想している。

このときの取材で生まれたのが「雲奔る　小説・雲井龍雄」（単行本時『檻車墨河を渡る　小説・雲井龍雄』と改題、文春文庫時元の『雲奔る　小説・雲井龍雄』に改題）で「別冊文藝春秋」（一二九号）に掲載された。

少し早いが紹介しておこう。執筆の動機について、周平は「あとがき」で述べている。

私の郷里から、明治維新と呼ばれる激動期に、志士として積極的にかかわり合った人が二人いる。一人は清川（清河）八郎であり、一人が雲井龍雄である。子供の頃私は、雲井龍雄の名を、「棄児行」の詩と一緒に、尊皇の志士として記憶した。しかしその後、維新史の中に龍雄の姿はひそと隠れているようで、表面に出ることがないのを異様に感じた時期がある。事実龍雄処刑のあと、郷里米沢では、龍雄の名を口にすることを久しくタブーにしたという。龍雄に対する、長い間の一種の気がかりのようなもの、それがこの小説を書かせたことになろうか。

なお名作「棄児行」は、じつは龍雄の作でなく、同じ米沢藩士原正弘の作であることが、ほぼ定説となっていることを、安藤英男氏の著作で教えられた。

雲井龍雄（小島龍三郎）は米沢藩の組外五石二人扶持の下級藩士である。半士半農の苦しい生活だったが、二十一歳になった慶応元（一八六五）年、江戸詰めを命じられる。龍雄は安井息軒の三計塾に入り塾頭を務めるなど塾きっての秀才と言われた。先輩には長州の桂小五郎をはじめ土佐、薩摩、紀州などの幕末の志士たちがいた。

その後、龍雄は藩の探索方として京に上る。二十四歳だった。やがて新政府が樹立されると、尊皇反幕の思想をもちながらも奥羽越列藩同盟に加わった米沢藩の藩士として、薩摩を討つべしとの「討薩ノ檄」を懐に奔走する。新政府、新体制への批判の矛を収めない龍雄を新政府が放っておくはずがない。米沢で捕らえられた龍雄を乗せた檻車は、明治三年八月に隅田川を渡る。

車は橋を渡り切ったらしく、橋板を鳴らした轍の音は消え、かわりに千住の町のざわめきが、車を包んでいる。町を行く人々が、異様な行列を、眼を瞠って見送っている気配が感じられる。

「………」

ふと、ある考えが浮かび、龍雄は自嘲に似た微笑を唇に浮かべた。

謀反の罪が全くないとはいえない、とふと思ったのである。反幕の心を胸中に抱き、討薩に心を焦がし、新政府を信じなかった。いつも権力に対する反逆の思いに駈り立てられて、ここまで奔ってきた。

――ついに何ひとつ実ることなく、こうして檻車に揺られている。

と龍雄は思った。

と振り返る龍雄の激しく燃焼した人生を描いた作品である。

龍雄は反逆罪で裁かれる。判決申し渡しの二日後の同年十二月二十八日、小伝馬町の牢獄で斬られ、その首は小塚原刑場に晒される。齢二十七だった。周平は触れていないが、処刑の後、龍雄は解剖に付されている。その模様は吉村昭の「梅の刺青」（新潮文庫『島抜け』所収）に印象的に描かれている。

周平は米沢市での講演で、

米沢藩の探索方として、外交的に藩を動かしていくにはうってつけの人だったんですが、惜しいことに龍雄が乗り出したときには時世——幕末の体制がだいたい決まっていたんですね。薩摩、長州の倒幕という方針が決まっておりまして、つまり龍雄の活躍する場所は限られてしまった。だから志士としての龍雄の活動はやはり二流のものに終わらざるを得なかった。

と語っている。龍雄の維新史における登場はいかにも遅かった。生まれた時期が少し遅すぎたのだ。政治活動家としてはともかく、詩人としての才能は素晴らしいというのが周平の龍雄評である。そして、

ナイーヴな直情の詩人が、もっとも詐謀、術策を必要とされる政治の世界に踏みこんで行ったところに、雲井龍雄の悲劇があるだろう。しかし、むろん龍雄は詩人として生きることを望んだのではなく、志士として生きることを望んだのである。そしてそのように生きて、短い生涯を終った。（「遅れて来た志士　雲井龍雄」）

と記している。

明治維新におけるもう一人の志士、清河八郎を取り上げた歴史小説が「回天の門」で「高知新聞」（昭和五十二年二月十二日〜十一月二十四日）ほか数紙に連載した。

清河八郎（本名・齋藤元司）は天保元（一八三〇）年、出羽国田川郡清川村（現・山形県庄内町）の豪農の家に生まれた。父は雷山と号し俳句をたしなむ風雅の人だった。清河八郎は、初め鶴岡の儒者に学ぶ。十五歳のときの日記に、〈人生豈碌々として市塵に亡びんや。時いたらば則ち笈を東都に負いて大名を天下に轟かさん〉と綴る。しかし、父が遊学を許さなかったため、十八歳で江戸に出奔する。千葉周作などの門に入り文武を極めると郷里を棄てることを決心、郷里の名を取って清河八郎と改名、江戸に塾を開く。折からのペリー来航で幕府の弱腰を目のあたりにした清河は熱烈な尊皇攘夷論者に変身し、倒幕は必至と考えるようになる。やがて幕吏の手が伸び、清河は各地を潜行しながら倒幕の種子を播いてゆく。

文久二（一八六二）年、清河は幕府に大赦令請願書を提出し、翌年一月十八日に赦免される。江戸に戻った清河は幕府の浪士募集に応じ浪士隊に入り、上洛する将軍家茂の警護に当たるため江戸を出発する。京都に着いた清河は「われわれの上洛は、単に将軍家の警衛ということではなく、尊皇攘夷の先駆として、尽忠報国の誠をつくすためである。われわれの赤誠を、朝廷に上書する」と述べ、用意していた上奏文を読み上げる。

そして近藤勇や土方歳三らの不服を押し切って学習院に上書を提出する。上書は受理され、清河以下浪士隊に攘夷の勅諚が下された。幕府の費用でできた浪士隊が勅諚によって攘夷を実行できるということになったのである。幕府の狼狽は言うまでもない。幕府は急遽浪士隊を江戸に呼び戻す。

そして清河は新徴組に編入される。このとき京都に残った一団が後に新撰組になったのは周知の通りである。

清河は文久三年四月十三日、上山藩士金子与三郎に招かれて出向の途中、麻布で幕吏佐々木只三郎らに暗殺される。清河が策士と言われ、一部の顰蹙《ひんしゅく》を買ったのは、浪士隊の結成を献策し、将軍警護の名目で上洛するや、尊王攘夷の組織に変えてしまうあたりだろう。

周平は言う。

八郎は策を弄したと非難される。だが維新期の志士たちは、争って奇策をもとめ、それによって現状の打開突破をはかったのである。策をもって人を動かすのが山師的だとするなら、当時の志士の半分は、その譏《そし》りを免れないのではなかろうか。(中略)

ひとり清河八郎は、いまなお山師と呼ばれ、策士と蔑称される。その呼び方の中に、昭和も半世紀をすぎた今日もなお、草莽を使い捨てにした、当時の体制側の人間の口吻が匂うかのようだといえば言い過ぎだろうか。

八郎は草莽の志士だった。草莽なるがゆえに、その行跡は屈折し、多くの誤解を残しながら、維新前期を流星のように走り抜けて去ったように思われる。(「あとがき」)

また、

おそらくそうした非常手段が、幕府の監視下にある清河に残された、唯一の行動だったのでははなかろうか。

　しかし奇手は奇手である。誰にでもできるというものではない。清河が、そういう思い切った奇策を打つのは、ひとつは、彼が頼るべき藩を持たない孤立した志士だったことにも一因があるだろう。郷里の荘内藩は、彼の後ろだてではありえず、むしろ一敵国の立場にいた。清河が頼れるのは、学問、行動に培われた識見と北辰一刀流の剣、そして弁舌だけだった。この孤立した立場から、清河は捨身の奇策を打つ必要に迫られたのである。

　もうひとつ清河の奇策には、たとえば同じ荘内出身の石原莞爾、大川周明といった傑出した人物に共通する点があるかも知れない。すなわち頭脳明晰で、なみなみでない先見性を持つがために、それが表現されるとき一見奇策の形をとらざるをえないというタイプである。しかも途中を省略して、ずばりと奇策を示す点が特徴的のように思われる。それはあるいは荘内という風土に関係するかも知れないという推測はあるが、詳述は避ける。（「清河八郎」）


たびたびの余談だが、清河八郎（齋藤元司）という名前だけでは、読者にはなんとも縁遠く感じられるだろう。が、ボードレールの『悪の華』やリラダンの『残酷物語』などの訳書をもち、十九世紀フランス文学、特に高踏派・象徴派の研究・翻訳で知られる仏文学者に齋藤磯雄がいる。その齋藤磯雄の祖母・辰代が清河八郎の実妹であると言えば、少しは身近に感じてもらえるだろうか。

　四十九年八月、周平の母たきゑが亡くなった。八十歳だった。

　その母の思い出であるが、周平が母を語ったことは、それほど多くはない。子どもの躾には厳しかったというが、情にもろいというところがあった。周平は次のようなエピソードも披露している。

林間荘時代のことである。

手術と聞いて郷里の家からは母がきた。もっとも私の附き添いには川端さんという介護のプロがついているので、母はすることがないのだが、母にしてみれば心配で、家にじっとしていることも出来なかったのだろう。

それはいいが、母は自分の息子たちに親切にする女性には、ことごとく敵意を持つという困った性癖の持主で、このときも私より十歳も齢上の川端さんの行きとどいた看護に焼きもちをやいて、悶着をおこし「そんなにおっしゃるんならおばあちゃん、私はやめさせていただきますから、ご自分で病人の面倒をみたらいいでしょ」などと言われていた。しかし母は病棟の看護婦さんたちには人気があって、看護婦さんの休日に近くの人造湖に遊びに連れて行ってもらったりしていた。(「回り道」)

母たきゑは、〈明治二十七年に山形県の片田舎に生まれ、昭和四十九年に東京の私の家で亡くなった。八十歳だった。若いころはあまり身体《からだ》が丈夫でなかった人だったから、案外に長生きしたと言えるかも知れない。〉(「明治の母」)

その母が遠い北海道に旅行したことがあった。

私が病気治療のために東京に出た昭和二十八年ごろのことだったように思う。(中略)おもしろいことに、その大旅行のあとでどうやら母は汽車にすっかり自信を持ったらしかった。私と弟が東京で所帯を持つようになると、母は気軽に田舎と東京を往復するようになった。汽車の椅子の上に行儀よく膝を折って坐り、上野に着いた。おふくろは汽車が好きなんだと、私と弟は笑ったことがある。

しかしふり返ってみると母は、私が病気だとか、私の家族が病気だとか、大ていはその種のよんどころない用事を抱えて上京して来たことにも思いあたる。背をまるめ、座席の上に膝を折って汽車に揺られながら、そのころの母が何を考えていたかを、ついに私は知ることが出来ないのである。（同前）

その旅行であるが、母たきゑが北海道に行ったのは東室蘭に住んでいた母の兄の葬儀のためである。周平が知るかぎり、初めての汽車旅行だった。母の単独旅行は周平を驚かせた。どちらかと言えば身体が丈夫でなく、汽車なんかに乗ったことがない人だったからだ。それに六十近い山形の田舎のおばさんが、よくも迷子にもならず、たった一人で鶴岡から青森に出て、そこから青函連絡船で函館に渡り、さらに東室蘭までたどりつけたということである。

それに、もうひとつ、母の旅行にはべつの困難がつきまとったはずである。母の話す言葉は当然ながら庄内弁である。発音不明、ほとんど意味不明の難解な方言である。乗り換えの駅で汽車の行き先をたずねるにしても、たずねる人もたずねられる人も困惑したのではないか。〈そういうことを考えていたとき、ふっと頭にうかんで来たのが尋常小学校四年卒業という母の学歴だった。母はその旅で、むかし習いおぼえた読み書きソロバンの能力をフルに活用したに違いない。そして困難はあっても首尾よく東室蘭にたどりついたのであろう〉（同前）

この母の学歴だが、〈小学校四年卒業というのはべつに笑うべきことでも何でもなくて、当時の学制では小学校は四年制だった。小学校が六年制になるのは明治四十年からである。また母が入学したころの女子の就学率はそう高いものではなかったようだから、四年間学校に通って、いわゆる読み書きソロバンの教育を身につけることが出来た母は、明治のころの村の娘としてはむしろ恵まれた方だったのかも知れない〉（同前）

そんなこともあってのことだろう。少年時代、たいていのことは放任されていたが、学校を休むことに関してだけはがんとして許さなかった。学校はあまり好きではなかったが、小学校の六年間を無欠席で通した、というからすごい。

再び小説に戻る。『又蔵の火』につづいて出た『闇の梯子』（文藝春秋・文春文庫）には表題作のほか「父《ちゃん》と呼べ」「入墨」「相模守は無害」「紅の記憶」の四篇が収録されている。周平の三冊目の短篇集で、四十八年から翌四十九年にかけて執筆されたものだ。

「闇の梯子」の主人公清次の故郷は野州下都賀郡寺尾村である。放蕩三昧の生活の果てに出奔した兄の弥之助が江戸で版木師になったという噂を追って清次は江戸へ出る。兄と同じ版木師の道を選んだ清次は修業の末に独立、いまは妻おたみとの所帯を守っている。

ある日、酉蔵という男が訪ねてくる。かつて修業した彫師のもとで共に働いていた仲間である。酉蔵はたびたび金を無心する。行方の知れない兄に似ていることから、無碍《むげ》に断ることができない。清次はかつての故郷での苦しい生活を思い出す。〈一町三反歩の田畑と家屋敷を潰しても立直れなかった。悪くなってゆくばかりだった。梯子《はしご》を下りるように、だんだんにな〉。酉蔵の無心を断れない清次。切ろうとして切れない腐れ縁に、酒を飲んで帰宅した清次を待っていたのは、おたみの体を蝕んでいる病魔だった。ひと月前から自覚症状がありながら、おたみは清次に打ち明けることができないでいたのだ。清次はおたみの変調に気付かなかった自分を責め、同時に、この災いを運んできたとしか思えない酉蔵にも激しい怒りを覚えた。

おたみが臥せってしばらくして、清次は文淵堂の主、浅倉久兵衛に急用ということで呼び出される。それは日が暮れてから、ある場所で待っている男に二十両という大金を届けてほしいという意外な依頼だった。その話に清次は暗い匂いを嗅いだが、独立してまだ日が浅く、唯一のお得意と言ってもいい浅倉屋の頼みを断れるような立場ではない。清次は夜の闇に紛れて文淵堂を後にする。

待っていた野獣のような目をした男には見覚えがあった。あるとき江戸の町で偶然、弥之助と見紛う姿に目を留めたことがある。そのとき追い付こうとして見失ったが、兄と行動を共にしていた男だった。男も清次のことを覚えていた。男は跟《つ》けた理由を詰問しながら、清次を痛めつける。そのとき、弥之助が現れ二十両を男から奪い取り清次に手渡す。弥之助は男の兄貴分として、すでに闇の世界に住んでいる別世界の人間だった。受け取った二十両の金を、清次は浅倉屋に返さなければならないのだが……。

おたみを診た医者の「腹の中で壊死がはじまったと見なければならんな」という一言は清次を打ちのめした。高価な薬を使っても、僅かに命を延ばすことしかできない。懐にあった二十両は、とうに薬代として消えていた。おたみは昼夜の区別なくこんこんと眠っている。眼窩は深く凹み、頬は痩せ、薄明りの中でも肌の乾きが分かる。

いま清次の目の前にあるのは、これまでもらったこともない高額の手間賃で引き受けた仕事である。ご禁制の本を彫る仕事だった。いつの間にか清次は引き返せないところまで来てしまっていた。

すべてがどん詰まりにあった。清次の中に梯子を下りていく姿が浮かんできた。かつて弥之助が下り、酉蔵が下りて行った闇の梯子である。清次の眼には後を追う自分の姿がはっきりと見えた……。

この作品には周平の実像が色濃く投影されている。最初の妻・悦子の病気は、おたみと同じ病である。絶望と診断されたが、周平は諦めなかった。持てる全知全力を傾倒して病に立ち向かった。民間療法を認めない大学病院を換え、高価な薬も投与した。それでも救うことができず、底知れぬ悔恨だけが残された。

また清次の野州下都賀郡寺尾村の生家の田畑は一町三反歩とあるが、これは周平の生家の経営規模と同じである。それだけではない。周平のエッセイのファンであればすぐに気づくだろうが、次のようなシーンがある。

清次が十三の時、二十四の弥之助は、庭の隅にある辛夷《こぶし》の樹を伐っていた。すでに田畑も家も人手に渡り、風よけに植えてある屋敷の囲りの杉の樹にまで、買手がついていた。

弥之助は、最後に残った辛夷の巨樹に鋸を入れていたのである。（中略）

四月の、眼が醒めるような碧い空に、打ち揚げたように白い辛夷の花が散らばり、弥之助の鋸がつかえるたびに、樹は微かに身顫《みぶる》いし、葉がためていた朝露をふりこぼした。清次に見られていることに、弥之助は気づいていなかった。

肩のあたりにつぎがあたっている野良着の背をまるめ、弥之助はいっしんに鋸を動かしている。それは人眼を忍んで悪事をやり了《おお》せようと焦っている、犯罪者の背のように無気味だった。

不意に鋸から手を離して、弥之助は清次に向かい合っていた。多分その時、清次の眼には兄を非難する色があったのだろう。十三の清次にも、兄が最後の樹を伐り倒して、金に換えようとしているることが解っていたからである。弥之助は黙って弟を見つめると、「飯は喰ったか」と優しい声で言った。弥之助の眼は充血し、疎《まば》らに髭が伸びた顔は憔悴《しょうすい》して、病人のように見えた。清次がうなずくと、弥之助は鋸を樹の幹に喰い込ませたまま、黙って家の方に立去った。

この場面は実体験に重なっている。周平が鶴岡市内で結核の療養をしていたころのことである。兄久治が手を出した副業に失敗して借金をつくった。返済のためには田圃を売らなければならないほどの金額だった。そのころの忘れられない光景として、周平は次のように綴っている。

四月末のある日、兄が家のうしろにある辛夷の木を切っていた。その辛夷は子供なら四人ほどは手をつながないと囲めない大木で、季節になると青い空を背にうち上げたように無数の白い花が咲いた。その木に兄はまず斧をいれ、ついでノコギリを使いはじめたところで私に見つかったのである。兄はほかにも李とか栗といった多郎右衛門時代からある屋敷の大木を片っぱしから切り倒し、その日は辛夷を切りにかかったのであった。

「切るのか」と、私は言った。兄は長男であり、家長だった。私は師範生のころも、休暇で家に帰れば時どき田圃に降りたし、教師になってからも農繁期には兄夫婦を手伝って稲を刈った。それは私自身田圃に出て働くことが嫌いでなかったせいでもあるが、より厳密に言えば、長男である兄に対する敬意の気持からそうするのだった。兄夫婦が田圃で汗を流しているときに、学生だからと畳にひっくり返って本を読んでいることは出来ない。それがむかしの農家をささえていたモラルだった。いまはどうか知らない。また私は借金した兄をしんから非難したことはない。兄の借金には理由があると考えていた。

だが辛夷を切っている兄を見たときは思わずそう言った。私の語気に咎めるひびきがあるのに気づいたのだろう、兄はノコギリの手を休めて私を見た。そして切らないほうがいいかと言った。むかしからある木だからと言うと、兄はやわらかい口調で、よし、わかったと言い、斧とノコギリを片づけはじめた。(「療養所・林間荘」)

とあるのが、それである。ただし、これだけでは終わらず、次のように続く。

しかしいまふり返ると、また別の光景も見えてくるように思う。薪は山から採ってくるのだが、その行き帰りには村の中心部を通らねばならない。兄はそれが堪えがたくて、私をふくめた一家を養う日日の燃料を、屋敷の木を切って間に合わせていたのだとも考えられる。そういうやり方で家長の役目を果たしていたのだとも。(同前)

最初の妻を亡くしたとき、周平もまた眼前に「闇に降りる梯子」をありありと見たに違いない。周平が小説を書き続けたのは、鬱屈を小説という袋の中に詰め込む作業であり、それは自らを救済するとともに、奈落に通じる「闇の梯子」から身を遠ざけるための手段でもあったのだ。初期作品が暗かったのは、仕方のないことだったのである。

表題作を始め『闇の梯子』に収録された作品は、「私小説」を嫌い、現代小説ではとても気恥ずかくて自分の体験を扱えないと語った周平の「私小説」に近似した時代小説といえるだろう。『闇の梯子』には、老夫婦がふとしたきっかけで子どもを預かるうちに、実の息子のように愛情を注いでしまう「父《ちゃん》と呼べ」。二人の娘を捨てて出奔した父が老いてのち、娘の顔見たさに戻り、最後に父親としての威厳を取り戻す「入墨」。幕府の隠密が曲折を経て潜入していた海坂藩のお家騒動の火を消し止める「相模守は無害」。武家の次男坊が、お家騒動の末に殺された許婚の敵を討つ「紅の記憶」の四篇を収めている。人物描写の筆が冴えている、と評された初期短篇集である。

さて、直木賞を受賞してから原稿依頼が殺到する。駆け出し（？）の作家が断るわけにもいかない。それに書くことの好きなことも手伝って、周平は律儀に引き受けたようである。この年は「オール讀物」（一月号）掲載の「相模守は無害」から、「週刊小説」（十二月十日号）に発表した「嚏《くしやみ》」まで、二十篇ほどの作品を発表している。原稿に追われ、もうサラリーマンを続けながら執筆するという〝二足草鞋〟の生活は限界にきていた。

四十七歳の誕生日をひと月後に控えた十一月二十五日、周平は日本食品経済社を退社する。原稿依頼はひっきりなしにある。その電話が勤め先にくる。編集者の会社への訪問が絶え間ない。これでは会社に迷惑がかかる。そんな状態で迎えた退職だが、周平は逡巡した。そのころの心境を次のように記している。

　この間に、私の生活の上でひとつの変化があった。十四年間勤めた会社をやめたことである。長い間勤め人として暮らしてきたので、やめるには相当の決心が必要だったが、もともと頑健とはいえない身体で、会社勤めと小説書きを兼ねる生活は、そう長くは勤まるまいという予感があったので、そう深刻には悩まないで済んだ。

しかし長年の生活習慣を、一ぺんに変えるということは大変なことで、当座私は茫然と日を過ごしたりした。人はその立場に立ってみないと、なかなか他人のことを理解できないものだが、その当時私は停年になった人の心境が少し理解できた気がしたものである。

われわれの日常は、じつに多くの、また微細な生活習慣から成り立っている。そして生き甲斐などと、ひと口に言えば大変なものも、仔細に眺めれば、こうしたひとつひとつの小さな生活実感の間に潜んでいる筈のものである。長年の生活習慣を離れて、新しい生活習慣になじむということは、私のような年齢になると、しかし簡単なことではない。

多分そういうとまどいのせいだろう。勤めている間は、会社をやめてひまが出来たらあれも読み、これも書きといろいろ考えるところがあった筈なのに、それではその後何か計画的な仕事をしたかとなると、どうも漫然と流されて一年経ってしまったような気がする。(『冤罪』「あとがき」)

退職とは身辺が一変することでもある。周平には、月給なしの筆一本で暮らすことに大きな不安があった。小説を書くだけで果たして生活が成り立つか。先行きはまったく分からない状態だった。が、「もし食べられなくなったら、私が働けばいい」と言った妻和子の一言が周平を支えた。

五十年は「年譜」によると、八月に母の一周忌のため二週間に及ぶ鶴岡帰省。十二月には山形県川西町で講演をしている。この年の執筆は、先にも触れた「檻車墨河を渡る」「竹光始末」など長短篇を合わせると二十二篇、加えて「歌麿おんな絵暦」「神谷玄次郎捕物控」「義民が駆ける」と三本の連載を抱えている。

その間、十月五日から十六日まで「山形新聞」に「龍を見た男」を連載している。わずか十二日間という短期間であったが、初めての新聞連載ではないだろうか。これは交流のあった「山形新聞」の近藤侃一が依頼したものと思われる。

作品の舞台は鶴岡である。ストーリーだが、主人公の漁師、源四郎は村の者と喧嘩して孤立していた。ひとりで舟を操り、漁を求めて沖へ沖へと出かけ、漁獲が多いと見極めると、篝火《かがりび》を吊して夜釣りもやるし、少々の荒天ぐらいは恐れず漁に出かける。源四郎は自分の力だけを頼みに生きてきた男である。自然を相手にする漁師は迷信深く、あちこちの神社や仏閣をお詣して御札を受けてくる。源四郎はそういう信仰心をもつ人々を腹の中で嗤っていた。〈人間は自分の力と運さ。運が尽きれば、神仏も助けてくれるわけがない〉というのが信条である。しかし、甥を海で亡くしたことから信条は揺らぎ、女房に誘われて善宝寺に参拝する気になる。善宝寺は龍神が守り神である。お詣りすると嵐に遭っても命が助かるという言い伝えがあった。

ある日、日の暮れるころから面白いほど魚が釣れて、源四郎は時を忘れる。気がつくと周囲は墨で塗り潰したような漆黒の闇で陸地の火が見えない。濃霧だった。恐れを知らない男の胸に、初めて底知れぬ恐怖が湧いてきた。思わず源四郎は「龍神さま」と呟き、次の「助けてくれ、龍神さま」の声は絶叫になっていた。霧の奥に、地鳴りのような音を聞いたのはそのときである。〈不意に源四郎は、まばゆい光をみた。地上から雲間まで、闇を貫いてのびる一束の赤く巨大な火の柱だった。その火柱の中を、遠く空に駆けのぼる長大なものの姿が見えた〉……。

なお単行本『龍を見た男』（青樹社・新潮文庫）には表題作のほかに「帰って来た女」「おつぎ」「逃走」「弾む声」「女下駄」「遠い別れ」「失踪」「切腹」が収録されている。

周平が好んで描いた市井の人情ものや、海坂藩の武士たちの物語でなく、歴史に材を取ったものだけに、当時は異色作とされたものに『義民が駆ける』（中央公論社・中公文庫）がある。この作品は「歴史と人物」（五十年八月号〜五十一年六月号）に連載された。天保期の庄内藩転封事件を主題にした歴史小説である。

史実とは、時の老中水野忠邦が、川越藩を庄内へ、庄内藩を長岡へ、長岡藩を川越へ転封するという「三方国替え」を命じた事件である。川越藩は家斉の二十四番目の男子斉省を養子に迎え入れ世子としている。その縁故で川越藩では多大な賄賂を使い転封を働き掛け、財政破綻から抜け出ようと画策した。川越藩は十五万石から十三万八千石になるが、庄内藩の実禄は二十万石以上あったから大きな得になる。一方、庄内藩酒井家は長岡の七万石に移されることになり、かつて榊原・井伊・本多とあわせて「徳川四天王」の筆頭にあげられた家格も無視されている。

庄内藩は転封を回避しようとする。藩内の農民たちも転封阻止運動を展開し、領地替えは中止になる。徳川幕府二百六十五年の歴史の中で、いったん下された幕命が撤回された例をほかに知らない。〈庄内地方は徳川初期から幕末まで一藩支配だったんですが、藩主の酒井侯は比較的穏やかな善政をしいていました。ですから天保期に藩主転封の幕命が出たとき、それを撤回させようと、農民たちが大挙して江戸に出て駕籠訴をやった〉（「オール讀物」平成五年八月号、城山三郎との対談）。その歴史について周平は、〈私は子供のころに聞いた。そして一方的な美談として聞かされたために、いつからともなくその話に疑問もしくは反感といったものを抱くようになったのはいたしかたのないことだった。たとえば百姓たちが旗印にした、百姓たりといえども二君に仕えずは、やり過ぎだと私には思えた〉（「あとがき」）という。つまり、この作品は、周平が自ら史実を検証し、納得するために執筆されたものと言える。

検証する過程で見えてきたことを、周平は江戸留守居役の口を借りて次のように語る。

酒井家塁世の御恩に報いる、と百姓たちはなお、そう謳っている。しかし仙台藩でも推察したように、いざとなれば彼らは藩を頼らず、彼らの独力でも新領主を排除する腹を固めているのだ。そういう情報を、大山は握っている。行動がそこまで行けば、それはもはや酒井家のためとは言えない。彼ら自身のためなのだ。彼らは自身のためだからこそ、疲労に眼をくぼませ、重い足を引きずって、かくも執拗に彼らは江戸に登ってきている、と大山は思った。


そこには義挙の影は薄い。この騒動は領民が自分たちのために起こした一揆だった、というのが周平の納得のゆく結論だった。

では、なぜ題名に「義民」とあるのか。『広辞苑』に「義民」とは、〈正義・人道のために一身をささげる民。江戸時代、百姓一揆の指導者などを呼んだ。義人。「——佐倉惣五郎」〉とある。その疑問に対して周平は、〈ここには、たとえば義民佐倉宗五郎の明快さと直截さはない。醒めている者もおり、酔っている者もいた。中味は複雑で、奇怪でさえある。このように一面的でない複雑さの総和が、むしろ歴史の真実であることを、このむかしの〝義民〟の群れが示しているように思われる。あるいは誤解されかねない義民という言葉を題名に入れた所以である〉(同前)としている。

この作品に対して高橋義夫は、「私が選ぶ藤沢作品ベスト12」の一つに挙げ、〈作品の構成には工夫がほどこされている。ドキュメンタリー映画の手法とでもいおうか。江戸城の小座敷で、老中水野忠邦が家斉から川越と庄内の国替えを命じられる場面からはじまり、御用部屋での老中たちとの相談、庄内藩江戸屋敷の動揺、国元鶴ヶ岡城の驚き、つぎつぎに場面がきりかわっていく。ひとりの主人公の視点で、事件を追っていくという方法は採らず、カメラが俯瞰からクローズアップになるように、登場人物の内面をちらりとのぞきこむ。この手法によって、『義民が駆ける』はスケールの大きな群像劇となった〉（山形新聞社編『没後十年　藤沢周平読本』）と評している。

十二月、周平は井上ひさしの郷里である山形県川西町を訪れる。教職員研修の講師として招かれたもので、「雲井龍雄と清河八郎の二人を通して見た東北の明治維新」と題して講演した。

講演の方は、例によって可もなく不可もなく、その上面白くもおかしくもなく終ったが、正味二日ほど滞在して東京に帰るとき、私は急に、この土地にもう少しいたいような妙な気分になった。私をそういう気持ちにさせたのは、土地の風景でも、米沢美人でもなく、言葉だった。

私は同じ山形県でも、海岸地方の鶴岡市の生まれなので、米沢、川西があるあたりとは言葉が違う。だが二十歳前後の三年間、この土地とさほど離れていない山形市に住んだので、このあたりの言葉も、耳になじんでいた。なつかしかった。

だが、ただむかしなじんだ言葉のなつかしさだけが、私をひきとめたわけではなかった。私は人びとが、大きな声で、おめず臆せず土地の言葉をしゃべるのを聞いて、少し大げさに言えば、一種の感動を味わっていたようである。人びとがいきいきとして見えた。

町角の立ち話の中から、喫茶店の客の話し声から、乗ったタクシーの無線指示の声から、押し寄せてくる土地の言葉を、私はむさぼるように聞いた。

土地のひとが、土地の言葉をしゃべるのになんの不思議もあるまい、というかも知れないが、それは違うのだ、と言いたい。その土地の言葉、つまりひと口に方言と呼ばれている言葉は、いま、かつてない規模で消滅にむかっているのが実情だと私は感じている。

住む家、着る物、食べもの。そう言ったものが、日本全国どこへ行っても変りばえしない、画一化されたものに変りつつあり、どこへ行ってもカラーテレビがあり、車がある。そういう世の中になった。言葉だけが無傷であるわけがない。（中略）

東京に帰ろうとした私を、米沢の駅でひきとめにかかったのは、多分文化というものだったのであろう。国籍不明の、眼鼻もはっきりしないのっぺらぼうの文化ではなく、その土地の風土と暮らしが創り出したもの。必然のアクセントと絶妙の語彙や言いまわしを持つその土地の言葉が、いきいきと生きていて私をとらえたのであれば、それは大げさなことでもなんでもなく、当然の感動がそこにあったのである。（「土地の言葉」）

方言（東京弁・標準語でない地方の言葉）にこだわって作品を書いた代表的な作家に周平や井上ひさしがいる。ここで周平の方言観について簡単に触れておこう。川西町での方言体験と併せて読んでいただきたいのが、次の文章である。

旅行先で、あるいはテレビ、ラジオで、方言で話されることばを聞くと、私はいつも心が新鮮な驚きで満たされるのを感じる。大げさにいうと、生きている人間に出会ったというほどの気持になる。なぜだろうか。

多分私は、このところ少少標準語にあきているのだろうと思う。というよりも、標準語を支えているステレオタイプの文化に食傷して、方言と、その背後にあっていまだ十分に活性を残しているはずの、個性的な文化に心惹かれるということかもしれない。もっともこんなことをいえるのは、私が何十年も標準語の世界で暮らしてきたからで、若いころは響きのきれいな標準語とその背後に予想される文化にあこがれ、自分が使う、重苦しく濁って響く地元のことばがうとましく思ったものである。

だが考えてみれば、東京の中流家庭のことばを起源にもつ標準語は、歴史も浅く多分に人工の匂いがすることばである。私は標準語がもつ意志伝達の機能と、洗練された響きを認めるのにやぶさかではないが、ただそれだけのことだと思うことがある。標準語は人間の生活を映さない。ことばは生活の上をすべって通り過ぎていく。

だからたとえば標準語で、「君を愛している」といっても、それはテレビからもラジオからも聞こえてくるので、ことばはコピーのように衰弱している。しかし方言を話す若者が、押し出すように「おめどご、好きだ」(わが東北弁)といえば、まだかなりの迫力を生むだろう。方言生活ではそう簡単には使わないことばだからだ。

かくのごとく方言は、生活が生み出したことばである。方言の後ろには気候と風土、その土地の暮らしがぎっしりと詰まっている。方言がときとして人を感動させるのは、それが背後の文化を表出しながら今も生きていることばだからである。地元の人は力強く方言を話そう。わからない人には標準語で翻訳してやればいいのである。(「生きていることば」)

東京には当然、東京にしかない言葉、物の呼び名が沢山あるように、地方にも地方にしかない言葉や、標準語では表せない微妙なニュアンスをもつ言葉がある。互いに干渉するのを避けたほうが、言葉の世界はより豊かなものになる。井上ひさしは、「東京の言葉を持てとか、それに統一しようなんて言葉の暴力ですよ」と言った趣旨の発言をしている。井上の方言を駆使した小説『吉里吉里人』や、方言に標準語の字幕スーパーを施してみせた戯曲『國語元年』は、その主張を作品に具体化したものといえる。

方言とは、〈生活が生み出したことばである。方言の後ろには気候と風土、その土地の暮らしがぎっしりと詰まっている。方言がときとして人を感動させるのは、それが背後の文化を表出しながら今も生きていることばだからである〉とする周平が、庄内弁を意識して書いた作品の一つが『春秋山伏記』（家の光協会・新潮文庫）である。時系列の記述としては少し早い紹介になるが、話の流れに沿うことを許してほしい。「年譜」（五十一年九月）に、〈「春秋山伏記」取材のため（中略）鶴岡へ。湯田川温泉泊〉とある。「家の光」で連載がスタートしたのは五十二年一月号だから、おそらくその間に構想を練り、満を持して臨んだのだろう。

まず執筆の経緯である。

ある出版社から、山伏を主人公にした小説をどうかと誘われたとき、私はすぐには返事が出来なかった。正直に言えば、はたと困惑したという恰好だった。

出版社がその話を持って来た理由ははっきりしていた。私は山形県の西部海岸地方の出身で、そこには出羽三山と呼ばれる聖なる山域がある。その中の羽黒山は、古来熊野、大峰とならぶ修験の山として知られている。

　私は子供のころから、朝な夕なにこれらの山をながめながら育ったし、大きくなってからは、これらの山に登りもした。とうぜん羽黒山伏についても、私はなにがしかの知識を持っているに違いないと、出版社では考えたらしかった。（中略）

　たとえば私はいまでも、羽黒山伏が吹き鳴らすほら貝の旋律を記憶している。口に出せばブーオーオーと正確に出てくる。神秘的で、少しものがなしげで、また威圧的でもある旋律である。

　私が子供のころ、彼らはそのほら貝を吹き、兜巾《ときん》、結袈裟《ゆいげさ》の山伏装束をつけ、金剛杖《こんごうづえ》をつき、高足駄《たかあしだ》をはいて、村にやって来た。そして家家に羽黒山のおふだを配って回った。

　だが、私たちは、獅子舞や神楽が来たときのように、羽黒山伏のあとについてぞろぞろ村を回り歩くようなことはしなかった。子供心にも、その異形の装束のむこうに、常人のうかがい知ることが出来ない、ある神秘的なものが隠されている気配をかぎつけたのかも知れない。その隠されたものは、畏怖に値するものだった。親たちの態度に、それがあらわれていた。

　大人になっても、私の山伏に対する知識は、子供のころに見聞した事柄のレベルから、ちっともすすまなかった。たまに、あの異形の装束のむこうに、何があったのかと想像することがあっても、想像の中味は護摩をたいて秘密めいた祈禱をすることだったり、気合をかけて瞬時に病人をいやすことだったり、剣の刃の上を、素足でわたったりすることでしかなかった。これでは小説に書けるわけがない。その点、出版社では私を買いかぶったことになる。（「羽黒の呪術者たち」）

　また、

子供の眼から見た山伏は、どことなく近よりがたい、畏怖《いふ》を感じさせる存在だった。私たちは神楽や獅子舞いが来たときのように、山伏のあとについて歩くということもなかったし、またふだんの暮らしの中で、山伏を見かけることもなかった。山奥に住む神秘的な人びとだと考えていた節がある。

だが少し注意してみれば、私たちの暮らしの周囲に、いたるところ山伏が身近にいた痕跡を発見したはずである。私たちがしじゅう登っていた金峰《ママ》山という山は、規模は羽黒山におよばなかったが、れっきとした山伏の修験場であったし、また私が生まれた村の神社の神官の家は、何代か前には山伏として村に住みついた家でもあったのだ。

こういう子供のころの記憶と、病気をなおし、卦《け》を立て、寺小屋《ママ》を開き、つまり村のインテリとして定住した里山伏に対する興味が、この小説の母体になっている。

とは言っても、山伏に対する子供のころの畏怖は、まだ私の中に残っているようだ。彼らは普通人と同じように、村の中で暮らすことも出来たが、修験によって体得した特殊な精神世界を所有することで、彼らは一点やはり普通の村びとと違っていただろうと考える。そこは、ただの人間である私には、のぞき見ることが出来ない世界である。畏怖はそこからくる。

そういうわけで、この小説は山伏が主人公のようでありながら、じつは江戸後期の村びとの誰かれが主人公である物語になっている。(『春秋山伏記』「あとがき」)

と記している。村人の誰かれ——つまり不特定多数の農民の心を描きたかったということである。

そして、〈この小説で、私はほとんど恣意的なまでに、方言（庄内弁）にこだわって書いている。お読みくださる読者は閉口されるに違いないが、私には、方言は急速に衰弱にむかっているという考えがあるので、あまりいい加減な言葉も書きたくなかったのである〉（同前）とある。周平には庄内の言葉を残したいという狙いがあったのだ。しかし、方言は意識しても、ほんとうのところは書けないとも言う。〈喋り言葉は非常に細かいニュアンスがあって文字では表現しきれません。それをやろうと思ったら、井上ひさしさんが『吉里吉里人』でやったように、標準語をふりがな風にそばにつけないと無理ですね。そうやっても、文字にしてしまうと、ウソになる部分があるんですね。むずかしいです。（中略）その土地の出身であるというのを、小説の中に何かの形で書いておきたいという気持はですね。全部方言で書くのは無理だから、一部の方言を場面、場面でパッと入れてみるというやり方は、これからもやってみたいと思います。感心したのは森敦さんの「鳥海山」という短篇集です。この中にいわゆる庄内のあば——魚の行商をしている中年女たちの言葉を書いたのがあって、あれには脱帽しました。実にうまくニュアンスをつかまえてるんです。土地の者だって、なかなかそういうのは分からない〉（インタビュー「なぜ時代小説を書くか」）と語っている。

その「春秋山伏記」であるが、羽黒山から薬師神社の別当に任命された山伏・大鷲坊が、村に起こるいくつかの難問を解決してゆく物語である。羽黒山は月山・湯殿山と合わせて出羽三山と呼ばれ、古来、修験道の名所とされている。大鷲坊は「死霊《たまし》」が憑いて歩けない娘・おきくを祈禱で助けたり、娘・おてつに憑いていた狐を追い出してやったりする。救済なるものは多岐に及び、なんと後家のおすえとの情事もからむ、次のような場面もある。

大鷲坊は神聖な祈禱者で、そのつもりになればいくらでも自分の欲望をがまんできる。それだけの修行を積んでいた。だがその禁をといてしまえば、そのあたりにいる村の若い者とべつに変りもない、たくましい身体をもつ一人の若い男にすぎないのだ。

その夜大鷲坊は、おすえの床の中で、ひさしぶりにただの若い者のように振舞った。醜女のおすえが、意外にきめの美しい白い肌を持っていることに、ひそかに気持をそそられてもいたのである。

これらの行為は〝人助け〟の範疇から大きく逸脱しているようだが、それは違う。里山伏としては村人のいかなる悩みをも解決してやるのが仕事であり、〈性もまた悩みの種子であり、山伏はそれをはずかしめたり、嘲笑したりはしない〉という正当な理由があるのだ。大鷲坊にすれば、修験には激しい〈胎内の修行〉もあり、〈性は神聖なものだった〉という意識がある。だから後に、大鷲坊はおすえに、〈苦心の作の張形〉まで与え、おすえからは、〈おかげさんで、とってもぐあいがええ〉と感謝されている。作品は極めて人間臭い「市井の聖者」ともいえる、そんな山伏の物語である。思わずニヤリとさせられるが、こういう場面は、これまでの藤沢作品にはあまり見られなかったものである。闇の世界から次第にユーモラスなものを加味した世界に向かう周平の、予兆を窺わせる作品といえる。

周平が語るように「春秋山伏記」は、方言にこだわって書かれている。しかし、結果として満足の行くものではなかった。周平は単行本になった後も、文庫本になってからも、作品を繰り返し読み返し推敲（標準語を方言に翻訳）していたようである。遠藤展子に「小説と方言」というエッセイがある。

家の光協会から出た単行本を見ると、方言の会話が、やや標準語に近いものと庄内弁そのものの部分と両方あります。しかし、父の本棚にあった初版の単行本には、たくさんの付箋がはられていて、一つ一つ、よりはっきりとした庄内弁に直されていました。

例えば、「権蔵が怪我《けが》したらしいと聞いたさげ、見に来たのだが。入っていいか」となっていた会話は、「……見サ来たども。入っていいか」と変えていました。

さらに、「お前は広太という男の恐ろしさを知らねようだの」が、「お前は広太の怖《おっ》かなさを知らねようだの」というように、方言がより忠実に再現されています。他にも、「うちのだだは……」が、「おら家《え》のだだでば……」「そうだろ」が、「んだろ」(中略)こうした修正が加わって、新潮文庫版『春秋山伏記』は、いっそう「方言」(荘内弁)にこだわった」(「あとがき」)小説に変わっていました。(中略)たった一文字違うだけでも印象が変わります。父の貼った沢山の付箋を見て、父のことばを大切にする心を垣間見たような気がしました。

父はふだん庄内方言を口にすることはありませんでしたが、鶴岡の知人から電話がかかってきたりすると、とたんに庄内弁になりました。イントネーションが変わり、声も大きくなります。それで、「いくら庄内が遠くても、そんな大きな声出さなくても聞こえるわよ」と、母に言われていました。(『父・藤沢周平との暮し』)

ここで、ふと齋藤茂吉のことを思い出す。茂吉の随筆「三筋町界隈」に、〈爾来四十年いくら東京弁にならうとしても東京弁になり得ず、鼻にかかるずうずう弁で私の生は終はることになる〉という一節がある。それが周平に重なってくるからである。文章を綴るときはともかく、郷里からの電話にいそいそと庄内弁で対応する周平。それがいいとか悪いとか言うのではない。方言でしか伝えられない微妙な心のニュアンスなど、生き生きとした庄内弁での会話が聞こえてくるようである。

ところで周平は「溟い海」で文壇デビューした当初から文章のうまさ、構成力の確かさは、いずれの評者も認めるものだった。以来、「暗殺の年輪」「又蔵の火」「闇の梯子」といった作品を相次いで発表した。これらの作品は、多くの評者が指摘するように読後感がひどく暗かった。当時、まだ小さかった娘と一緒に動物園へ行き、たまたま通りかかった檻の前で狼の遠吠えを聞いて、〈狼の持つ孤独と禍々しさ〉に強く魅かれた、と述懐する時期の作品である。

しかし、五十年の「臍曲がり新左」あたりから藤沢文学は転調する。その契機となったのが五十一年秋から連載を始めた「用心棒日月抄」であり、先に触れた五十二年執筆の「春秋山伏記」だった。そのころから作品に明るさとユーモアが添加され、心を癒す作品として多くの読者に受け入れられるようになった。周平の四十七歳から五十歳にかけてのことである。

第五章　負から正のロマンへ

ここで周平の転調に至るまでの作品について触れておこう。まず昭和五十一（一九七六）年一月に刊行された『冤罪』（青樹社・新潮文庫）である。同書には「証拠人」「唆《そそのか》す」「潮田伝五郎置文」「密夫の顔」「夜の城」「臍《へそ》曲がり新左」など九篇が収められている。

この作品集は初期の暗い作風から、次第に滑稽でユーモアが滲む、結末の明るい小説に向かいつつあった過渡期の作品ということができる。中でも「臍曲がり新左」は何度読んでも笑わせられる。これまでの作品に親しんできた読者は、周平にもこんな作品を書ける境地があったのか、と驚いたことだろう。

作品は、〈藩中で、治部新左衛門ほど人に憎まれている人物はいない〉と書き起こされる。新左衛門は戦国武士の生き残りの頑固者である。稀代の臍曲がりで、口の悪いことから藩中でも疎まれている。治部新左衛門のような人物は、わたしたちの周囲にもざらにいるから、思わずニヤリとしてしまう。娘の葭江は、これが新左衛門の娘かと驚くほどの美貌だが、十八になる今日まで縁談らしいものがない。先方が新左衛門の名前を聞いただけで二の足を踏むからである。

しかし、隣家の犬飼平四郎だけが、新左衛門の悪口や嫌味をものともせず葭江に近づく。新左衛門を無視していちゃつき、歯の浮くようなことを言って葭江の機嫌をとったりする姿は、武士の風上にもおけず、何とも腑甲斐なく映る。しかも平四郎は総領、葭江は婿をとる立場であるから、仲が進行することは極めて危険だ。そこで新左衛門はことごとく嫌味を言うのだが、平四郎はまるで頓着しない。

平四郎に向けた言葉は、力のない遠矢のように、目指す敵に届かずに手前に落ちる感じで、張り合いのないこと夥しい。ところが藩内の抗争での活躍をきっかけに、新左衛門は平四郎を婿として考えるようになる。そしてラストは、

家の中で、二人の笑い声がするのを、新左衛門は芳平が篝火を始末している庭に立ったまま聞いた。その声を聞いていると、葭江の方も平四郎を好いているのがよく解った。そばに寄ってきた芳平が、皺面を綻ばせて言った。

「お似合いのお二人でございますな」

「む、む」

と新左衛門は渋面を作った。しかし、芳平が薪の燃え残りの最後の一片に水を掛け、庭が闇に包まれると、不意に相好を崩してにやりと笑った。

というものだ。

いま一つ表題作「冤罪」についても簡単に触れておこう。

堀源次郎は小禄の兄夫婦に養われており、どこか婿養子に入るしかないしがない三男坊である。源次郎は毎日、密かな楽しみをもって散歩している。途中、いつも庭の菜畑に出ている娘を見かけ

るからである。父親との二人暮らしらしい。源次郎は自分が婿に入り、一緒に鍬を振るう姿を想像したりする。最近は源次郎が頭を下げるのに、娘も無言で挨拶を返すようになっている。

ところがある日、娘の姿が見えない。生け垣の小さな門は、斜め十字の材木で釘付けされている。やがて源次郎は異変を知る。娘の父親の名前は相良彦兵衛と言い、源次郎の兄と同じ勘定方に勤めていたが、藩金を横領したことが露見して切腹させられたというのである。家は即日改易になり、明乃という娘がどうなったのか誰も知らなかった。

ある日、源次郎は彦兵衛の墓参りをしようと清水村の禅念寺を訪ねる。途次、源次郎は明乃とばったり出会う。源次郎は散歩の途中で明乃に会うのが楽しみだったこと、明乃の消息を尋ねて回ったこと、できれは明乃を妻に迎えたいと考えていたことなどを告げる。

しかし、明乃は村の長人役の養子になることを承知したばかりで、自分は婿を貰う身なのだと言う。源次郎は眼を見張る。自分は妻を迎えるより、婿入り先を探す「厄介おじ」の身なのである。武家の暮らしというものがどんなものか、彦兵衛を巡る事件で身にしみて分かっている。明乃と二人で田畑を耕すのも悪くはない。源次郎は自分が婿になろうと切り出す。生活のためには冤罪を暴くこともできない、そんな武家の暮らしを捨て、つましくとも自由な生き方を選んだのである。

『冤罪』には、このような普通の武士たちの人生の岐路における逡巡や新たな決意などを描き、爽やかな共感を呼ぶ作品が収められている。

つづいて三月には『暁のひかり』（光風出版・文春文庫）が出る。初期の市井小説集で、表題作のほか「馬五郎焼身」「おふく」「穴熊」「しぶとい連中」「冬の湖」の五篇が収められている。

このうち「おふく」は「小説新潮」（四十九年八月号）に掲載されたものである。執筆と雑誌掲載の時間はずれるが、同じ八月に目をやると、「オール讀物」に「唆《そそのか》す」、「小説宝石」に「恐妻の剣」、「小説推理」に「密告」の三篇。つづいて十月は「小説現代」に「潮田伝五郎置文」、十一月は「問題小説」に「密夫の顔」、「別冊文藝春秋」に「雲奔る」、十二月は「歴史と人物」に「二人の失踪人」、「週刊小説」に「嘘」と立て続けに発表している。いかに緊張をともなう多忙な日々であったか、大車輪で取り組んでいるさまが想像される。サラリーマンと物書きの〝二足草鞋〟を履いていた最後のころの作品である。

ここであえて「おふく」に触れるのは、周平が〈『おふく』という短篇については、ちょっとした思い出がある〉(「市井の人びと」)とエッセイに書いているからである。

周平が駒田信二と山形に旅(四十九年五月)したことは触れた。米沢で雲井龍雄に関するその日の取材を終え、同行してくれた駒田を見送って宿に戻った周平は、食卓の上に原稿用紙を広げた。六十枚ほどの小説の締め切りが迫っていたのである。取材旅行の間にその小説に手をつけ、少なくとも十枚かそこらは書かないと間に合わない事態になっていた。

私は旅先で原稿を書くことは好きでないのだが、そのときはせっぱつまっていたので、とにかく原稿用紙だけは鞄の底に入れて行ったのである。

だが、そうして食卓にむかっても、何の構想もうかんで来なかった。明日は残る取材をすませて東京にもどらなければならない。そうすれば会社の仕事も待っている。そういうあせりが、よけいに気持の集中をさまたげるようでもあった。題名も思いうかばないまま、夜の食事が出て来た。私は食事をする間も考えつづけ、終るとすぐにまた原稿用紙にむかったが、依然として何の考えもうかんで来なかった。

だがそうしているうちに、私の記憶の中に、突然に一人の少女の姿がうかんで来た。(同前)

少女に出会ったのは地下鉄の中。

小学校の四年生か五年生といった齢ごろで、髪をおさげにし地味な服を着ていた。少女はきちんと足をそろえて坐り、膝の上に手製らしい布の手提げをのせていた。行儀のいい子だった。私は少女を見た。少女も私を見ていた。ほっそりした無口そうな顔立ちで、少し笑いをふくんだような眼に特徴があった。(中略)
私は頭にうかんで来たその少女におふくという名前をつけた。帰京してから書きついだ小説は、一人の女の運命を書くという最初の意図に反して、一人の男の運命を書くことになったのだが、とにかく私はうかんで来た少女のおもかげをたどって小説を書き出すことが出来、筆は案外はにかどって、その夜のうちに十五枚ほど書けてひと息ついたのである。(同前)

このエッセイを引いたのは他でもない。わたしは、作家というものは書き出しから擱筆《かくひつ》まで、精確な青写真を描いてから執筆するのだろうと想像していたからである。中でも藤沢文学の端正でメリハリのきいた文章、絶妙な筋の運びは、その想像《イメージ》を補強するものであった。

が、どうもいろいろなタイプがあるようである。書き進むうちに主人公が勝手に動き出し、作者はそれを筆で追い掛けるだけと言った作家もいる。そういえば、「海鳴り」では最初、〈新兵衛とおこうを、結末では心中させるつもりでいた。だが、長い間つき合っているうちに二人に情が移ったというか、殺すにはしのびなくなって、少し無理をして江戸からにがしたのである〉（『海鳴り』の執筆を終えて」）と周平は語っている。

六月刊の『逆軍の旗』（青樹社・文春文庫）には表題作のほか周平の作品系列のうち、武家ものにも市井ものにも属さない、歴史小説である「上意改まる」「二人の失踪人」「幻にあらず」が収められている。七月刊の『竹光始末』（立風書房・新潮文庫）には表題作のほか「恐妻の剣」「石を抱く」「冬の終りに」「乱心」「遠方より来る」が収録されている。

ここでは「竹光始末」を取り上げてみたい。作品は小黒丹十郎と名乗る貧乏武士が、仕官を望んで海坂藩の柘植八郎左衛門宅へ周旋状を持参して訪ねるところから始まる。丹十郎は妻と二人の子供連れである。四人の着物は継ぎ接ぎだらけ。まるで乞食の一家である。

八郎左衛門が留守のため、丹十郎親子は旅籠に泊まり連絡を待つことになる。ところが宿代を請求され、一銭もないことを白状すると飯も出なくなる。川人足の日銭で飯代だけはなんとか賄ったが、宿代の矢の催促に刀を手放さなければならなくなる。

そんなとき、八郎左衛門から使いの者が来る。お上から上意討ちの沙汰が出たので丹十郎を推薦したという。うまく事が運べば召し抱えられることになる。召し抱えになれば七十石。明日からは餓えないですむ。丹十郎は竹光を腰に差し勇んで上意討ちに臨む。物語はどう展開するか。その見事な結末は明かすまい。

この作品集の「あとがき」は次のように書かれている。

近年来、時代小説の面白味のかなりの部分が、劇画の分野に喰われているという指摘を聞く。確かにそういう現象があるだろう。時代ものを書く者として、また現代ものの一読者として、なんとなく心細い気がしないでもないが、時代小説の面白味の中に、劇画という表現手段に適した部分がある以上、当然の現象だとうなずける。

そういう変化はどうあろうと、小説を書く者としては、当然ながら文章による表現にすべてを託さざるを得ないわけで、そしてこの一点で劇画とは異る小説の面白さを構築して行くしかないだろうと思う。

もっとも、以上はあくまで意識の底の方においてあることを述べただけで、そうだから私が、ふだんそういうことを念頭において、気張った小説を書いているということではない。時にはごくダルな気分に流されて書いてしまうこともあり、また気張ったから必ずいい小説が出来上がるわけでもない。ただ、面白い時代小説を書きたいと願っていることを言ったまでである。

これを受けて駒田信二は、〈一般のいわゆる時代小説には、もともと、映画の時代劇とか劇画とかアニメーションとかに近い要素が多分にあった（というよりも、今もある）といえよう。ほとんどそのままで、映画とかテレビ映画とかになり、映像表現されたものの方が文章表現のもとの作品よりも、藤沢さんの前記の文章の言葉を使っていえば「面白い」ものも少なくはない。それはそれでいいのだが、藤沢さんの「時代小説」はそういう時代小説ではない。（中略）「文章による表現にすべてを託」して「劇画とは異る小説の面白さを構築して行く」ことをめざした作品なのである〉（「モノクロームの魅力」）としている。換言すれば、言葉で表現することを選んだ者のプライドと決意といってもいいだろう。

八月刊の『時雨のあと』（立風書房・新潮文庫）には表題作のほか「雪明かり」「闇の顔」「意気地なし」「秘密」「果し合い」「鱗雲」が収録されている。

同書の「あとがき」には、周平がなぜ時代を江戸期に設定したかが明かされている。


古い時代には、その時代に特有のもの、現在とははっきり異る因習、ものの考え方などがあるだろう。その反面たとえば親子、男女の間の愛情のような現代と共通する、人間に不変なものも存在するだろう。この二面をつかまえないと、正確に古い時代を把握したことにはならないと思うのだが、江戸期になると現在と共通する部分が多く出てくる気がする。その前の戦国期とは異る相が出てくる。人間も、その暮らしぶりも、いまの生活感覚から言って、そうわかりにくいものではない。

江戸期の人間の行動、心理といったものには、手探り可能な感触がある。それは近近百年ほど先で、現代と繋がっている時代であれば、当然のことかも知れない。この少し先の時代に生きた人人に対する親近感のようなものが、時代ものを書くとき、多く筆を江戸期にむかわせる理由かも知れないと思う。


当時の時点で〈近近百年ほど先〉といえば、明治時代の末期に当たる。それぐらいなら、自分の祖先たちの生活の影もかすかに視ることができ、確かに手探りの可能な感触が感じられる……。

さて、ここまで辿ってきて、漠然とながら感じることがある。「暗殺の年輪」で直木賞受賞後、業界紙の記者を辞して執筆に専念するようになってからの数年、つまりデビューから五年ほどの間に発表された作品をみると、郷里・山形に題材を求めたものが多いということである。執筆に追われ材料に困ったわけでもないだろう。ざっと展望すると、郷里の風景を背景に展開する「ただ一撃」(昭和四十八年)、越後との国境の風景が物語を際立たせる「夜が軋む」(同)、鶴岡に伝わる史実を基にした「又蔵の火」(同)、海坂藩の百姓一揆を煽ったとして城下を追放された神谷武太夫が江戸で大規模な騒動を唆す「唆す」(四十九年)、鶴岡市の盆踊りが作品を彩る「潮田伝五郎置文」(同)、薩摩討つべしの熱い思いで奔走する反逆者、雲井龍雄を追った「雲奔る」(同)、鶴岡市の善宝寺を舞台にした「龍を見た男」(五十年)、庄内・川越・長岡の三方国替えを取り上げた「義民が駆ける」(同)、鶴岡市三瀬周辺を舞台にした「三年目」(五十一年)、米沢藩の上杉鷹山を描いた「幻にあらず」(同)、村山郡白岩郷の領主酒井長門守忠重《ただしげ》を描いた「長門守の陰謀」(同)、出羽三山の山里を舞台にした「春秋山伏記」(五十二年)、幕末の志士、清河八郎の生涯を浮き彫りにした「回天の門」(同)などなどである。

それらのうち「又蔵の火」「雲奔る」「義民が駆ける」「幻にあらず」「長門守の陰謀」「回天の門」などは郷土の史料を直接資料として書かれたものである。「又蔵の火」を除けば、時代小説というより、歴史小説に近いといってもよいだろう。周平が本領とし、読者が歓迎する市井ものとは、まだ少しく距離がある。

これは何を意味するのか。異論もあることだろうが、周平の小説に対する想いが発酵していなかったことを窺わせるもののように思われる。内にある創作へのマグマが未だ噴出せず、圧力の高まるのを待っていた時期、と言い換えることが出来るかも知れない。創作への自由な飛翔(想像力・

創造力）もいまだしの感がする。風景描写には達者で冴えた筆致を見せるが、物語づくりは過渡期を思わせる。

ちなみに藤沢文学の初期の傑作とされる「長門守の陰謀」（「歴史読本」五十一年十二月号）は、史実を基にした歴史小説だ。史実とは「白岩一揆」のことである。元和八（一六二二）年、藩内抗争のため最上氏が改易され、酒井忠勝《ただかつ》が信州松代十万石から庄内十三万八千石に転封される。最上領だった寒河江《さがえ》川左岸の山間部に位置する白岩領八千石は、庄内藩主酒井忠勝の弟、酒井長門守忠重《ただしげ》の所領となる。長門守は領民に対して暴虐悪政の限りを展開する。

領民は苛政に対し七度にわたって目安状を出すが取り上げられない。ついに寛永十（一六三三）年十月、白岩領百姓惣代三十八人は長門守の苛政を二十三カ条にまとめ、死を決して目安状を幕府に直訴。同時に百姓数百人が一揆を起こし、館を襲って家老を殺害する。直訴を行った百姓惣代三十八人は打ち首となるが、寛永十五年三月七日、長門守も領地を没収され、白岩領は天領になった。長門守は庄内藩預けとなる。それは忠勝が弟忠重を偏愛したからである。しかし忠重は、忠勝の子忠当《ただまさ》を廃して自分の子忠広《ただひろ》を藩主に立てよう、と画策し反対派を追放したりする。正保四（一六四七）年、忠勝の死とともに義絶され、寛文六（一六六六）年に六十九歳で横死するというものである。それらは「白岩義民物語」として伝えられ、いまも寒河江市白岩の誓願寺境内に「白岩義民之墓」が残っている。

物語だが、荘内藩預けとなった長門守は藩政にも干渉する。さらに忠勝の世子忠当を廃し、妹の於満《おまん》を自分の子九八郎忠広に娶らせて後嗣に据えようと企てる。藩内には長門守を推す派閥と抗する派閥が生まれたが、世子争いとなれば藩が二分され収拾がつかなくなる。そこに忠当を亡き者にするつもりらしいという噂が流れる。忠当は江戸に逃れたが、その後も長門守の圧力は続いていた。

この混乱に終止符を打ったのは忠勝の死である。長門守の陰謀は潰え、忠当は家督を継いで藩主となった。その後、長門守は国元の一揆によって領地を没収され、荘内藩からも義絶されて下総国市川村にいたが、ある暴風雨の夜、二人の刺客が現れた……。

この作品には先駆がある。酒井長門守忠重が鶴ヶ岡城に在留のときの一事件を取り上げたのが、周平がデビュー前に執筆した「上意討」である。戦場で華々しい活躍をみせた猛将が、必ずしも治世の名君とは限らないところに藩政の難しさがある。忠勝の剛毅な気性も、藩政の整備が一段落すると始末の悪いものになった。頻発する家臣の成敗もそのひとつである。それが長門守が客分として城内に住むようになってから目立った。

その成敗だが、長門守を誹謗したかどで熊谷源太夫の成敗を命じ、家老の松平甚三郎に討手の人選をさせる。熊谷源太夫は最上浪人を名乗り、召し抱えの際に披露した試しの武技も見事だった。そのため即座に二百五十石を与えられた手練《てだれ》である。並みの討手では返り討ちに遭うだろう。松平甚三郎は側用人の手代木孫兵衛とはかって大泉経四郎を選び、さらに万一のことを考えて後詰めとして小右筆の金谷範兵衛を指名する。屋敷に帰った松平甚三郎は大泉経四郎に使いを出し、急病と称して討手を辞退させる。

こうして金谷範兵衛が討手に決まった。刻限は明朝寅の刻（午前四時ごろ）。金谷範兵衛は死を覚悟し、女房の牧江を江戸に逃がれさせて熊谷源太夫の家に向かう。金谷範兵衛が熊谷源太夫を討ち果たして門を出ると大泉経四郎が待っていた。金谷範兵衛は「貴殿にはわれらごときなかなか及びも申さぬ。ゆえに逃げ申す」と言い、美しい牧江の後を追う。

松平甚三郎は金谷範兵衛なる家臣が、旧最上家にいなかったことを知っていた。松平甚三郎は呟く。〈伊豆殿にも、松平甚三郎の姿勢を示しておくことが必要なのだ〉と。そこで金谷範兵衛が何者なのかが分かるようになる。伊豆殿とは知恵伊豆と呼ばれ、非凡卓抜な行政手腕を謳われた時の老中松平伊豆守信綱、つまり忠勝の嫡子忠当の岳父のことである。伊豆守の視線が荘内藩に注がれるようになったのは、長門守忠重が客分として藩に迎えられたころからだった。忠勝の粗暴、長門守の専横、それをめぐる家中の対立に注視していたのだ。金谷範兵衛は、伊豆守が荘内藩に送り込んでいた密偵だったのである。

この「長門守の陰謀」を推奨する一人に磯田道史がいる。磯田は、〈藤沢作品を愛好する者が、是非とも、読んでおかなければならない作品である。それにははっきりした理由がある〉(文春文庫版『長門守の陰謀』解説)という。〈この作品が、／――藤沢作品の原風景／に、なっているからである。作家は小説を書くことによって、次第に、その作品世界を獲得していく。おそらく、本人は、意識していなかったであろうが、藤沢はこの作品を書くことによって、のちの藤沢になった〉(同前)と断言する。そして、〈この作品は、後年、藤沢が、ライフワークのように描いた「御家騒動物」の基礎になった作品である。藤沢の武家物には、主人公の武士が、藩主の廃立をめぐる御家騒動の渦中に巻き込まれていく物語が、数多くふくまれている。代表作の『蟬しぐれ』も、『用心棒日月抄』も、そうである。藤沢作品の武家物の背後には、つねに、といってよいほど、御家騒動がある。本作品は、このような藤沢の御家騒動の原点といってよい〉(同前)としている。

ところで古い時代を背景にした小説を、歴史小説と時代小説に分類している。一般の評者の言に従えば「長門守の陰謀」は初期の歴史小説ということになる。その判断の基準になるのは、歴史小説は飽くまでも史実を重視したものであり、時代小説は史実や時代状況を踏まえながら、虚構を加えたものとされている。
しかし、その境界は曖昧である。いずれにしても作者の想像力（創造力）が必要だからである。周平に「試行のたのしみ」というエッセイがある。

実作家の立場から言うと、歴史小説というものにむかうとき、どこからともなく、このテの小説は、ふだんお前が書きなぐっている時代小説のように、軽軽しくかつ騒騒しく、ご都合主義で書いてもらっては困るのだぞ、ことにお前さんは、書きながら途中ではしゃいだりすることがあるが、じつに見苦しい、ああいうことはもってのほかであるぞ、という荘重な声が聞こえて来るといったあんばいである。作者は原稿用紙を前に、ふだんのあぐらを正坐にあらため、なおその上に衿を正してペンをとらざるを得ない感じになる。（中略）
しかしまた、歴史小説といっても、歴史に材料をとっただけで、つまりはただの小説にすぎないのだという見方もあるだろう。この場合は、歴史的事実よりも、その事実をもとに人間を描く小説の部分に重点があるわけで。（中略）
しかしよく考えてみると、人間を書くだけなら何も面倒でいばり屋の歴史を引っぱり出すことはないのである。時代小説でだって人間は書ける。／歴史を引っぱり出す以上は、小説がその歴史にかかわり合うことによって、たとえば予期せぬ余剰価値のようなものが生まれることが期待出来るからではないだろうか。

と述べ、

事実は歴史小説も小説にすぎないのだと私は思っている。／ただし、小説だから歴史的事実の方も適当にあんばいしていいことにはならず、歴史小説であるからには、従来動かしがたい歴史的事実とされて来た事柄は尊重しなければならないだろう。また歴史小説は、そういう歴史的事実に作者の想像力が働きかけて成立するわけだろうが、その想像も野放図でいいということにはならないだろう。想像は小説家の領分といっても、ここにもおのずから許容範囲というものがあり、大きく逸脱しないのは歴史に対するエチケットというものである。

このエッセイは、周平が抱く歴史小説と時代小説の差異を語ることで、創作に向かう姿勢を明らかにしたものと言える。

五十一年十一月、周平一家は練馬区大泉学園町に移転する。

周平の移転先を見ると練馬区貫井、清瀬、東久留米といずれも西武池袋線沿線であることに気づく。周平にとっては、何となく田舎の雰囲気が残っているのが気に入ったようである。大泉学園の家は新築の建て売りの二階建て。建て売り住宅とはいえ、ささやかながら庭もあった。この大泉学園の家が、周平の終の栖となった。

当時の周平の書斎の模様を倉科和夫は、〈二階に上がって、ちょっとびっくりしました。ひと昔前の学生の勉強部屋といった感じの質素なたたずまいでした。窓辺に何の変哲もない座机がちょこんとおいてあり、その前に薄い座布団、雑誌を入れた本箱が二つか三つ。時代小説作家の書斎というイメージからはあまりにかけ離れた殺風景なものでした〉（「文藝春秋」平成九年四月臨時増刊号「先生の書斎のことなど」）と報告している。

この書斎については、周平も次のように証言している。

暮に、山本容朗さんが家にみえられた。遊びにではなく、お仕事にである。「オール讀物」が新しくはじめた企画に、「人気作家の現場検証」というページがあって、文章を山本さんが、イラストを大竹雄介さんが担当しておられる。小説家が原稿を書いている仕事部屋まで入りこんで見たり聞いたりしようというのがこの企画である。（中略）書斎を拝見したいなどというその書斎が私の家の場合は、なんともお粗末だからである。（中略）本棚も、重い本はみな階下に置いてあるので、上にあるのは雑誌と、捨てるにはもったいないといった程度の雑然とした古本。また机は、つい最近までパキンパキンと脚を折るどこの家にもあるテーブルを使っていたのを、弟が見かねてくれたものだが、これもありきたりの机である。座布団は母親が敬老会のときに東久留米市からもらったおさがり、碁盤も二つ折りの安物といったおそまつさだ。奇をてらっているわけでは決してなく、これが私の仕事部屋の常態であり、将来も値打ちものの陶器や軸物が持ちこまれたりして、私の部屋が書斎らしい体裁をととのえるということは、まずあるまいと思う。

なぜこうなのかということを、理由をはぶいて結論だけ言えば、私は所有する物は少なければ少ないほどいいと考えているのである。物をふやさず、むしろ少しずつ減らし、生きている痕跡をだんだんに消しながら、やがてふっと消えるように生涯を終ることが出来たらしあわせだろうと時どき夢想する。
だが実際にはそうはならず、私がこの世におさらばした後にもやはり若干の物は残るだろう。そのことを私は、ある意味では醜態だとも思い、気味悪いことだとも思うのである。（「書斎のことなど」）

その周平の物に執着しないさまである。一例をあげると執筆に必要な江戸の古地図を調べるときなど虫眼鏡は必須のものだろう。ところで「藤沢周平記念館」発行の冊子には、何度も修復して、生涯使いつづけた（らしい）虫眼鏡と革のケースの写真が載っている。説明文には「ケースはセロハンテープの上からさらにビニールテープで補修され、取っ手は麻の紐でくくりつけられている」とある。
質素といえばあまりにも質素な光景である。破損したら新しいものに換えるというのが人情だろう。ケチと言うのではない。体裁などかまわず、用が足せればそれでよい。そんな合理的精神から来るのだろう。所有するものにあまりこだわらない、という周平の真骨頂をそこに見る思いがする──。

書斎について展子は、

父の仕事部屋は六畳の和室で、東側と南側に窓がありました。東側の窓には、葭簀《よしず》がかけてあり、南に面した窓からは庭が見えました。庭には様々な樹木が所狭しと植えられていて、時どきやって来る小鳥たちが、父の心を和ませてくれたようです。（中略）

初めの頃は、父は部屋の真ん中に文机を置き、座布団にあぐらをかいて仕事をしていたのですが、そのうち腰を痛めてしまい、椅子に坐って原稿を書くようになりました。(中略)
本棚の隅には、父のお気に入りのカセットテープやCDが並んでいました。物にこだわらない父らしく、多種多様なジャンルのものが並んでいました。ある時、それを見た女性編集者の方から、「先生、音楽の趣味は意外と節操がないですね」と言われてしまったと父は笑っていました。
(「父の仕事場」)

と記している。庶民派というか、いつも市井の人々と向かい合っていた周平の姿勢は、この書斎の雰囲気からも窺えそうである。

十二月、周平は「オール讀物」新人賞の選考委員になる。他の委員の顔ぶれは井上ひさし、城山三郎、古山高麗雄、山田風太郎。十二月号発表の第四十九回から六十一年七月号発表の第六十六回まで九年半、十八期の在任だった。

この時期の収穫の一つに「橋ものがたり」がある。この作品は「週刊小説」(五十一年三月十九日号~五十二年十二月二日号)に断続的に連載したものである。単行本の『橋ものがたり』(実業之日本社・新潮文庫)には十作品が収録されている。いずれも短篇小説とはかくあるべしと思わせる、冴えた筆致の作品群と言えるだろう。

周平は、橋について次のように記している。

橋というものを連作のテーマに据《す》えるという考えは、あらかじめ頭の中で練ったというわけではなく、Nさんと話しているその場でうかんで来た即興の思いつきだった。人と人が出会う橋、反対に人と人が別れる橋といったようなものが漠然《ばくぜん》と頭にうかんで来て、そういうゆるやかなテーマで何篇かの話をつくることなら出来そうに思えたのである。

こうして出来あがったのが『橋ものがたり』という連作短篇集に収録されている十篇の物語である。私は本格的に小説を書きはじめてからまだ三年ほどにしかならず、それまで書いた小説の多くは武家ものと捕物帳だった。いわゆる市井ものと呼ばれる小説も書きはしたけれども、それはせいぜい四、五篇にすぎなかったように思う。

それが『橋ものがたり』の連作を引きうけたことで、はじめて集中的に市井小説を書く結果になり、書きおわったときには、どうにか自分のスタイルの市井小説を確立出来た感じがしたのであった。そういう意味では、十篇の小説は、出来、不出来を越えて、いずれも愛着のある作品になったと言っていいかと思う。（劇団文化座「橋ものがたり」パンフレット）

ところで盟友・井上ひさしの周平を見る目は温かい。井上ひさしは、

藤沢さんの作品を読んで僕が一番いいなあと思うのは、貧しい浪人ものであれ、お店《たな》ものであれ、橋の話であれ、詩情があること。これは才能でしかない。

詩情といってても難しいことではない。例えば、若い人が席を「おじさんどうぞ」と譲ってくれたので、「ありがとう」と座る。そんな時わき上がる「今日は一ついいことをした」「いいことをされて幸せだなあ」という感じ。藤沢さんを読むと、浪人者が日常ご飯を食べるシーンにさえ、

ふっと生活の詩情が現れる。そこが魅力。同じ小説家として、天賦のものという気がする。俳句を作っていたことも影響しているのだろうが、自然描写も見事。登場人物の心理を映した簡潔な自然描写を挟みながら、とてもいい小説空間をつくった。

と周平の没後十年における「山形新聞」のインタビュー（前掲）で答えている。

また『橋ものがたり』（新潮文庫）の「解説」では、

この小説集は橋にまつわる十の短篇を集めたものですが、まずこの着眼に唸《うな》らされました。江戸期の橋は、現在《いま》の省線の駅のようなもの、人びとは橋を目あてに集まり、待ち合せ、そして散らばり去ります。人びとの離合集散が多いということは、それだけ紡ぎ出される「物語」の数も多いわけで、作者はこの橋の役割を充分に承知した上で、物語作家としての腕を縦横にふるっています。

たとえば『思い違い』という佳篇の主舞台は両国橋ですが、指物師の源作という若者が、朝夕、この橋にかかるたびに、キョロキョロする。というのは、源作は両国橋の上で、近ごろきまったように一人の若い娘とすれちがうからです。朝夕、その娘の顔を拝まないとどうも気がおさまらない。そこでついキョロキョロしてしまう。ところでその娘は、朝は川向うから橋を渡って来て両国広小路の人ごみに消える、そして夕方は両国広小路の人の波のなかから姿を現わし、橋を渡って川向うへ去る。それで源作は、

《……川向うに家があって、両国広小路界隈《かいわい》か神田の辺に、通い勤めしている娘だろう》

と見当をつけています。ところが、作者は、「朝になると人びとは勤め先に向い、夕方になると人びとは家へ帰る」という常識を逆手にとって、みごとなまでに小手のきいたわざをぼくら読者に見せてくれます。これ以上書くと、これからお読みになる方の楽しみを奪うことになりますから控えますが、この娘の通勤の仕方には、ポーやチェスタトンのそれに匹敵するようなトリックが仕掛けてあり、あッといわせられます。そして結末がまた泣けるのです。まことにすがすがしい甘さ。読み終えてしばらくは、人を信じてみようという気持になります。

と評している。読んでいって、最後に不意討ちにあったような気持ちにさせられるが、爽やかな肩透かしである。さらに井上ひさしは、

藤沢さんが亡くなった六十九歳という年は、まだ若い。もう二、三作書いてもらいたかった。例えば『橋ものがたり』（新潮文庫）の続編。いろんな経験を積んで、初めのころの作品に別の戻り方をしたら、切れ味がよい素晴らしい短編が生まれたと思う。でも、それが出来ないのが人生。誰もがある意味で未完で、この世に少し思いを残して死んでいく。だから藤沢作品が愛されるのではないか。「もう少し作品を書いてほしかった」という願いと、「自分の人生はこうだったら」という思い残しが照らし合って、より深く作品に入っていく。（前掲インタビュー）

とも語っている。その井上ひさしも未完の思いを残し平成二十二年四月に亡くなった。

いま一つ、この作品の魅力に言及した場面を取り上げておこう。皆川博子は周平をめぐっての座

談会（「文藝春秋」平成九年四月臨時増刊号）で、〈(藤沢）先生の作品を最初はファンとして夢中で読む。次にじっくり読み直すと、こんどは書き手の目で勉強しているってこと、ありませんか。たとえば『橋ものがたり』に、いろんな橋が出てきますね。普通に眺めれば、ただ川が流れていて橋がある。それを嵐の日の橋や川面に日が射しているとき、それから時間がたつにつれて静かにその光の位置が移っていく。橋の描写をすることで時間の流れも見えてくる。情景描写がただ上っ面を書くんじゃなくて、心象風景というか、その景色を眺めている登場人物の心理を確実に掴む描写になっているところがすごい〉と語り、杉本章子が〈その通りです。物書きになる前は、いいないいなと思って読んでいただけでしたけど、いまは、この風景に主人公を立たせるんであれば絶対夕暮れしかありえないわ（笑）、とか考えながら読んでますね〉と受けていることから、時代小説作家からも規範のようにして文章が読まれていたことが識れる。

先にも簡単に触れたが、周平には、この短篇集に収録されている第四話の「赤い夕日」という題名の作品が、他に二篇ある。最初の作品は昭和三十八年に読売新聞短篇小説賞に本名で応募したもので選外佳作になっている。次が四十一年に「オール讀物」新人賞に応募、第三次予選まで通過した作品である。

三度も用いられた「赤い夕日」という題名にこだわる理由は何か。直木賞受賞の直後のインタビューで、作品に日暮れの光景がよく登場することを指摘され、〈好きです。子供のころ、あまりにもまっ赤な夕焼けを見て、泣き出したのを覚えています〉と答えている。その幼児体験とは、

また五歳ごろのことかと思うが、やはり母と一緒に、今度は県道の向うにある、遠い畑の方に

行った日のことをおぼえている。（中略）
印象が鮮明なのは、その日の帰り道のことである。鍬をかついだ母が前を行き、そのうしろからついて行きながら、私はわあわあ泣いている。野道は家がある村はずれまでまっすぐのびていて、行手に日が沈むところだった。見わたすかぎり、野に金色の光が満ちていた。光は正面から来て、その中で母の姿が黒く動いていた。
おかしいのは私が泣いた理由で、私は歩くのにくたびれたのでもなく、母に叱られて泣いたのでもなかった。野を満たしている夕日の光を眺めているうちに、突然に涙がこみあげて来たのである。（「母の顔」）

と語っている。なにか感受性の強い周平（留治少年）の一面を覗かせるエピソードである。

五十二年には「春秋山伏記」「回天の門」「一茶」の連載を始めている。前二作品については既に触れたので、ここは「一茶」を取り上げたい。『一茶』（文藝春秋・文春文庫）は「別冊文藝春秋」（一三九号〜一四二号）に連載され、単行本化されたのは五十三年である。単行本の箱は書家・谷澤美智子の筆で「一茶」と墨書されているだけの、極めてシンプルなものである。

谷澤はエッセイで、〈それまで私は、印刷される書物の表紙を飾るための字を書いたことはなかった。それでも引き受けたのは、藤沢周平作であったということが大きかったかもしれない〉（「別冊太陽」平成十八年十月）と、周平へのオマージュを綴っている。谷澤はその後も『白き瓶』『蟬しぐれ』『玄鳥』『半生の記』「未刊行初期短篇」『海坂藩大全』『帰省』などの題字を書いている。

小林一茶というと、すぐに郷土を同じくする二人の作家が作品化したことを思い浮かべる。一つは周平のそれであり、いま一つは井上ひさしの評伝劇「小林一茶」（初演は昭和五十四年十一月）である。当然のことながら視点はまるっきり異なる。

井上ひさしの戯曲は、俳句や連句の世界から見た日本文化論であり、中央集権批判といえる。ドラマの中心となるのは、文化七（一八一〇）年十一月、一茶の『七番日記』に出てくる、夏目成美の本所の寮で起きた四百八十両の盗難事件である。容疑者として禁足を食らった一茶の人間像を探るため、浅草鳥越町の関係者が一茶の半生を推理劇仕立てで演じる。一茶はこの盗難事件をきっかけに、彼の庇護者たちから離れ、宗匠の〝小型亜流〟を無限に生み出すシステムである江戸俳壇からはずれることで、独自の境地を切り開いたというものである。

周平の「一茶」である。

芭蕉には、まだどこか模糊としたところがあって、明確な顔が浮かんでこない。蕪村は明快だが、明快にすぎて人間的な体臭が希薄なように思われる。そこへいくと一茶は、と私は言った。一茶は二万の句を吐いた俳人である一方で、弟から財産を半分むしりとった人間ですからな、小説的な人間です。（中略）

一茶は、必ずしも私の好みではなかった。私はどちらかといえば蕪村の端正な句柄に、より多く惹かれていた。だがあるとき、一茶の句ではなく、生活にふれて二、三の事柄を記した文章を読んだあと、一茶は私の内部に、どことなく気になる人物として残った。それはごく短い文章だったが、私のそれまでの一茶観を一撃で打ちくだくような中身のものだったのである。

だからといって、私はそれで一茶の研究にとりかかったわけではない。勤めは相かわらずいそがしく、そういうひまはなかった。ただそれ以後、私は一茶のことを書いた記事が眼にふれると、さきの文章に関連する部分を注意深くさがすようになった。そして徐々に一茶の全貌が見えてきた。一茶は、多くの俳人の中で、私から見ればほとんど唯ひとりと言っていいほど、鮮明な人間の顔を見せて、たちあらわれてきた人物だった。（中略）

一茶ほど人間くさい俳人はいません。それにくらべると、芭蕉には韜晦《とうかい》があるし、蕪村には気どり、と言って言い過ぎなら、句と人間のあいだに距離があります。これは蕪村が本来は画家だったからでしょうね、などと知ったかぶりして私は言った。そして小説を書く話というのは、往々にして、こういう無責任な雑談の中で決まるのである。そして書くだんになって、今度はそのときの駄ぼらめいた話の尻ぬぐいをするため、四苦八苦するのである。（中略）

一茶は二万もの句を作った俳人だが、弟から財産半分をむしりとった人間であった、とさきに書いたが、私の興味はむろん後半の部分、俗の人間としての一茶を書くことにあった。（「小説『一茶』の背景」）

次のようにも言う。

一茶という俳人は、不思議な魅力を持つひとである。一度一茶の句を読むと、そのなかの何ほどかは、強く心をとらえてきて記憶に残る。しかもある親密な感情といったものと一緒に残る。これはいったいどこから来るのだろうかと考えることがあった。

われわれは、芭蕉の句や蕪村の句も記憶に残す。それは句がすぐれているからである。一茶にもすぐれた句はあるが、一茶の句の残り方は、そういう意味とは少し異って、親近感のようなもので残る。

それはなぜかといえば、一茶はわれわれにもごくわかりやすい言葉で、句を作っているからだろうと思う。芭蕉や蕪村どころか、誤解をまねく言い方かも知れないが、現代俳句よりもわかりやすい言葉で、一茶は句をつくっている。形も平明で、中身も平明である。ちょうど啄木の短歌がわかりやすいように、一茶の句はわかりやすい。

そしてそれは一茶が、当時流行の平談俗語を意識したというだけでは片づかない、もっと本質的な、生まれるべくして生まれた平明さのように思われる。(中略)

ただ俗耳に入りやすい言葉でつづられているというだけでは、人の心に残る作品とはなり得ない。われわれが一茶の文章や句から、ある感銘をうけるのは、そこにさながら赤裸々な告白文学を読む思いがするからではあるまいか。一茶の作品のわかりやすさは、そういう中味《ママ》を含んでいる。

われわれは一茶の中に、難解さや典雅な気取りとは無縁の、つまりわれわれの本音や私生活にごく近似した生活や感情を作品に示した、一人の俳人の姿を発見するのである。

こういう一茶を、まず普通のひとと言っていいであろう。俳聖などとも言われたが、それは一茶の衣裳として、似つかわしいものではなかったという気がする。(『一茶』「あとがき」)

さらに、〈一茶はあるときは欲望をむき出しにして恥じない俗物だった。(中略)義弟との財産争いでは人間の醜さをとことんさらけ出した一茶には、およそ詩人の高雅さとはかけはなれた俗物の一面がある〉が、その俗人がときとして息をのむような〈美しい句を吐き出す不思議〉を思わずにはいられないのだ、とも言う（「一茶という人」）。

周知のように一茶は信濃国柏原の農家に生まれた。幼児のとき生母に死別、継母から冷たく扱われ、十五歳で江戸に奉公に出される。奉公先を転々と替えるうちに、当時ご法度だった三笠付けに出入りするようになり、しばしば秀句を作って賞金を稼ぎ、俳諧師に認められるようになる。

しかし一茶は生涯貧乏だった。俳諧師として多少名が売れてからも弟子たちの家を訪ね歩き、一宿一飯の世話になり、路銀を無心するほどの〝乞食俳諧師〟だった。初老の四十歳を過ぎても、「秋寒むや行先々は人の家」「秋の風乞食は我を見くらぶる」といった句を詠むありさまだったのだ。江戸に出てからの一茶の十年間の行動ははっきりせず、史料も残されていない。その空白を埋めて一茶像の輪郭を浮き彫りにしているのは、周平の豊かな想像力と、あたたかい視線だということができるだろう。

郷土に居場所がなくなり上京するあたり、周平と重なる。周平が日本食品経済社に勤め、鬱屈を抱えながら「オール讀物」新人賞に投稿をつづけ、「溟い海」でようやく新人賞を受賞したのは四十三歳のことであった。境涯は似ている。

その俳句との出会いが、篠田病院での闘病生活のさなかであることは先にも述べた。病院内の「のびどめ（野火止）句会」に入り、静岡の俳誌「海坂」に作品を送り指導を受けたことにある。退院して働くことになり、俳句の世界から遠ざかることになるが、すべてのはじまりは「のびどめ句会」にあったのである。

俳句に関係したのはわずかに三年間ほどだが、何かに開眼する機縁としては十分すぎる時間だった。やがて「海坂」とも疎遠になるが、それから周平の読書の範囲の中に俳諧的なものが入り込んで来た。

小説小林一茶が、二十数年前の『海坂』につながっていることは間違いないことである。のびどめ句会『海坂』というものがなかったら、俳人小林一茶に興味を持つなどということがあったとは思えない。なにしろ『海坂』以前の私は、一冊の俳句雑誌すら手にしたことがなかったのだから。

『海坂』からわかれた枝が、いまごろになって、味がどうかは読者の方々が決めることだが、とにかくその枝のはじっこに、奇妙な実をひとつ結んだ、ということになるようだ。(「小説『一茶』の背景」)

どんな状況が、後にどう作用するか分からない。人生における不可思議な邂逅というものを、つくづく思わずにはいられない事例である。

この「一茶」を執筆するに当たり、周平は五十一年一月末に長野県柏原へ旅行している。北信濃柏原の雪を見るためである。一茶の「是がまあつひの栖か雪五尺」の句は人口に膾炙しており、一茶の生涯を語るに雪は恰好の背景になる。だから柏原の雪の実際を見たかったのだという。

なぜ雪国生まれの周平がわざわざ長野くんだりまで、と怪訝に思う向きもあるかもしれない。が、周平の頭の中にあったのは、山形の雪と柏原の雪は違うかもしれないという思いだった。それに、長いこと東京に住んでおり、しばらくたっぷり降る雪を見ていなかったこともあり、執筆前に見ておく必要があったのだ。

周平は列車で信濃の国に向かう。それにしても「信濃」という言葉は、どうして人を誘う快いひびきがあるのだろう、と周平は想う。雪をかぶった信濃の山々を、周平は車窓から飽きず眺めた……。周平は言う。

私が生まれた土地は、海に近い平野部で、激しい季節風がもたらす吹雪が特徴である。山に囲まれた高原の国、信濃の雪とは少し違うかも知れなかった。その違いを確かめるというほどでなくとも、一度信濃の雪の中に身を置いてみないと、一茶と雪を書くときに、微妙なところで間違うおそれがあった。(中略)

いまは黒姫駅と変った柏原の駅に降りたとき、雪は本降りになっていた。二度ほど人にたずねて行った一茶の旧蹟には、二尺から三尺ほどの雪がつもっていた。雪の中に、写真で見たことがある土蔵が立っていた。(「一茶の雪」)

この柏原行は「一茶」の中で次のように活かされている。遺産をめぐる凄絶な骨肉の争いの末に、父の遺言状の履行を承諾させたときのシーンである。

家を出て三十年あまり。はじめて安住できる土地を手に入れた喜びが、白髪の一茶を襲っていた。一茶は履物を捨てると、はだしになって雪の中に踏み出した。足はすぐに膝まで雪にもぐったが、ちょっと立ちどまっただけで、さらに二歩三歩と前に進んだ。苦しいほど胸をしめつけてくる喜びがあって、そうしないではいられなかった。足先から鋭く衝きあげてくる雪の冷たさが快かった。

荒荒しい息を吐きながら、一茶は夜行の獣のように、庭の雪の中を歩きまわった。


そして永住するために帰郷した折の一節に、

北信濃の夜の山野に、きれ目なく雪が降りつづいていた。一茶は笠を傾けて背をまるめ、道を見失わないように足もとを見つめながら、雪の道をいそいだ。風の音はしなかったが、暗い上空に捲く風があるらしく、雪はうつむけた笠の中にも飛びこんでくる。

一茶は時どき顔を上げて、前方に柏原の灯がまたたくのを確かめた。帰るのが遅れて夜になったとき、雪の夜道を歩く不安が胸をかすめたが、ここまで来れば大丈夫だと思っていた。夜気はこごえて、手や顔にまつわりつく雪は冷たく皮膚を刺してくる。顔をいびつにゆがめ、荒荒しい息を吐いて、一茶は雪にまみれながら闇の中を前にすすんだ。


とあり、最後は〈文政十年の十一月十九日。一茶は六十五だった。雪はまだ降りやまずに、柏原の山野を白く包みこんで動いていた〉という文章で閉じられる。

つづいて五月に再び柏原を訪れた。その旅行では長野市から車で北国街道を北上した。昔ふうにいえば牟礼の宿の手前の丘陵地に桃畑があった。丘の斜面が、いちめんに桃の花で彩られていた。小説は、そこから書き始めることにした。実際、小説は、〈丘を少しのぼると、伐り開いた斜面を覆っているうす紅いろのものの正体がはっきりした。桃の花だった。近づくと花は三分咲きほどで、まだ蕾《つぼみ》のほうが多かったが、昼近い時刻のきらめくような日の光を浴びて、艶に見えた〉と書き起こされている。

信濃の雪と庄内の雪はどう違うか。庄内のそれは、しんしんと降り、ほっこりと積もる童画のような雪ではない。前にも簡単に触れたが、庄内の地吹雪は言語に絶するほど凄絶なものである。では、どう凄いのか。周平が鶴岡中学に在学中、雪のため通学もままならず、冬季間は中村の家に下宿したことは記憶してくれているだろう。ここでは同じ庄内出身で『三太郎の日記』の著書を持つ阿部次郎の文章を引いておこう。

私もまたこの吹雪に中に行き悩んだ多くの経験を持つ。それは私が三年までそこに学んだ鶴岡中学は、私の村から五里あまりを隔ててゐたからである。（中略）

鶴岡に着くまでのあひだ、そこにはもとより幾つかの村が存在する。しかし村から村までの距離は、十町、二十町、一里—その間私たちは野原や田圃の中を突ききらなければならぬ。一つの村を出はづれると、風の勢が急に劇しくなる。濃く、繁く、眼をくらますやうにたゝきつける雪は、顔にあたるごとに言葉通りに痛かつた。野は一面に雪で、前に通つた人の足跡はすぐ吹雪に吹き消されるため、道端の電信柱を見失ふと、私たちは道をはづれて、田や畑に踏み迷つたり、路傍を流れる小川にはまつたりする。眼をあげて行手の村を見定めやうとしても、無限にちら〳〵する吹雪の白い闇は、一間先の道端の木さへ見せぬやうにしてゐるのである。（中略）さうして次の村の入口にはひつて吹雪の勢のやゝ和いだことを感じたとき、私たちは一つの戦を戦ひ抜いて来たやうにほつとした。(「吹雪の話」)

この年の一月には『闇の歯車』(講談社・講談社文庫)が出ている。この作品は「狐はたそがれに踊る」と題して「別冊小説現代」(五十一年新秋号)に発表。単行本化にあたって「闇の歯車」と改題された。

江戸は深川の蜆川沿いにある小さな居酒屋「おかめ」の常連四人は、たまたま同じ飲み屋で酒を飲むというだけの関係で、これまで言葉を交わしたこともない。しかし、いずれも苦衷を背負っている市井の人々である。佐之助は檜物師だったが博奕で身を持ち崩し、三年ほど前に女房のきえは姿を消している。賭場で人を刺し、いまは恐喝や貸金の取り立てなどを生業としている。

ある雨の夜、おくみという女と知り合い、佐之助は心惹かれるようになる。おくみと新しい生活を始めるために正業に就こうとするが、殺しを断ったため糧を得る道が断たれ、おくみも姿を消してしまう。伊黒清十郎は元三春藩士。三年前、同僚室谷半之丞の妻だった静江と駈け落ちして江戸に潜んでいる。静江は胸を病み、伊黒は薬代にも窮しているが、どこか海辺の村にでも転地して養生させたいと思っている。

弥十は若いころ博奕のもつれから人を刺して三十年の江戸払いとなり、五年ほど前にようやく戻ってきた老人である。彼は娘夫婦の居候として鬱屈した日々を送っている。若いころの旅が無性に懐かしく、自由気儘だった時代を取り戻したいと夢想している。仙太郎は老舗商家の跡取りでいい縁談もまとまった。相手は砂田屋の娘おりえ。ところが彼には料理茶屋で知り合ったおきぬという深い仲の女がいる。すっぱり手を切るための手切れ金が欲しい。と、金があれば解決できそうな四人四様の事情をもっている。

そこに愛想のいい商家の旦那を思わせる伊兵衛が登場する。伊兵衛の正体は押し込み強盗の頭目である。伊兵衛は四人のことを徹底的に調べ上げており、ひとりひとりに話し掛け、押し込みの手伝いを持ち掛ける。伊兵衛は仲間に盗賊のプロは使わない。みんな素人で一回きり組織して、金を分けたら市井の人に戻ることにしている。押し込みに入っても人を傷つけたりせず、刻限は意表をついた日暮れどきと決めている。

いま伊兵衛が狙っているのは、近江屋にある冥加金六百五十両である。話はまとまり、計画は実行に移される。五人は頭からすっぽり頭巾を被って近江屋に押し込む。主人や女房、奉公人らを縛って猿ぐつわを嚙ませる。が一人足りない。女中がいるはずだが、使いに出ており、今夜は戻らないと近江屋の主人は言う。近江屋を丹念に調べ上げるなど、用意周到な伊兵衛の押し込みはなんなく成功するが、予想外の事態が起きる。仕事を終え土間に降りて佐之助と伊兵衛は頭巾を脱ぐ。

そのとき、いきなり外から潜り戸が開き、人が入ってきて提灯の光がまともに二人の顔を照らした。一瞬二人は棒立ちになって、提灯を持っている人間を見た。若い女だった。女の方も驚いたようだった。茫然と立って二人を見ている。その女は佐之助のもとから消えた昔の女房きえだった。顔を見られたとあれば生かしておくわけにはいかない。伊兵衛は佐之助に女を殺すように命じる。しかし……。

伊兵衛と四人との約束は、ふた月の間は我慢して、ほとぼりが冷めるころあいに約束の金を渡すというものだった。しかし、その約束が果されることはなかった。ここから物語は一転する。

静江は死に、伊黒は現れた室谷半之丞と死闘をする。弥十は孫の手を引いての散歩の途中、人さらいに遭い、何とか孫の身は護ったものの中風の発作に倒れる。仙太郎は別れ話に逆上したおきぬに殺され、伊兵衛も御用となるなど、それぞれに破滅の道を辿る。佐之助は一人とり残されてしまったような寂寥感に襲われる。そんな日、ひどく酔っ払って家に帰ると、おくみが待っていた。佐之助は、おくみと一緒に生きていこうと考える……。

さて、周平が転機を迎えたとされる『用心棒日月抄』（新潮社・新潮文庫）である。その「用心棒日月抄」シリーズだが、藤沢作品のいくつかあるシリーズもののうちでも最も人気の高いものであろう。第一部の「用心棒日月抄」は「小説新潮」（五十一年九月号〜五十三年六月号）に、第二部「孤剣」は「別冊小説新潮」（五十三年秋季号）から「小説新潮」（五十五年三月号）と書き継がれた。第三部「刺客」は「小説新潮」（五十六年十一月号〜五十八年三月号）に断続的に連載された。

これまでもたびたび触れてきたように、初期の作品には題名からして途方もなく暗い靄のようなものが漂っていた。小説を書き始めたころの周平は鬱屈したものを抱えていた。そして物語という皮袋に、その鬱屈した気分をせっせと詰め込んでいた。その意味で初期の作品は、時代小説という器を借りた「私小説」と言うことができるだろうことは、先にも述べた。

しかし、書くことで少しずつ鬱屈は解消され、次第に周平は救済されていった。小説を書き続けるとしたら、鬱屈だけを唄うのではなく、救済された自分をも唄うべきであり、いつまでも同じ歌を唄うわけにはいかないと周平は思う。職業作家として物語に向かう決心をしたといってもいいだろう。そしてユーモアを自覚しながら執筆したという『用心棒日月抄』は作品が明るくなったと指摘され、多くの読者に迎えられる転機となった。

周平自身、

私が小説を書きはじめた動機は、暗いものだった。書くものは、したがって暗い色どりのものになった。ハッピーエンドの小説などは書きたくなかった。はじめのころの私の小説には、そういう毒があったと思う。時代小説を選んだ理由のひとつはそこにあって、私は小説にカタルシス以外のものをもとめたわけではなかった。私はそれでいいとして、読者はきっと迷惑だったに違いない。

しかし最近私は、あまり意識しないで、結末の明るい小説を書くことがあるようになった。書きはじめてから七、八年たち、さすがの毒も幾分薄められた気配である。

いま私が考えているのは、子供のころの私を、あれほどの熱狂に誘った小説の面白さということである。つまり考え方が、やっと原点に立ちもどって、そういう小説を書きたいと思うようになったわけである。

最初から読者を想定して小説を書きはじめる作者はいないだろうが、七、八年も書いている間に、心の通う読者も出てくる。そういう読者に、長年辛気くさい小説におつき合いいただいた罪ほろぼしに、読んで面白い小説をお目にかけたいという気持もある。(中略)

『用心棒日月抄』(八月刊)という小説には、以上にのべたような私の変化が、多少出ているかも知れない。ただそれが面白いかどうかは、読者に決めてもらうしかない。(「一枚の写真から」)

後に周平は流行作家と呼ばれるようになり、出版するとたちまち版を重ねるようになる。しかし、当たり前といえば当たり前だが、当初はまるっきり様相が異なっていた。倉科和夫はエッセイ「先生の書斎のことなど」で、次のように録している。

ふつう、出版社の倉庫では、返品された本は、十六冊分を平面に井桁に組んで、それを五冊ずつ積み上げていきます。千冊の本だと、七〇×七〇センチぐらいの底面積で、それが一メートル半ほどの高さになります。

私が入社して初めて社の倉庫に行ったとき、ひときわ高い返品の山がありました。三、四メートルはある山が二つ。『喜多川歌麿女絵草紙』（註＝五十二年五月刊）という書名で、焦茶を基調にした洒落た装丁の本で、著者は藤沢周平とありました。

案内してくれた当時の編集長は、「この人のは中身はいいんだけど、地味だからあまり売れないんだよ」とため息まじりで説明してくれました。ほかにも『冤罪』と『逆軍の旗』という堂々とした山が目につきました。

こんなことは今だから口にできますが、そのころの藤沢さんは、作風もまだ暗さが残っていて、売行きも芳しくありませんでした。

周平の本が売れないということについては、井上ひさしも、〈ただ初期は全体的に、話の持っていき方が暗く、読者はあまり多くなかった。編集者も、本来ライバルである同業作家も「どうしてみんな読んでくれないんだろう」と思っていたのに。僕も週刊誌のコラムで「藤沢さんの作品を読もうよ」とささやかに主張したことがあった〉（前掲「山形新聞」インタビュー）と証言している。そして、〈藤沢さんに火がついた、ファンが動いている、と直感したのは『用心棒日月抄』。この作品には、山形県人や東北人が持っているユーモラスなところが出てきた。それに用心棒暮らしの瞬間瞬間に詩情があふれている。あとは作品自体が次々と読者を開拓していき、現在につながった〉（同前）と回顧している。

〈東北人が持っているユーモラスなところ〉とあるが、周平は井上ひさしとの対談「ふるさとの心と文学」（「山形新聞」五十六年一月一日付）で、井上ひさしの、〈読者として藤沢さんの作品をじっくり読んでいると、面白いところが出てくる。用心棒なんか一つの典型だ。すごいユーモアがある。ユーモアを武器とするみたいな、浅いのではなく、底からピュッと出てくる面白さです。あれは東北だなァと思う〉という発言に対して、〈東北人のユーモアのセンスはすごいね。子供のころ農村の若い衆の話を聞いたが、まさにユーモアが飛び交うんです。ピッと言うとピッと返ってくる。ぼくらにもそれが残っているんでしょう。封建時代、抑えつけられたままでは、生きてゆけないわけで、ワッと笑い飛ばしたんですよ〉と応えている。

さらに井上ひさしは、〈藤沢さんの最近の顕著な特徴は会話が面白いことです。二段も三段も大きくいろんな読者を吸い込むような感じになってきたなァと、一人の読者として思う。どこでもユーモアはあるが、東北人は腰が重いといいながら、おかしさがあるのは面白い〉とも語っている。

実際は五十五年十月三十一日に行われた対談である。つまり『用心棒日月抄』が上梓されて二年余が経っており、この年の七月には『孤剣　用心棒日月抄』も出ている。つまり〝新生周平〟が軌道に乗った時期での対談ということができる。

余談になるが、その対談が終わった後、紙面（一月一日付）を飾りたいからと、わたしは二人に色紙を頼んだ。井上ひさしは得意の言葉遊びの「信念あふれる新年を」と、周平は「飄風不終朝／

驟雨不終日／老子より」と揮毫してくれた。「飄風《ひょうふう》は朝《ちょう》を終えず／驟雨《しゅうう》は日を終えず」と読むようである。「激しい風は一朝中吹き続けることはできない。にわか雨も一日中降り続けることはできない。それは自然に反し、無理をしているからである」の意である。この詩句を書いたときの周平の胸に去来したものは何だったのか。周平にとって「飄風」とは、そして「驟雨」とは……。

結婚生活の四年目にして妻を癌で失う。生まれて八か月の女児と、三十五歳の男やもめが残された。それは予期せぬ「飄風」であり「驟雨」だった。周平は、子どもがいなかったら躊躇うことなく妻の後を追っただろうとの心情を吐露している。そして、〈人の世の不公平に対する憤怒、妻の命を救えなかった無念の気持〉を、物語に仮託して小説を書き始めた。「飄風は朝を終えず……」の詩句が周平の胸中に棲みついたのは、いつごろのことだろうか。鬱屈の日々を、この言葉を支えに耐えたのだろうことは疑えない。

それはさて措き、まず第一部『用心棒日月抄』（新潮社・新潮文庫）について簡単に触れておこう。主人公の青江又八郎は「北国の小藩」の政争に巻き込まれ、なりゆきから許婚者である由亀の父親を斬ってしまい脱藩する。主君毒殺の陰謀を知ってしまった又八郎に刺客が向けられる。又八郎はもし由亀が現れれば討たれてもよいと観念している。

江戸に逃れた又八郎は裏店に住み、糊口のために城下の淵上道場で高弟の筆頭にあげられた自信の腕を生かした用心棒稼業に手を染める。ところが口入れ屋（人材派遣業）の相模屋が紹介する用心棒の仕事は、大店の店主が囲う妾の飼い犬の相手であったり、油屋の娘の稽古事通いの付き添いであったり、荷揚げの人夫から果ては夜鷹の護衛までとさまざま。なんとも冴えない用心棒稼業である。が、政争のからむ仕事もあり、ためにしばしば危険にもさらされるほか、藩が差し向けた刺客にも襲われる。

ところが、そのころ江戸市中を騒がせた事件が発生する。播州赤穂藩主浅野内匠頭が殿中松の廊下で高家筆頭の吉良上野介に斬り掛かった、いわゆる赤穂浪士の仇討ち（忠臣蔵）の発端となった事件である。又八郎はいろいろな用心棒の仕事をする中でしらず赤穂浪士の活動とも交叉することになる。ところが大石たちが首尾よく吉良上野介の首級をあげた後、又八郎に帰藩の命令が届く。主君毒殺の疑いのある大富家老と対立し、その粛清を図る間宮中老の指示である。

口入れ屋の吉蔵、相棒の細谷源太夫と別れて帰藩の途中、又八郎は不気味な侍に尾行され、それとは別に若い女に襲われる。女は又八郎に短刀を振るい立ち向かうが、木の根につまずいて転倒し自分の短刀で太股を貫いてしまう。又八郎は素性も意図も分からぬまま、女を背負って最寄りの百姓家まで運び介抱を託して帰国を急ぐ。国元に帰った又八郎を、又八郎の祖母を支えながら許嫁の由亀が待っていた。父の敵を討つためでなく、又八郎の嫁になるためである。そのあと、又八郎は間宮中老に協力して大富家老を倒す……。

この作品は赤穂浪士の復讐劇の外伝の趣があり、史実を取り込むことで物語にリアリティーを与えている。藩の政争は第二部以降で展開される。

周平の赤穂事件に対する関心は高かったようである。ちなみに「大石内蔵助の真意」「寺坂吉右衛門の憂いと翳」（『周平独言』）、「大石内蔵助随想」「寺坂伝説の周辺」（『小説の周辺』）というエッセイがある。『用心棒日月抄』は好評のうちに迎えられ、シリーズ化することになる。

第二部の『孤剣　用心棒日月抄』（新潮社・新潮文庫）である。帰藩した又八郎は由亀と平穏な日々を送っているはずだったが、安息はわずかに三月ほどで打ち切られる。大富家老の一族である大富静馬という浪人が、死んだ大富家老の秘蔵していた、藩の死命を制する連判状を持ち出して藩境を越えたという事件が起こったのである。

又八郎は間宮中老の命を受けて静馬を追うことになる。静馬とは第一部で帰国する又八郎を尾行していた男で、抜群の剣の遣い手であることも判明する。行く先は再び江戸。藩命であるにもかかわらず、暮らしの手立ては自分で工夫せよと理不尽なことを言われる。又八郎は用心棒に逆戻り。相模屋の主や稼業仲間の細谷源太夫と再会、腕の立つ米坂八内という仲間もできる。

帰国のとき又八郎を襲って傷ついた女とも巡り合う。女は佐知と名乗り、正体は嗅足組《かぎあし》（藩の秘密組織、忍者）の一員であることを明かす。その佐知だが、今度は又八郎に協力して連判状を追うことになる。一緒に行動しているうちに、同志としての感情とともに男女の愛情が芽生える。魔剣を遣う大富静馬を相手に孤剣で立ち向かう又八郎は、しばしば佐知の献身によって助けられる。

最後に大富静馬を倒して連判状を手に入れる。連判状の筆頭には、前藩主の異母兄寿庵保方の名前があった。又八郎は国元に帰ることになるが、江戸を去るにあたり、佐知との別れがある。又八郎と佐知は、はかなく切ない一夜を共にする……。

続く第三部の『刺客　用心棒日月抄』（新潮社・新潮文庫）だが、又八郎は三たび江戸へ出ることになる。先に間宮中老と手を打ったはずの寿庵保方は藩政を狙う野望を捨てておらず、独自の忍びの組織を作るため嗅足組の抹殺を企てて、すでに藩随一の遣い手筒井杏平以下五人を刺客として江戸へ送り出したという。こんどは又八郎が佐知を助ける番である。

また用心棒稼業をつづけながら、又八郎は刺客たちを次々に倒すが、嗅足組も犠牲者を出す。刺客の筒井杏平を死闘の末に倒し、帰国した又八郎は藩主毒殺という最後の手段に出た寿庵保方を誅殺して、三十年抱き続けてきた男の野望を打ち砕いた……。

ところで「刺客」が単行本化されたとき、周平は「あとがき」で次のように記している。

「用心棒」シリーズは、もともとは忠臣蔵を横から眺めるという体裁をとった最初の一冊、『用心棒日月抄』だけで終るはずだった小説である。

それが『孤剣』、『刺客』と書きつづけることになったのは、ひとえに編集者のそそのかしによるものだが、そのそそのかしに乗ったのは、作者の側にも小説の中の登場人物とのつき合いをたのしむ気分が生まれていたということだろう。ただし登場人物とのつき合いが深まると、今度は主人公をこれ以上浪人させるにしのびない、などといういくぶん滑稽な矛盾も出て来て、このシリーズ小説はこのへんで終るわけである。(『刺客』「あとがき」)

しかし、これで終わりになるまいとも周平は思う。そこで、

ただ、小説は終っても作中人物に対する親しみは残っていて、ある日ふと、この小説には後日談があるかも知れない、などという妄想がうかんで来たりする。(中略)

その小説は、陰の組の解体をタテ糸にし、中年になった青江又八郎と佐知の再会と真の別離をヨコ糸にする長い物語になるだろうと、多分書かれはしないだろうその小説のことをぼんやりと考えたりするのも、独立した短篇とは違って、この種のシリーズでは、作者も作中人物の歴史をともに歩むことになるので、その行方が気にかかるのだと思う。(同前)

また、これまでの三部作を総括するように、次のようにもしたためている。この作品は『用心棒日月抄』と同列の、職業作家として物語にむかう決心をつけたころの転機の作品だと言い、周平は、

そういう内部（註＝周平の抱いていた鬱屈）の変化が、小説の表現とどうむすびつくのかは皆目わからず、そのころの私はかなり危険な橋をわたっていたのである。しかし表現の改変などというものが、意識してそう容易に出来るわけはなく、それはある時期から、ごく自然に私の小説の中に入りこんで来たのだった。かなり鈍重な感じのものにしろ、それはユーモアの要素だった。そのことを方法として自覚したのが、『小説新潮』に連載した『用心棒日月抄』あたりからだということは、かなりはっきりしている。以下、『孤剣　用心棒日月抄』そして、今度の『刺客　用心棒日月抄』（六月、新潮社刊）と続くこの連作は、つまり転機の作物である。

突然のようだが、私はかねがね北国の人間が口が重いというのは偏見だと思っている。あれは外部の、自分たちよりなめらかに口が回る人種の前でいっとき口が重くなるだけのことで、内輪同士ではそんなことはない。

子どものころ、私は村の集会所あたりで無駄話にふけっている青年たちの話をよく聞いたものだが、彼らがやりとりする会話のおもしろさは絶妙だったという記憶がある。弾の打ち合いのように、間髪をいれず応酬される言葉のひとつひとつにウイットがあり、そのたびに爆笑が起きた。村の出来事、人物評、女性の話など、どれもこれもおもしろかった。私たち子どももおもしろがって笑っていたら、突然に怒られて追い立てられたのは、野の若者たちの雑談の成行きの自然で、

話が少し下がかって来たからだったろう。

内部の抑圧がややうすれた時期になって、私の中にも、集会所の若者たちほどあざやかではないにしろ、北国風のユーモアに目ざめたということだったかも知れない。(「転機の作物」)


そして舞台は第四部『凶刃　用心棒日月抄』(新潮社・新潮文庫)に移る。嗅足組解散の藩命が下ったが、帰国した江戸嗅足組の数名が何者かに殺される。こんどの命は佐知を助けて、江戸嗅足組を迅速かつ安全に解散させるように、というものである。又八郎は四たび江戸に向かい、幕府隠密や藩内の正体不明の黒幕との抗争を繰り広げるのが粗筋の本流である。

ところで前回又八郎が江戸に出てから十六年の歳月が流れている。その時の流れは又八郎、佐知、相模屋での用心棒仲間であった細谷源太夫をどう変えたのか。読者の視線はそこにも注がれることになる。

又八郎は四十半ば、三児の父になっている。流れた時間は容赦なく状況を変える。四十代というのは、人に人生を振り返らせる季節なのかもしれない。哀切な細谷源太夫の現況に遭遇して、又八郎を襲ってきた感慨を綴るシーンがそれを思わせる。かつて旗本に召し抱えられた細谷は、上役を殴って浪人生活に逆戻りしている。

貧しい暮らしの中で、気丈にも明るく朗らかに六人の子どもを産み育てた妻女は発狂して死んだ。酒毒におかされ矜持さえ失っている細谷だが、いまは煙草問屋美濃屋の用心棒をつとめている。美濃屋には問屋仲間をつくるということで大金が集まっている。それを狙っている夜盗の襲来に備えての寝ずの番である。

しかし細谷は相棒の初村賛之丞をなくしており、一人での用心棒勤めはおぼつかない。又八郎は仕事からおりるつもりはないのかと訊ねる。


「途中でおりるのは性に合わん」

と細谷は言った。

「それに、これはわしの最後の仕事だろうよ。賛之丞がいなくなっては、用心棒稼業もおしまいよ。わしも観念した。せめて最後の仕事ぐらいは、帳尻を合わせてしまいにせんとな」

細谷は赤くにごった目で又八郎をじろりと見た。そして欲で言うのではないぞと言った。

「やつのためにも、この仕事は何とか片づけたい。おぬしが助けぬというなら、それもやむを得ぬ。一人でやる」

「助けぬというわけではないが、わしも主持ち……」

と言ったとき、又八郎の頭に、ふと飼われているという言葉がうかんだ。喰い扶持《ぶち》をもらって、ために暮らしは安泰だが、そのかわりに日常は狭い規矩《きく》の中に押しこめられて手も足も出ぬ。

そう思った反動のように、又八郎の頭には、むかし細谷源太夫と過ごした野放図な浪人暮らしの月日が、懐しく甦って来た。危険を紙一重でやり過ごすような日々だったが、一剣を恃《たの》んで恐れを知らなかったものだ。

そんな日々にも、ずいぶんおもしろいことはあった。なによりも身も心も自由だった。あのころにくらべれば、いまのおれは心身ともに小さくかがんで生きているとは言えぬか。細谷がこの齢になって、なおも用心棒というしがない仕事にしがみついているのを憐れみ笑うべきではない。

細谷は細谷で、彼らしく筋を通して生きて来たことを認めねばなるまい、と又八郎が思ったとき、細谷がさっきの話のつづきだが、と言った。

このシーンの又八郎の感慨からは、サラリーマン時代と自由業である現況との対比が窺われ、周平が作家の道を歩み始めたころの心境と重なるものと読むことができそうである。

余談はさておき、事件が解決して又八郎が帰国するころ、細谷は越前の大藩に儒者として仕える長男に引き取られることになり江戸を離れた。そして大河小説の趣のあるシリーズを彩ってきた又八郎と佐知の恋をからめながら物語は終焉へと向かう。

ラストシーンである。佐知は仏門に入り修行を積むことになっている。

佐知は目を上げた。しかし又八郎を見て、ふと赤くなったかと思うと、その顔にみるみる恥じ入るような表情が浮かんで、佐知はまたうつむいてしまった。聞きとれないほどの小声で、佐知はつづけた。

「その修行が終るとわたしくは国元に帰って、明善院の庵主をつとめることが決まりました。青江さまはご迷惑に思われるかも知れませんが……」

「ふむ」

と、又八郎はうなった。啞然としてしばらく佐知を見つめてから、くるりと背をむけた。風景はもとのままだったが、別離の重苦しさは足早にほぐれて行き、四囲がにわかに明るく見えて来た。

不意に又八郎は哄笑した。晴ればれと笑った。年老いて、尼寺に茶を飲みに通う自分の姿なども、ちらと胸をかすめたようである。背後で佐知もついにつつましい笑い声を立てるのが聞こえた。

とシリーズの幕は降ろされる。

又八郎の活躍する舞台は江戸で、海坂藩の名前こそ出てこないが、「北国の小藩」を海坂藩とみても、大きな誤りではないだろう。シリーズの中から立ち上がってくる光や風の匂いは、間違いなく海坂藩のものだからである。しかも庄内の味覚が頻繁に登場する。

ちなみに小茄子（民田茄子）の塩漬け、しなび大根の糠漬け、寒の日本海から上がる鱈、筍などである。『刺客』では、間宮中老が酒肴をもって又八郎をねぎらう場面に小鯛の焼きものが見える。また『凶刃』では、〈又八郎と佐知は、いまごろはシュンを迎えているはずの筍や山菜、鰊、それにもう少し季節が移って、梅雨のころに極上の美味をそなえると言われている小鯛などを話題にした〉とあり、さらにみょうがの紫蘇漬けと故郷の味覚談義がある。また佐知が又八郎へご馳走するものに醤油の実（醤油のしぼり滓《かす》に糀《こうじ》と塩を加えて発酵させ熟成したもの）と「いさば屋」から入手した、身欠き鰊と干しわかめ、カラゲ（エイの干物を水で戻し甘辛く煮付けたもの）などがある。

同郷の丸谷才一は、〈しかし私見によれば、故郷の味の双璧はハタハタとダダチヤ豆である〉としながら、〈などと威張りながら不思議でならないのは、『用心棒日月抄』にハタハタもダダチヤ豆も現れないことである。大事に取ってあるのだらうか。／どうやら佐知は、国元の明善院といふ尼寺の庵主になるつもりらしい。別に反対はしないが、しかしわたしはそれが真宗の寺であればいいと祈ってゐる。晩年の又八郎と佐知が、枝豆とハタハタで一杯やる情景を読みたいからである〉（「故郷の味」）と記している。

周平は『用心棒』シリーズに十五年間もかかわってきたことになる。が、先にも触れたように『用心棒日月抄』は、その作風に転機を画したのみならず、〈職人的名人芸〉なる評語が冠される、練達の時代小説作家として周平の名声を不動のものにした、記念碑的シリーズといえる。

周平は五十二年、「春の雪」「遠い少女」「昔の仲間」「夕べの光」「冬の足音」など月平均一篇の作品を発表するほか、六篇ほどの連載小説を抱えるという多忙な日々を送っている。五月には執筆の合間をぬって仙台市へ講演旅行もしている。講演はともかく、仙台では山形師範時代に出した同人雑誌「碎氷船」の懐かしい仲間が待っており、夜は楽しい酒宴になった。

翌日、周平は仙台から小牛田《こごた》に向かう。陸羽東線を利用するためである。陸羽東線は東北本線の小牛田から西に向かって奥羽山脈を横断、山形県・新庄《しんじょう》まで行く鉄路で、周平は新庄からさらに陸羽西線を乗り継いで鶴岡に帰省する予定だった。

講演が終わったあとに、このコースで郷里にむかう計画を思いついたとき、私は少し胸がさわいだ。私は学生のころに三年間山形市に住んだので、陸羽西線は通いなれた道だった。しかし山形に行くときは新庄から上りの奥羽本線に乗り換えてしまうので、接続する陸羽東線に乗る機会は一度もなく、新庄から東にのびるその鉄道は、私にとってはつねに未知のかなたに消えゆく線路だったのである。

小牛田で陸羽東線に乗り換えて、およそ四、五十分。もと伊達《だて》家の城があった岩出山にかかったころから、汽車は山に入って行った。奥羽山脈の脊梁《せきりよう》を越えるのである。季節は五月の半ばで、山は全山柔毛を光らせる色とりどりの新緑に覆われていた。若葉に見とれているうちに汽車は鳴子駅に着いた。鳴子は鳴子こけしが有名な山峡の温泉町である。（中略）

汽車は県境を越えたところにある堺田という高原の小駅につくと、しばらく停車した。がらんとしたホームに降りると、掲示板で、そこは封人（関守）の家が残っている集落だとわかった。そのときになって私ははじめて、汽車で来たその道が、芭蕉がたどった奥の細道の一部であることに気づいたのだった。

芭蕉は一関から岩出山に出て、鳴子、尿前《しとまえ》、堺田と山中の道をたどり、堺田の封人の家に一泊した。（中略）

堺田からおよそ一時間で、汽車は山峡を抜けて見なれた新庄盆地に出た。私の陸羽東線の汽車旅はそこで終わったのだが、その途中で見たかがやく新緑の山々は、いまもなお眼の底に残っているのである。（「山峡の道」）

この陸羽東線沿いの道は「義民が駆ける」にも登場する、周平にとっては忘れがたい道なのである。「オール讀物」（平成五年八月号）の城山三郎との対談で、

庄内地方は徳川初期から幕末まで一藩支配だったんですが、藩主の酒井侯は比較的穏やかな善政をしいていました。ですから天保期に藩主転封の幕命が出たとき、それを撤回させようと、農民たちが大挙して江戸に出て駕籠訴をやったんです。そのとき山形県内の道は、幕府の咎めをお

それた藩が押えてしまったので、一部は仕方なく陸羽東線の道を経由して仙台領に回ったんですね。

と語っている。作品にその道は登場するが、周平が実見したのは、そのときが初めてだった。あえて引用したのは他でもない。周平は鶴岡に生まれていながら、東北はほとんど未知の地だったのである。知っているのは鶴岡市と山形市ぐらいなもの。『おくのほそ道』で有名な堺田の封人の家にすら行っていないのである。そんな周平の目に、東北の風景がいかに新鮮に映ったかが、この文章からも窺えるようである。その胸のおののきのようなものを伝えたかったまでである。

この後、周平は山形市に回る。そこで駒田信二と落ち合い、律義にも郊外にある近藤侃一《かんいち》のお墓参りをした。近藤が肺癌で亡くなったのは前年の七月三十日のこと。六十五歳だった。駒田は、

もうこの世にいないカンちゃんと対話しながら『出羽三山への道』(註=近藤の著書・新人物往来社)を三分の二くらいまで読み進んだとき、藤沢周平さんから電話がかかってきた。

「さびしくなりましたね。」

と藤沢さんはいった。私は藤沢さんのその声を聞いて、眼に涙のにじんでくるのを覚えた。

カンちゃんがもうこの世にいないということは、あとに残った私たちにとってはさびしいことだが、しかし、カンちゃん自身はもうさびしくもなければ、酔って乱に及ぶこともないのだ。

——そう思うより仕方がない。しかし、そう思うと、また、さびしい。

という追悼文を「山形文学」（第三十一集）に寄せた。周囲の人々に親しまれた近藤侃一は、「カンちゃん」の愛称で呼ばれていた。〈酔って乱に及ぶ〉云々は、近藤が並みはずれた酒豪であり、しばしば脱線したことを指す。酔うと「バカヤロウ」を連発、しょっちゅう周囲と衝突した。立原正秋の『果樹園の道』に登場する酒飲みのジャーナリスト・斎田乾八のモデルである。

この年に出た『闇の穴』（立風書房・新潮文庫）には、表題作の他に「木綿触れ」「小川の辺」「閉ざされた口」「狂気」「荒れ野」「夜が軋む」の六篇が収録されている。

表題作だが、おなみの今の亭主は大工の喜七である。ある日、五年前に別れた亭主の峰吉が訪ねてきた。実は別れたのではなく、峰吉が帰らなくなったのである。おなみは一年待ったが、諦めて新しい生活に入ったのだ。二人が一緒に暮らしたのは一年たらず。その間、いさという不気味な男が時々訪ねてきていた。

峰吉は、それからも何度か来た。目的は鎌倉横町にある裏店に住む老人に、月に一度細く巻いた紙包みを届けてもらいたいということだった。あるとき、子どもが熱を出して約束の日に届けることができなかった。翌日行くと老人の家は閉まっており、誰もいなかった。おなみは中味が気になって開けてみた。ただの白い紙だった。おなみは紙を捨ててしまうが……。ところで周平は『闇の穴』の「あとがき」で次のように書いている。

日本が日中戦争に突入したのは、私が小学校五年のときである。その後戦争が拡大すると、風景は少し荒れた。そして戦後は、なにか別のものが風景の中に入りこみ、風景は変質し、ある場所では破壊された。私の心の中に残る風景は、そういう意味で私の古きよき時代を兼ねるかのようにもみえる。

だが実際には、そういう懐古趣味とはべつに、その風景はある重さを持って、私の中に生き続けている気がする。多分それは、私がはじめて認識した世界であるからだろう。それは後年出会うような風景のイミテーションでもなく、反覆でもない、まだ新しい風景だったのである。その風景が、現在小説を書いていることと、どこかで固く結びついている気がするのは、当然のことかも知れない。

この短篇集のあちこちに、この私の風景が点在している。時代もののなかに書いて、べつにそれほど不自然な気がしないのは、むかしは近年のようでなく時がゆっくり流れていたからであろう。私の風景のなかには、あきらかに明治の痕跡が残っていたが、考えてみれば明治はたかだか二十年ぐらい前のことで、それは何の不思議もないことだった。


五十三年の「年譜」に〈六月、駒田信二氏、中山あい子氏と山形へ〉とある。これは山形市に発行所を持つタウン誌「やまがた散歩」の七〇号・創刊六周年を記念しての文芸講演会に講師として招かれたときのことである。しかし、この講演会は開かれなかった。講演会前日の十二日夕刻にM七・五の宮城県沖地震が発生したからである。準備をすっかり整えてテレビのニュースを見ると、午前中の東北線、奥羽線は不通だと報じた。予定していた上野発十時四分の「やまばと一号」が忽然と列車ダイヤから消えたのである。

周平たちは午後には動くだろうと考える。十三時四分発の「やまばと二号」に乗ると十八時前に山形に着く。ならば一服してもどうにか講演には間に合うだろう。と、計算したまではいいが、上野に行ってみると、福島県郡山以北に行く列車が一本もないことが判明する。どう眺めても宇都宮より北に行く列車は一本もないのだ。

ただ、十四時何分かの会津若松行きがあった。会津若松は山形に近い。その先はどうなることか分からぬが、一行はそれに乗る。やはり間に合わず、講演は中止になった。

後日、「誌上文芸講演会」と称して、中山あい子は「私の広告」、周平は「上野駅で」、駒田は「兵隊とシナの子供」と題したエッセイを「やまがた散歩」に寄稿、なんとか講師の責務を果たしている。

講演はできなかったが、この後一行は鶴岡を訪れる。予定は何もなかったので、周平の郷土の料理を食べるといった気楽な旅になった。この時期は山菜の季節であり、事前に連絡していたこともあり、盛りだくさんの山菜料理が用意されていた。わらび、月山筍《だけ》、こごみ、しおでなどである。そうした新鮮な素材を簡単にゆでたり、煮たり、味付けも醬油、味噌でさっと味をととのえたものだから、山の風味が生きており好評だった。

この旅の案内人は山形出身の岡田久子である。岡田は新宿御苑通りで居酒屋「おかだ」を経営していた。駒田の酒量は少なかったが、常連客で店の支援者でもあった。岡田は「山形文学」の同人だったころ、同誌に発表した短篇「崖」が「週刊新潮」に転載されている。そんなことから居酒屋は作家や編集者で賑わった。著書に『崖』(朱雀社)、『風花』(小学館スクウェア)があり、長男夫婦の媒酌人をつとめたのも駒田夫妻である。

この年は十月にも周平は帰郷、母校の黄金小学校で講演している。講演は苦手だったが、うまい庄内の魚が食べられると思うと、周平の気持ちも奮い立った。

この時はハタハタが出た。ハタハタは日本海の沿岸に分布するスズキ目ハタハタ科の海水魚である。鰰や鱩の字を当てるように、周平の子どものころは初冬の魚で、霰や霙の降るころ海から上がる魚だった。が、最近は漁法が変わって、むしろ夏から秋にかけて捕らえられるようになっている。焼くか、さっとゆでるかして醬油をつけ、気取らずに食べられる魚である。

伊藤珍太郎の『庄内の味』には、太宰治がハタハタを手づかみでむしり喰らい、たちまち皿一杯の骨を残すところを書いた壇一雄の一文が載っている。もともとはそうして食べたのだろうが、このときの周平が食べたのは、焼いて味噌をつけた田楽という上品な味だった。その他、ちょうど時期だった小鯛と菊なます（もってのほか）、小粒の秋茄子の漬物が食膳にのぼり、周平は郷土の味覚を満喫して帰京した。それらの味覚は藤沢文学にしょっちゅう顔を出す食物だから、読者にも馴染みのものだろう。

五十四年から周平が湯田川中学校で教えた、首都圏に住む子どもたちとの交流が始まる。二十人近くが住んでいた。子どもたちといってもすでに不惑の歳にさしかかっている。それまで同級生の間でも、よほどのことがなければ連絡を取り合って集まるということはなかった。彼（彼女）らは仕事に忙しい日々を送り、あるいは育児に追われ、過去を振り返り懐かしむといった精神的な余裕もなかったのだろう。

が、働き盛りとはいえ、生活の上では多少落ち着いてきた時期でもある。そこで東京にいる者だけでもいいから、小菅先生に出席を願って親睦会のような集まりを持ちたい、という気運が高まり呼び掛けが行われた。次に述べる会の模様は福澤一郎の「仰げば尊し　湯田川中学校教師時代」（「文藝春秋」平成九年四月号）に負った。

三月、その準備会のようなものが割烹料理屋「はりまや」で開かれた。そこは周平の弟・繁治の行きつけの店だった。池袋にあり、大泉学園に住む周平も来やすいところである。

第一回目は急用を理由に周平は欠席した。来年も開こうということになったとき、一学年下の者も加えてほしいという要望が出された。そんなことから、二学年が合同で恩師を交えて開くという、あまり例のないクラス会になった。会の名前は「泉談会」とした。湯田川温泉の「泉」を取り、泉が湧くように談論風発、楽しく語り合おうという意味が込められていた。

毎年一回、三月の最終土曜日に開くことになる。翌年、会の名前は「泉話会」に改められた。「泉談会」では語呂が悪い、という周平の意向によるものだった。教え子たちは、はじめ小菅先生と呼んでいたが、次第に藤沢先生と呼ぶようになっていった。

周平は教え子たちの近況報告に身を乗り出して耳を傾け、うなずきながら短い感想の言葉を添えた。それだけで教え子たちにとっては心安まるものがあった。会では旧交を温めることはもちろんだが、いろいろな人生の悩みごとなども恩師を囲んで語られた。

湯田川中学校の教室が再現されたかの「泉話会」に、周平は欠かさず出席した。周平が「泉話会」で自作について語ることや、文学論を展開するようなことはなかった。あくまでも小菅留治として振る舞った。教え子たちにとっては都会の中のオアシスのような雰囲気の空間だったが、それは周平も同じだったことだろう。

先走るようだが、「泉話会」のその後について述べておきたい。「泉話会」の会費は八千円だったが、周平はいつも二万円ほどを出していたという。

平成五年のことだった。周平六十五歳である。その年に限って周平は封筒に入れて会費を支払った。開けてみると十万円が入っていた。本当の理由は分からないが、おそらく来年からは出席できないという思いだろう、と幹事たちは推測した。その時点で周平はかなり健康に自信がもてなくなっていたのだろう。「泉話会」のメンバーは、それをどうしようかと話し合った末に、とりあえず貯金しておくことにした（後に藤沢周平記念碑の基金になった）。翌年は、なんとか出席したが、それが最後になった。

十月、山形師範学校卒業三十周年の祝賀行事に出席、直木賞受賞とその後の文筆活動により表彰された。同窓会というのは特殊な雰囲気があるのだろう。周平は、

私は三十年ぶりに顔を合わせた級友と一緒に、ひさしぶりに蛮声を張り上げて校歌を歌った。歌の間にはたして人を酔わせる一体感のごときものが現れ、その興奮は東京の家に帰って来ても、まだ少し残っていた。私が単純すぎるのかも知れないが、歌にはそういう一面の性質があると思う。（「演歌もあるテープ」）

と記している。「特殊な雰囲気があるのだろう」と書いたのは、周平が歌について、

少し大きくなると軍歌を歌った。（中略）歌うのは大体は軍歌で、力強く大声で、わざと喉《のど》を痛めるような歌い方をした。

しかし戦後になると、私はあまり歌わなくなった。ことに大勢で歌うような歌い方を嫌悪《けんお》するようになった。大勢で歌う歌が持つ一体感、あるいは帰属意識のようなものがもたらす陶酔感が

不快だった。戦争後遺症だったに違いない。（同前）

と書いているからである。

日ごろ覚えていた不快感を忘れさせるものが、同窓会の場にはあるということなのだろう。蛮声を張り上げたということの一方で、次のような報告もある。同窓会で周平は同人雑誌「碎氷船」「プレリュウド」の仲間である那須五郎に会っている。が、ほとんど話すことができなかった。そのことが気になっていたのだろう、後に那須の元に「体調が悪く、積もる話ができなかった」との詫びの便りが届いたという。どちらが当日の雰囲気を伝えているのだろう。

昭和五十五年に刊行されたものに『出合茶屋　神谷玄次郎捕物控』（双葉社・文春文庫化の際『霧の果て』と改題）、『闇の傀儡師』（文藝春秋・文春文庫）がある。

まず五月に出た『出合茶屋　神谷玄次郎捕物控』である。同書は「針の光」「虚ろな家」「春の闇」「酔いどれ死体」「青い卵」「日照雨」「出合茶屋」「霧の果て」の八つの捕物ものの連作短篇集である。

主人公の神谷玄次郎は独身の北町奉行所の定町廻り同心である。直心影流の道場を開く酒井良佐の高弟で事件には敏腕を振るう。玄次郎は十四年前、母と妹を路上で何者かに斬殺されている。父の勝左衛門も老練な定町廻りの同心だった。母と妹の死は、そのころ父が手がけていた犯罪にかかわりがあったらしい。

事件の後、父は仕事に張り合いを失ったように元気がなくなり、一年後に病死した。奉行所では勝左衛門のあとを引き継いで事件の追及を進めた。が、調べは突然中断され、事件は迷宮入りしたままである。その犯罪に幕府の要人が絡んでいたためらしい。以来、玄次郎は奉行所に不信を抱いている。それが仕事へのおざなりな態度として現れる。それでも定町廻りから外さないのは、事件に関しては辣腕《らつわん》を発揮して見せるからである。

玄次郎は日々の探索をこなしながら、父の勝左衛門が手がけていた事件の真相を探る。事件とは札差井筒屋の奉公人お佐代が殺された事犯である。残された調書の肝心な部分は何者かに抜き取られていたが、井筒屋のお内儀が歓喜院という祈禱をする行者に傾倒していたこと、井筒屋に出入りしていた御家人村井の娘が御側衆水野播磨守の愛妾に上がっていたこと、井筒屋の女中が何者かに斬殺されたことなどを突き止める。

しかし、歓喜院を探っていた寺社奉行の方にも探索中止の命令が出たという。勝左衛門はお佐代殺しを調べているうちに、相当な権力者の不都合な部分を暴き出したに違いない。そのため玄次郎の母と妹は殺され、歓喜院も葬られたのだろう。井筒屋の背後には巨大な権力が潜んでいるのだ……。

つづいて七月に出た『闇の傀儡師』（文藝春秋・文春文庫）は、最初の暗い作風から脱却し、さまざまな傾向の作品に挑戦していた時期に書かれたもので、周平の唯一の伝奇小説である。周平は少年時代から多様な作品を読んでいる。「少年倶楽部」「立川文庫」「譚海」「新青年」「キング」などである。そしてそのころ、周平は一篇の小説を書いている。〈それは童話でも綴り方でもなく、やはり稚い小説と呼ぶしかないようなものだった〉（「時代小説と私」）

最初の濫読時代というものを挙げるとすれば、それは小学校の五、六年のころだったろうと思う。（中略）譚海という、ちょっと小型の雑誌で読んだ時代小説が、どういう筋でどんな題名だったかはもう思い出すことが出来ない。たとえばそのひとつが、神道無念流戸ヶ崎熊太郎の門人が主人公だったことと、その小説が無類におもしろかったことをおぼえているだけである。そのおもしろさが、立川文庫のおもしろさとは中身が違うことに、子供なりに私は気づいていたと思う。その遠い記憶が、この『闇の傀儡師』にもつながっている。（「あとがき」）

この作品の色川大吉評である。

藤沢得意の東北小藩のお家騒動や、下級武士をめぐる薄暗い片隅のロマンでもない。話の冒頭から、江戸城内で将軍家の後継問題をめぐる密話が交わされている。その陰謀は根が深いうえに何本もの糸がもつれており、成り上がりの老中田沼意次も、腹黒い一橋民部卿《ひとつばしみんぶきょう》も、まだ若い白河侯の嫡子松平上総介《かずさのすけ》（松平定信《さだのぶ》）も、老齢で最古参の老中松平右近将監《うこんしょうげん》も、それぞれ違う野心と思惑をもって関わっていた。

結末をみると、主役である市井の剣客鶴見源次郎や、幕府に積年の恨みを抱く八嶽党も、それを追う十数人の幕府隠密でさえ、結局はそれら権力者たちに利用され、使い捨てにされ、無意味に命を落としてゆく傀儡になっているのだ。だから大きく見れば、この作品は権力者たちに翻弄《ほんろう》された下積《したづ》みの者たちの悲惨な、哀れな物語にすぎない。徳川という時代の封建社会の残酷さが、結果としてよく描かれている。それも暗鬱《あんうつ》な調子ではなく、あかるく、おもしろく、歴史に即して淡々と表現できている。（中略）

ただ終わりまで読まないと釈然としないようにつくられているから、謎解きとしても面白く、読みはじめると終わりまでひきずられてしまうのだ。読者をハラハラさせ、無慙《むざん》におもわせ、楽しませる、たいした才能である。(『藤沢周平のツボ』朝日文庫)

この作品を周平自身はどう考えていたか。作品世界が山本周五郎に似ているのではないかとの評が聞かれたとき、

レッテル貼《は》りということは大体において粗雑な独断の産物で私は嫌《きら》うけれども、かりにこの方法を時代小説にあてはめると、たとえば伝奇派とか剣豪派、あるいは歴史派などという、ごく大《おお》雑把《ざっぱ》な分類が可能かも知れない。そしてその場合、周五郎さんや私、あるいはほかの誰かは多分人生派とでもいったところに分類されそうな気がする。

ただし私の中には人生派のほかに遊び好きな野次馬派も住みついているらしく、私は剣豪小説も書けば歴史小説も書き、この道ひとすじといった感じの周五郎さんの文学姿勢にはとてもとてもおよばない。野次馬が高じて『闇《やみ》の傀儡師《かいらいし》』という伝奇小説まで書いたことがあるが、これはさすがに一度で懲《こ》りた。肌《はだ》が合わなかった。(「たとえば人生派」)


としている。どうやら『闇の傀儡師』は満足のゆく出来ではなかったようである。

この年の四月、周平は「密謀」の取材で新潟県を横断、六月に福島県白河、八月には鶴岡と上山に旅行している。周到な取材のもとに執筆された「密謀」は「毎日新聞」夕刊(九月十六日〜五十六

年十月三日）に連載された。

またしても米沢である。鶴岡出身の周平が、なぜ庄内藩でなく米沢藩のことを取り上げるのか。周平は、〈そこにはやはり米沢という土地に対する、小さいころからの特別の興味が働いているように思われる〉という。周平は子どものころ、戦国時代の英雄に対する評価だが、戦に強いという点で、上杉謙信や武田信玄を信長や家康より上位においていた。


上洛を目ざして動き出した信玄の前に立ちふさがる徳川の軍勢を、武田軍団は三方ヶ原の一戦で粉砕する。その武田と互角に戦って、しかも史上有名な川中島の戦では、どうやら武田よりも強かったとさえ思われる上杉は、子供のころの私の頭の中で、戦国時代最強の軍団の位置に坐っていたのである。米沢はその戦国の雄上杉の裔《すえ》の城下町だった。そういう土地が同じ県内にあることに興味をひかれないわけがない。またその興味というものが、若干の誇りとか畏敬とかのいろを帯びていたとしても、べつに不思議なことではなかった。

私にとって、米沢という町はそういう土地だったわけだが、しかし米沢は交通の関係もあって、ついでに立ち寄るという場所ではなかった。また興味があるといっても、わざわざ調べに行くほど私は歴史好きでもなかった。私は小説を書くようになるまでその土地を見たことがなかったし、またことさら米沢に関する本を読みあさるということもなかった。私の米沢に抱く興味はごく漠然としたものだった。だが漠然としていながら、どことなく古めかしく、威厳のある城下町に対する興味は持続して残っていたのである。

時代小説を書くようになった私が、時どき米沢のことを書くようになったのは、そういういきさつから言えばごく当然の成り行きだったといえるだろう。小説というものは、事柄や人間に対する興味とか疑問に触発されて出て来るものなのだから。

私は「檻車墨河を渡る」という長篇で雲井龍雄のことを書き、また中篇の「幻にあらず」で上杉鷹山公のことを書いた。しかしその米沢藩上杉について、なかでも私の最大の疑問は、関ヶ原の戦における上杉の進退ということだった。この戦で上杉は会津百二十万石から米沢三十万石におとされる。

その封土削減は、むろん関ヶ原で敗戦組に回ったせいだが、精強をほこる上杉軍団が、あの天下分け目の戦で、戦らしい戦をしていないことが、私には納得がいかなかったのである。人がいなかったわけではない。謙信のあとをついだ景勝は沈着勇猛な武将だったし、執政には、当時屈指の器量人と呼ばれた知勇兼備の直江兼続《かねつぐ》がいた。麾下《きか》の将士は謙信以来の軍法をわきまえ、伝統の精強さを失ってはいなかった。

その強国上杉が、あの重大な時期に戦らしい戦をせず、最後には会津から米沢に移されて食邑四分の一の処遇に甘んじたのはなぜだろうか。毎日新聞に連載した「密謀」は、およそはそうした長年の疑問、興味に、私なりの答えを出してみたい気持に駆られて書いたものである。

誤算がひとつあった。私は書き出すときに、すでに書きつくされている当時の歴史的事柄についてはなるべく筆をはぶき、上杉という当時の一強国の動きに焦点をしぼるつもりでいたのだが、その上杉が関連する、秀吉から家康へという時代の動きの振幅の大きさは、当初の私の予測を上回っていて、記述の重複を避けては上杉の動きも描き得なかったということである。そのために、書き終わったときには予定の掲載回数を大きく超過してあちこちにご迷惑をかけたのだが、思うに戦国末期というこの時代は、時代そのものがドラマなのであろう。事柄と人間は、緊密にからみ合って一篇の壮大なドラマを織りなしていて、上杉もまたこのドラマの一登場人物に過ぎないのである。(「『密謀』を終えて」)

周平が語っているように『密謀』(毎日新聞社・新潮文庫)は関ケ原の合戦前後の戦国時代をとらえた歴史小説である。秀吉の死後、恣意に振る舞う家康を討つべく石田三成は、謙信以来の精強を誇る上杉景勝の重臣直江兼続と呼応して立ち、東西から挟撃しようという密約を結ぶ。直江兼続は若くして智謀の将として天下に聞こえた武将であり、景勝が豊臣家に組み込まれてゆく過程で、三成とは肝胆相照らす仲になっていた。謙信の後を継いだ沈着勇猛な武将である景勝の存在は、家康にとって脅威である。その上杉勢が戦の準備を進めるのを咎めようと家康は東下するが、三成挙兵の報に兵を反転させる。

そして関ケ原の合戦での西軍敗北の報が伝えられたとき、兼続は直ちに江戸城攻撃をすべしと進言する。が、景勝は肯ぜず兵をおさめる。周知のように関ケ原の合戦後、上杉家は会津百二十万石から四分の一の三十万石に削封され、直江兼続の所領だった米沢に移される。ために長く藩財政の貧困にあえぎ、そのまま明治維新を迎えることになる。

天下分け目の関ケ原合戦という重大な時期に、強国上杉軍団はなぜ参戦しなかったのか。長く周平が抱いていた疑問だった。その歴史の謎の解明に挑み、兼続の慧眼と、彼が擁する草(忍びの者)の暗躍を軸に、戦国の世の盛衰を活写したのが「密謀」である。

なぜ江戸城攻撃をしなかったのか。作中に兼続と景勝の次のような会話がある。

「いまこそ内府と天下を争い、雌雄を決し候え。何のための、御ためらいにござる？　その戦のときは、この兼続をはじめ、上杉の将兵ことごとく、喜んで殿のご馬前に死にますぞ」
「しゃっ、やめぬか、山城」（中略）
「わしのつらをみろ。これが天下人のつらか」（中略）
「戦場のことなら、内府はおろか鬼神といえども恐れはせぬ。しかし天下のまつりごとはまた格別。わしは亡き太閤や内府のような、腹黒の政治好きではない。その器量もないが、土台、天下人などというものにはさほど興味を持たぬ」

ここには景勝の性格と共に、周平の権力嫌いの一面がちらりと覗いているようである。景勝はさらに言う。

「上杉の家名を残すのだ。降れば領国を削られ、世に嘲《あざけ》られることは眼にみえているが、武者は恥辱にまみれても、家を残さねばならぬことがある。いまがその時ぞ」（中略）
「仰せのごとく、天下の大勢はすでに決まったかに思われます。よこしまにのぞむ者が勝つ世の中に、なお憤りは禁じ得ませんが、殿が天下をのぞまぬと申されるのもまた道理。天下人とは、所詮人の血と欲の上にあぐらをかいて平然たる者の謂にござりますれば、いかにも上杉の家風には合わぬやも知れませぬ。この上は、上杉の家を残すために、身を砕いて和睦のことを取りはからうこととといたしまする」

「たのむぞ」
「しかし、話がどうつくにしろ、よほどの恥辱を忍ばねばなりませんぞ」

ところで周平は、〈事柄は概ね史実にそって書かれているが、与板の草という忍びの一団は私の創作である〉(「『密謀』を終えて」)と断った上で、

忍びについては、文献の上ではたとえば大坂の藤堂屋敷に宿泊した家康を、三成方が襲う相談をしたときに、長束正家が藤堂屋敷に忍びを放ったとかいうことが散見する程度だが、この時代ほど情報盗みの専門職である忍びが活躍した時代はなかったろうし、架空のことにしろ、忍びの動きを描いて不当ということもなかろうと考えたためである。

そしてまた、歴史の総体というものを考えれば、歴史に名をとどめたひとなどというものはほんのひと握り、その背後には名を残さずに埋もれた無数の人びとがいたのが歴史の真実であろう。そういうことからいえば、与板の草は架空の集団だが、彼らにしても、歴史的真実というものからそう遠い場所にいたわけではあるまい、という気もするのである。(同前)

としている。詳細に調べたわけではなく断言はできないが、「密謀」執筆に当たっての取材旅行が、他の作品に比べて多いように思われる。「年譜」に記されているだけでも、前述の新潟県の縦断旅行、福島県白河、鶴岡・上山、さらに翌年四月の京都・彦根・関ケ原などがある。これらとは別に、連載がスタートした翌月の十月三十日にも、山形市近くの旧狐越街道と畑谷城跡を訪ねてい

る。

その時の取材は終章近く、「遠き関ケ原」「冬の雲」に生かされている。兼続は山形の最上義光《よしあき》攻めの軍を編成、畑谷城を落とし、山形城を指呼の距離にのぞむ谷柏に布陣する。長谷堂合戦、世に言う〝東北の関ケ原合戦〟の場面である。

他に取材旅行で目立つのは「一茶」と「白き瓶」だが、それほど多いようには見えない。それだけを見ても熱の入れようが分かろうというものである。満を持して執筆した「密謀」は周平の自信作だった。それを窺わせる証言といえるだろうが、阿部達二は、〈挿絵は中一弥が担当した。平成二年に藤沢が「市塵」で芸術選奨文部大臣賞を受けたとき、中がお祝いの電話をかけると藤沢は「この賞は『密謀』で欲しかった」と答えたという〉（『藤沢周平　残日録』文藝春秋）と報告している。

山形市での取材について触れておきたい。その日は井上ひさしと山形市主催の講演会に臨んだ日だった。講演の前に、周平は「山形文学」同人であり、『村のことば　村山方言考』（山形文学会）、『新　村のことば』（やまがた散歩社）、『やまがた民話探索』（山形婦人新聞社）などの著書をもつ江口文四郎に会っている。江口は山形師範学校の後輩だが、その先祖は奇しくも畑谷城主・江口五兵衛光清《あききよ》だった。そのときの印象を周平は、
文四郎さんが言葉少なだったのは、無口というよりも、私の前で少し当惑していたのだったかも知れないのである。学校の先輩という親しみはあったにしても、まず作家というものがあまり正体さだかならざる者である。その上に時代小説作家となると正体はますますあいまい模糊として、いったい何を話したらいいものかと、文四郎さんは思わなかったろうか。（中略）それとも

文四郎さんは、私の前でただ村山弁をしゃべりにくかったのだろうか、などと私はその夜の文四郎さんの、記憶に残るほどの寡黙な印象をいまも思い返すことがあるのだが、(「村育ちということ」)と記している。さらに、〈とにかくこうした経緯があって、私は畑谷城の落城を書いた「密謀」という本を文四郎さんに進呈したり、その後ときどき文通するようにもなったのだが、文四郎さんに対する私の親密感というものは、じつはそういう浮世の義理めいたことから出て来たものではなかった。理由は全くべつのところにある。/私が文四郎さんに抱く親しみの核心をひと口に言えば、それは同じ村育ちということであったろう。私は庄内の村に育ち、文四郎さんは村山の村に育った〉(同前)ことだと言う。

周平にとっての、「村」とは何だろうか。

たとえば私が育った村では、たそがれどきの道で行き会う人人は、「晩《バン》ゲなりました」あるいは「晩《バン》ゲなったのう」と呼びかわしてすれ違った。うす暗くて顔はよく見えなくとも、声でいまうす違ったのはどこそこの家の嫁、などと相手の見当がついたものである。(中略)私はそういう村のあたたかみ、成人するころにはやや重苦しく感じるようにもなる共同体が持つあたたかみと、かけがえなくうつくしかった村の自然の中で子供の時期を過ごしたことをしあわせに思い、有体《ありてい》に言えばいまも誇りにしている人間である。文四郎さんにも、私と同様の気持があったのではなかろうか。ふり返って懐かしく語るに足るものでなければ、どうしてくり返しくり返し村のことばについて語ることが出来ようか。(同前)

その文四郎である。この名前を見ただけで周平ファンは「オヤッ?」と思うだろう。そう、代表作の一つ「蟬しぐれ」の主人公の名前が文四郎である。この主人公の名前を考えたとき、周平の頭の中に江口文四郎の名前がなかっただろうか。大いに関係があったのである。その辺の事情については後述したい。

さて、この日の演題は「歴史小説雑感」。周平ファンにとっては既知の事柄ばかりで、新知識を期待する向きは落胆することになるだろうが講演要旨を録しておこう。

私が書いているのは七割が時代小説だ。堅苦しくなく、軽い気持ちで書ける。しかし多少の約束ごとがある。例えば季節。旧暦二月は今の三月ごろで、約一カ月ずれる。時間の数え方も、「丑《うし》三つ時」が一番怖い夜中の二時ごろと思っていたら、午前三時ちょっと過ぎをいう。こんな約束ごとを無視して、あまり現代風にすると時代小説の良さがなくなる。〝約束〟さえ守れば、時代を借りて自由な小説形式がとれる。フィクションを命とするのが時代小説だ。

これとは反対に歴史小説は緊張する。歴史的事実を勝手に変えられない約束があり、ストーリーそのものが史実に制限される。

この緊張は森鷗外から出ている。鷗外が「歴史そのまま」「歴史離れ」の言葉で解説したエッセイがあるが、これがその後の歴史小説を縛っている。「資料そのままを尊重する」一つのパターンが成立した。

今「密謀」という新聞小説で上杉家の行動を書いているが、資料が少ない。上杉謙信と武田信玄の「川中島の戦い」は、どっちが勝ったかとなると確かな資料はない。信用できる一級の資料が乏しいのが悩みだ。作家はリアリティーに表現しようと歴史上の人物の日常生活や風貌、声の性質などを知りたがる。

与謝野晶子は、情熱的な歌や詩から、気性の激しい人のように思えるが、物静かな人だったようだ。また岡本かの子の著作によると、芥川龍之介の声は野太かったという。これらは一級の資料だ。

しかし資料は多過ぎても困る。矛盾しているようだが、幾通りもの史実が出てきて、どれが歴史をそのまま写し出しているのかに迷う。人物の評価にしても十人十色の見方がある。信用性はよほど丁寧に判断しないと大変なことになる。当時の「公式記録」はあまり信用できない。政治的に書かれたものは歪曲されているからだ。正史は疑ってかかることが大切だ。関ケ原の戦いで敗れた戦国の武将・石田三成は、徳川側から見れば「賊」で、徳川の資料は真実を伝えてくれないだろう。上杉家の陪臣、直江兼続にしても同じだ。

手紙・日記は信用度が高いが、自分に利害関係のあることは書かないのが本質である。俳人・小林一茶は日記を克明に書いたが、女は書いていない、事実は違う、日記もまるまる信用はできない。

鷗外は「歴史そのまま」と言ったが、歴史の再現は不可能だ。想像で補うしかない部分が多く、歴史小説はその部分の表現の質で勝負になる。鷗外は名作「阿部一族」で創作をやっており、実際は「歴史そのまま」とは思っていなかったようだ。

時代の特異性をどう表現するかが歴史小説のポイントになる。書かれていない無数の歴史を想

像することも「歴史そのまま」に入ってくると思う。（「山形新聞」五十五年十一月四日）

小説に戻ると、剣客もの市井人情ものといった時代小説の面白さが詰め込まれた『よろずや平四郎活人剣』（文藝春秋から刊行時は「盗む子供」「離縁のぞみ」「浮草の女」の全三巻・文春文庫化のとき上下二巻に）が刊行されたのは五十八年二月。「オール讀物」（五十五年十月号〜五十七年十一月号）に連載されたものである。

神名平四郎は知行千石の歴とした旗本の子弟だが、亡父が晩年に台所働きの下婢に生ませた子である。ために平四郎は屋敷の者に疎まれ冷たい眼の中で育った。神名家は目付を務める兄の監物が継いでいる。

そんな平四郎にも養子縁組の話があった。相手は三百石の貧乏旗本、塚原の娘早苗である。平四郎が十九、早苗が十四のとき二人は初めて出会った。しかし翌年、塚原家は本家の不祥事に連座して取り潰しの処分を受ける。

家禄、家屋敷を没収された塚原の家の者が、どこに行ったのか、平四郎は知らない。平四郎の記憶に残ったのは、これから大人になろうとする少女の、少し緊張して青白く見えた顔と、夕暮れの門前に、ちらと動いた白い脚だけである。

鬱屈を抱え、かねてから屋敷を出たいと考えていた平四郎は雲弘流の道場仲間である、肥後浪人明石半太夫が持ち掛けた道場を開こうという話に乗り、いま一人の仲間である仙台浪人北見十蔵を加えて計画は動き出す。平四郎は監物に許しを得ると、十両のはなむけをもらって神名家を出る。ところが言い出しっぺの明石に出資金を持ち逃げされ、あえなく計画は頓挫する。しかし、いまさら神名家に戻ることもならず、裏店住まいを余儀なくされる。

路頭に迷うことになった平四郎は、やむなく、〈よろずもめごと仲裁つかまつり候　喧嘩五十文口論二十文　さがし物二百文　ほかいろいろ〉の看板を掲げる。明石のような、〈この種の揉めごとなら、世に掃いて捨てるほどありそうだった。小は隣家との喧嘩口論から、大は大名旗本に貸した金を踏み倒された豪商などというものまで、だ。奉行所に訴えて出るほどのことでもない。あるいは訴えても益がないがそれでは腹がおさまらぬというたぐいの揉めごと。これを引きうけて始末をつけ、何がしかの報酬を手にすることが出来れば、暮らしは成り立つ〉というわけである。

しかし世の中、そうそう計算通りには行かない。看板を掲げてから、

ゆうに二十日ほど経っているが、客は一人もあらわれなかった。ただ一度大雨が降った翌日に、傘の貼りかえと間違えて、ボロ傘を手にした表町の者が一人来ただけである。大きく見通しを誤ったことは認めざるを得ない。

——ま、気にせぬことだ。

と平四郎は思った。武家が武家であることだけであがめられた時代が、徐徐に過ぎつつあるのを平四郎は感じている。

こうして、旗本の辻斬りをやめさせる仕事を監物が持ち込むまで、長く開店休業の状態はつづく。

ほどなくして明石の居場所が知れる。持ち逃げした金は使い果たしていたが、明石は少しも悪びれるところがなく、三人の仲は復活する。

時は天保十二（一八四一）年。幕府は一大政治改革（天保改革）を挙行、それを推し進めたのは老中水野忠邦である。水野は奢侈禁止令、株仲間の解散、貨幣の改鋳、印旛沼の干拓などの政策を矢継ぎ早に打ち出す。取り締まりの急先鋒は南町奉行の鳥居耀蔵《ようぞう》。平四郎と天保の改革を結びつけるのが、公儀目付を務める兄の監物である。監物は反水野の老中堀田の命を受け、鳥居との間に暗闘を繰り広げる。平四郎は鳥居の差し向ける刺客から兄を護る護衛役も勤めるが手当は出ない。しかし、次第に相談が持ち込まれるようになり、細々ながら暮らしを立てられるようになる。

そうした日々の中で、早苗が親の借金のカタに金貸しを副業にしている御家人菱沼惣兵衛に嫁いでいることを知る。少しずつだが資金が貯まり、再び明石、北見と三人で道場を開く目処がついた。落成祝いを終えて帰ると早苗が訪ねて来ており、もう菱沼のもとには戻らないという。菱沼との間にひと悶着あるが、離縁状を書かせて二人はようやく結ばれる。

平四郎と早苗が連雀町の道場に住むため道を急いでいるとき、失脚した水野の屋敷に押し掛ける群衆に遭遇する。天保十四年閏九月十三日夕刻のこと。平四郎の仲裁屋稼業と水野の幕政改革は幕を閉じる。

五十六年に刊行されたものに、まず「隠し剣」シリーズとして『隠し剣孤影抄』『隠し剣秋風抄』がある。『隠し剣孤影抄』（文藝春秋・文春文庫）には表題作のほか「邪剣竜尾返し」「臆病剣松風」「暗殺剣虎ノ眼」「必死剣鳥刺し」「隠し剣鬼ノ爪」「女人剣さざ波」「悲運剣芦刈り」「宿命剣鬼走り」。『隠し剣秋風抄』（文藝春秋・文春文庫）には「酒乱剣石割り」「汚名剣双燕」「女難剣雷切り」「陽狂剣かげろう」「偏屈剣蟇ノ舌」「好色剣流水」「暗黒剣千鳥」「孤立剣残月」「盲目剣谺返し」が収録されている。題名を見ただけでも目が眩むような秘剣のオンパレードである。驚異の念を抱かざるを得ない。

言うまでもなく小説は虚構であり、想像力（創造力）の産物である。歴史小説にしても、事実を積み重ねるだけで小説が出来るわけではない。そこに作者の想像力（創造力）が働きかけ、初めて小説が生まれるのである。周平は、

時代小説は、ひとことで言えば想像力が命だろうと思う。（中略）

こういう考え方からすると、時代小説を書く場合には、想像力の自由な飛翔《ひしょう》をさまたげる制約は、少ないに越したことはない。一例をあげれば、裏長屋に住む素姓も知れない浪人者などというのは恰好《かっこう》の素材で、私がむかしから夢みている物語の主人公と言ってよい。

しかし実際にはそういう小説はなかなか書きにくくて、私は謎の素浪人を書くかわりに、大ていは日日の城勤めに追われる微禄の藩士の話などを書く。なぜそうなるのかといえば、ひとえに物語の真実らしさを付与したいからにほかならない。嘘が見え透くような小説を書いても、人は読んではくれないだろう。（中略）

そんな次第で、私はやむを得ず主人公の剣士に藩という枠《わく》をはめ、身分や役、家といった制約をあたえる。制約のない人生などどこにもなく、人は社会や家、肉親のしがらみに縛られている。それがすなわち現実を生きるということの中身だとすれば、私の小説の主人公たちも、あたえられた制約によって、虚構の中の現実を生きるわけである。（中略）

ひとつひとつの秘剣の型を考えるのは、概して言えばたのしい作業だったが、締切り近くなっても何の工夫もうかばないときは、地獄のくるしみを味わった。毎月連載だったら、とてもつづかなかったろう。（中略）

ここには私のこのあとの武家小説に共通する微禄の藩士、秘剣、お家騒動といった要素がすべて顔を出し、私の剣客小説の原型をなしているという意味で、愛着が深い短篇集になっている。

（「自作再見　隠し剣シリーズ」）

と述べている。また次のようにも言う。

少し前の週刊朝日の読書欄で、私の新刊を取り上げてくれた向井敏さんが、私には過分と思える懇切な解説をほどこされた文章の中で、そういう日常的な制約に縛られる私の小説の主人公に、「生活者型」という命名をされていた。ではその主人公たちが、「生活者型」のスタイルを身につけるのはいつごろからかというと、それはどうも隠し剣シリーズと呼ばれる連載短篇を書いた時分かららしい。（同前）

高橋義夫は、〈これぞ娯楽小説。「隠し剣」シリーズ二冊の魅力はその一語に尽きる〉としながら、向井敏の指摘を受けて、

藤沢さんの書く小説がこの二作品あたりから闇からぬけ出て明るくなったといういいかたもで

きるだろうが、べつの視点からいえば「文学」へのこだわりから脱したともいえる。「隠し剣」の主人公たちは、たしかに「生活者」である。不遇で、なにがしかの屈辱感を抱いて生きている。誰もが貧しいが、だが極貧というわけではない。しかし、なにをもって普通の生活というかは、ひとそれぞれの価値観によって異なるだろう。向井さんのいう生活者とは、中流以下の都市生活者のことではないかと思われる。「隠し剣」の主人公たちは、現代にあてはめれば、ごく小さな会社の、なにかの事情で出世コースから外れた人々という感じだ。

『隠し剣秋風抄』のあとがきで、藤沢さんは幼いころに冬の夜道を三キロも歩いて、村の小学校に映画を見に行ったことが忘れられない、と書いている。その映画は阪東妻三郎主演の『魔像』だったという。藤沢さんは「隠し剣」シリーズのルーツが、その映画の印象にあると語っている。

(山形新聞社編『没後十年　藤沢周平読本』)

と述べている。そして、

主人公たちは、みななにかの剣術の流派に学んでいる。(中略)
これらの流派は、おおむね実在したものだ。作者のタネ本あばきはあまり趣味のよいことではないが、『撃剣叢談』あたりからとったのではないだろうか。

『撃剣叢談』は天保年間に源徳修という筆名の岡山の剣士が著したもので、大正五(一九一六)年に国書刊行会から出た『武術双書』に収められている。この本は稀覯本だったが、昭和三十九(一九六四)年に、名著刊行会から復刻版が出た。そのころ神田神保町の古本屋をまわれば、旧版

も復刻版も手に入ったはずだ。(同前)
と書いている。そして、これらの作品に登場する流派は近代以降の剣道史の上では消えているということを知り、〈消えた流派ならば、その名の下にどのような秘剣が使われようと、誰も文句をつけてこない〉(同前)としている。

本シリーズの主人公は、藤沢作品ではお馴染みの舞台・海坂藩(藩名の出てこない作品も幾つかあるが、それも海坂藩で間違いないだろう)の名もなき藩士たちだ。これは剣客小説として、きわめて特殊である。実在したあまたの剣豪のことを考えればわかるが、彼らの多くは、なにものにも縛られず、剣の道を追求する自由人ではないか。ところが作者は、藩という組織の中で生きる人々を主役にして、彼らが秘剣を使わなければならない状況に追い込まれるまでの、心理に肉薄していく。ここに「隠し剣」シリーズの最大の特徴があるといえよう。(中略)

「隠し剣」シリーズの主人公たちは、自分が会得した秘剣を、進んで披露しようとはしない。また、披露したいとも思っていない。ただ必要に迫られ、命ギリギリのところで、しかたなく刀を抜くのである。なんとつつましやかな剣であることか。だが、これこそが「隠し剣」シリーズの真髄であり、作者の書きたかったテーマであろう。彼らの秘剣は、無名人の平凡な人生を切り裂く、一瞬の閃光なのである。(中略)

一歩間違えば、同工異曲の作品になる危険性があった。が、そこは藤沢周平である。主人公のキャラクターや、立場を巧みに変えながら、一つひとつを、独自の味わいのある話へと昇華させ

ている。（中略）
作者は無意識だったのだろうが、結果的に「隠し剣」シリーズは、同じ色を使いながら、どこまで違った表現ができるかに挑んだシリーズになっている。（宝島社文庫『藤沢周平の本』）

と評したのは細谷正充である。

つづいて二月に刊行された『夜の橋』（中央公論社・中公文庫・文春文庫）には表題作のほか「鬼気」「裏切り」「一夢の敗北」「冬の足音」「梅薫る」「孫十の逆襲」「泣くな、けい」「暗い鏡」の八篇が収録されている。

ところで、周平は多彩な小説のヒントをどの辺りに求めているのだろうか。『夜の橋』の「あとがき」では次のように明かしている。まず、時代小説といっても、短篇の場合のヒントは、必ずしも昔あったことから得るわけではなく、身辺に見聞きすることから材を取ることが多いと言う。


「一夢の敗北」のように、むかしの資料に材を仰いで小説に仕立てることもないわけではないが、私の場合、この種の短篇は数が少なく、おそらく全体の一割にも満たないのではなかろうか。多くは絵そらごとである。

そういうぐあいになる理由は、次のようなことかと思う。私には、時代小説というものはとかく型にはまりやすい小説ではなかろうかという考えがある。むろん現代小説にも型にはまるということはあるわけだが、ことに時代小説はいろいろの約束ごとがある。つまり外側から形を規制される面があって、その規制は、時代小説が時代小説として成り立つために、最小限度必要なものでもある。その分だけ、現代小説よりも型にはまる危険性が大きいように思われるのである。すでにそういう前提があるところに、小説を書き出す動機となるヒントまで、むかしのお話の中にさがすということになると、私のように非力な書き手は、型にがんじがらめにされる危険がある。そして型に縛られた小説は、創造への飛躍がないので、よく出来ていても読んでつまらないことが多い。そうならないために、せめて小説のヒントぐらいは、自分の眼で見、耳で聴き、あるいは無理にでも頭の中からひねり出したものを使いたいと思うわけである。

理由をもうひとつあげると、資料にあるむかしのお話そのものが、しばしばすばらしい文章で出来ているということである。短くて、それ自体で十分に完結しているようないい文章を読むと、その話を私の悪文で何十枚かの小説に仕立て直すことには、いささか抵抗を感じる。そういうわけで、私はいま現在の、身辺のことに材を取ることが多いのだが、ヒントはヒントであって、小説の全体である必要はないわけだからそれでいいとも言える。(中略)

さて、その程度のヒントで書き出す小説なので、書きはじめた時点では結末までわかっていないことが多い。したがって、出来てみるととんでもない駄作に仕上がって、読者をあきれ返らせたりすることもあるわけだが、書き手が無責任なことを言うと、短篇小説の楽しみは、書いていて何が生まれるのかはっきりしない、そのへんにあるような気もする。

しかしこういうやり方の仕事は、思えば綱渡りのようなもので、かつてどなたかが言ったように、神の助けを必要とする。神の力を必要とする仕事といえば、即座に思い出されるのは牧師だが、一方で賭博師も神の助けを必要としているだろう。罪深い小説書きである私が牧師に似ることはあるまいから、ひとまず賭博師に似たとして、この短篇集の中に、はたして神の加護によってうまいカードを引きあてたものがあるかどうかは、お読みになる方に判断していただきたい。

宇江佐真理は文庫本の解説で、

武家物と市井物がよいバランスで収められている。武家物には武士としての覚悟や矜持《きょうじ》があるし、市井物には庶民の息吹《いぶ》きが感じられる。そのどちらも違和感なく胸に響いてくる。（中略）私が藤沢文学と出会ったのは三十代になってからである。結婚して子供が二人いたが、人生に対し、希望というものが持てなかった。別に夫に不満があった訳ではないし、子供が可愛くない訳でもなかったが、結局、女の人生なんてこんなものかという諦めと空《むな》しさが胸を覆《おお》っていた。

そんな私に藤沢さんの作品は何と優しく響いたことだろう。言葉ひとつひとつ、作品のひとつひとつが私を慰めてくれた。

いいかい、世の中はね、おもしろおかしいことなど、そうそうはないのだよ。堅実に生きていれば希望の光も見えるというものだ。ぼくの苦労に比べたら、あんたなんて極上上吉《ごくじょうじょうきち》の人生だよ、そう諭《さと》された気もした。

私の希望とは小説を書くことだと改めて思った。たとい作家になれなくても書き続けていれば光が見えるかも知れない。何かうるものがあるかも知れない。そう考えると不思議に元気が出た。私が作家としてデビューできたのは、それから十年後のことだが、その十年間、不遇をかこつという気持ちにはならなかった。藤沢さんの背中を見つめていれば道を踏み外すことはないと信じていたからだ。

と録している。この短篇集では、もっとも魅せられた作品を一つだけ紹介しておこう。それは「冬の足音」である。

十九歳のお市に気にそわない縁談が持ち込まれる。叔母や母親が気を揉む気持ちは理解できる。女の二十歳は、もう嫁入り盛りとはいえないからだ。お市はかつて父親のもとで錺《かざり》師の修業をしていた時次郎に魅かれていたが、彼は三年前に突然姿を消した。しかしお市は帰ってくるかも知れないと待ち続けた。

お市は時次郎が自分をどう思っているか分からない。ただ一度、時次郎が自分で作った簪《かんざし》をくれたことを覚えている。お市は思い切って時次郎に会いに行く。しかし時次郎にはすでに女房も子どももいた。お市は別れて小料理屋を出る。そして、終章は次のように綴られる。

——あのひとが悪いわけじゃない。

とお市は思った。三年という月日に、眼もくれなかった自分が愚かだったのだと思っていた。時次郎に会って、心を打ち明けたことは、無駄ではなかったとも思った。

だが、それだけだった。これからどうしたらいいか、お市には何もわからなかった。胸の中を占めているのは、空虚な気分だけだった。

深川は橋の多い町である。お市はひとつの橋の上に立ち止まると、欄干に寄って、髪から抜き取った簪を、暗い川に投げこんだ。時次郎にもらった簪だった。それをさして行ったのに、時次郎が気づかなかったことも、いまはどうでもいいことに思われた。十九のお市にすでに似合わない簪だった。二十のお市には不用な品だった。簪が水に吸われる微かな音を耳にしたとき、お市は急に声をあげて泣きたいような衝動に襲われた。娘の時期が、いま終ったと思ったのである。

出久根達郎は、かつて飲み屋で、隣の見知らぬ酔客と「冬の足音」をめぐってやりあったことがあったという。酔客は、この小説の題は「簪」とすべきと主張、対するもう一人の酔客（？）は、〈娘の心象を表わす、この原題がしっくりする、と譲らなかった。／どんな風に話がもつれたのか、取っ組みあいになった。飲み屋の主人に仲裁され、じきに治まったが、「あんたたちは、あんまり惚れすぎるから喧嘩になるんだよ」と言われた。その言葉は妙に生々しく耳に残っている〉（「文藝春秋」平成九年四月臨時増刊号）と。なんともいい話である。

そして周平が亡くなった後のことである。〈「冬の足音」を読み返してみた。末尾の数行は、屈指の名文であると改めて感じた。同時に自分の十代から二十代後半の、鬱々とした日々を思い出した。今になって気がついたが、藤沢文学は私には青春文学であったのだ〉（同前）と綴っている。

この年は他に『時雨みち』（青樹社・新潮文庫）、『風雪の檻　獄医立花登手控え』（講談社・講談社文庫）、『周平独言』（中央公論社・中公文庫）、『霜の朝』（青樹社・新潮文庫）などが出ている。

第六章　老いと人生の哀感

昭和五十七（一九八二）年、周平は春から「白き瓶」執筆のための取材を始める。三月には茨城県石下町国生（現・常総市国生）の長塚節生家や光照寺、鬼怒川などを訪れる。また五月には「海鳴り」の取材のため埼玉県小川町の紙漉き工場を訪ねている。このころから自律神経失調症に悩み、和子夫人が同行するようになった。

さて、藤沢文学で好きな作品を五つ挙げよといわれたら、他の四作品はともかく『海鳴り』（文藝春秋・文春文庫）に一本の指を折る人が案外多いのではないだろうか。初老を迎えた男女の恋愛を描いた「海鳴り」は「河北新報」（七月二十日〜五十八年七月十八日）ほか数紙に連載された。

この小説は、紙問屋の主人たちが寄り合いを終えて料理茶屋を出てきたところから書き起こされる。小野屋新兵衛は四十六歳だが、すでに老いを感じている。奉公人から身を起こし仲買人になり、ようやく問屋株を手に入れた叩き上げの商人である。家業の方は順調だが、胸中に荒涼とした風景を棲まわせている。

新兵衛は家族のために遊ぶひまもなく、身を粉にして働いてきた。が、女房子どもが格別ありがたがっている風もない。女房との仲は冷め切っており、跡取り息子は商売に身が入らず、悪い仲間と女遊びを始めている。

こんなものかと、新兵衛は思ったのだ。懸命に守って来たつもりのものが、この程度のもので、あとは老いと死を迎えるだけかと思ったとき、それまで見たこともない荒涼とした景色を見てしまったのである。

そんな心境の中での同業者丸子屋のお内儀おこうとの出会いである。料理茶屋を出た新兵衛は、おこうを介抱する事態に遭遇する。やがて二人の間に恋愛感情が芽生える。人妻との不義は大罪。訴えられれば死罪になる。しかし罪が重ければ重いほど強く惹かれるのが人情でもある。新兵衛は、〈やがてやってくる嵐の前触れとして、遠い沖合に、こうこうと鳴る不気味な海の音〉、その〈重々しく威嚇するような、遠い海の声〉を感じながら、危険なおこうの中に雪崩るように沈んでゆく。昂揚した危険な恋が長くつづくはずもない。逢瀬を重ねるうちに、二人を執拗に付け回していた塙屋彦助に逢い引きの宿を突き止められる。もう不義密通の罪が露見することは目に見えている。新兵衛とおこうの殺生与奪の権は彦助が握っている。新兵衛は巨額な金を要求される。そして最悪の事態が生じる。周平は、

あれはごく普通の、今の世の中の家庭の主人を書こうとしたんですね。息子に問題があり、家内とも何かこうギクシャクしているというふうなね。私の経験とか、教え子たちを見てて教えられるところがあったんですが、何か今のままでずーっと行っていいのかとか、そういう不安みたいなものが、四十代のはしりのころに——ちょうど男だと四十二が厄年ですね。その厄年のあた

りに——来るような気がしますね。その先のほうに年老いるとか、死ぬとかいうことが見え始めるころですよ。そういう、生きる不安みたいなものが出てくる人を主人公にしたかったんです。今のごく一般的な家庭の男の人ね、そういう人を書きたかった。息子の問題なんていうものを織り込んだり、それから不倫だか何だか知らないけど、その齢になって、改めて女の人にひかれる気持ちなんかもやっぱりあるということを思ったんです。（中略）かなりたくさんの人がそういうふうに思って、恋愛でもって救われたいと願っているんじゃないかと思いますね。（「プレジデント」平成七年十二月号）

とインタビューで応えている。また周平は「『海鳴り』の執筆を終えて」で次のように述べている。

ひと口に時代小説と言っても、チャンバラの興味を主とした剣客小説とか、空想をほしいままにした伝奇小説とか、ごく普通の町人、職人などの世界を描く市井小説とか、中身は幾通りもあるわけだが、この中で現代小説にもっとも近い分野を挙げるとすれば、市井小説だろうと思う。市井という言葉は、中国の古代に、井や井田（周代の田制）のあるところにひとがあつまったことに語源を持ち、転じて人家のあつまるところ、町や物の市《いち》を指すようになったという。とすれば、市井小説はただのひとの物語であり、時代が違うだけでわれわれの物語でもある。

われわれの物語と言っても、時代を江戸期以前に設定する以上は、現代のわれわれそのままの物語とはなり得ず、時代というものの制約を受けるのはむろんのことだが、当時の武家階級のように、特殊な道徳律に縛られることがなかったいわゆる市井の人びとの心情、行動というものは、慣習などをのぞけば今日のわれわれのそれと、そう大きく隔たるものではなかったろうし、ことに肉親の情愛とか男女の愛憎とかいう、人間の原初的な感情にいたっては、現代とさほど異っていたはずはないというのが作者の私見である。視点をそこにおくと、市井小説は、限界はあるにしろかなり現代小説に近づけて書くことが可能な小説と言えるだろう。

また明治というとわりあい親しみやすく、江戸時代というとはるか遠い時代のように思われがちだが、「海鳴り」という小説の舞台になった年代は、厳密に記すと文化十年のことであり、それは明治から遡《さかのぼ》ることわずか五十五年のむかしのことに過ぎない。そういう事情で、私はこの小説をかなり現代にひきよせて書いたのである。

それはそれとして、私はかねて一篇ぐらいは市井ものの長篇小説を書きたいと考えていたのだが、案外にその機会がなかった。私は「海鳴り」で、精神的にも肉体的にも動揺しがちな中年という世代から、一組の男女をひろい上げてその運命を追ってみたのではあるけれど、チャンバラの楽しさがあるわけでもなく、匕首《あいくち》一本光るわけでもないただのひとの物語は、強い刺戟が好まれる現代では、いささか発表をためらわれるのである。

新聞小説という長篇の舞台をあたえられたのをさいわいに、かねて気持にあったその種の小説を書いてしまったけれども、そういう事情から言って、読者の中にはあるいは退屈された方もおられるに違いない。長いおつき合いを感謝したいと思う。

打明けると、私は「海鳴り」を書きはじめた当初、物語の主人公である新兵衛とおこうを、結末では心中させるつもりでいた。だが、長い間つき合っているうちに二人に情が移ったというか、殺すにはしのびなくなって、少し無理をして江戸からにがしたのである。小説だからこういうこともあるわけだが、そうしたのはあるいは私の年齢のせいかも知れない。むごいことは書きたくなかった。せっかくにがしたのだから、作者としては読者ともども、二人が首尾よく水戸城下までのがれ、そこで、持って行った金でひっそりと帳屋（いまの文房具店）でもひらいて暮らしていると思いたい。（「河北新報」五十八年六月二十九日）

周平五十四、五歳のときの作品である。年齢的には早いようだが人はそれぞれ、健康に自信のない周平にも新兵衛が見たと同じように、老いと死が見えていたのではないか。そして新兵衛の四十六歳という年齢を周平の実年齢に重ねると、鬱屈を抱きながら執筆をつづけ、ようやく「暗殺の年輪」で直木賞を受賞したころに当たる。新兵衛に当時の周平の心理の投影を透視するのは容易だろう。

さて、主人公の名前からして、いかにも現代的で向日的な印象を与える「獄医立花登手控え」シリーズが始まったのは五十四年。第一弾の『春秋の檻』（講談社・講談社文庫）は「小説現代」（四月号～十二月号）に隔月連載された。次いで『風雪の檻』（同）、『愛憎の檻』（同）、『人間の檻』（同）と同誌に断続的に書き継がれ、四部作が完結するのは五十八年二月号である。小伝馬町の獄医立花登が得意の柔術を武器に囚人と関係する事件を解決していくというものだが、各回読み切り完結の短篇連作の形をとり、全体で長篇になるところは、「用心棒日月抄」シリーズと同じである。

羽後亀田藩の貧しい藩士の次男である立花登は医師を志し、藩の医学所上池館に学んだ。そこで一通りの医学修業を終えたあと、江戸で医師をしている叔父・小牧玄庵を頼って勇躍故郷を後にする。しかし、江戸に出た登が見たのは期待とは遠く離れた現実だった。

流行らない玄庵は家計の足しに牢獄の医師を勤めている。医術は時流におくれ、覇気もなく、友人と呑むことだけを愉しみにしている体たらくである。玄庵の女房は口うるさい上にケチで何かと登をこき使う。一人娘のちえは母親に似てなかなかの美貌だが、小生意気な不良娘で登を呼び捨てにする。期待していた新しい医学を学ぶどころか、食わせてもらうのが精一杯。その食事にしても家族より貧弱で、居候どころか待遇は下男そのものである。それでも登は意に介さない。玄庵の代診や小伝馬町の獄医勤めに出たりする。

当初のあては大きく外れ、肩身の狭い居候生活を強いられるが、唯一の気分転換は子どものころから修業してきた柔術だった。起倒流の鴨井道場に通い、親友の新谷弥助と並んで竜虎と呼ばれている。また確かな診立てとやさしい人柄で登は次第に周囲の信頼を得ていく。獄医ということでさまざまな運命に翻弄される、あるいは宿命を背負った人に出会うことになる。そして岡っ引の藤吉と弥助の協力で数々の事件を解決する。

玄庵の家では相変わらずの居候だが、次第に待遇も良くなる。物語が進むにつれ登とちえの関係も少しずつ変化していく。登も叔父に、それまでと違った印象をもち始める。

腕のわりにはうだつが上がらないけれども、そのかわり貧乏人から先生、先生と慕われている叔父に、ひそかに共鳴する気持ちが兆したのである。むろん叔父は、好き好んで貧乏人を診ているわけではない。貧しい病人が圧倒的に多いというだけの話なのだが、
いずれにしても叔父は金持ちも貧乏人も平等に診る。叔父が金の多寡で病人を区別したのを登

は見たことがない。そして、医の本来はそこにあるのではないかとも思うのだ。

飲み助で、決して裕福とは思えない叔父だが、登はその一点で叔父をひそかに尊敬している。跡をついでもよいと思うのはそんなときである。たとえ医の道で名を挙げても、それが富者や権門の脈をとるためだとしたら、ばからしいことだと思う。


のだ。いずれはちえの婿にと考えている玄庵夫婦は、登を二年間大坂にやり、蘭学修業をさせることにする。玄庵は見果てぬ夢を登に託したのである。

この連作集は市井小説であり、捕物帳であり、登の成長物語でもある。重松清は、

藤沢周平さんは、運命と宿命の組み合わさったものとして、ひとの人生を凝視する。たとえ絶妙の物語の運びで登場人物の運命が好転しても、宿命のほろ苦さが重石《おもし》となっているため、それは単純なハッピーエンドにはとどまらない。逆に、たとえ宿命の重みを思い知らされる晦渋《かいじゅう》に満ちた物語であっても、自らの運命は自らの腕できりひらくんだという思いが、そこに一筋の光を与えてくれる。

本シリーズにおいても、それは変わらない。罪を犯した囚人たちのたどってきた運命と、背負い込む宿命を、藤沢周平さんは彫琢《ちょうたく》された文章で丁寧に描きだす。舞台が牢獄である以上、そのドラマは、運命の皮肉や宿命の哀しみが際立つものになる。しかし、それでいて読後に清冽《せいれつ》な爽やかさが残るのは、藤沢周平さんのまなざし——運命に翻弄され、宿命から逃れられないひとびとが、それでも日々の生を懸命に生きようとする姿への、かぎりない共感があるからだろう。

（『藤沢周平のツボ』前掲）

としている。ところで周平が若いころから関心を寄せていた歌人に長塚節がいることは触れた。その長塚節の評伝が『白き瓶』（文藝春秋・文春文庫）である。周平の中に長塚節の生涯を追う作品の構想が具体的に進められ始めたのは、五十六年十二月のころから。前年の五十五年八月、郷里に帰ったついでに周平は足を延ばし、上山市で齋藤茂吉の歌碑を見ている。が、そのときは茂吉も登場することになる「白き瓶」という小説を書くことなど夢にも思わず、ごく通り一ぺんに眺めただけだった。むろん、茂吉と節の関係などということも心に浮かべたわけではなかった。しかし、それから一年四か月ほどの間に、文藝春秋との間に長塚節を小説に書くという約束ができていた。

いかにも唐突かつ安請合いの感じがしないでもない。しかし実情を言えば歌人長塚節は長い間私の心の中にあったひとで、そのひとを小説に書くという考えは必ずしも唐突というわけでもなかったのである。

発端は、平輪光三著『長塚節・生活と作品』という本だった。昭和十八年一月に、東京・神田の六芸社から発行された初版四千部のこの本の一冊が、そのころ山形県鶴岡市の郊外にある農村に住む私の手に入ったのである。それは本が出たその年か翌年の十九年のことで、私は十六か十七だったことになる。

その年齢の私をその本にひきつけたものが何だったのかは、いま正確には思い出すことが出来ないのだが、ひとつはやはり、中に引用されている「初秋の歌」、「乗鞍岳を憶ふ」などの短歌作品だったろう。それはいかにも文学好きの農村青年だった私に訴えかけるリリシズムと、理解しやすい親近感をそなえた歌だったのである。それと短歌ほどには明快に理解出来なかったものの、黒田てる子との悲恋が醸し出すロマンチックな雰囲気とか、独身のまま三十七歳の生涯を閉じた歌人の悲劇性といったもの、そしてつけ加えればそれらの事実を記述する著者の、抑制のきいたしかしながらどこか情熱を感じさせる文章などが、私の気持をその本にひきよせた要素ではなかったかと思う。

ともかくそんなことから、その一冊の本は私の愛読書となり、その後私の長い療養生活とか、生家の破産とかがあって、若いころの私の蔵書があらかた四散してしまった中で、不思議にいまも手もとに残る一冊となったのである。（「小説『白い瓶』の周囲」）

周平は、人に教えられたのではなく、自身で発見して感動した最初の短歌は、長塚節の「初秋の歌」十二首であるとして、中の数首を掲げている。

小夜《さよ》深《ふけ》にさきて散るとふ稗草《ひえくさ》のひそやかにして秋さりぬらむ
馬追《うまお》虫《ひ》の髭のそよろに来る秋はまなこを閉ぢて想ひ見るべし
外《と》に立てば衣湿《うるほ》ふべしこそ夜空は水の滴るが如
おしなべて木草に露を置かむとぞ夜空は近く相迫り見ゆ
芋の葉にこぼるゝ玉のこぼれ〱子芋は白く凝りつゝあらむ
青桐は秋かもやどす夜さればさはら〱と其葉さやげり

さらに周平は言う。長塚節に、

茂吉の言葉を借りれば「フルイ付きたい」ほどの感動を受けたのであった。そのころ私は十六、七歳ぐらいだったと思うが、それでもこの歌が持つ自然把握の確かさ、表現のこまやかさ、余情が発散している高い文学性などといったものを、漠然とだが理解出来たように思う。（中略）長塚節は初秋から受けた感動を短歌で表現したのである。

一方、私はといえば、山形の田舎の村で節がうたったたような初秋の風物に取りかこまれ、それらからさまざまな感動を受けながら、まだ内心のその感動を表に出す方法を知らないでいた。（中略）

この一連の歌で節は初秋の風物だけでなく、風物を通してその背後にひろがる、目に見えぬ秋そのものまで詠んでいたのであった。（中略）いわゆるすぐれた表現とはそういうことを指すわけだろうから、私はそのとき、自分では気づかずに文学の秘儀、というと言葉がむつかしくなるけれども、文学とか文芸とかの一番奥深いところにある肝心かなめのものに触れたのであって、興奮するほどの感動は、そこから来たのではなかったろうかと思うのである。

それ以来私は、すっかり長塚節の歌が好きになり、やはり傑作と言われる「濃霧の歌」や「乗鞍岳を憶ふ」などは、ほとんど暗唱出来るほどになった。（「長塚節の歌」）

こうしたエッセイを読むと、周平と節の重なる部分が多く感じられる。周平が節の評伝を書こうと思ったことには、文学的な業績の他に節が悪戦苦闘した農業及び農村に対する愛惜、生家の経済的問題、結核による早世などもあっただろう。つまり節を書くことは周平自身を書くことであり、執筆は必然だったのである。

周平は参考図書を探す一方、編集担当者にも参考資料の収集を依頼する。その結果、周平は長塚節を小説に書くと言ったことを後悔することになる。

まず、節関係の資料がおびただしい数にのぼったことである。そしてそれ以上は望めないほど精緻な長塚節論が既に展開されていることだった。節について何かを書く余地などというものが、はたして残されているのか、と思わざるを得なかったのだ。資料から受けたショックはしばらく続いたが、それでも何かを語りたいという気持ちが依然として残っていることにも気づいた。

五十七年三月のある日、周平は電車を乗り継いで節の故郷国生に出かける。

石下《いしげ》の駅前旅館に一泊して、節の生家の周辺と鬼怒川、ほかには下妻の光照寺の菩提樹を見ただけの、取材とも言えない一人きりの小旅行のあとで、私の気持がやっと決まったようだった。薄倖の歌人の、短い生涯にもかかわらず残されたもののたしかさ、胸打つ深さに何はともあれ賛辞をのべようということである。そして私に出来るのは多分その程度のことだろうと思うと、ずいぶん気が楽になったことも事実だった。（「小説『白い瓶』の周囲」）

十一月、再度石下町を訪ねた。

五十八年四月、前年に引き続き「白き瓶」執筆のため、福岡、宮崎・青島などを訪れた。

いくら取材が必要と言っても、大旅行家だった節の旅の足跡をのこらずたどることは不可能だと私は思っていた。

そのことはあきらめるとして、しかし一カ所だけはどうしても行かなければならないだろうとも私は考えていた。その場所は九州の青島である。青島を中心にした日向彷徨《ほうこう》が節の寿命を決定的にちぢめたことは疑い得ない事実で、なぜそんな無理な旅行をしたのかという謎については、すでに何人かのひとが解明を試みている。私はそれらの文章を読み、また自分なりにある仮説も持っていたが、しかしそこのところは現場を見なければ一行も書けないだろうという気がしたのである。節の最後の旅日向旅行は、私にとってやはりこの歌人の最大の謎の部分だった。その旅には大旅行家である節、歌人である節、病人である節が集約的にあらわれていた。(中略)

私は編集者のS君に同行してもらって青島にむかったのだが、私が飛行機が苦手で新幹線で行った上に、途中観世音寺ほかを取材して寄り道したので、青島海岸をたずねたのは東京を出発してから三日目の朝になった。(同前)

その謎についての周平の見解である。節自身は旅の目的を健康増進と語っているが、そこに周平は疑問を呈する。そもそも節の旅は、地方政客の父が作った多額の借財、それによって発生するさまざまな問題、重苦しい家からの離脱願望などに起因しているのではないかと言う。

また、最晩年の病軀をおしての日向彷徨については、病に絶望しての無謀な行為などではなく、長く保養地として憧れていた暖地・青島に対する常識的な行動だとし、資料を駆使して立証してみせる。「白き瓶」は「別冊文藝春秋」（一六二号〜一六九号）に連載された。

長塚節は茨城県結城郡岡田村国生の豪農の長男として生まれたが、政治好きの父がつくった借金に悩まされ、晩年は喉頭結核のため婚約者黒田てる子との絶縁を余儀なくされる。正岡子規に師事し根岸短歌会にしばしば出席、同じ門下生の伊藤左千夫と親交を結ぶ。その間、漱石の推薦で農民文学の代表作ともいわれる小説「土」を「東京朝日新聞」に連載、「鍼の如く」をはじめ多くの秀歌を残した。「鍼の如く」は周平も感銘した歌だが、「白き瓶」でも、その生まれた過程が詳細に描かれている。

「白き瓶」は単に節の評伝にとどまらず、正岡子規―伊藤左千夫―長塚節―齋藤茂吉―島木赤彦とつづく「アララギ」を軸とした近代短歌史の一部をもなしている作品とするのは多くの評者が一致して指摘する通りである。左千夫亡きあと、節は「アララギ」の精神的支柱であった。節が死んだとき島木赤彦は「アララギ」の巻頭に、〈人間の世の中に清痩鶴の如く住んで孤り長く逝かれました〉という弔辞を載せている。

出久根達郎は、長塚節は周平の分身のようだとし、〈性格も、生き方も、似たところが多分にあったのではないか。結核をわずらった、という共通項もあるけれど、藤沢氏が節のどこに魅かれたかといえば、歌の清らかさであり、その清らかさは、本人の忍耐から来る、と見たからではないか〉（『藤沢周平のツボ』前掲）としている。

題名が節の、〈白埴の瓶こそよけれ霧ながら朝はつめたき水くみにけり〉によることは言うまでもない。

「白き瓶」で触れなければならないのは清水房雄との邂逅だろう。執筆後になるが長塚節に関してかなりの教示を受けているからである。二人の初対面は六十年九月二十三日。清水が歌誌「アララギ」六十一年新年号を周平の文章で飾りたいと企画し、大泉学園の周平宅を訪ねたことに始まる。そのときの寄稿がエッセイ「小説『白き瓶』の周囲」である。

以来、親交を深め電話でのやりとりと、お互い五十数通の書簡の往復があったという。その多くは「白き瓶」の背後の事実関係を追究するものだった。そうした教示をもとに、周平は文庫化のときに大幅な書き直しを施し全集に収録したという経緯がある。

その事実関係に触れて、清水は、〈周平さん持論の、小説に於ける細部の事実は確かなものでなくてはならぬが、その事実を組みたてて作品化する構成の点は作者の自由であるという、その周平さんの事実重視は、吉川英治文学賞の時の選評にも『白き瓶』の事実重視の事につき何人もの委員が触れて居ったが、後日私は、周平さんが独特のあの細字で綴った、巻紙様の用紙が八メートルにも及ぶ細密極まる長塚節年譜を見て息を呑む思いがしたものだった〉(「周平さん、そして『白き瓶』」)と綴っている。

さらに清水は、〈事実調査の参考文献の数は、『一茶』の場合が二十八部、『雲奔る　小説・雲井龍雄』では二十二部であるのに対して、この『白き瓶』においては、『長塚節全集』は勿論のこと、『啄木全集』『左千夫全集』『赤彦全集』など、幾つかの大きな全集を含んで六十三部にものぼる〉(『白き瓶』解説「事実の重み」)と報告している。この作品が吉川英治文学賞を受賞したとき、井上靖は長塚節について知りたいことは、すべてこの作品の中にあると評した。

清水は『白き瓶』の内容のさらなる正確さを願って、気付いたこと、知る限りのことを周平にその都度報せた。〈周平さんはそれを煩さがらず好意的に受け入れて、改版の度に手を入れたのだった。周平さんは雑誌から単行本、文庫、全集と版を改める毎に手を加えた『白き瓶』だったが、更に定本を作りたいと言って居られたままに亡くなられたのだった。『白き瓶』についての周平さんの思いは何と言っても尋常なものではない。恐らくは一面、自伝を書くにも似たような思いがあったに違いない〉（周平さん、そして『白き瓶』）と回想している。

ついでと言ってはなんだが、ここで周平の清水に関するエッセイを引いておこう。この場合、「事実は小説よりも奇なり」などという陳腐な文言が適切かどうか分からないが、奇なる話ではある。それは以下のようなものである。

私は「白き瓶」という小説を書いたあとで、それを機縁に有益な知己に恵まれることになった。現在読売歌壇の選者であるアララギの歌人清水房雄氏である。清水氏は長塚節の熱心な研究者で、手紙のやりとりのあとに私をたずねて来られた。この初対面のときにもっとも私をおどろかしたのは、清水氏が文理科大で関（註＝良一）先生の二年ほどの先輩で、終戦のころに山形師範に赴任しないかと打診されたことがあるという話だった。

「ひきうけていれば、関君のかわりに私が山形に行ってあなたに教えたかも知れませんよ」

清水さんはそう言って笑った。この人は漢学の大家なので、ひょっとしたら雨宮（註＝重治）先生のかわりに清水氏の漢文の講義を聞くことになったかも知れない。人生には不思議がある。

（「仰げば尊し」）

清水の文章と少しニュアンスの違う部分もあるので、そちらの方も引いておく。

私を山形へ呼ぼうと図ったのは高師・文理大で私の一年下、しかも剣道部の後輩の関良一君だった事、などを言い出すと、藤沢さんは驚いて、「私は関先生の江戸末期文化の講義を聴いて、それが今大変役立っています」と言う。関君は近代文学研究で良い業績があるのだが、その前夜たる文化・文政期の事も調べていたのかも知れない。「それにしても藤沢さん。すんでの事に私の漢文の授業を受けるところでしたね。危かったですね」と大笑いになった。そんなこんなで、以後非常に親しいお付き合いになったのである。後々、『藤沢周平全集』の出る頃には、関君は既に世に亡く、代りに受けてほしいとの藤沢さんの希望で、私は有難く全巻を頂戴したのだった。

（「文藝春秋」平成九年四月臨時増刊号）

清水の裏付けをとると、雨宮重治は山形師範に昭和十八年十二月赴任、二十五年三月に転任している。

ところで「白き瓶」の連載がスタートした五十八年七月上旬のある朝、周平は眼がさめて半身を起こしたとたんに目まいに襲われた。なにか体に異常が起きていると思うほどの強烈な目まいだった。しばらく様子をみるが状況は変わらない。トイレでも、何かにつかまっていないと身体が傾く。

小用を足しながら眼の前の窓を見ると、両眼の先に、ちょうど眼が回ったときのマンガの描写そっくりに、何重かの無色透明の同心円がくるくると回っていた。なんと、マンガのあの円はリアリズムなのである。それはそれとして、眼の前にそんなものが回っているというのは、いやな気分だった。（中略）目まいがするから朝ご飯はいらない、二階で寝るからあとで様子を見に来るようにと言った。（中略）で、結果を言ってしまうと、そのときの目まい騒ぎは、目まいそのものは心配したほどのこともなくおさまり、そのあとに禁煙という思いがけない副産物を残すことになったのである。（「禁煙記」）

周平はそれまで、一日にマイルドセブンを三十本から四十本、原稿の締め切り日などというときには六十本も吸っていたという。それで身体の状態はどうなのか。

腰痛、肩こり、歯痛といった老化現象が入れかわり立ちかわり出て来るのは、年齢相応のことでやむを得ないとして、ほかにも自律神経失調症から来る突発的な頻脈《ひんみゃく》とか、階段の昇り降りに感じる息切れとかいうものを盛沢山に抱えこんでいた。ことにひどいのは息切れで、駅の階段どころか、今日は六十本も吸ったなどという夜は、家の中で二階に上がるのにも、途中でひと息いれないと上がれないほどになっていたのである。

老化現象にしてもあまりにひどく、私は諸悪の根元はタバコだなと思っていた。ただしひそかにそう思うだけで、だからタバコをやめようという気持は私には全然なかった。大体が禁煙出来るほどに意志が強くないことは本人が一番よく知っていたし、また禁煙したから老化がとまるというわけでもあるまいという、盗人《ぬすっと》にも三分の理めいた理屈も胸の中にあったのである。

しかしその朝のめまいは、そういう私のいい加減さに対して、何者かが、世の中をあんまり甘く見ない方がいいぞといった感じの、凄味《すごみ》のある警告を発したように思われたのだった。警告の中身をもう少し敷衍《ふえん》すると、老化（必然的に死を含む）というものをみずから手伝って破滅的に迎えるのか、それとも常識の範囲内で迎えるのかを、そろそろはっきりさせる方がいいぞというようなものだったろう。（同前）

「禁煙記」を執筆した時点の周平は五十五歳。「老化現象」を云々する年齢とも思えないが人それぞれである。苛酷な病歴もある。かくして周平は禁煙に踏み切る。それから禁断症状といったものと闘うことになる。禁煙して一か月から一か月半くらいは、頭に一日中鍋《なべ》でもかぶっているような不愉快な日が続いた。原稿なども何を書いているのか分からないような状態だった。しかし、そこを過ぎると楽になり二階に上がるときの息切れは消え、気管支がぴいぴいいう音もなくなり、息苦しさを招く頻脈も消えたと言う。

この原稿を書いている現在で、禁煙は三カ月半におよんだことになる。（中略）問題はこれで禁煙が成功したのかどうかということである。というのは私は意志の力で禁煙したのではなく、ひたすら受身に、無気力に、はやい話がタバコを吸う元気もなくなったところで禁煙したのである。いつかまた吸い出さないという保証はない、などと思いながら私は、時どきまだ大事にとってあるタバコとライターを出して、未練たらしく眺《なが》めたりしているのである。（同前）

いま少し寄り道をしてみよう。周平とタバコの〝続篇〟である。

愛煙家にとってタバコの欠乏は致命的である。多くは気持ちが落ち着かず苛々が昂じる。ちなみに周平は、

職業柄仕事が深夜になることがある。私は煙草という石炭をくべて走る夜のD―51といったあんばいで仕事をする。そういうとき、煙草の箱が空になり、次いで買い置きがなかったことに気づいたときは、顔色が変る。

深夜の二時である。書いているものは明日渡す原稿である。私は夢遊病者のように、家の中をさまよい、あちらの引出し、こちらの棚と探しまわり、しまいには洋服ダンスの服のポケットを探ってみる。この間観念タバコは私の中で喚き通しである。

だが、神は存在する。窮すれば通じる。私は足音をしのばせて台所に行く。そこに昼間捨てた吸いがらが残っているはずなのである。（「ひとりで煙草を」）

まさにモク拾いの光景を彷彿させる。

ところで周平がタバコに出合ったのは少年時代のこと。一度だけだが、仲のよい従兄弟とゴールデン・バットを吸い、いつか来る大人になる日を夢みていたという。本格的に喫煙し出したのは山形師範学校一年のとき。同級生が吸っているのを見て好奇心から手を出したのが始まりだった。一服、二服するうちに気分が悪くなったが、たちまち喫煙の悪習に染まってしまった。

しかし、タバコはなかなか手に入らなかった。しかも運の悪いことに（?）周平が師範学校に入った二十一年七月一日に値上がり、「ピース」十円、「光」一円五十銭、「金鵄」一円、「みのり（三

十グラム）」二円四十銭になっている。週刊朝日編『戦後値段史年表』（朝日文庫）によると、公衆電話料金が二十銭、週刊誌が一円、映画館入場料が四円五十銭、新聞購読料が五円とあるから、おおよそどの程度の価格だったか分かるだろう。その値段はともかく「ヤミタバコ」という言葉があったように、タバコは統制品だったので、十八歳の周平は買えなかったのかも知れない。

その「ヤミタバコ」であるが、『昭和　二万日の全記録』（講談社）によると、二十年十月の警視庁調べで「金鵄」十本の標準価格三十五銭、ヤミ価格十三円、「みのり」は標準価格六十銭、ヤミ価格十九円となっている。貧乏学生がおいそれと手を出せる値段ではない。ではどうやって煙草にありつけたのか。周平たちがやったのは〝モク拾い〟だった。

モク拾いももう死語になった言葉だが、要するに道に落ちているタバコの吸い殻を拾うことで、吸い殻はほぐして、巻き直して吸った。モク拾いを商売にしている人もいた。戦後の一風俗で、同じく物がなくとも、戦争中には見かけなかったように思う。

振り返ると、はずかしくて身体が汗ばむようだが、その当時は平気だった。坂口安吾の「堕落論」が文芸誌「新潮」に載ったのが二十一年四月で、安吾は生きるためには人間は堕落せねばならぬ、と言ったが、べつに安吾に傾倒したわけでなくとも、結局はカラ威張りに過ぎなかった戦争中の声高な道徳強制に対する反感が残っていて、そのころはいささかの堕落が快いものに思われたものである。モク拾いぐらいは何でもなかった。拾って来た吸い殻をせっせと巻き直した。巻くには英語の辞書の紙が一番うまいなどとも言われた。

ある夜、大映（七日町の通りと県庁通りが交差する角にあったような気がする）で三条美紀主演の映画を見て外に出ると、紅い口紅がついた長い吸い殻が落ちていた。外国タバコである。「アメチャンのだぜ」と、一緒の友人が言った。間近に見た口紅が生生しく、拾い上げたとき、私は一瞬変に甘美でエロチックなショックを受けて狼狽した。
翌日の朝、みんなでワイワイ言いながらくだんの洋モクを眺めていると、陸軍の学校から復学してまだ軍服を着ている隣のオヤジ（室長）が来て、「おまえら、そんな物を吸ったらＫＩＮＴＡＭＡが溶けてしまうぞ。どれ、おれによこせ、処分してやる」と言った。もちろん私たちはそっぽをむいて、オヤジに取り上げられないうちにさっそくほぐしてしまった。（「モク拾い考」）

少し長かったが、当時の学生生活の有り様も窺えるエピソードとして記してみた。
ここ数年、周平は体調がすぐれなかった。五十九年十月には慢性肝炎のため港区赤坂の永沢クリニックへ通っていた。しかし、主治医が急逝したため、その後は月に一度、肝炎の血液検査のため文京区本郷の東大病院に通院した。東大病院では検査するだけで、薬は四谷にある漢方薬局で処方して貰っていた。
その肝炎のほかに自律神経失調症と閉所恐怖症の症状があったので、周平は地下鉄での移動が出来なかった。普段は近所以外に出かけない周平と和子だったが、月一回の外出の機会を利用して上野の美術館やデパートでの展覧会、そして各種のコンサートなどに足を運んだ。どんな美術展に出かけたのか。展子は残っている展覧会のパンフレットから窺えるとして、
西洋の画家では、エル・グレコ、ブラマンク、ヨーゼフ・ボイス、マチス、ゴーギャン、ミロ、

シャガール、ゴヤと、有名な画家の展覧会にはほとんど足を運んでいたようです。日本では、棟方志功、遠藤桑珠、今井繁三郎、佐多芳郎、『蟬しぐれ』挿絵の山本甚作、尾形圭介、後藤紀一などなど。(「月に一度の楽しみは」)

と報告している。

この顔触れを見て思わず頰が崩れるのは、わたしが山形県人だからだろう。というのは山形県出身の画家が多いのである。遠藤桑珠は米沢市、今井繁三郎と山本甚作は鶴岡市、後藤紀一は山形県・山辺町出身の日本画家で、先に記したように「少年の橋」で芥川賞を受賞した作家である。周平の郷土出身の画家を応援したいという気持ちのあらわれではないだろうか。

ところで肝炎を発症してからの周平の生活は規則正しいものだったと展子は言う。その日常だが、

朝七時起床から、父の一日が始まります。

七時半には朝食。朝ご飯は必ず、白いご飯と味噌汁と決まっています。おかずはその日によって変わりますが、納豆、のり、そしてチーズは毎日欠かしたことがありませんでした。

朝食を済ますと、肝臓の漢方の煎じ薬を飲んで、二階へ移動します。

二階へご出勤すると、父はお殿様になります。母は絶対に二階の仕事部屋には入らず、父の仕事の邪魔にならないようにします。

昭和ひと桁生まれの母なので、普段は冗談を言っていても、夫を立てることにかけては徹底していました。とはいうものの、実際の父の風貌は、お殿様というよりは長屋暮らしの浪人といっ

た感じでしょうか。本人も、殿様よりも自由気儘な浪人暮らしのほうが性にあっていたと思います。（「父の一日」）

二階に上がると、肝臓のため横になる必要があり、横になって新聞を読む。十時になると散歩に出かけ、喫茶店に寄り、好きなコーヒーを楽しむ。十一時に帰宅すると自分宛の郵便物を持って再び二階へ。しばらく仕事をして十二時ジャストに昼食。そのあと二時間は横になり、CDなどを聴きながら昼寝。この後夕方まで仕事に集中する。夕食はぴったり六時に階下に降りてくるのに合わせて用意されている。

食事を済ますと、階下の和室でNHKのニュースと天気予報を見る。七時半に風呂に入ると、九時から十時まで仕事。好きな洋画の番組のあるときは、仕事を早々と切り上げテレビの前に座った。就寝時間は十一時。番組の長いときはそれが崩れたが、母が咳払いをするとテレビの音量を絞ったという。

食事のことが出てきたところで、牽強付会の誹りを受けそうだが、藤沢作品によく登場する庄内の味について触れておこう。周平は、

私は長い間、東京のたべものが舌になじまないのは、私が東京の味に馴れないせいだろうと思って来た。馴れればうまくなると思っていた。そうでないと教えてくれたのが、伊藤さんの「庄内の味」である。

この本を読んだとき私は、東京のたべものに対する長年の不満の正体が、まさに霧がはれるよ

うに見えて来たのを感じたのであった。「庄内の味」によれば、私はたべもののうまい土地から、さほどうまくない土地に来ただけのようである。この本を読んで、庄内のひとは土地のたべものを少少自慢してもいいだろうし、他郷に出ているひとは、故郷の味を思って泣くべきである。

（伊藤珍太郎『庄内の味』序）

と述べている。味へのこだわりを見せる一文である。

庄内の味と言えば、まず三屋清左衛門が馴染みにしている小料理屋「涌井」のおかみ、みさの出す季節のご馳走が頭に浮かぶが、「用心棒日月抄」シリーズを始め、庄内の旬の味覚なるものが目白押しである。前にも触れたが、ばんけ（ふきのとう）味噌、クチボソ（マガレイ）の塩焼き、ハタハタの湯上げ、だだちゃ豆（だだちゃは父ちゃんの意）、孟宗竹のたけのこの酒粕入りの味噌汁、小鯛の塩焼き、赤蕪の甘酢漬け、岩海苔を載せた寒鱈の味噌汁仕立て（どんがら汁）、カニの味噌汁、小茄子（民田茄子）の塩漬け、茗荷の梅酢漬け、しなび大根の糠漬け、山ごぼうの味噌漬け、ダシをきかせた醬油で煮ふくめた玉こんにゃく、風呂吹き大根、エイ（鱏）の干し物を水でもどして甘辛く煮込んだカラゲ、醬油の実などなどである。

それらの特徴といえば、特別に仕立てられた料理はひとつもないことだ。旬の材料をできるだけ味わうために、あまり手は加えられない素朴なものだということである。藤沢文学に覚える懐かしさとは、描かれている失われた風景にあることは言うまでもないが、食卓から消えた、こうした季節感も重要な要素である。庄内に住んでいる人、あるいは住んだことがある人、もしくは庄内を原郷とする人なら、この食べ物の名前を見ただけで季節を感じることができるに違いない。それほど庶民の食膳にのぼる普通の、料理とも言えない料理ばかりである。
これらのうち、ほどほどに値がはるのは小鯛の塩焼きぐらいだろう。が、それらが〝特別〟のものであることを周平は用意周到、ちゃんと次のような場面を用意している。短篇「玄鳥」では、路が腰痛を患っている叔母を見舞うシーンで、

「見舞いには小鯛を焼いて持って行こうと思いますが……」
「それでよかろう。叔母御のぐあいはどうだ？」（中略）
「小鯛はまだ高かったでしょうに」
叔母は路が持って来た見舞いの魚のことを言い、守谷のような貧乏所帯では小鯛などめったに喰えないと笑った。

とある。また『刺客　用心棒日月抄』では江戸に赴くことを命じたのち、間宮中老が酒肴をもって又八郎を労う場面がある。肴は焼いた小鯛である。そこでも、
夏の終りころの小鯛は最高の美味だが、百石の禄のうち、財政困難を理由に三十石も藩に借り上げられている又八郎の家では、なかなかお目にかかれない高値の魚である。
という場面を挿入している。つまり庶民にとって贅沢なのは小鯛くらいなものである。ハタハタなどは今でこそ高級魚として店頭に鎮座ましましているが、かつてはバケツ単位で買えた大衆魚で

ある。

味覚についてはそれぐらいにして話を進めよう。

この五十九年に執筆された作品には「冬の日」「夜明けの月影」「うらなり与右衛門」があり、「東京新聞」ほか数紙に連載された「彫師伊之助捕物覚え」の三作目「ささやく河」がある。「彫師伊之助捕物覚え」は、版木彫りの職人をしている元岡っ引の伊之助を主人公とする長篇捕物帖シリーズである。伊之助は以前、彫師の傍ら下っ引を務め、のちに彫師を辞めて凄腕の岡っ引になった。その後、事情があって捕物の仕事から手を引くが、難事件が起こるたびに駆り出されてしまう。元岡っ引というのは、現代でいえば警察官上がりの私立探偵といったほどの役柄である。『消えた女』（立風書房・新潮文庫）、『漆黒の霧の中で』（新潮社・新潮文庫）、『ささやく河』（新潮社・新潮文庫）の三冊が上梓された。

文庫の帯に、〈大江戸ハードボイルド〉の惹句が躍り、『ささやく河』の帯にも、〈海外ハードボイルド小説の愛読者でもある作者が、捕物帖に新風を吹きこむ長編時代小説〉とあるように、ミステリーの読者、中でもハードボイルド・ファンに喜んで迎えられた。

第一作の『消えた女』は「呼びかける女」と題して「赤旗日曜版」（五十三年一月一日〜十月十五日）に連載、単行本化にあたって「消えた女」と改題された。

かつて伊之助に岡っ引の跡目を譲った弥八という老人から、失踪した娘のおようを捜してほしいとの依頼が入る。伊之助も小さいころから知っているおようは四年前、家を飛び出して小悪党の由蔵と暮らしていたが、いまはおちかという女と一緒にいるという。そこで伊之助の探索が始まり、殺人などいろいろな事件に巻き込まれる、というストーリーで展開する。

次の『漆黒の霧の中で』は「小説新潮スペシャル」（五十六年冬号〜五十七年秋号）に連載された。仕事場の彫藤に向かう途中、竪川に上がった男の死体と遭遇した伊之助は、それが耳の後ろの、柔術でいう独古《どっこ》と呼ぶ急所を抉った殺人だと見抜く。それから十日後、伊之助のもとに定回り同心の石塚宗平が訪ねてきて、その一件を調べてくれと言う。

死人の名前は七蔵。一年前から、三笠町の経師屋に雇われていた通い職人だが、それ以前の素性が分からない。殺人の犯人はともかく、素性だけでも、と頼まれて伊之助は動き出す。探索の途中で伊之助は謎の男たちに襲撃され、岡っ引の半次が殺されたりもする。伊之助を襲ったのは誰か。半次には強請《ゆす》りを働いていたという噂もあるが、強請りの相手は誰だったのか……。

そして『ささやく河』は「東京新聞」（五十九年八月一日〜六十年三月三十日）ほか数紙に連載された。島帰りの長六が小間物問屋の伊豆屋彦三郎を強請った帰り道で殺される。長六は伊之助が拾って、成り行きで世話をした老人だった。定回り同心の石塚宗平から調査を頼まれた伊之助は仕方なく犯人を追う。長六に大金を渡した彦三郎は、かつて長六とは職場が一緒の昔馴染みだから金を融通したという。しかし伊之助は、それが恐喝だと見抜く。

さまざまな人にあたり、伊之助は二十五年前に起きた迷宮入りになっている三人組による山城屋の押し込み強盗事件にたどり着く。探索の末に二人までは見当がつくが、残りの一人は誰か分からない。聞き込みから鳥蔵という男が浮上する。鳥蔵は賭場の貸元をしていた。鳥蔵と会った帰路、伊之助は二人の男に襲われ、何者かに彦三郎も殺される。錯綜する状況の中で、伊之助は押し込み強盗の目撃者を見付ける。そのおしまという女から予想もしなかった証言が飛び出す。そして事件探索は終局へと向かう……。

このシリーズは探偵小説を読む楽しみを満喫することができる。単純にいえば、犯人捜しの面白さにわくわくするということである。探偵小説の場合、その経緯をいかに巧妙に組み立てるかが作者の苦心するところだろう。しかし藤沢作品の場合、単なる犯人捜しの面白さだけに終わらないのが、凡百の探偵小説には見られない魅力である。

まず登場人物の輪郭が鮮やかに描かれていることがある。また犯人の心理状態を克明に描くことで、犯罪を犯すに至る必然性のようなものにまで言及、読者を納得させることも上げられる。『ささやく河』を例にとろう。

幸右衛門は、かつて妻と子どもを殺された。その後、それまでの人生をやり直そうと思っておたみと再婚し、いまでは結婚を控えた一人息子の徳之助もいる。

ところが今、幸右衛門は腹の中に腫れ物が出来る病にかかり、医者から余命は三年ぐらいと告げられる。幸右衛門は自分が死んだ後も、みんなが困らないように身辺整理を急ぐが、妻子は幸右衛門の病気など意にも介さない。おたみと徳之助は結婚話にうつつを抜かしている。幸右衛門の胸奥に、ふと寂しさが兆す。かつて、

悲惨な過去を持つ男には、女房、子供がいてひとなみの暮らしがある日々が得がたい恩寵《おんちょう》のように思われ、おたみの明るい笑い声は、依然として気持の救いのように感じられたのである。

――そして……。

お互いの胸の中に踏みこむことも、なぐり合うこともなく二十年ほどがすぎて、その結果がこれだと思いながら、幸右衛門は暗い橋の上に立ちつくしていた。

それでも夫婦と言えるのだろうか。ひょっとしたら、ただ夫婦のふりをして来ただけのことではなかったかと、幸右衛門は茫然と過去を振りかえっている。(中略)

——おれの一生は……。

要するに何だったのかと思った。答えはすぐに出て、空虚な胸の中にこだました。おれの一生は失敗だったのだ。いまの暮らしも、その前のあのあわれな親子との四、五年の暮らしも。懸命に立ち直り、あくせくと働いて店をひとつ持つまでの商人になったが、それが何だったろう。つまりはすべて徒労だったのだと思いながら、幸右衛門は茫然と闇の中の水音を聞いた。長い放心からさめたときも幸右衛門は空っぽな頭にまだ川音がひびいているのを感じた。ひとがささやきかけるような、そして時どきは子供が笑うようにも聞こえる水音。

前方に自分の死が見えて来たとき、幸右衛門は激しい寂寥感に襲われる。

おたみは、明るい気性だから、気丈なしっかり者だから、亭主の余命が三年と聞いても動じないのではなかった。はじめから、それだけの夫婦だったのである。(中略)

そんなある日、幸右衛門はやりたいことといえば男たちを死出の旅のみちづれにしてやるぐらいしかないことに思いあたったのである。心が決まると、それからは押し込みの男たちをさがしあてて命を奪うことが、幸右衛門のただひとつの生き甲斐となった。幸右衛門は精力的にすべての準備をととのえ、翌年徳之助が二十になるのを待って、隠居して深川西町に移った。

もう読者には犯人捜しへの興味は薄くなる。これまでの人生に対する寂寥の色彩を帯びた幸右衛門の感慨には、たとえ時代や状況が違っても、人間が人間であるかぎり不変なものがあるのだ、ということを思わせ共感できるものがある。犯罪の動機を超えて、幸右衛門の心のありように共感するのである。単なる捕り物の面白さではない。この辺りに藤沢文学が多くの読者を獲得する鍵があるのではないだろうか。

そう言えば周平の唯一の現代小説である「早春」の末尾に、

その日がはじまりで、子供が生まれ、家をもとめ、子供が家からはなれ、親が一人死に、そしてもう一人の子供がはなれて行き、もう一人の親が取り残されるところだった。そういう来し方を、岡村はパノラマのように見ることが出来た。これが人間の一生なら大きに予想とちがったという気がした。華江が自分からはなれて行くことに不満を持つのではなかった。岡村はただ怪訝でならなかった。子供や家に対するあの熱くてはげしい感情は何だったのだろう。こんなふうに何も残らずに消えるもののために、あくせくと働いたのだろうか。

という場面がある。この岡村の感慨は幸右衛門の想いと同じ色彩のものだろう。藤沢文学のファンなら、すぐに思い当たるだろうが、この幸右衛門の懐いは『海鳴り』の主人公、小野屋新兵衛とも同色彩のものでもある。

それにしても、地球という仮の世に人は一人で生まれてきて、一人で去っていく。人は何処から来て、何処へ行くのか。共生の喜びなどうたかたの夢——人生とは、もともと寂しいものなのかも知れない。

ところで先のハードボイルドについてだが、周平自身は、「呼びかける女」の連載を終えた「赤旗日曜版」（五十三年十月十五日）に、

可能性をためすというと大げさなことになるかも知れないが、私は小説というものはいろいろな方面から書けるはずのものだと考えているので、そういう試みを、あまりためらわないでやることにしている。（中略）

「呼びかける女」でも、じつは私なりにある試みをやらせてもらっている。つまり時代小説の中で、ハードボイルド物のような味を出せないものか、実験をしてみたのである。

で、作者がこういうことを言うのはまずいのかも知れないが、結果をいうと、これはなかなかむつかしい仕事で、試みがうまくいったとは言えないように思う。

時代物ことに市井ものは人情が基本になるだろう。ところがハードボイルドは、鉄のように非情な心臓の持主が主人公になる建前である。この小説が前半少しもたついているのは、そのあたりの手さぐりが、そのままあらわれている感じで、小説というものは正直なものだと思う。

とはいえ、小説は生きものでもある。十カ月もつき合っていると、中の人間はやはりそれなりに生命を持ちはじめて、伊之助とかおまさとかいう人物にも、なんとなく愛着を感じるようである。伊之助も、おしまいごろにはだいぶ活躍できたので、そのうち、またこの主人公を別の事件に挑ませて見ようかなどと、性こりもなく考えているところである。（「呼びかける女」の連載を終えて）

と録している。そして書き継がれたのが『ささやく河』である。この作品について周平は、やはりハードボイルドの私立探偵の感覚であるとしながら、

伊之助は、元凄腕の岡っ引きで、逃げた女房が男と心中したという過去の影を引きずっており、天真爛漫な岡っ引きではない。半七にしても銭形平次にしてもそういう余分なものはない普通の岡っ引きで、職業として成り立っている人を主人公にしているのですが、この伊之助は岡っ引きが職業ではない。過去とのつながりでもってこつこつやっている。こういう点も捕物帳の常道とはちょっと違うものになっています。ハードボイルドの私立探偵の感覚です。でも、正直言いますとハードボイルドは少し無理なんで、江戸情緒とつかないところがありますね。日本の風土そのものが湿ったもので、人情などで動くところがあるのに反して、ハードボイルドは非情を前提にしている。だからハードボイルドはそんなに強調しない方がいいのではないかという気もしますけれど、この連作の趣旨としてはそういったものが底のほうにあるわけで、よくも悪くもその設定が作品に影響していると思います。（「波」六十年十月号）

と語っている。読者には迎えられたが、どうやら著者としては当初の狙いがはずれ、納得のゆくものではなかったようである。

この年、周平は五十八歳。まだまだ若いといっても、一年後に還暦を迎えるとなると、やはり「老い」を意識しないではいられなかったのだろう。

この「ささやく河」を連載中の六十年二月七日、周平の俳句の師である俳誌「海坂」の主宰者・相生垣瓜人が亡くなった。療養所時代でも触れたが、周平が「海坂」と関係をもったのは二十八年春から三十一年春までの、ほぼ三年間のことである。短期間であったことについて、周平は〈私の俳句はさほどの物にはならず自分から早々に才能に見切りをつけた〉（「稀有の俳句世界」）としているが、〈前後三、四年の「海坂」とのかかわり合いを通じて、私が主宰者である百合山羽公・相生垣瓜人の両先生から、いまなお先生と呼ぶしかないほどのある感銘を受けたことも事実である〉（同前）と語っている。「海坂」と関わったことが、周平の読書の範疇に俳諧的なものが入り込んできたきっかけにもなったことは先に述べた。そして「海坂」との出合いが、後に「一茶」を執筆する原点になっていることも。

相生垣が亡くなったとき、周平は「海坂」から追悼文を依頼され、大略、次のようなことを綴った。

作句の方ははやばやと見切りをつけたものの、私はその後も「海坂」や「馬酔木」を丹念に読みつづけていた。そしてそのころの記憶に刻まれたまま、いずれも忘れ得ない瓜人先生の句を数句記せばつぎのようになる。

其処此処に冬が屯しはじめけり

葭切のいふところをも聴かむとす

油より濃き西日なり入り来る

隙間風その数条を熟知せり

聞き耳を立てしか秋の声ならず
梅雨といへど鈍き火花を散らすなり

瓜人先生には〈荒海の秋刀魚を焼けば火も荒ぶ〉〈日見て来よ月見て来よと羽子をつく〉などの同時代の佳句があるので、右のような句ばかりを挙げると、好みに偏りすぎた選択と譏《そし》られかねないかも知れない。しかし「荒海の……」や「日見て来よ……」の句は、あるいは先生でなくともほかにも作るひとがいるかも知れないと思われるところがあるのにくらべ、掲げた句には、瓜人先生でなければ詠めない稀有の俳句世界が示されているのも確かなことであろう。

その稀有な俳句世界というものを、独断を承知でひとつかみに言うと、それは感性鋭い詩人であられる瓜人先生と自然との交歓の世界ということになるだろうか。(中略)

瓜人先生ははじめ〈裏富士を傾き出でて炭車〉〈大津絵の蕭条として寝釈迦かな〉といった骨格尋常な佳句から出発して、やがて私が「海坂」で拝見したような、技巧にこだわらず対象の本質をずばりとつかみ出すような句境に至ったという。

とすると、あるいは私が「海坂」とつき合ったその時代に、瓜人先生はひとつの到達期を迎えていたのかも知れず、そうだとすれば私は予期せぬしあわせに遭遇していたことになろう。そしてその遭遇が、私のいまにつづく俳句への関心の出発点となったことを考えると、瓜人先生との縁はうすいながらかりそめのものではなかったということにもなろうか。(同前)

さて、周平の権力嫌いについてはこれまでもたびたび触れた。「逆軍の旗」では、いつも権力の象徴として時代小説や歴史小説に登場する、お馴染みの織田信長を狙撃する者として明智光秀を差し向け、信長を討つとともに権力の宿命を描いた。主人公・桑山又左衛門の生涯を通し、権力の構造と権力闘争の様子を生々しく描写してみせたのが『風の果て』（朝日新聞社・文春文庫）である。

この作品は「週刊朝日」（五十八年十月十四日号〜五十九年八月十日号）に連載されたもので、六十年一月に上梓された。「風の果て」の主人公又左衛門は上村隼太と名乗ったしがない部屋住みの身分から、首席家老へと異例の出世を遂げた男である。藩政の熾烈な主導権争いに加わった又左衛門は、少年時代からのライバルを倒し、ついに権力の実質的な頂点に立つ。政務に余念のない日々を送っている桑山又左衛門のもとに、旧友の野瀬市之丞から果たし状が届く。ここから時間は一気に過去に遡り、現在と交錯しながら物語は進む。

青年時代、空鈍流の片貝道場で、上村隼太と野瀬市之丞、杉山鹿之助、寺田一蔵、三矢庄六の五人は同期の仲間であり、鹿之助だけが一千石の上士の跡取りだった。部屋住みの身には婿になることだけが将来の希望である。五人はそれぞれの道を歩み始める。最初に婿入りが決まったのは一蔵。次いで鹿之助の杉山家相続が決まり、やがて忠兵衛と改名する。忠兵衛は、のちに政敵を倒して筆頭家老に登りつめる。庄六は婿入りして藤井姓を名乗る。市之丞は〝厄介叔父〟のままで、妻の姦通相手を斬って脱藩した一蔵を討ち、政変の折には忠兵衛に加担し剣を揮う。隼太も郡奉行桑山孫助のもとへ婿入りする。

半年後、隼太の家督相続が認められ、三年目には郡奉行助役見習いという役に就く。舅の孫助が死去し、郡奉行に任ぜられていた隼太は、桑山家代々の通称又左衛門を襲名する。その後、又左衛門は郡代に昇進し家禄も三百三十石になる。さらに四年後、三百石の加増を受けて中老に進んだ。藩政の中枢への接近である。又左衛門が〝権力〟を実感した瞬間は次のように描かれる。

「貴公は、本日から中老に任ぜられる」

忠兵衛のその言葉が、自分にむけられたのだと理解するまで、又左衛門にはしばらく混乱があった。執政たちが低い声で笑った。それは好意的な笑い声だった。

——内側に入った。

混乱がおさまったとき、又左衛門は突然にそう思った。

その不思議な気分を味わうのは、はじめてではなかった。元服して前髪を落としたときや片貝道場の紅白試合で、はじめて兄弟子の平井甚五郎を破ったときにも、又左衛門はそれまで肌を包んでいたなじみ深い世界がみるみる遠くにしりぞき、突然に新しい世界が眼の前に口をあけたのを感じたのだったが、今度の場合は元服や剣の話の比ではなかった。

混乱はおさまったが、忠兵衛のひと言で見えて来た世界を理解したとき、四十三歳の又左衛門の身体は、熱湯をかぶったように熱くなっていた。権力の内側に入った実感が襲って来たのである。

中老に任ぜられ、権力の内側に入ったばかりの又左衛門に早速仕事が与えられる。つぎの郡代を推薦せよというのである。又左衛門は、すぐさま堂々と推す者の名前をあげた。〈そう言ったとき、又左衛門はたったいま踏みこんだ場所から、はやくも自分に附与された権力を行使したような気分を味わったのだった。その気分は心をくすぐった〉
又左衛門の心のおののきが伝わる場面である。「風の果て」は、ここからラストまで、権力というものが人に与える〝快感〟のさまを克明に描いていく。そして五年後、又左衛門は家老に昇格すると、忠兵衛との対立が深まる。又左衛門はかつての親友である忠兵衛を失脚させ、遂に首席家老の地位を獲得する。そこに届いたのが市之丞からの、〈恥を知る気持ちが残っているなら……〉という内容の果たし状だった。又左衛門は果たし状の背景にあるものを推測し、遺書をしたためて臨む――。

果たし合いの日の朝、又左衛門は己れの胸奥からささやくように聞こえてきた、〈しかし貴様だって、あまり立派なことは言えまい〉という声を市之丞の声と錯覚する。かつて市之丞が言った言葉が甦ってきたのだろう。まだ郡奉行だった又左衛門が荒蕪地の開墾に成功したときの見返りを市之丞に問われて、身分を得て藩政の一角に食い込みたいとの本音を洩らした。そのとき市之丞は、「権力に近づいて、そこで腐るのがおぬしののぞみか」と辛辣な言葉を吐いたのである。前夜、眠りに落ちるまでは、自分こそ正義の道を歩んできたと思っていた又左衛門は、果たし合いの当日になって権勢欲に酔っていた自分に気づいたのだ。そして、

――市之丞は……。

執政の地位に対する、おれの執着を見抜いたのかも知れないなと又左衛門は思った。（中略）忠兵衛は権力を遠慮なく行使してはばからなかったが、おれは保留した。それだけの差でしかないと見抜いたのだ。そして忠兵衛とおれとの争いは、どちらが権力の座に生き残れるかを賭けた私闘にすぎなかったのに、残ったおれが正義漢づらでおさまり返っているのは許しがたいと考えたのではないか。

と思う。五十を過ぎた二人の旧友は真剣を抜いて向かい合う。物語の冒頭で示された謎を解く鍵は、果たし合いが終わってから明らかになる。

市之丞を倒したあと、又左衛門は旧友の庄六を訪ねる。そこで市之丞が死病を患っていたことを知らされ、庄六から、〈ひょっとしたら、おぬしに斬られて死にたかったのかも知れん〉と言われて絶句する。このとき又左衛門は果たし状に秘められた意味を初めて理解する。市之丞は己れの死の近いことを知って、果たし合いによる死を望んだ。それは青年時代の友人として、又左衛門の堕落に対する死を賭しての抗議であり、同時に友人の剣によって死にたいという友情の渇望でもあったのだ。

権力に執着しなかったら友人と斬り合うことも無かったかもしれない。


「庄六、おれは貴様がうらやましい」

と又左衛門は言った。

「執政などというものになるから、友だちとも斬り合わねばならぬ」

「そんなことは覚悟の上じゃないのか」

庄六は、不意に突き放すように言った。

「情におぼれては、家老は勤まるまい。それに普請組勤めは時には人夫にまじって、腰まで川につかりながら掛け矢をふるうこともあるのだぞ。命がけの仕事よ」

「……」

「うらやましいだと？　バカを言ってもらっては困る」

又左衛門は、たったひとり残った旧友にも見放される。孤独な権力者を激しい寂寥感が襲う。数日後、又左衛門は村々を見ている。そして、ラストシーンを迎える。

又左衛門は顔を上げた。澄み切った空を顫わせて風が渡って行った。冬の兆しの西風だった。強い風に、左手の雑木林から、小鳥のように落ち葉が舞い上がるのが見えた。

――風が走るように……。

一目散にここまで走って来たが、何が残ったのか。忠兵衛とは仲違いし、市之丞と一蔵は死に、庄六は……。

――庄六め。

この間は言いたいことを言いやがった。茫然と虚空を見つめていた又左衛門は、ふと村の方から羽織、袴の数人の村びとがこちらにむかって来るのに気づいた。村役人が家老の巡視とみて、休息をすすめに来たのだろう。

桑山又左衛門は咳ばらいした。威厳に満ちた家老の顔になっていた。

多かれ少なかれ、人には権勢欲、サラリーマンで言えば出世欲というものがあるだろう。それは否定しない。頂点に辿り着いた人間にとっては、金銭なり名誉なり、それなりに得たものが多かっただろうことも否定しない。しかし熾烈な争いの中で、失うものも少なくなかったのではないだろうか。それは「風の果て」に見られる友情であり、温かい家庭生活などである。
周平の同郷の詩人、吉野弘に「burst　花ひらく」という詩篇があるので引いておこう。

事務は　少しの誤りも停滞もなく　塵もたまらず　ひそやかに　進行しつづけた。
三十年。

永年勤続表彰式の席上。

雇主の長々しい讃辞を受けていた　従業員の中の一人が　蒼白な顔で　突然　叫んだ。

――諸君
魂のはなしをしましょう
魂のはなしを！
なんという長い間
ぼくらは　魂のはなしをしなかったんだろう――

同輩たちの困惑の足下に　どっとばかり彼は倒れた。つめたい汗をふいて。

発狂

花ひらく。

――又しても　同じ夢。

十一月に『白き瓶』と『花のあと』が上梓された。周平は『白き瓶』を携えて茨城県石下町国生の長塚節の生家を訪問した。『花のあと』（青樹社・文春文庫）には「鬼ごっこ」「雪間草」「寒い灯」「疑惑」「旅の誘い」「冬の日」「悪癖」「花のあと」の八篇が収録されている。このうち「雪間草」「悪癖」「花のあと」は、いわゆる武家ものである。桶谷秀昭は、

武家もので、藤沢氏は諧謔（フモール）の味を出している。そしてその諧謔が氏の端正な文体、悲劇的な美しさをもつ自然描写と共存しているところに、武家ものの特色があると思われる。ところで市井事を描いた町人ものの方はどうであろうか。庶民の哀歓の世界であるが、ここで諧謔は影をひそめ、作者の深い情感に由来する同苦と愛が描かれている。（文春文庫『花のあと』解説）

と述べている。そして、すぐれた自然描写の場面として、例えば「花のあと」の花見のシーン、

――惜しいこと。

と思った。水面にかぶさるようにのびているたっぷりした花に、傾いた日射しがさしかけてい

る。その花を、水面にくだける反射光が裏側からも照らしているので、花は光の渦にもまれるように、まぶしく照りかがやいていた。豪奢で、豪奢がきわまってむしろはかなげにも見える眺めだった。以登は去るにしのびないような気持になっている。

などを引いて見せる。言うまでもなく、それらの自然描写はたんなる風景のそれではなく、いずれも主人公の視線を通して描かれており、主人公の心象風景と深く関わっているだけに一層印象深いものになっている。

作品の一つ一つに詳しく触れることは、これから読む読者の感興を削ぐことになるだろうから、個人的な好みであるが「雪間草」を中心に紹介しておこう。

この「雪間草」だが、特定の草花をさす固有名詞ではない。『日本大歳時記』(講談社)には、〈春のひかりのまぶしいなかで、雪が解けはじめ、ところどころに長かった冬から覚めた土が黒々とあらわれてくる。その土に萌え出た草々をさすもので、古くから詩歌に用いられてきた言葉である。したがって、草花の名称ではない。雪の深い地方にとっては、長かった冬から解放された喜びが、雪間から萌え出る青草にことに強く感じられるものだ〉(福田甲子雄)とあり、そんな北国の人々の歓喜を色濃く滲ませた雅語といえる。

蛇足になるが、周平の抱く「雪」のイメージは、和歌や連歌を通じて重い詠題とされてきた「花・時鳥・月・雪」のそれではない。育った庄内地方には地吹雪という気象現象がある。その地吹雪の凄絶さは体験した者でなくては理解することは困難だろう。数メートル先の視界をも途絶する白一色の空間に遭遇すると、生命の危険さえ覚える地獄絵図そのものである。そんな苛酷な季節を経ての雪間草なのだ。

その物語である。主人公の尼僧松仙（松江）は、藩主信濃守勝統の側妾に召されたため、婚約者の吉十郎と離別しなければならなかった、という体験をもつ。そのとき吉十郎は藩主をおもんぱかって素っ気ない態度を示す。松江は、〈何というういくじのないひとだろうと思っていた。許婚《いいなずけ》との一生の別れよりも、城の思惑とか、まわりの眼とかが気になるのだろうか〉と情けない。そのとき川岸には雪の間に、去年の枯れ草にまじる青々とした、しかし雪に押しつぶされていびつにゆがんだ形の春の草が見えた。

松江は〈——草でさえ……。／自分の力で春をむかえようとしているのに〉と思う。吉十郎の顔をよく見ると、〈男にしてはやさしすぎるような、ふやけた顔だった。色白で品がいいと思っていたのが、だまされたような気分〉に陥る。松江には吉十郎が何とも腑甲斐ない男と映ったのだ。

それから十八年が経つ。藩主の心変わりで松仙（松江）は尼になり世を捨てた。その松仙に、いまは家督をついで吉兵衛と改名した吉十郎の消息が届く。さる藩との交渉ごとに手落ちがあったことから国送りになり、切腹を命じられるかもしれない。それなのに吉兵衛は厳しい糾明に対して、黙してひと言も釈明しないと言うのである。松仙は吉兵衛の助命に乗り出す。そして信濃守への長い間の憤懣をぶちまけ、吉兵衛の助命を勝ち取る。ラスト・シーンは、

——ともかく……。

ひと区切りがついた、と松仙は思った。服部吉兵衛とのことも、信濃守とのことも。

吉兵衛と別れた日、龍覚寺裏の川岸で見た雪間の青草のことが思い出された。あの弱々しかっ

た草が、いまやっと一人前の草に育ったような気がするのは、吉兵衛が藩のため、主君のため黙って腹を切る覚悟が出来る男になったのを知ったこと、その吉兵衛を、首尾よく助けることが出来たことが快く胸に落ちついて来るからかも知れなかった。

足は疲れていたが、松仙の気持は軽かった。夜の光の中に散る花の下を、いそぎ足に町はずれの尼寺にむかっていそいだ。

というものである。

ところで桶谷は集中の作品「旅の誘い」を〈藝術家小説〉と呼んでいる。この作品で周平は広重に感情を移入して、控え目に自分の文学観を語っているようにみえるからだと言う。桶谷は、〈「あなたの風景には誇張がない。気張っておりません。恐らくそこにある風景を、そのまま写そうとなさったと、あたしはみます」／それは北斎のように奇想の持ち合わせがないからだ、と言いかけて広重はふと声を呑んだ。そうではなかったと思ったのである。たとえ奇想が湧いても、北斎のようには描かないだろう。風景はあるがままに俺を惹きつける、と思ったのである〉（文春文庫『花のあと』解説）の部分を引き、

北斎の傲然たる自我意識に由来する奇想あふれる風景を、絶品と思いながらも、「臭みがある」と広重はいわずにいられない。さらにいえば、それはいかんともしがたい気質のちがいである。ところで、明治以降の近代の藝術意識は、西欧文藝に触発されて、北斎的な藝風を前衛とし、オリジナルな新しさと考えた。北斎と北斎の亜流が藝術意識を支配したのである。何が心をたのし

ませる藝術かを考えるまえに、近代の文明意識によって藝術を考えた。

藤沢氏はここで、北斎風の前衛であるよりも、広重の後衛的藝術こそ自分の本領だといいたいようにみえる。藤沢氏の自然描写の美しさをさきに私はいったが、それは反北斎的な藝術観から生まれたのである。あるがままの風景に屈従しつつ、そのふところに参入する。藤沢氏の描く自然描写が、われわれを望郷の想いに誘うゆえんであろう。（同前）

と綴っている。この〈後衛的藝術こそ自分の本領〉と言うのがいい。北斎の富嶽ものの奇矯さに対して、広重の東海道五十三次の静謐なさまを想起するだけでも、桶谷の指摘の妥当さは分かる。そうした対立を含めて、周平には早くから、北斎と広重に対するこだわりがあった。テーマに取り上げた作品も少なくない。前にも触れたが、本格的なデビューの前の作品「浮世絵師」に早々と北斎と広重が登場する。その部分を引用すると、

一枚の絵のところで、北斎はふと手を休めた。その何かが、突然腑《ふ》に落ちたのである。それは作り上げた絵だということであった。それも無雑作に切取ったわけではない。それが、まさに人生であるような、人間の息づく風景を、数ある風景の中から、広重は取捨している。その眼で把えられる限り、平凡な家が建ちならび、平凡な人が描かれていればいるほど見る人は、その中に真実の人生を感じないわけにいかない。風景を借りて、彼は人の世の営みを描こうとしているのではないか。すると、山をどこに置き、人をどこに立たせるなどという構図の工夫は全く二の次になるだろう。

北斎は、恐ろしいものを見るように、「東海道五十三次のうち蒲原《かんばら》」と説明書きのある一枚を見つめた。底知れない暗さと静けさをはらんだ闇が背景だった。軒先まで雪をかぶった家家が、屋根を接して並んでいるが、灯りは見えない。真夜中なのである。前面のやや坂道になっている雪の中を三人の人が歩いている。一人は傘をかたむけて、杖をついて、これは多分按摩《あんま》であろうか。いま二人はその一人とは反対側に背を曲げて歩いて行く。笠に合羽、蓑のいで立ちである。面を伏せて、深夜、擦れ違い、右と左に別れて行くところである。その上に、雪がまだ降り積る気配だ。眠っている家家の屋根にも、人の去った坂道にもひそひそと雪の音だけがする。

その雪の音を、北斎は聞いたと思った。（註＝このあたりは「溟い海」の描写を彷彿させる）

とある。さらに第三十八回「オール讀物」新人賞候補になった「北斎戯画」があり、デビュー作の「溟い海」は言うまでもないだろう。これら三作品を読むと、周平の想いは広重の方に傾いているように思える。

六十年十二月、周平は直木三十五賞選考委員に就任、年明けの一月十六日に初の選考会（第九十四回・新喜楽）に臨んだ。受賞作は森田誠吾の「魚河岸ものがたり」と林真理子の「最終便に間に合えば」「京都まで」だった。六月、九年半務めた「オール讀物」新人賞の選考委員を辞任。

四月、前年刊行した『白き瓶』が第二十回吉川英治文学賞を受賞する。選考委員の井上靖は、〈長塚節を知る上には是非読まなければならぬ佳品であろうかと思います〉と評した。周平は、〈大層な名誉であると同時に、茫茫とした年月をかえりみる特別の感慨をはこんで来るように思われます〉との「受賞のことば」を述べている。

十月八日、周平は丸谷才一と鶴岡市主催の講演会に臨んだ。講演を終えて十二日、青森旅行に出発。五能線（能代～五所川原）に乗り青森県金木町に向かい、斜陽館（太宰治生家）に泊まる。翌日、中世・安東氏の繁栄した十三湊跡といわれる十三湖を見物して帰京した。

私は、東北に生まれ育ったものの、ほかの県には一度も足を踏みいれたことがないままに東京に出て、そのまま成行きで東京で暮らすようになったのである。（中略）

その少し前から、私はいつかひまをみて東北に行って来たいと、漠然と思うようになっていた。その東北は、まだ見たことのない津軽の十三湖であり、青森のねぶた祭であり、弘前城のさくらであり、さらに岩手の渋民《しぶたみ》村であり、奥州《おうしゅう》平泉であり毛越寺《もうつじ》の枝垂れざくらであった。

私はもう、行かなくとも東北はわかるなどという幻想を持っていなかった。私の心の中に、いつからか行かねばわからない東北が、ジリジリと領域をひろげていた。それは多分、私がもはや完全な東北人ではなく、半分ぐらいは東京人になってしまったために見えて来た風景だったのだろう。（中略）

さあ、うかうかしてはいられないぞと私は思った。うかうかしていると東北を見ないで終ってしまうぞ。そう思いながら、しかし私は依然として机からはなれられないでいたのだが、あるとき編集者のA氏にその話をすると、海外を旅行してコンコルドにも乗っているA氏は、東北生まれのくせに青森も岩手も知らない私をあわれんで、旅行に連れて行くと言ってくれた。（中略）

つまり世の中をぐるっと迂回して、興味がまた東北にもどって来たということで、本人は東北を認識し、あわせて東北人である自分を再認識するための旅と思っているのだが、ひょっとするとこれが、むかしの人が言った「ふるさとへ廻る六部は気の弱り」というものかも知れないのである。（「ふるさとへ廻る六部は」）

青森・岩手で周平が興味をもっていたのは、斜陽館、青森のねぶた祭、弘前城のさくら、平泉、毛越寺、と意外に観光客的で平凡である。が、中で目を引くのが十三湖だろう。津軽半島の西部にあり、日本海に湖口を接するように広がる十三湖は、中世、安東一族が殷賑を極めた地であり、十《と》三《さ》湊《みなと》は諸国通商の益で繁栄した。しかし、興国元（一三四〇）年の大津波により壊滅したと伝えられる。

十三湖で想起されるのが『東日流外三郡誌』なる奇書（?）である。同書の世界に関心と興味を抱き、〈ぼくは津軽を、深層日本の都と考える。日本民族の原点と幻想する。そして琉球と津軽の同一性にはるか縄文文化の全日本列島性、ヤポネシア的基層を考えざるを得ない〉（『深層日本帰行――ヤポネシア史観の形成へ』毎日新聞社）と述べたのは奥野健男である。周平の目に十三湖がどう映ったか興味があるが、それについて書かれた文章は寡聞にして知らない。

十二月に上梓された『小説の周辺』（潮出版社・文春文庫）は、これまで自分を語ることに熱心ではなかった、周平の第二エッセイ集である。『周平独言』と同じく郷里に関する回顧的な文章が多いのは仕方がないが、表題を裏切らず、「白き瓶」や「溟い海」「密謀」「一茶」といった作品の創作秘話なども披露されており、藤沢文学ファンには作品の理解を助ける必読の書だろう。

この期の収穫というより、藤沢文学の代表作と目されるのが『蟬しぐれ』（文藝春秋・文春文庫）だろう。「年譜」によると、「山形新聞」夕刊（六十一年七月九日～六十二年四月十三日）に連載されたことになっている。が、この作品が一紙だけの掲載というのは、誰しももったいないと思うであろう。果たして高橋敏夫の『藤沢周平という生き方』（PHP新書）によると、「蟬しぐれ」は学芸通信社から配信されたもので、「山形新聞」より十日ほど前から「秋田魁新報」で連載が始まり、六十一年のうちには「山陽新聞」「鹿児島新聞」「高知新聞」「大阪新聞」と燎原の火のように広がり、翌年には「山梨日日新聞」「東海愛知新聞」などでも連載した、というのが正確なようである。

新聞連載の開始に先立つ「作者のことば」の草稿と思われる自筆原稿が「藤沢周平記念館」の冊子に写真版で載っているので起こしておこう。

この小説の舞台は私の小説によく出て来る北国の小藩で、時代は江戸時代後期とし、とくに限定しません。物語はこの藩の下級藩士の家に養子になった少年を主人公にして、その成長を剣と恋と友情をからめて書くことになりますが、さらに権力争いを中心にする藩内の争闘がこれにからんで来ます。恋の方は秘めた恋という形になると思いますが、物語が一段落したあと、十数年たってその恋に思いかけない結末を迎えることになるでしょう。

あまり理屈をのべず、時代小説のおもしろさを味わってもらえるような物語に仕上げるべく、努力いたします。

藤沢周平

作品は海坂藩の組屋敷の風景から起こされる。牧文四郎の家は普請組の組屋敷にあり、裏に小川が流れている。夏のある朝、川べりで文四郎は蛇に嚙まれた隣家の娘ふくの指を吸ってやった。それが文四郎とふくにとって忘れられない思い出となる。文四郎十五歳、ふくは十二歳である。

文四郎の日課は昼前に居駒塾で経書を学び、昼過ぎからは石栗道場に通うことである。そんな日、文四郎は頼まれてふくを夜祭りに連れていく。文四郎のこころにふくが住みつくきっかけといえる。そんな文四郎を突然の不幸が襲う。敬愛する義父が藩の抗争に巻き込まれ切腹させられるのである。文四郎は処刑前に父と会うことができた。父は「私の欲ではなく、義のためにやったことだ。文四郎はわしを恥じてはならん」と言う。父の遺骸を荷車に載せての帰路、坂を上って喘いでいると、ふくが駈けてきて手を合わせ、文四郎に寄り添うと荷車の梶棒を握って一緒に曳く……。

それからしばらくして、ふくは突然江戸屋敷に行ってしまう。翌年秋に文四郎は元服、春になって文四郎は旧禄に復し、郡奉行支配を命ぜられる。やがて文四郎は、ふくが藩主の側室になったという噂を聞く。ふくはお福様になったのである。その後、文四郎は郷村出役見習いとして出仕するようになり、妻を貰う。

そんな折、藩主の子を身ごもったお福様が帰郷して金井村の欅御殿に匿われているという情報がもたらされる。そしてお福様の子どもをさらってくることを命じられる。藩命であり拒否することはできず、文四郎は否応なく政争に巻き込まれて行く……。

それから二十余年の歳月が流れ、終章「蟬しぐれ」を迎える。文四郎改め郡奉行牧助左衛門が領内見回りから代官屋敷に戻ると、お福様から文が届いていた。前藩主の一周忌を前に尼になる決心をしたお福様が、助左衛門に会いたくて身分を隠して蓑浦まで来ているという。助左衛門は馬を駆って急ぎ駆け付ける。

逢うと二人を隔てていた時間は一気に消え、文四郎とふくの昔に戻る。そして、この作品のクライマックスである印象的な場面に移る。原文を引いておこう。

「文四郎さんの御子は？」

「二人です」

助左衛門の子は上が男子、下が娘で、上の息子はすでに二十歳。今年から小姓組見習いに召し出されている。

「娘も、そろそろ嫁にやらねばなりません」

「二人とも、それぞれに人の親になったのですね」

「さようですな」

「文四郎さんの御子が私の子で、私の子供が文四郎さんの御子であるような道はなかったのでしょうか」

いきなり、お福さまがそう言った。だが顔はおだやかに微笑して、あり得たかも知れないその光景を夢みているように見えた。助左衛門も微笑した。そしてはっきりと言った。

「それが出来なかったことを、それがし、生涯の悔いとしております」

「ほんとうに？」

「……」

「うれしい。でも、きっとこういうふうに終るのですね。この世に悔いを持たぬ人などいないでしょうから。はかない世の中……」（中略）

「この指を、おぼえていますか」

お福さまは右手の中指を示しながら、助左衛門ににじり寄った。かぐわしい肌の香が、文四郎の鼻にふれた。

「蛇に嚙まれた指です」

「さよう。それがしが血を吸ってさし上げた」

お福さまはうつむくと、盃の酒を吸った。そして身体をすべらせると、助左衛門の腕に身を投げかけて来た。二人は抱き合った。助左衛門が唇をもとめると、お福さまはそれにもはげしく応えて来た。愛憐の心が助左衛門の胸にあふれた。

どのぐらいの時がたったのだろう。お福さまがそっと助左衛門の身体を押しのけた。乱れた襟を搔きあつめて助左衛門に背をむけると、お福さまはしばらく声をしのんで泣いたが、やがて顔を上げて振りむいたときには微笑していた。

ありがとう文四郎さん、とお福さまは湿った声で言った。

「これで、思い残すことはありません」

そして二人は蜉蝣《かげろう》の命のような、はかなく短い逢瀬に別れを告げる。


——あのひとの……。

白い胸など見なければよかったと思った。その記憶がうすらぐまでくるしむかも知れないという気がしたが、助左衛門の気持ちは一方で深く満たされてもいた。会って、今日の記憶が残ることになったのを、しあわせと思わねばなるまい。

助左衛門は矢尻村に通じる砂丘の切り通しの道に入った。裾短かな着物を着、くらい顔をうつむけて歩いている少女の姿が、助左衛門の胸にうかんでいる。お福さまに会うことはもうあるまいと思った。

顔を上げると、さっきは気づかなかった黒松林の蟬しぐれが、耳を聾するばかりに助左衛門をつつんで来た。蟬の声は、子供のころに住んだ矢場町や町はずれの雑木林を思い出させた。助左衛門は林の中をゆっくりと馬をすすめ、砂丘の出口に来たところで、一度馬をとめた。前方に、時刻が移っても少しも衰えない日射しと灼ける野が見えた。助左衛門は笠の紐をきつく結び直した。

馬腹を蹴って、助左衛門は熱い光の中に走り出た。


なんとも哀切な終章である。作品紹介のために梗概を記したが、これでは味もそっけもない。藤沢文学の特質である薫り高い文章を味わうためにも、ここは作品を読んで頂くしかないだろう。

秋山駿は、自身の遅い藤沢文学体験を次のように述べている。


私は『蟬しぐれ』で藤沢周平を知った。ある書評委員会の席上で、丸谷才一さんが、きみ、これ面白いから読んでみろよ、と勧めてくれたのである。こういうのを読者の幸運という。

その夜、布団にもぐり込んで読み始めると、たちまち、あ、これはいいな、と感じた。面白い、というより、いいもの（本）だなという感触に包まれた。四ページも行くとこんな文章に行き当たる。

いちめんの青い田圃は早朝の日射しをうけて赤らんでいるが、はるか遠くの青黒い村落の森と接するあたりには、まだ夜の名残の霧が残っていた。じっと動かない霧も、朝の光をうけてかすかに赤らんで見える。そしてこの早い時刻に、もう田圃を見回っている人間がいた。黒い人影は膝の上あたりまで稲に埋もれながら、ゆっくり遠ざかって行く。

頭上の欅の葉かげのあたりでにいにい蟬が鳴いている。

そうか、これは時代小説などというものではない、と思った。なんだか、四十年を隔てて自分が、一心に島崎藤村や志賀直哉に読み耽っているときの若い心に帰っていくようであった。いや、そう言うと、ちょっと違ってしまうのかも知れない。読む感触は、やはり同じ若い頃に読み耽った、スタンダールだったかフローベルだったか、なにか外国の小説を読んだときの感触に通じていた。（中略）とうとう徹夜をして、朝が白々と明けてくる頃に読み了えたが、気分は爽快であった。こんな読書は何年振りのことだろう。（中略）感心した私は思いきって、カルチャーセンターの小説を読む教室のテキストにしてみた。すると、時代小説嫌いであろうと思っていた女性達全員が、これはいいものを読ませてもらったと喜んだ。なかでも芸大で作曲を学んだ知的女性が、「ああ、自分もこんな時代に生きればよかった」と言うのを聴いたとき、我が意を得たという感じがした。

これを皮切りに、私は藤沢周平をよく読んだ。藤沢周平全集二十三巻、毎月刊行されるのが待遠しく、手にするとすぐ読んだ。一、二日、あるいは二、三日で読んでしまう。ほとんど全巻を読んだ。
ただし、私は二巻だけは読まなかった。『一茶・白き瓶』（第八巻）と『周平独言・小説の周辺』（第二十三巻）である。これには手を触れなかった。この二巻を開くと、私の批評家根性が刺戟されるのではないかと心配した。そうはしたくなかった。私はわが愛読する藤沢周平の像を傷付けることを怖れた。（「こころの内の呼び声」）

また文春文庫の「解説」では、〈夜、枕頭に置いて読み出したら、いつの間にか朝になっていた。（中略）私は文芸批判を始めてほぼ三十年に達する。本を読むことにかけては、すれっからしである。この『蟬しぐれ』は、そんなすれっからしを、少年の心に還してくれた〉と、その惚れ込みようを語っている。周平は次のように記す。

「蟬しぐれ」は、一人の武家の少年が青年に成長して行く過程を、新聞小説らしく剣と友情、それに主人公の淡い恋愛感情をからめて書いてみたものだが、じつを言うとこれが苦痛で苦痛で仕方がなかった。何が苦痛かというと、書けども書けども小説がおもしろくならないのである。会心の一回分などというものがまったくない。
こういうときは無理な工夫なんかしても仕方ないので、私はつとめて主人公の動きにしたがい、丹念ということだけをこころがけて書きつづけた。早く終ってほっとしたいと念じているのに、こういうときに限って小説はなかなか終らず、予定をかなりオーバーしてようやく完結したのだった。

作者が退屈するほどだから、読者もさぞ退屈したことだろうと私は思った。連載中、もちろん一通のファン・レターも来なかった。

ところが、である。一冊の本になってみると『蟬しぐれ』は人がそう言い、私自身もそう思うような少しは読みごたえのある小説になっていたのである。これは大変意外なことだった。ばかばかしい手前味噌《てまえみそ》めいた言い方までしてあえてそう言うのは、新聞小説には書き終えてみなければわからないといった性格があることを言いたいためである。

新聞小説というのは、ふしぎなおもしろい発表舞台だなあという感想を、いまも私は持っている。（「新聞小説と私」）


また同じ新聞小説について、〈『海鳴り』の書き手である私には、江戸時代の中年男女の、いまふうに言えば不倫だが、むかしは命がけの行為だった密通をテーマに、人間の愛と人生の真相をさぐってみたいという意気ごみがあったわけだが、新聞小説としてはいささか所帯じみて花に欠ける作品であることは否《いな》めなかった。／これはあまり読者には喜んでもらえないだろうなと思いながら書き出したのだが、話が途中まですすんだころから、意外にも女性読者からたくさんのお便りをいただいた。こういうことは私としてはめずらしいことで、大いに力づけられたことを思い出す〉（同前）とも録している。

ところで先に引用した終章の部分は、『蟬しぐれ』を紹介する評者が必ずと言っていいほど取り上げる場面である。しかし、その場面のふくの哀切なせりふは新聞連載時にはなかったものだ。周平が、〈一冊の本になってみると『蟬しぐれ』は人がそう言い、私自身もそう思うような少しは読みごたえのある小説になっていたのである〉と言うのは、その辺りに事情が隠されているようである。連載終了後、単行本として出版されるとき新たに書き加えたのである。その部分は、新聞連載の最終章に集中していると見てもいい。周平の渾身の加筆と言えるだろう。

ここで余談になるが——と書くと、わたしの文章には余談が多く顰蹙《ひんしゅく》を買いそうだが、息抜きと思って読んでもらいたい。

平成九（一九九七）年のことになるが、山形ではちょっとした蟬論争（？）があった。「蟬論争」といえば、ただちに「おくのほそ道」で芭蕉が山寺立石寺で詠んだ句「閑《しづか》さや岩にしみ入蟬の声」の「蟬」をめぐる齋藤茂吉と小宮豊隆の論争を想起する人が多いだろう。例の「アブラゼミ」か「ニイニイゼミ」かをめぐる論争である。が、こちらのはそれではない。

きっかけは鶴岡市で開かれた講演の際に、藤沢文学に精通しているとされる講師の半藤一利が『蟬しぐれ』の中では〈蟬が四回鳴く〉と指摘、同じく講師を務めた『藤沢周平全集』の解説を執筆、丸谷才一に〈書評の名手〉と言わしめた向井敏も、〈思いもつかなかった〉と脱帽したという記事（「朝日新聞」山形版＝九年三月四日）が掲載されたことに端を発している。

これに対して、〈たしかに「蟬しぐれ」では、主人公の牧文四郎の身の上に重大な出来事の起こるとき蟬は鳴くが、鳴いているのは四回ばかりではなく、少なくとも十回以上のシーンで蟬の声は聞こえてくる。「黒風白雨」の章だけでも蟬の描写は五回もある。半藤氏は回数よりも、作中での蟬の鳴く効果を指摘したものと解したいが、それでも四回と限定し、鶴岡の読者や全国のファンがそれを信ずるとしたら、その誤解は訂正を要するであろう〉とのコラムが「山形新聞」（九年三月十一日）掲載されたことである。この論争が何かの実りを上げたとも思えないが、蟬が何回鳴いたなどということに目くじらを立てるのも、熱烈な周平ファンの存在を窺わせる現象と言えるだろう。

余談のついでに主人公の牧文四郎なる名前にも触れておきたい。『密謀』を紹介したところで〝予告篇〟を出しておいたが、その名前は江口文四郎に由来している。周平は「山形新聞」に連載する直前に江口に名前を借りる旨の丁寧な便りを寄せている。また、昭和六十一年七月十四日に周平がしたためた江口宛てのハガキの文面に、

冠省　見事なさくらんぼを頂戴しました。おいしい上に、大きくてびっくりしました。有難うございます。

今度山形新聞に連載する小説の主人公の名前に、文四郎さんの名前をもらったので、ほんとはこっちから何かさし上げないといけないのに逆だね、などと言いながら、さくらんぼをいただいています。お家の皆さまによろしく。お礼のみ。

とある。せっかくだからヒロインの名前についても触れておこう。藤沢文学では、登場人物、中でも女性の命名のうまさには定評があった。

それに対して周平は、〈書き手にとって時代小説のおもしろさは、登場人物がいかに自分で動き出すか、にあります。作者の最初の考えと、違う方向へ勝手に動いていく小説がいいわけです。それには、気に入らない名前だとダメなのです。／（中略）時代にあっていて、なおかつ小説の中で生きるような名前を使わなければなりません〉（講演録「史実と小説」）と言い、〈ちゃんと名前を付

けてやらないと、何か人物がぶんむくれてあまり働いてくれないようです〉（「オール讀物」平成四年十月号）とも語っている。

「蟬しぐれ」でも、ヒロインの名前に悩んだようである。創作のヒントにした名前一覧のメモが残されているが、それには〈おりん、おけい、おこう、おさと……〉と、思いつく限りの名前がずらりと並べられている。「蟬しぐれ」の場合だが、構想メモの段階では「佐久」だったようである。草稿には七十二もの候補が挙げられている。そして「みさ」「たみ」「ゆき」「さく」など十七の名前に絞った末、「ふく」に二重丸をつけた。

題名も連載開始の三か月前、挿絵画家の山本甚作にあてたハガキには〈いま頭にうかんでいるのは『朝の蟬』〉とある。「朝の蟬」では、同郷の井上ひさしの「あくる朝の蟬」（初出＝「別冊文藝春秋」昭和四十八年・一二五号）を容易に想起させる。

『蟬しぐれ』が単行本化されたのは六十三年五月だが、つづいて九月に上梓されたのが『たそがれ清兵衛』（新潮社・新潮文庫）である。早い時期に山田洋次監督の手で映画化されたことから広く知れ渡り、映画を観てから原作を読んだという人も少なくないだろう。

物語であるが、豪商と結託した筆頭家老・堀将監の専横に揺れる藩。反堀派は将監を上意討ちにするめどを付けたが、堀派には藩随一の剣士といわれる北爪半四郎がいた。そこで反堀派が白羽の矢を立てたのが、勘定組五十石で若いころに無形流の名手といわれた井口清兵衛である。

その清兵衛、病妻を抱えており、下城の太鼓が鳴るやいなや、さっさと書類をかたづけ誰よりも早く部屋を出る。途中で葱や豆腐を買い、自宅に帰るや浴衣に着替えて襷を掛け、家事の切り盛りをする。妻を抱えて厠《かわや》に連れて行き、台所に立ちながら部屋を掃除、妻に食事をさせながら自分も食べ、食器の後始末の後には虫籠づくりの内職にいそしむ。そんな家事の反動で勤務中に居眠りをすることもあり、嘲りもこめて〝たそがれ清兵衛〟と呼ばれている。

刺客に指名されてしぶるが、労咳を患っている妻・奈美の養生を言われて引き受け、将監を見事に討ち果たす。さらに後日、怨みの剣を向ける半四郎も一撃で倒し、妻が養生している鶴ノ木湯へ急ぐ……。

この作品集には「たそがれ清兵衛」のほか、七篇が収録されている。題名は主人公の特徴そのままがつけられている。糸瓜のうらなりを連想させる「うらなり与右衛門」、目上の藩士にへつらう「ごますり甚内」、物忘れのひどい「ど忘れ万六」、無口な男が雄弁になる「だんまり弥助」、泣き言ばかりいっている「かが泣き半平」、日和見をモットーとする「日和見与次郎」、物乞いを意味する「祝《ほ》い人《と》助八」である。

ところがこの連中、驚くべきことにいずれも剣技を秘めた剣豪なのである。この本が剣客小説短篇集といわれるゆえんである。とにかく、その名前と腕前の落差が痛快である。

さて、後半期の代表作の一つである『三屋清左衛門残日録』（文藝春秋・文春文庫）は「別冊文藝春秋」（一七二号〜一八六号）に連載された。単行本化されたのは六十四（平成元）年である。周平は城山三郎との対談で、

あれを書いたのは還暦を迎えるちょっと前なんですが、そのころ、いままでとは違う心境の変化があったんです。還暦ということは、いよいよ老境なんだと、強く感じましてね。それで還暦後はどうしようかと思ったわけです。結局、現実とあまり離れないで付き合っていた方がいいん

じゃないか、会社じゃないところで付き合えるところを見つけて、そこで自分を生かすような方法があれば一番いいだろうと考えて、あのような設定ができたんです。(「日本の美しい心」「オール讀物」平成五年八月号)

と語り、城山は、〈たしかに理想的な定年後の過ごし方ですね〉と応じている。さらに周平は、

あれ、実は城山さんの新聞連載小説『毎日が日曜日』が遠いヒントになっているんですよ(笑)。あの小説は定年後のことを考える先駆的な小説だったと思います。連載を面白く読みながら、さて自分が毎日が日曜日になったら困るだろうな、と漠然と考えていたんですね。(同前)

と言い、城山は、〈それは光栄です(笑)。『毎日が日曜日』なんて題名は明るいけれど、実際には深刻なことなんですよ〉(同前)とつづく。

執筆動機の遠因はともあれ、周平五十七歳から還暦を挟んで書き継がれた作品である。作品に著者の心理状態のありようがいやおうもなく反映するのは当然だが、この作品には特に現れているように思われる。

藤沢文学には主人公に老人がしばしば登場する。周平は、

どこかの新聞でのインタビューで、その点を聞かれて、それは多分私が四十を過ぎて、それまで見えなかった死とか、老境とかが見えはじめたためでしょう、と答えた記憶がある。

だが多分、それは四十代の眼でみる老境であり、死であるのだろうとは思う。それにしても、私が四十を境に、そちら側に属したことは間違いないのだろう。（「四十の坂」）

と綴っている。

かつて業界紙の記者を辞めたとき、周平は、〈会社勤めから筆一本の暮らしに変ったとき、組織からはなれる不安がないわけではなかったけれども、半面働くのも休むのも自分の裁量次第というところがいかにも魅力的に思われた。（中略）あたりまえの話だが自由業といっても労働そのものから解放されるわけではない。逆説みたいな言い方になるけれども、休むためには仕事が必要なので、城山三郎さんの小説のタイトルのように「毎日が日曜日」では自由業は成り立たないのである〉（「私の休日」）と語っているが、その心理の片鱗が清左衛門にも通底している。

周平は会社勤めを辞めるときに、何か悲哀と恍惚のようなものを覚えた。組織の中で働き生活するということは拘束がある。その拘束は煩わしくもあるが、安心感でもあるのだ。自由裁量の生活を望みながらも、定年退職（隠居？）時に覚えるだろう感情が「三屋清左衛門残日録」の冒頭で見事に活写されている。

清左衛門は、用人の職をしりぞいて隠居したい旨を藩主に申し出て快諾される。さらに隠居しても屋敷は出なくてもいいと最高の待遇を受ける。清左衛門は隠居してあとは悠悠自適の晩年を過ごしたいと心底から望んでいた。

ところが、隠居した清左衛門を襲って来たのは、そういう開放感とはまさに逆の、世間から隔

絶されてしまったような自閉的な感情だったのである。（中略）
隠居することを、清左衛門は世の中から一歩しりぞくだけだと軽く考えていた節がある。ところが実際には、隠居はそれまでの清左衛門の生き方、ひらたく言えば暮らしと習慣のすべてを変えることだったのである。
勤めていたころは、朝目ざめたときにはもうその日の仕事をどうさばくか、その手順を考えるのに頭を痛めたのに、隠居してみると、朝の寝ざめの床の中で、まずその一日をどう過ごしたらいいのかということから考えなければならなかった。（中略）
清左衛門自身は世間と、これまでにくらべてややひかえめながらまだまだ対等につき合うつもりでいたのに、世間の方が突然に清左衛門を隔ててしまったようだった。多忙で気骨の折れる勤めの日日。ついこの間まで身をおいていたその場所が、いまはまるで別世界のように遠く思われた。

清左衛門が予想だにしなかったこの感慨は、定年退職した人を等しく襲うものではないだろうか。ところがそれは杞憂、藩が優秀な清左衛門をそのまま放っておくわけがない。次第に清左衛門は事件などに関わりあって行くことになり、作品は全十五篇のエピソードで構成されている。
清左衛門が望んだ悠悠自適の生活から、さまざまな事件に遭遇して解決するという新しい役割に満足する清左衛門の変化について、周平は次のように述べている。

三屋清左衛門は五十三歳ぐらいかな、今の還暦ぐらいと見てもいいでしょうね。今までの生活から一切身を引くというのは、みんなやっていることだけれども、用人まで務めた人だけに、いかに武家といえども、内心はかなり寂しい気持ちもあったろうと思います。

第一回目を書き始めてすぐ、これは変なものを書いてしまったと思ったんです。だから、少しずつ藩の動きのほうへ入っていくようにしたわけです。はじめは、ただ隠居をめぐる事件簿みたいにしようと思ったわけ。ところが、やっぱり今までの現実社会とつないでいたほうが、人間というのは生きがいがあるんだという考え方に変りましてね。それで、ああいう藩の抗争の後始末をやったりという物語になったんです。(「ノーサイド」平成四年九月号)

と手の内を明かしている。それにしても、題名の「残日録」は一見、いかにも侘しく淋しい。そんな読者の感情を先取りするように、周平は作品の中で次のように書いている。嫁の里江との会話である。

「お日記でございますか」

「うむ、ぼんやりしておっても仕方がないからの。日記でも書こうと思い立った」

「でも、残日録というのはいかがでしょうね」(中略)

「いま少しおにぎやかなお名前でもよかったのでは、と思いますが」(中略)

「なに、心配ない」

と清左衛門は言った。

「日残リテ昏ルルニ未ダ遠シの意味でな。残る日を数えようというわけではない」

「そうですか」

「いろいろとやることが出て来た。けっこうわしもいそがしくなりそうなのだ」

物語であるが、清左衛門のもとに持ち込まれる、いろいろな厄介事を解決するストーリーの面白さもさることながら、この作品を読んでいて愉しくなるものの一つに、先にも触れたが周平の郷里、庄内の味が頻繁に登場することもあげられる。

庄内の食べ物が出てきたついでに脱線し、少し息抜きをしてみたい。「梅雨ぐもり」の章に、
霧は翌朝まで残った。清左衛門が屋敷町の下にある雑木林を散歩していると、男が一人ゆるい坂道をおりて来るのが見えた。袢をつけた男である。清左衛門は木立を抜けて道にもどった。来たのは自分に用のある人間だろうと悟ったのである。近づいた男をみると、はたして杉村要助だった。

「おはやい散策にございますな」

と杉村は言った。

「いつもいまごろですか」

「さよう。飯前に川岸の方までひと回りして来るくせがついてな」

「静かだ。このへんは鳥がたくさん鳴いていますな」

杉村は耳を傾けるような顔をした。

「いま鳴いた鳥は、何ですかな。変った鳴きようですな」

「里ではけろろと言うらしい」
清左衛門は眼を杉村にもどした。

という場面がある。「けろろ」という不思議な名前の説明はない。ここになぜ「けろろ」なる鳥が登場するのか。周平が単なる思い付きで書くことは考えられない。ということで探ってみると、次にような文章にぶつかった。

さて、そろそろ梅雨である。なければ困る季節ではあるが、そう思っても一年のうちでもっともゆううつな時期だと思う気持ちに変りはない。そしてこの時期になると、私が思い出すのは二十過ぎまですごした郷里の雨期である。（中略）

モームは「雨」の中で、雨期に冒される人間の精神を描いたが、この時期、自然そのものにも狂気があらわれるようである。

これは見ていてかなりおぞましい風景で、人間は雨期が終るのをじっと待つしかないのだが、しかしこういう自然の中にも、心ひかれるものがないわけではない。たとえば雨期には雨期に似つかわしい鳥が鳴く。

けろろという鳥がいる。正しい鳥名は知らない。全身赤い鳥だというが、私はその姿を見たことがない。ただ梅雨のころ、毎日のようにその声を聞いただけである。

この鳥はある博労の女房の生まれかわりである。女房はかつて、飼馬を憎んで水をやらずに死なせた女で、自分が死ぬと赤い鳥にかえられた。さて鳥になって、谷川の水を飲もうとすると、水に映る自分の姿が火かと思えて、飲むことが出来ない。けろろは雨水で渇きをいやすほかはなくなった。冬の間は雪でのどをうるおせるが、山野が緑になり晴天がつづくと、渇きは耐えがたいものになる。そこで天を仰いで雨を呼ぶ。季節はそのころから梅雨にはいるのだ、と。

そんな因果話を聞いたのは、三十数年も前のことだが、梅雨の季節になると、その鳥の鳴き声を思い出す。それが哀切きわまりない声に聞こえたのは、その話のせいだろうか。(「六月の赤い鳥」)


これを読んで作品に戻ると、この章の冒頭では、杉村要助に嫁いだ清左衛門の末娘・奈津があらぬ悋気《りんき》に苛まれ、すっかり窶《やつ》れ果て、まるで骸骨のようになっている姿が描かれている。過敏なまでに神経質で無口な奈津の声にならない悲痛な叫びが、「けろろ」の鳴き声とダブるようにも思えるのは、深読みというものだろうか。

ところで清左衛門が関わる事件とは別に、いま一つの主題ともいえることに、作中に同年輩で隠居した人物を何人か登場させ、さまざまな老いの姿を見せていることがある。清左衛門は、そうした老人との関わりを通して、隠居とはどうあるべきかを悟っていくのである。物語の最後に同輩で中風を患う大塚平八が歩行訓練をしている姿を見て、

——そうか、平八。

いよいよ歩く習練をはじめたか、と清左衛門は思った。

人間はそうあるべきなのだろう。衰えて死がおとずれるそのときは、おのれをそれまで生かし

めたすべてのものに感謝をささげて生を終えればよい。しかしいよいよ死ぬるそのときまでは、人間はあたえられた命をいとおしみ、力を尽して生き抜かねばならぬ、そのことを平八に教えてもらったと清左衛門は思っていた。

とある。これが清左衛門が達した老後の境地である。それは還暦を迎えた周平の境地といえるのではないだろうか。清左衛門に新しい役割を与え悲哀から救済することは、そのまま周平自身を救済することでもあったのだ。

「年譜」を眺めていて、六十二年のところで目の動きが止まった。〈三月、第四十回日本推理作家協会賞の選考会に出席。受賞者は長篇部門・逢坂剛（「カディスの赤い星」）、高橋克彦（「北斎殺人事件」）。（中略）当日の選考委員は青木雨彦、佐野洋、夏堀正元、山村正夫、藤沢周平、ほかに中島河太郎理事長が出席〉とある。いかにも唐突という感じがしたのである。周平の青年時代の読書対象にアラン・ポーがいる。そして「ミステリイ徒然草」や「私の名探偵」「推理小説が一番」といった一連のエッセイもある。中で、〈わが憩いのひとときは、仕事に煩わされずに推理小説を読むことである〉（「推理小説が一番」）と公言するほどのミステリーファンであることは知っている。が、まさかの日本推理作家協会賞の選考委員である。果たして、この年以降の「年譜」に、同賞選考は顔を出さない。

そうなった経緯は後で識った。阿部達二によると、〈佐野（洋）は推理作家協会賞の選考委員にミステリー作家以外の人にも加わってもらいたいと考えており、昭和六十二年の理事会で藤沢の名前を挙げ、みずから依頼の電話をかけた。引き受けまいという他の理事たちの危惧に反して藤沢は快諾し、この年一回だけ選考委員をつとめた〉(『藤沢周平　残日録』前掲)とのことである。

つづけて阿部は、〈「私は五〇パーセントの庄内人である」と佐野はいう(「藤沢さんとミステリー」)。父方の祖父母が庄内の、しかも藤沢と同じ東田川郡の出身だった。そんなことも、藤沢が数少ない文壇での親交を結んだ一因かも知れない〉(同前)と述べている。

意外なついでだが、周平は文庫等に付される解説の類をほとんど断ったらしい。いま、藤沢作品で容易に触れることができるのは、野呂邦暢の『落城記』(文春文庫)、佐野洋の『死者の電話』(新潮文庫)、梅本育子の『浮寝の花』(東京文藝社)ぐらいだろうか。いずれもエッセイ集『帰省』(文藝春秋)に収められている。

野呂作品については、

「落城記」の主題は、戦国期にはくさるほどにあった籠城という事柄の仔細と、そのような一種の極限状況に置かれた人びとの動きであるように思われるのだが、そこに視点を合わせて戦国期を描き出そうとした作者の眼力は鋭いというべきだろう。

籠城といえば悲愴感だけが先立つように思われるが、「落城記」は、つねになくひとの数がふえ、共同の作業が行なわれ、米の飯が喰べられ酒が振舞われる籠城が、一種のお祭りさわぎでもあることを的確に描き出す。作者はそうして肉化してみせた戦国期の人びとを、可能な限り時代の体温に近づける手段として、籠城の将兵の問答を狂言体に仕立てたりもするが、これも成功して作品に大らかにユーモラスな味をつけ加えることになった。

とある。佐野作品については、雑誌「小説推理」が届くと、さっそく読むのが佐野の連載エッセイ「推理日記」で、締め切り間際などという落ち着かないときでも、立ち読みのような恰好で読んでしまうのが習慣になっていると言い、「推理日記」の魅力を徹底的に解析してみせてから、〈簡潔で洗練された文章、明晰な論理性というものは、とりもなおさず佐野さんの作品の文体を指し、また市民的な平衡感覚というものも、日常性をきちんととらえながら推理小説のたのしさも満喫させる、佐野さんの小説世界の背骨にほかならないのである〉として『死者の電話』の作品紹介に入る。

そして、

われわれ読者は謎ときがおもしろく出来ていれば文章はどうでもいいというのではなく、やはり内容、表現ともに洗練された作品を読みたいわけで、タイトルもまた洗練ということに無関係なわけではない。佐野さんの作品が読者のそういう欲望をつねに満たして裏切らないのは、佐野さん自身が、非凡な推理作家であると同時に推理小説の第一級の読者だからではないだろうか。

と述べている。これは佐野を評することで、周平自身の執筆姿勢を語っているようである。

いま一つの梅本作品については、市井小説論を展開、〈梅本さんの江戸市井小説は、この江戸の空気と人間を描いて独特のリアリティを感じさせる作品が多く、長篇「浮寝の花」にもその長所はよく出ているように思われる。市井小説の書き手が少ないときに、この作家が短篇から長篇に、意欲的に市井小説の領域をひろげつつあることを喜びたい〉としている。

作家デビューして以来、周平は時代小説作家として、これまで長篇短篇を合わせると二百篇近い作品を執筆しつづけてきた。その周平の唯一の現代ものが「早春」である。しかも作品は純文学系の文芸誌「文學界」（六十二年一月号）に発表された。いよいよ現代ものにも守備範囲を広げたのか、と思ったが、これ一篇で終わっている。孤独の影を負った中老過ぎのサラリーマンを主人公にした作品である。

岡村と名乗るその男は海産物加工の食品会社の社員である。数年前に会社の戦力の最前線である営業の現場からはずされ、以来、市場調査室に在籍して量販店の行った消費者アンケートの整理などの仕事をしながら日を送っている。いわば「窓際族」であり、定年までは四年を残すだけとなっている。岡村は、〈この先自分の上には二度と日が射すことはないだろうと〉自分の人生を諦めている。

会社の仕事だけではない。家に対する愛着も薄れている。〈家を欲しがったのは、自分のためというよりは自分をその中にふくめた家族というもののためだったろう。だが繭の中の蛹のようにその家でまどろんだ時間はほんのいっときで、家族はいま四散を目前にしてい〉る状況で日々の暮らしも寒々としている。

妻は五年前に亡くなった。子どもは二人いるが、長男は地方の大学を出て地元の素封家の娘と結婚して、一年に二、三度電話があるだけで、ハガキ一本よこすわけでもない。長女の華江は勤め先の妻子ある姉崎と恋仲で、家を出る支度に余念がない。華江に、行きつけの和風スナックバー「きよ子」のママと再婚したらどうかと言われ、岡村もその気になる。が、未亡人だとばかり思っていたママには夫と子どものいることが知れる。

ある日の暮れ、家には誰もいず森閑としている。〈岡村は孤独感に包まれていた。／そうか、こんなぐあいにひとは一人になるのかと岡村は思っていた。それは幾度も頭に思い描いたことだったが、胸をしめつける実感に襲われたのははじめてだった〉。岡村は過ぎた日々に思いを馳せる。〈子供や家に対するあの熱くてはげしい感情は何だったのだろう。こんなふうに何も残らずに消えるもののために、あくせくと働いたのだろうか〉と想う、といった作品である。

特別な事件は何も起こらない。ただ、二、三日おきに深夜の午前二時きっかりにかかってくる無言のいたずら電話があって岡村を悩ませる。受話器からは何の物音も声も聞こえないが、受話器の向こうで、〈息をひそめてこちらの様子を窺っている者の気配〉が感じられる。相手は何者で、何の目的で電話をかけてくるのか、皆目見当もつかない。作品は岡村が無言の相手に次のように語りかけるところで終わる。

その夜も、きっかり午前二時に電話が鳴った。岡村はスタンドの灯をつけて、受話器を取った。相手は無言だった。受話器のむこうから岡村の様子を窺っていた。

「どなたでしょうか」

と岡村は言った。相手の気持がほんの少しわかるような気がしている。午前二時に、眠っているひとを起こすのが狂気の所業なら、その狂気はいまの岡村の中にもまったくないとは言えなかった。岡村はやわらかくつづけた。

「あなたも話し相手が欲しいんじゃないでしょうか。なんだったら少しお相手してもいいですよ。どうせ眠れそうもありませんからね」

岡村は待った。相手はやはり無言だった。そして突然にむこうからかちりと電話が切れた。あとにはブーンという機械音だけが残った。

この岡村の孤愁は『海鳴り』の小野屋新兵衛や、『ささやく河』の幸右衛門、『三屋清左衛門残日録』の主人公と同質のものだろう。

向井敏は、〈それと知らぬまに人の背に忍び寄ってくる底知れぬ孤独。この主題は内外を問わず、また規模の大小の別なく、現代小説でしばしば扱われていて、別段珍しいものではない〉（『早春』の謎」）としながら、この作品の見るべきものは、〈深夜の無言電話という小道具を操って主題を鮮明に印象づけていく構成の巧みさ、描写の確かさであろう。ただ、それにしても不審なのは、物語性というか、起伏に富んだ展開で読者を否応なく作中に引き込んでいく、作者得意の描法がこの小説では意識的に抑制されていることである〉とし、〈物語づくりに長じた藤沢周平がなにゆえにその天与の才能を抑制したのかという疑問〉（同前）が残るとしている。そして、周平の後年のエッセイ「小説の中の事実——両者の微妙な関係について」を引いてみせる。それは、

つくり話はちょっとした才能があれば誰にでも書けるだろうけれども、つくり話と見すかされるようなものでは小説とは言えない。また、誰も読んではくれないだろう。そこに実としか思えぬ迫真の世界が展開されていて、はじめて読者は小説の中にひきこまれるのである。私が丹念に資料をしらべて、出来るかぎりの事実をとりあつめて剣客小説の細部をかためるのも、そうすることで多少なりとも小説にリアリティを付与したいねがいがあるからにほかならない。

という文章である。向井は、〈現代小説でなまじ物語などを仕組めば、それだけで真実味が遠のいていきそうな不安が、作者のなかにあったせいではあるまいか。彼ほどの物語上手が『早春』では物語性そのものを抑えこんでしまった理由も、おそらくそのあたりにあったのだろう〉（同前）と述べている。

『本所しぐれ町物語』（新潮社・新潮文庫）が出たのは六十二年三月。この作品は「波」（六十年一月号〜六十一年十二月号）に連載されたものである。

作品紹介の前に少し道草を食ってみたい。というのは、藤沢文学の特徴の一つにリアルな地理描写があり、そのことに触れておきたいからだ。作品の中に描かれた地理を読んで地図づくりを楽しんでいる読者も少なくないようである。

その筆頭は地図好きを公言してはばからない井上ひさしだろう。井上ひさしには『蟬しぐれ』をもとにした「海坂藩・城下図」（「文藝春秋」平成九年四月臨時増刊号掲載）がある。その詳細さにおいて右に出るものはないと思われる。井上ひさしの、その作品（？）は山形県川西町の遅筆堂文庫で実物を見ることができる。

この作品の表題になっている「しぐれ町」は架空の町、つまり周平が創造した幻の町である。ただ、文庫本の巻末に掲載された対談の中で、〈本所の竪川の南側に林町や徳右衛門町があり場所はその近辺を考えていた〉とあり、別の箇所では〈現代はともかく、昔の本所、深川の地図は頭にある〉というふうに述べているように、周平がこだわりをもつ本所周辺が原型になっているようである。幻の町ではあるが、当然ながら著者の頭の中には正確な地図が描かれている。その地図をもとに、作者は物語の背景を読者にしっかり提示して見せ、物語の舞台に読者を誘うのである。

その町並みの描写が出てくるのは「秋」の章である。どんな様子なのか、政右衛門に同道して眺めてみよう。

二丁目から三丁目のはずれにかかる一帯は、しぐれ町の目抜き通りといった場所で、大ていの店がこのあたりにあつまっている。糸屋の梅田屋、味噌、醬油商いの尾張屋、小間物屋の紅屋、草履問屋の山口屋、瀬戸物商いの小倉屋、表具師の青山堂、茶問屋の備前屋と下《くだ》り塩を商う三好屋にはさまれている煮染を売る小玉屋。

どの店も、昼の間とはかなり様子がちがって見えるのだが、中でも客のいない小玉屋ほど、小さくあわれに見える店もないだろう。間口六尺の店先は、どだい敷居というものがなくて、かたむいた戸板二枚を外から縄でおさえて、店をふさいであるだけである。夕方になると、小鍋や皿を持ったこのあたりの女房たちが、店の前に人垣をつくるほどにはやる店だとはとても思えない。

政右衛門が立ちどまって、つくづくと粗末な店構えをながめていると、戸板の裏から全身真黒な猫が表に出て来た。猫は政右衛門を見ると一瞬腰をおとして身構え、それから金色の瞳をむけたまま咎めるように鳴いた。政右衛門はまた歩き出した。

呉服屋の相模屋、藍玉卸しの阿波屋。相模屋は黒漆喰塗りの大きな店蔵《みせぐら》で、その隣にあるばっかりに、阿波屋はごくふつうの店なのにみすぼらしく見える。足袋、ももひきの看板をかかげている堀米屋、古手屋の常陸屋。常陸屋とむかい合う路地の奥には、女祈禱師のおつながが住んでいる。

さらに二丁目のはずれ、三丁目との境界の手前には、〈袋物屋の小針屋、桶職人の桶芳、竹皮問屋の山城屋、真綿商いの鹿浜屋、米屋の丸子屋、指物師の藤次郎、唐物屋の掃部《かもん》屋、畳刺しの岩田屋、洗い張りの結城屋。三丁目に近くなると、町の左右には職人の店が目立って来る〉

まるでパノラマを見るように詳細に描かれる。その風景の中から時代の商売や庶民生活までが想像される。そうした町並みを背景にして、しぐれ町の町役人を務める大家の清兵衛と書役の万平のうわさ話から物語は始まる。

この『本所しぐれ町物語』には、十二の短篇が収録されている。それぞれの作品の登場人物は、ときに主役になり、あるときは脇役になって顔を見せ、物語全体を生き生きと有機的に構成している。機知が一つの魅力の要素である短篇小説の梗概を述べるのは不粋ということは分かるが、少しだけ紹介しておこう。筋書きの巧緻さは言うまでもなく、端正でいてメリハリのきいた文章を読むことこそが藤沢文学を享受する醍醐味と思っているから、後は作品に直接触れて頂きたい。

ここでは「猫」が心憎いまでの効果を見せる四話を取り上げてみたい。

まずは第二話の「猫」である。小間物屋・紅屋の息子の栄之助は女道楽が原因で女房のおりつは子どもを連れて実家に戻って、もうふた月にもなる。おりつは二十二歳だが、娘のような固いういういしさを残している。そんな可愛い女房がありながら外で浮気する若い者の気持ちが大家の清兵衛には理解できない。

栄之助も女房に未練たらたら。恥をしのんで詫びに行ったが、女房の両親からけんもほろろに扱われる。帰路、足に絡んできたものを、腹立ちまぎれに蹴とばす。猫だった。猫の飼い主はおもん。おもんはあだっぽい女で栄之助がもともと眼をつけていた。しかし、おもんは根付師だか指物師だか、その道の名人と呼ばれる職人の妾で、近づくには危険な女だった。

それが猫が縁で出会うことになる。ふた月も女気を慎んできたので、栄之助の気持ちは飢え乾いていた。それでも、栄之助は、いい仲になることを恐れてもいた。旦那が怖いということとは別に得体の知れない恐さを覚える。その果実の甘いことは分かるが、喰えば必ず身体に毒がまわる予感がする。しかし、その場に立つと、毒が回るならば回ればいいと思う。栄之助は地獄へ落ちて行くような、嗜虐的な快感に身をまかせた。

そして第四話「ふたたび猫」は次のように展開する。おもんと知り合って三月ほどたつ。おもんは予想にたがわず、男を狂わせる身体と気転の利く頭をもった女だった。栄之助は、おもんの家に行くときは気もそぞろだが、帰りは世間に対する恐怖で身がすくむ思いがする。

そんなある日、栄之助の仲人だった駿河屋宗右衛門に呼び止められ、おりつが戻りたがっているということを聞かされる。これ以上ほうっておくと話がこじれる。戻すにはいまが好機であり、そのためにも、おもんときっぱり手を切らなければいけないと諭す。やがておりつが戻り、栄之助は二人の女の狭間で岐路に立たされる。しかし、おもんには「別れるなんていやですからね。若旦那が来なくなったら、あたしの方からお店に押しかけます。おぼえておいてくださいよ」と脅迫めいたことを言われる。

その言葉通りに店に猫を抱いたおもんがやって来る。猫は帳場に入ってきて栄之助の膝に乗り、居心地よさそうに身体をまるめる。おりつがおもんを見、おもんもおりつを見ているのが顔を上げなくても分かる。が、栄之助には手も足も出ない。

そして第九話「みたび猫」に引き継がれる。櫛挽きの重助の作った蒔絵の挿櫛が、紅屋の商売敵である徳右衛門町のうさぎ屋で評判になっている。放っておく手はない。栄之助は重助を飲み屋の「福助」に誘って、自分の店にも入れさせようと画策する。しかし重助は女房のおはつが家を出ていて日常の雑事に追われ、手間暇のかかる挿櫛を作るのは無理だと断るが、結局十一枚の注文を受ける。その店におもんがいて、栄之助と目が合うと、流し目を送ってきた。前より若く、きれいになったように見える。

栄之助は重助の作った挿櫛を一枚懐に入れおもんを訪ねる。旦那が来ていないか窺うが、来ていないようだった。いたときは挿櫛が言い訳の材料にもなる。そのとき猫が近寄ってきた。喉をなでてやると、猫は喉を鳴らし甘えるように低く鳴いた。「おれをおぼえていたらしいな」とささやいて栄之助が立ち上がったとたん、お上の御用を務める島七の手下の二人に組みつかれ地面にのめった。泥棒と間違えられたのだ。

そのときおもんが外に走り出てきた。「泥棒だって？　このひとは小間物屋の若旦那ですよ」「ほんとだ。懐に櫛がある。見てくださいよ、櫛をとどけに来たんだ」と栄之助は半泣きの声で叫んで、その場はなんとか逃れることができた。暗いところに逃げた猫が高い声で鳴いた。そして場面は第十一話「おしまいの猫」に移る。

栄之助は駿河屋宗右衛門と「福助」で飲んでいた。栄之助は父親から、やりたいように商売をしてみろと言われ、商いに対して興味が湧いてきていた。半年後に店の模様替えをするため五十両の借金を頼んだのである。女房のおりつとも縒りが戻り、二人目の子どもも宿った。おもんとの逢引きも少なくなっていた。ところが、おもんが店の前をすました顔で通りすぎるのが見えた。見張っていると、じきに戻って来たおもんは栄之助に笑いかけて通りすぎた。そろそろ来てくれないと、いろいろ面倒が起きますからね、という脅しに見えた。

栄之助はおもんの家に向かう。おもんの家の灯は消えていた。時刻はたしかに四ツ（午後十時）近いから寝ても不思議はないが、おもんは宵っぱりの女である。寝るには早い気がした。しかし、その夜は旦那が来ているようなので引き返す。そしてラストを迎える。

翌日夜、栄之助は盗っ人そこのけの鋭い眼を前後にくばって、一目散におもんの家に急いだ。昨夜の今夜だから、旦那が来ているはずはないと踏んだのである。おもんの名前を呼び、履物をぬぎ、目の前の障子をあけたところで、栄之助は棒立ちになった。一瞬頭の中が真っ白になった。来ているはずのない旦那がいたのである。すべてはばれていたのだ。栄之助は畳に額をすりつけて謝るが、頭の上で旦那はあざ笑った。旦那は、

「いたずらが見つかった子供じゃあるめえし、すみませんだけじゃすむまいよ」（中略）
「あたしは根付彫りの職人で、あんたは小間物屋の若旦那。あたしの品物をあんたが売るというのはどうかね」
「根付ですか」
「そう、根付だよ。月に五つ回して年に六十か。そいつを世間並みより少々高値で、即金で買い取ってもらう。そんなところかね」（中略）
部屋に猫が入って来た。猫はしばらく旦那と栄之助を見くらべたが、みゃーおと鳴いて旦那の膝に乗った。

この猫の登場する四話に、しぐれ町の日常や人情の機微を描いた八話が挿入され物語は展開する。機知の冴えをみせる、この期の傑作といえるだろう。

六十二年の十月、「年譜」に〈岩手旅行。二十二日、盛岡から石川啄木の生家・常光寺などを見る。二十三日、原敬記念館、宮澤賢治記念館、羅須地人協会などを見て花巻温泉泊。二十四日、高村光太郎山荘を見て平泉へ。中尊寺、毛越寺を見て夜帰京〉とあるが、この旅行に関しては先に触れた。

周平は鶴岡に生まれ育ったものの、東北のほかの県には一度も足を踏み入れることなく東京で暮らすようになった。その後、会社の仕事や社員旅行で秋田県本荘市（現・由利本荘市）、福島県、宮城県には行った。いつか暇をみて、まだ見たことのない東北へ行ってみたいと考えており、それがようやく実現したわけである。

その時の模様はエッセイ「岩手夢幻紀行」「雪が降る家」などに窺われ、いずれも『ふるさとへ廻る六部は』（新潮文庫）で読むことができる。岩手旅行は賢治より啄木に惹かれてのことだろう。共感することの多い啄木を、いずれは書きたいと語っていたことも仄聞している。だからだろう、この旅で周平の視線は多く啄木に注がれている。

岩手紀行については先にも簡単に触れているので、実際の文章は読んでもらうとして、ここでは周平の持病である自律神経失調症について記しておきたい。

前にも触れたが、周平は数年前から自律神経失調症という病気に罹っていた。バスとか電車とかの乗物に乗るのが苦手になっていたのである。ことに窓が閉まって、密閉された感じの乗物がいけない。そういう乗物に乗るとひどく緊張し、突然に息苦しくなり、心臓がおかしくなったりするのだという。上野などの地下ホームも辛い場所だった。どこか閉所恐怖症というものに似ているが、同じではないらしい。例えば密閉されている乗物でも、タクシーとかエレベーターは平気なのである。この自律神経失調症について、周平は、

広い田園で育った人間が長い間都会に住み、馴れない環境で適応を強いられた末に起こした精神のひずみのようなものではないかと疑い、それならば半分は自分が選択した生活の結果なのだから、甘受するほかはあるまいなどと、かなり非医学的なことを考えたりするのだが、ともかくそのために、どうしても外出不足になるのを避けられないのである。(「啄木展」)

と綴っている。そんなことから、電車に乗って都心に出掛けるのは月に三、四度だが、それには家族が同行した。

この岩手旅行のときも家人が駅まで送り、駅ホームで旅行に同行する編集者にバトン・タッチするという具合だった。そのころは症状も少し軽くなっていた。が、完治したわけではなく、やはり不安は残っていた。

しかしタクシーは大丈夫なのだから、そんなに心配ならバスでなくタクシーにのればいいようなものだが、病人心理の不思議さとでも言うか、一方では不安が残るバスに乗って、どのぐらい恢復したのか、あるいは恢復していないのかをためしてみたいような気持も、ちょっぴりはあるのだった。(同前)

十二月、周平は家族と還暦を祝った。
愛娘の展子が遠藤正と結婚したのは六十三年二月である。周平にとって娘の結婚とはどんなものだったのか。当時の感慨を、後に次のように記している。

娘が結婚したのは六年前のことだが、私はかねてから男親が娘を嫁にやるのをいやがったり、披露宴で泣いたりするなどということを、聞くにたえないアホらしい話だと思っていた。

ウチは一人娘だから、かわいくないわけがない。いくつになろうとかわいくて気がかりで仕方がない。しかし、だから箱に入れてしまっておこうとは全然思わず、こんなにかわいくていつまでも娘のことを心配しているのはごめんだと思っていた。

だからふつつかな娘でいいといってくれる結婚相手が現れて、娘にかかわる気遣いのたぐいを肩代わりしてくれるなら、こんなありがたくてうれしいことはないと思っていた。あとは関係ないで済まされなくとも、親の責任はとたんに一〇パーセントぐらいまで減るだろう。泣くどころか高笑いで娘を送り出したいほどである。それに男が泣くとは何事か、男の沽券《こけん》にかかわる話だとも思っていた。

で、めでたい式の当日、つづく披露宴はなごやかにすすんで、私は末席から今日の主役である娘を見ながら、隣の席の妻に「あの子は少しにこにこし過ぎないか」などと文句を言ったりしていた。すこぶる余裕があった。ところがである。祝辞とスピーチがわりの歌がつぎつぎと登場して、やがて佐藤さん夫妻の歌になった。奥さんの由美さんは中学、高校が娘と一緒で、よく家に遊びにきていたひとである。当日は彼女がギターを弾き、ご主人と一緒に歌う趣向で、歌は長渕《ながぶち》剛の「乾杯」。

ところが歌の途中で感きわまった由美さんが泣き出した。そして何としたことだ、私もまた目の中が涙でいっぱいになって顔を上げられなくなったのである。由美さんの涙と歌詞に刺戟《しげき》され、自分の人生を歩きはじめようとしている娘のけなげさが胸にこみ上げてきたという塩梅《あんばい》だった。これだからあまり大きな事は言えない。(「涙の披露宴」)

なんのことはない。周平も、やはり娘をもつ普通の男親である。

四月、山本周五郎賞の選考委員に就任、五月二十日の第一回山本賞の選考委員会に出席する。六十四年一月七日、昭和天皇が長逝、元号は平成と変わった。十月、「月刊 Ａｓａｈｉ」主催の朝日新人文学賞の選考委員に就任。十一月には「江戸市井に生きる人々の想いを透徹な筆で描いて現代の読者の心を摑み、時代小説に新しい境地を拓いた」功績により第三十七回菊池寛賞を受賞した。周知のように、この賞は菊池寛の日本文化の各方面に残した功績を記念するために設けられたもので、対象は文学・演劇・映画・新聞・放送・雑誌・出版及び広く文化活動一般において、その年度の最も清新かつ創造的業績に贈られるものである。周平は、

今年はまた、最後のところに来て菊池寛賞を受賞するという、思いがけない光栄に浴した。これまでやって来た仕事を認めるといった内容の授賞理由がうれしかった。私の小説はごく地味なもので、本来華華しい賞の対象とはならないはずなのだが、そういう小説はそういう小説として

価値があると言ってもらった感じがうれしかったのである。

もちろん私なりに一所懸命に仕事をして来たつもりではあるけれども、一所懸命やったから必ず報われるとは限らないわけで、こういう賞は有難く頂戴しなければいけない。受賞の決定で、そのあとあちこちから祝辞やらお祝いやらを頂戴し、しばらくの間身辺がざわめいた。（「近況」）

と記している。田辺聖子は、

人間を見る目のあたたかさ。

そして一閃する仄かなユーモア。

読んでいて、全く、嬉しくなってしまう。

思わず、にやっとして会心の微笑というヤツ。

――これあるがゆえに、藤沢さんの本は、人々に愛されているのだと思う。芝居でいう、『ジワがくる』とはこのことであろうか。ヒタヒタとファンの寄せる心が、藤沢さんの文学を支えているようだ。

そんな藤沢周平さんが、大衆に愛された菊池寛の名を冠した菊池寛賞を受けられるのはまことにふさわしいし、嬉しいことに思う。藤沢さん、加餐《かさん》されてまたすてきなお作品でわれわれを楽しませて下さい。（「しみわたる滋味」「文藝春秋」平成二年一月号）

との言葉を寄せた。

この年、周平は六十二歳になる。ひと頃に比べ周平の執筆量は減っている。周平も、

不十分な体調としのびよる老化のせいで、執筆能力の方も平行して落ちているために、書く量が少ないわりには楽になったという実感がない。相変らずというか、十年一日のごとくというか、漠然《ばくぜん》とした多忙感にせかされて過ごしているのが近況である。

もうそろそろ、こういうせわしない生活を切り上げて、自分本位、仕事第二の優雅な隠居暮らしをしたいと思いはじめてから久しいけれども、仕事というものは大体がのっぴきならない形でやって来るもので、なかなか思うようにはいかない。

そういう状況なので、私の日課は十年前、十五年前とさほど変らず、午前中は散歩、昼寝をはさんで午後は来客に会ったあとで執筆、というパターンで過ぎて行く。間に野球、相撲などのテレビ観戦が入って来て、自分で自分の首をしめるのも毎度のことだが、これはべつに私だけに限らないだろう。

隠居願望が高じて、今年の秋は『三屋清左衛門残日録』という武家の隠居を主人公にした小説を出したが、私が現実と縁が切れないように、小説の主人公も隠居はしたものの、結局現実からはのがれ得ず、何かと厄介《やっかい》ごとにかかわり合って生きて行くという結末になったようだった。

しかし隠居したとたんに身も心も老いるのを防ぐためには、むしろ現実の軛《くびき》につながれて、なにがしか世の中のお役に立つという生き方が賢明なのかも知れない。(「近況」)

と記す。このあたりに『三屋清左衛門残日録』の執筆動機が窺えそうである。そういえば、この

作品には周平の老いを意識していることを感得させるフレーズが各所に見られるようである。

この年には他に『麦屋町昼下がり』（文藝春秋・文春文庫）、『市塵』（講談社・講談社文庫）が出た。二年一月、前年に刊行した『市塵』が芸術選奨文部大臣賞を受賞する。「市塵」は「小説現代」（昭和六十一年九月号〜六十三年八月号）に連載されたもので、周平五十八歳から還暦を挟んだ六十歳のときの作品である。

『市塵』は将軍家の政治顧問を務めた新井白石の生涯を描いた歴史小説である。白石は江戸時代半ばの学者であり政治家であるが、その生涯は波瀾に富んでいる。甲府藩主綱豊が六代将軍家宣《いえのぶ》になるに及び補佐役として協力を求められる。一介の儒者であり、経世家にすぎない白石にとって、それは目も眩むような話だった。

宝永六（一七〇九）年一月、五代将軍綱吉が逝去すると、葬儀が進む中で、白石は急務三か条をまとめ、家宣に進言し、次第に政治顧問としての地位を確立していく。しかし、さまざまな改革を実現する一方、門閥を誇る幕臣たちの反撥も買う。家宣の死後、いったんは職を辞すことを考えたが、七代将軍家継《いえつぐ》のもとで、さらに大きな事業を成し遂げていく。

還暦を迎えた正徳六（一七一六）年、『西洋紀聞』『古史通』などの著作に専念していた白石は、四月、家継が八歳で逝去し、吉宗が八代将軍となると地位を失う。城勤めに終止符を打った白石は、自伝『折たく柴の記』などの著作に明け暮れる。そんな白石に職を退いた者の悲哀を感じさせる事態が起きる。屋敷替えである。替え地は四谷大木戸の先、内藤宿六軒町の畑の中だった。

つづいて白石が苦心して作り上げた武家諸法度、朝鮮使節の待遇など、すべて元に戻すという話が伝わる。当初は怒り心頭に発した白石だが、しだいに怒りがおさまると、次には深い失望感に襲

われる。失望の先には、「市塵の中に帰るべし」という諦観の境地が見えていた。周平は、

時代小説というのは内ふところが深いから、この小説の場合は白石という評伝でもあり人間を通した歴史小説でもあるような小説が出来上がりましたね。で、ついでに言うと往々にして歴史小説は時代小説より少し上にあるように言われたりするんだけども、私はそうじゃないと思う。しいてわければ時代小説は虚構を主とし、歴史小説は事実を主として書くわけですけれども、虚構が事実に劣るなどというのは何かの偏見でしょうね。書く方から言えば、虚構の物語をつくる方がむずかしい。（常盤新平との対談）

と述べている。時代小説の実作者である高橋義夫は、

いかにも藤沢作品らしい味わいを加えるのが、不肖の弟子伊能佐一郎の存在である。伊能は人妻と駆け落ちして、武士の身分を捨て、うどん屋になる。白石が栄達をきわめ、政治と学問の世界で身を削って闘っているとき、伊能の消息は影絵のようにあらわれては、巷の塵の中に遠ざかる。白石は馬鹿なやつと思いながら、気にかかってしかたがない。

作品のおわり近く、老いて身も心も疲れた白石の前に、うどん屋となった伊能があらわれ、そば湯をふるまう。その一杯の湯が白石の凍えた身体をあたためるのだが、それは癒やしというより、学問が生活に敗北する場面と見える。（『藤沢周平読本』）

と評したが、作家ならではの的確な指摘だと思う。

多忙を極める周平だが、山形市内に発行所をもつ月刊タウン誌「やまがた散歩」の四月号から四年四月号まで、「わが思い出の山形」と題したエッセイを連載している。それらは『半生の記』（文春文庫）で読むことができるが、原稿料無料のボランティアともいえる執筆だった。そんな条件で執筆を依頼する編集者も編集者だが、周平の中には、師範学校時代に住んだ山形への恩返しのような気持ちがあったに違いない。驚くべき律儀さといえる。

テーマは「記憶について」「厳粛な飢え」「賛美歌」「モク拾い考」「済生館」「青春の映画館」……と続くが、この作品が存在したおかげで青春時代の周平を克明に知ることができたといっても過言ではないだろう。

それればかりではない。周平の〝郷里孝行〟はまだまだ数えることができる。いま一つ、鶴岡から出ていたタウン誌「グラフ山形」にも二年間にわたってエッセイを連載している。『帰省　未刊行エッセイ集』（文藝春秋）に収録されている「ある伝記のこと」「講演が苦手」「雪のある風景」「大衆と政治　Ⅰ・Ⅱ」「小説のヒント」などのエッセイ群は、いずれも同誌に発表されたものである。

ところで大河内昭爾に同人雑誌とかかわる周平の思い出を綴った一文（「文學界」平成十九年四月号）がある。かつて大河内が「文學界」の「同人雑誌評」で「荘内文学」を取り上げたところ、周平から、〈この間郷里に帰ったら同人雑誌の人たちが大変よろこんでおりました〉というハガキをもらったという。そのことに関して、〈流行作家のなかでもひときわ多忙を極める作家が、一同人誌のためにわざわざハガキを投じるというやさしい気持ちに私は強くうたれた。私もうれしかったし、元々秋山駿ゆずりの藤沢ファンでもあったので、しばらくそのハガキを大切にしていた……〉と述懐している。郷里の後進に対する温かい思いやりが感じられるいい話である。

地元への応援といえば、中でも圧巻なのが、その「荘内文学」の編集同人・堀司朗に宛てた手紙である。内容は「荘内文学」に掲載された各作品についての詳細懇切な感想・批評である。原稿枚数に換算すると十六・五枚という長文のものである。その手紙の日付は平成二年六月二十一日となっている。二年といえば周平は直木賞を始め山本周五郎賞、朝日新人文学賞などの選考委員を担当している。選考には多くの作品を読まなければならず、真剣勝負に臨むような多大な体力が要求される。さらに「浦島」「初つばめ」「鷦鷯《みそさざい》」「遠ざかる声」「泣き虫小僧」のほか、「用心棒日月抄」シリーズの最終巻「凶刃」、「わが思い出の山形」「秘太刀馬の骨」などを連載し、創作活動に切れ目はない。そのような多忙な日々にあっても、地縁につながる同人雑誌に依って活動する後進を励ますためにこういう手紙を書く。それが周平という作家の人柄というものだった。

第七章　失われた世界への共感

平成三（一九九一）年二月に出た『玄鳥』（文藝春秋・文春文庫）には表題作のほか「三月の鮠《はや》」「闇討ち」「鷦鷯《みそさざい》」「浦島」の四篇が収録されている。二、三篇の梗概を紹介しておこう。

まず「玄鳥」である。無外流指南の末次三左衛門の娘・路は、上意討ちの討手に出た曾根兵六の消息を聞きたくて叔母の見舞いに出かける。消息を絶って二月近くが経っていた。兵六は末次三左衛門の秘蔵弟子で、後継者に選ばれていた剣士である。不幸な結婚をした路は、兵六の粗忽《そこつ》で面白い人間らしさを好いていた。路は叔母から討手が不首尾に終わったことを告げられる。

その経緯だが、藩士宇佐甚九郎が上役を待ち伏せて斬り逐電したため、藩は上意討ちの討手として瀬田源八郎、加治彦作、曾根兵六を放ったのである。瀬田は三人のうちで禄高も多く、一番の年嵩だったので指揮を取った。三人は城下を出発して二十日後に掛川の宿に着く。掛川の連雀町には宇佐の縁者である雁金屋という葛布《くづふ》の卸問屋がある。宇佐がどこに行こうと、いずれは金に詰まって現れるに違いないと踏んだ瀬田たちは雁金屋を見張ることにしたのだ。

しかし、日が経つにつれ初めのころの緊張感は薄れていった。その機を待っていたかのように、宇佐は兵六が見張りについて不在のときに宿を襲う。瀬田は即死、加治は深手を負った。ひとり戦うこともせずに無傷で戻ってきた兵六は、あざけりと非難の的になり、減石のうえ大坂の蔵屋敷に役替えになる。さらに兵六には討手が放たれようとしていた。遠方に役替えを命じて追い討ちをかけるのは藩のお家芸である。路は心が落ち着かない……。

ところで、かつて末次三左衛門は、独自に編み出した不敗の秘伝風籟の型を兵六に伝授しようとしたが、最後にきて中断した。兵六の生来の粗忽さを気にしてのことである。伝授を中断したものの、三左衛門は、もしも兵六に絶体絶命のときが訪れたら伝えるよう路に最後の型を伝えていた。路は兵六に風籟の型の最後の型を口伝する。そしてラスト近くに、

口伝が終り、刀をつかんだ兵六が庭に降りるのを見とどけてから、路は杢平をうながして組屋敷を出た。

組屋敷や小禄の藩士の家がかたまっている町は、灯のいろも稀で、暗い塀の内にも外にも虫が鳴いていた。そして河岸の道に出ると、今度は馬洗川のせせらぎの音が高く聞こえて来た。橋をわたっているとき、路は不意に眼が涙にうるんでいるのを感じた。すべてが終ったという気持が、にわかに胸にあふれて来たのである。

終ったのは、長い間心の重荷だった父の遺言を兵六に伝えたということだけではなかった。父がいて兄の森之助がいて、妹がいて、屋敷にはしじゅう父の兵法の弟子が出入りし、門の軒にはつばめが巣をつくり、曾根兵六が水たまりを飛びそこねて袴を泥だらけにした。終ったのはそういうものだった。そのころの末次家の屋敷を照らしていた日の光、吹きすぎる風の匂い、そういうものでもあった。

とある。藤沢文学ならではの、端正でしみじみとした、いい文章である。

「三月の鮠」は窪井信次郎が釣り糸をたれている場面から始まる。しかし、魚を釣ろうと思っているわけではない。人に会ったり、話をしたりするのが嫌になり、家の中でも父母や奉公人と顔を合わせないように、逃げてきているだけである。

そんな風になったのは、去年の秋に藩主の前で行われた紅白試合からである。最終試合で信次郎は柘植道場の代表として、藩随一の遣い手といわれる岩上勝之進と立ち合った。勝之進は三年不敗の成績を残していたが、窪井信次郎が勝つだろうともっぱらの評判だった。しかし、一方的に負け、信次郎だけでなく柘植道場の面目も失墜させる。

以来、武士としての誇りは失われ、おどおどとした卑屈な心情だけが残った。勝之進の父の家老岩上勘左衛門は、傲慢な人柄と人柄にふさわしい独断専行の藩政経営のために、家中の人々に憎まれていた。が、憎まれていながらも隠然たる藩政の実力者だった。

ある日、釣りを切り上げた信次郎が暑い日射しを避けて山王社に行き、社殿の横にある縁側に腰をかけにぎり飯の包みをひろげていると、女に声をかけられる。女は「別当が、よろしかったらおなくなった。信次郎は清楚でうつくしい娘から目がはなせ茶をさし上げたいと申しておりますが……」と言う。信次郎は清楚でうつくしい娘から目がはなせなくなった。信次郎は覚浄別当に茶を振る舞われる。それからたびたび信次郎は社を訪れるようになる。女は社の巫女で照日乙女と名乗った。が、信次郎は女が武家の娘だろうと推測する。果たして女は何者なのか……。

ところで三年前、土屋弥七郎一家が滅亡するという惨事があった。土屋は家老の岩上派の重鎮で、商人から賄賂を取っていたという嫌疑がかかっていた。一家自裁と思われた。土屋家では奉公人を入れて七人が死んだとされているが、葉津という娘がおり、事件のあとで行方不明になっている。照日乙女は葉津だった。葉津は一家滅亡の惨事は屋敷内の私闘によるものではなく、外部から来た五人の男たちに惨殺されたのであり、ほかの者たちは指揮していた男を勝之進と呼んでいたと証言したという。岩上勝之進である。

そのころ、葉津の周辺に怪しい人影が出没するようになる。信次郎は葉津を屋敷にかくまうことにするが、時すでに遅く、何者かに襲われて別当と召使いの平助が殺され、葉津はまたもや行方不明になる。

秋になり、紅白試合で再び信次郎と勝之進は対決することになる。信次郎は「天風」と呼ぶ柘植道場の得意技に相手を嵌める。試合の前に信次郎は小姓頭の横山庄兵衛の嫡男の庄蔵から大目付と監察の三井多次郎が岩上の屋敷に入ったことを知らされる。庄蔵は、今度は岩上もおしまいだなと言った。

試合が終わって席に戻ったときに突発事件は起こる。勝之進が白刃を手に桟敷席に向かって走るのが見えた。信次郎も走り寄り桟敷の五間ほど手前で勝之進を迎え討つ。

疲労で這うようにして屋敷に戻った信次郎のもとに葉津からの便りが届く。惨劇が起きる前日に葉津は神室山の宝善院に旅立っていたのである。最後の信次郎が宝善院を訪ねる場面を引用しておこう。周平の小説のラストシーンの秀逸さは多くの評者の指摘するところであるが、「三月の鮠」もまた読者の期待を裏切らない。

信次郎が石畳の上に立ちどまって、松や樫の木に囲まれた、簡素な造りながら大きな寺院を眺めていると、横の住居の方から小桶を手にさげた若い巫女が出て来た。葉津だった。
葉津は本堂の前を通り抜けようとして、信次郎に気づいた。白衣に緋の袴がひときわ清楚に見える。信次郎は、やあと言った。葉津は小桶を下に置くと、信次郎に向き直った。その肩にも降って来た落葉があたった。
身じろぎもせず、葉津は信次郎を見ている。その姿は紅葉する木木の中で、春先に見た鮠のようにりりしく見えたが、信次郎が近づくと、その目に盛り上がる涙が見えた。

中野孝次は文庫末の解説で、〈読む者の胸に哀切の思いをよび起さずにおかない〉として、

これもまた実に印象的な、くっきりと心に残る情景である。現代女のように走って胸にとびこんだりしないで、じっと立って感情をこらえ、こらえきれずに涙が盛り上る。これこそが女、日本の女というものであると、わたしなぞはこの描写にぞっこん参ってしまう。

と同時にむろんその前に、自棄の念から立ち直った信次郎と権力をかさに着て非道を行なった岩上一族の倅勝之進との三本勝負の、これは藤沢周平のあらゆる試合描写の中でも一きわすぐれた描写があればこそ、この最後のシーンがとくにさえざえとひびくのだ。

との惜しみない賛辞を呈している。すぐれた試合描写については読んで頂くしかない。
いま一つ「浦島」を紹介しておきたい。主人公の御手洗《みたらい》孫六は、むかし鵜飼という無眼流の道場で多少は名の知れた剣客だった。しかし、酒の上の失策がもとで勘定方から普請組に勤め替えを命

ぜられる。それからは気力も萎え、木刀を振ることもなくなってしまう。はじめは腐っていたが、慣れてしまうと普請組勤めも居心地が良いものだった。

そして十八年後、失策の真相が判明し疑いは晴れる。孫六は勘定方に戻され、減らされていた五石も復することになる。五石が戻れば御手洗家の一年分の食い扶持があらまし賄えることになるが、いまひとつ喜びが湧いてこない。藩の温情で戻してもらった勘定方勤めだが憂鬱な日々を送っている。勘定方でも出戻りの孫六を心よく思っていない。それに長い留守の間には帳付けの方法も変わり、いちいち頭を下げて同僚に訊ねないと一歩も仕事が進まない。昔は得意だった算盤も、力仕事のため芋虫のように太くなった指に馴染まず、たどたどしい指運びは詰所の笑いものになる。陰湿な意地悪もされる。

孫六は自分をとんでもない場違いなところに戻った浦島太郎のように思うことがあった。ある日、孫六は久し振りに酒を飲む。そこで同じ酒場で飲んでいた同僚とひと悶着を起こし刀を抜き、再び処分を受け普請組に逆戻りする。冬になって普請組の道具小屋の中で焚火を囲みながら、女好きの足軽たちがお喋りしている。そして、

にこにこ笑いながら孫六は耳を傾け、おれも結局普請組勤めでかなり品下ったと思っていた。しかしそういう孫六自身、足軽の話にそそられたようにひさしく触れていない妻女の柔肌を思い出し、今夜あたりは、冬の夜のつれづれに手をのばしてみようかと、怪しからぬことを考えている。

というシーンで終わる。行間からはまぎれもなく現代が透視される。技術革新の激しい時代であれば、ちょっとした空白期間がスムーズな職場復帰を拒むこともある。職場における居心地の悪さだが、転勤族には思い当たる節もあるのではないだろうか。

「浦島」には特記しておきたいことがある。この作品は「文藝春秋」の平成二年三月号に掲載されたものである。なぜ特記するかというと、同誌は二年の新年号から翌年の五月号までほぼ毎号、当代の実力派作家十五人に新作短篇を依頼、誌上で妍を競わせる企画を立て話題になった。掲載順にあげると、丸谷才一、安岡章太郎、藤沢周平、大江健三郎、吉行淳之介、村上春樹、三浦哲郎、田久保英夫、大庭みな子、遠藤周作、河野多恵子、瀬戸内寂聴、古井由吉、日野啓三、吉村昭という錚々たるメンバーである。

そのほとんどが〝純文学〟系の作家とされている人たちであることは一目瞭然だろう。唯一の例外といえるのが周平である。純文学か大衆小説・中間小説かという区別は、とうに失効していたとはいうものの、こうした企画に時代小説作家と目されている周平が登場したというのは、異例のことと思うのは、わたしだけではないだろう。

再び中野孝次に登壇願う。中野は、

藤沢周平はかつてあった日本と日本人の美しい面を描きだす作家だということになる。だれも昔の日本がどうであったか知るはずはないが、藤沢周平は小説家の特権によって想像力でそれを作りだし、これが私の信ずるわれわれの先祖だと示す。それが読む者の心をとらえ動かすのは、まさにここに描かれたものこそ現代に最も欠けているものだからだろう。たとえば女性像一つをとっても、その心根の勁さ、慎しみ、自制心、思いやりの深さ、けなげさは、われわれが日常見ることとあまりに少ないもので、凛たる気品をたたえたその姿に惹かれないわけにいかないのである。新渡戸稲造はその著『武士道』の中で、かつての士にとって最も重んじられたのは廉恥心であったとし、こう言っている。

——武士の教育において守るべき第一の点は品性を建つるにあり、思想、知識、弁論等知的才能は重んぜられなかった。

——廉恥心は少年の教育において養成せらるべき最初の徳の一つであった。

——虚言遁辞はともに卑怯と看做された。

こういうかつての武士を支えた精神的支柱は、その基本的骨格をそのまま藤沢周平の世界に見ることができる。彼らは人間的欠陥にみちているが、欠陥にもかかわらず肝心の面は実に清々しく、凛としている。われわれは藤沢周平の描いた人物たちの幾人かを、まざまざと目に思い浮かべ、彼らを支える倫理的骨骼のみごとさを嘆賞せずにいられない。

とともに、何度もいうようだが、そこに流れる男と男の友情、男と女との抑制された慕情の美しさに、われわれは今に失われたものを見、憧れをもって眺めずにいられない。この世界の人情のよさ、自然の美しさ、それを感じれば、ああここに美しい日本があると言わざるを得ないのだ。

と述べている。さらに、〈藤沢周平は現代のあらゆる小説家の中でおそらく最も自然描写に巧みな作家である。彼の描く自然——四季折々の山や川や町や野の美しさは、郷愁のようにわれわれに

訴えかけてくる〉（同前）とも述べている。そして、

あの独特の自然描写。実はわたしはつい二、三日前、かの海坂藩《うなさか》という美しい名の北国の藩の城下町のモデルとなったはずの鶴岡に行って来たばかりで、それだけになおさらその自然描写に感じ入ってしまうのだが、「鴨鶇《みそさざい》」の冒頭のあの叙述、

「今日は一日中薄ぐもりで、昼過ぎからはほんの少し日射しがちらついたりしているが、昨日、一昨日の二日間は、時雨が降ってはやみ降ってはやみする陰鬱な空模様で、ことに昨日は、日暮になるとそれまで降っていた雨がとうとう霰《あられ》から霙《みぞれ》に変った。背中のあたりがいやに冷えると思いながら板戸を閉めに立つと、薄暗い地面を打ち叩いているのは霰まじりの雨だったのである。」まったくこのとおりであった。時雨はさあーっとやって来てはすぐあがるが空は低く雲がたちこめたまま、また時雨が来て、そのうち真白い霰にそれは変り、北国の冬が来たことを感じさせた。藤沢周平はそういう季節の変り目にとくに敏感で、うまく小説の背景にとり入れている。この「鴨鶇」でも、団扇作りの内職をしなければ暮してゆけぬ下級武士の、誇りは高いが寒々しい暮しをこの冬に入る描写でどれほど鮮やかに描いていることか。（同前）

と自説を補強してみせる。

周平は井上ひさしとの対談「ふるさとの心と文学」（「山形新聞」前掲）で、ふるさととは、の質問にこう答える。

庄内の風土が原風景となって心に広がっている。色彩豊かな春、夏はもちろんだが、稲を刈り取ったあとの何もない、はるばる続く田圃。荒野のような感じが気持ちの中に一つある。小説は、そこに入っていって、また出ていくが、何か、そこが根本のところにある。あれは都会ではなく、田舎の風景だ。そこで育ったことは、どうしようもないものがありますね。江戸の時代ものの小説の風景描写に使っている。

これに対して井上ひさしは、

藤沢さんの小説の読者として、作品を前にさかのぼって読んでいる。江戸の庶民を描いたものは、ふるさとは喪失していないが、後ろにいつも風が吹いている市井ものもあるし、国元を離れて必死で生き抜こうとする人とか、絶えず、ふるさととの関係を問いながら展開している。前に故郷を探していく小説もある。これから故郷をつくっていくみたいな……。そういう描写が藤沢さんの大きな魅力です。

と応えている。屋上屋を架すようだが、読者を惹き付けてやまない藤沢文学の魅力は、メリハリの効いた端正な文章、登場人物の生き方への共感、現代では失われた美しい友情など枚挙に暇がないが、最強のものに風景描写のよさを挙げても非難はされないだろう。自然描写の秀逸なことは、多くの評者の一致した指摘である。

そして周平の描く自然は、限りなく読者の郷愁を誘う。それは周平の原風景が日本人の原風景に重なるからだろう。しかし、その風景が変貌を強いられている。愛惜する風景が次第に姿を消すことに対する失望と苛立ち――それが周平をして、多く風景を語らせたに違いない。そこには、ひたすら昔日の光景を懐かしむという想いはない。

ここで農村風景についても触れておこう。周平は、

　私の意識の中では、都市はどんどん変貌《へんぼう》するもので、農村は変らないものだった。私は農村の生まれなので、郷里は母なる大地である。母なる大地にそうくるくる変られては困るという思い入れもあったが、事実農村はあまり変らなかった。戦後の農地改革でさえも、農村の本質を変えるには至らなかった。

　むろん農村だって多少の変化はあるのだが、変るには長い時間がかかり、その変化は目立たなかった。変化があっても、じきに周囲の風景に呑《の》みこまれてしまうように見えた。(「似て非なるもの」)

多少の機械化も農薬も、やがて村の風景の中に吸収され、その一部になった。

　だが昭和三十年代後半以降に、農業近代化の名前で国が後押しした農村改革はそんな生やさしいものではなかった。そのすすみぐあいはひたすらにせわしなくて、やがておなじみになった新しい農村風景が出現する。馬も牛も姿を消して、かわりにトラクターが田圃《たんぼ》を這《は》い回った。村のそばを流れる川は生活排水と農薬で濁り、背骨の曲った魚が泳いだ。機械化はその後もすすんで、

いまは田植え機とコンバインが田圃の主役である。(同前)

しかし、そのころも周平は、なかなか村も頑張っているなと思った程度で、容量の大きい村の胃袋を信用していた。

しかし私は近年になって、農村は急激な近代化をついに消化し切れずに解毒不能の毒が回ったのではないかと疑っている。陳腐な言いぐさだがむかしの農村には自然と共存するよろこびがあった。しかしいまはどうか。農薬まみれの自然、バイオテクノロジーがらみの自然とは、共存は可能でもそこによろこびがあるとは思えない。草は緑、小流れの水は澄んで、一見してむかしと変らない農村風景に、私は近ごろふと似て非なるものを見てしまうといった感想を、郷愁ではなく漠然《ばくぜん》とした懼《おそ》れから記しておこう。(同前)

記憶の襞に沈んでいた、村の風景が変貌したことに気づかされたことについて、次のように回想している。直木賞を受賞し、賞に関連する雑誌のグラビア写真を撮ることになり、周平は編集者とカメラマンを伴って鶴岡に帰る。最初に生まれた村に向かった。が、生家は没落してしまっていたので、村はずれの風景を撮ることにした。そこで周平は子どものころに泳いだ川を近景に、その遥か東にそびえる月山を遠景に望む場所で一枚写そうということで、車を降りて川が見えるところに行ったとき、異様なものが見えてきたという。

私の記憶にある村の川は、まず両岸が石垣で固められている。その上部の土手はといえば、そこにはありとあらゆる丈高い雑草がはびこり、その中にテリハノイバラやヒルガオの花が咲き、砂地にはバッタや斑猫《はんみょう》がいて、小暗い草の葉かげには蛇《へび》がひそみ蜂《はち》がとび回っているといった場所だったのに、私の目の前にあるのはいやに直線が目立つ白いコンクリートブロックの建築物だった。その間を汚れた水が勢いよく流れていた。

言ってみれば川が本来持っている情緒とか付随的なはたらきとかをきっぱりと切り捨てた、機能一点ばりの水路が目の前にあるというだけのことだったのだが、思えばその川が私に村の変容を気づかせる最初の光景になったように思う。（「変貌する村」）

以来、懐かしい村の景色は次々に姿を消していく。村の北に見えるコニーデ型の鳥海山、真東に望む雄大なアスピーテ型の月山、その見馴れた光景の中に高速道路（東北横断自動車道）が割り込んできた。現代を生きている者だから、高速道路の有効性に文句を言うつもりも資格もないけれど、お国自慢の有力な種でもある鳥海山、月山の眺望が、かなり損なわれることは間違いないだろうと言う。また、あるとき帰省すると、一つの山が失われていたとも報告している。

ついでにと言ってはなんだが、コメについても触れておこう。周平はコメの自由化に反対の態度を鮮明にしている。貿易の自由化についてコメと工業製品をごっちゃにして論じている連中がいる。〈かりに日本が車を外国からの輸入に頼っているとして、あるとき車の輸入がばったりととまったところで、多少暮らしに不自由はしても命に別条はないだろう。しかしそれが主食の場合は、何かの理由で米の輸入がとまったら飯の喰い上げ、命にかかわる。命綱を外国に預けるのは、私なら願い下げにしたい〉（「農業の未来」）と断言する。

今後の農業を繁栄させる青写真として、経営規模を拡大し経済性を高め、地域間競争のみならず国際競争にも堪え得る強い体質を育てるというものがある。

しかし私はここでもわからないことがある。言葉は大げさかもしれないが、ひとにぎりの大規模経営農家（地域営農集団は認めたいが）が繁栄して、大部分の中小規模農家を切り捨てることが日本の農業の繁栄だというのだろうか。広くなった田圃にアメリカ風にヘリコプターで種モミや薬剤を播いたりするのが、あるべき未来の日本の農業と農村の姿なのだろうか。それはただの農村の圧殺ということではないだろうか。

自由化推進論者の中には、自由化は大規模経営化を促進して結構だとか、兼業農家が日本の農業近代化を阻んでいるなどという人がいるが、私の見方はこれとも違う。（同前）

とも言う。なおコメ問題については、同郷の井上ひさしが執拗なまでに追及したことは周知の通りである。

第一期の『藤沢周平全集』（文藝春秋・全二十三巻）の刊行が始まったのは四年六月。周平は「月報」に自伝的エッセイを執筆する。

他人の自伝を読むのは好きだが、自分で自伝を書こうとは思わないと、以前なにかに書いた記憶がある。その気持はいまも変らず、自伝とか自分史とかを書きたいとは思わない。私は小説を

> 書くことを職業としているので、好むと好まざるとにかかわらず、私という人間は作品に出ている。それだけでも鬱陶しいのに、その上に自伝めいたことなどを書きたくはないというのが正直な気持である。（中略）
>
> 　といったように自伝めいたものを書くことについて、私の気持は大方否定的にしか働かないのであるが、ただひとつ、あれだけはどうも歩いてきた道をひととおり振りかえってみないことにはわからないかも知れない、と思う事柄がある。あれとは私が小説を書くようになった経緯、もっと端的に言えば、どのような筋道があって私は小説家になったのだろうかということである。
>
> （「半生の記」）

この連載エッセイを読むと、周平の魂の遍歴をつぶさに知ることができる。

これまでの周平の集大成である全集の刊行がスタートした三月後の九月、次姉のこのゑが亡くなった。七十五歳だった。周平の「活字好き」を「小説好き」に変えた役割を果たしたのは、小学五、六年のときの担任で、名作を読み聞かせたり作文に丁寧な添削をすることで書くことの喜びを教えてくれた宮崎東龍であり、二人の姉だった。周平は次のように記している。

> 　家には姉たちが子供のころに読んだと思われる少女雑誌や、丘のむこうの温泉旅館で働いている長姉が休日のときに持ち帰るキングとか富士とかの小説雑誌、菊池寛、吉屋信子、久米正雄、牧逸馬の文庫本などがあった。（「学校ぎらい」）

もちろん姉たちの本ばかりではないが、姉たちが留治少年に与えた影響は大きかった。この次姉について、周平には苦い思い出があるという。周平が二つか三つ、姉たちが十二、三のころのことである。その日は珍しく二人の姉がそろって奉公先から戻ってきていた。長姉の繁美は子どものころから神経痛持ちだったので、農業は無理と思われたので親戚筋の温泉旅館に女中奉公に行っていた。次姉のこのゑは小学校の開校以来の秀才といわれたが、小農のしきたりに従って隣村の農家に奉公に行っていた。

その夜、周平は自分の寝間ではなく、姉たちと一緒に茶の間で寝ることになった。

ところでいよいよ寝る時間になったとき、上の姉がさあ、誰と一緒に寝るかと言った。すると下の姉がふざけて、こっちで寝ろと私の手をひっぱった。上の姉は丸顔で身体のふっくらとした人である。色も白かった。下の姉は勝気な男の子のような顔立ちの人で、筋肉質の浅黒い身体をしている。私は両方からひっぱられてしばらく迷ったあげく、「こっち」と言って上の姉の布団にとびこみ、懐に抱かれて寝た。

しかし下の姉を拒んだその時の光景は、消えずに私の記憶に残った。かすかな罪悪感とともに。いま次姉は七十四歳で、もともとは丈夫な人なのに今年になってから体調を崩している。その姉を気づかいながら、私は今夜もふと仕事の手を休めて、なじみ深い例の罪悪感とじっと向かいあっている。(「小さな罪悪感」)

相手を思いやる周平のやさしい心根を見せるエピソードである。

話は前後するが、この三月には趣向のかわった『天保悪党伝』(角川書店・角川文庫・新潮文庫)が出ている。同書には「蚊喰鳥」「闇のつぶて」「赤い狐」「泣き虫小僧」「三千歳たそがれ」「悪党の秋」の六篇が収められている。最初の二作が「月刊カドカワ」に発表されたのは昭和六十年。後の四作は「野性時代」に掲載されたものである。最後の「悪党の秋」が発表されたのが平成四年なので、足掛け八年を要したことになる。

この作品が特異なのは、わが国伝統の「本歌取り」の作品集であることだ。「本歌」は講談と歌舞伎である。幕末の講談師松林伯円が演じて人気を博した、河内山宗春・直侍・遊女三千歳・暗闇の丑松らが登場する講談「天保六花撰」は、明治になって河竹黙阿弥が歌舞伎「天衣紛上野初花《くもにまごううえののはつはな》」に移し替え、現在まで演じられている。

だから「蚊喰鳥」の御家人なのに法で禁じられている博打にふける片岡直次郎、「闇のつぶて」の町道場の主でありながら金に困って辻斬りを働く金子市之丞、「赤い狐」の商人だが大名屋敷に押し入り、密輸で大名を強請る森田屋清蔵、「泣き虫小僧」の悪党だが情に篤い料理人の丑松、「三千歳たそがれ」の吉原の花魁三千歳、「悪党の秋」の直参の御数寄屋坊主で強請りの名人河内山宗俊といった主人公は、いずれも歌舞伎ファンには馴染みのものだろう。悪党を描いて一気に読ませる作品だが、いま一つ評価の声は届かない。

講談ダネを小説化した異色作だとしながら、三年以上の中断があったこと、そして二誌にわたって掲載されたことなどに触れ、

しかもさらにもう一回書かないと物語は完結しない印象を受ける。おそらく雑誌側の編集事情

が作者の創作意欲をなえさせたのではないかと推測される。

向井敏も全集の解説で、この作品には「稿をあらためてふれることにしたい。」と記したままふれる機会はなかった。藤沢には珍しく吉原を細かく描いているだけに心残りな作品である。

（『藤沢周平　残日録』前掲）


と阿部達二は述べている。

この年の暮れには『秘太刀馬の骨』（文藝春秋・文春文庫）が刊行された。この作品は「オール讀物」（二年十二月号〜四年十月号）に断続連載されたものである。

近習頭取の浅沼半十郎は、藩最大の派閥を率いる筆頭家老小出帯刀から奇妙な依頼を受ける。半十郎には近習頭取に昇格したとき、小出帯刀の力添えがあったという恩義があることから無碍に断るわけにもいかない。

依頼というのは、六年前に起きた旧派閥の頭領、望月四郎右衛門の暗殺事件で使われた剣法「馬の骨」を今に伝えるのは誰かを探索せよというものである。しかし、危険をともなう探索には江戸から呼び寄せた、小出の甥で非凡な剣士の石橋銀次郎が当たり、半十郎は銀次郎を見守るように言われる。半十郎は、不伝流の秘太刀「馬の骨」なる殺法が、御馬乗り役の矢野家に伝わる秘剣だと聞いたことがあった。が、誰に伝えられたかは分からない。

執拗な探索の結果、先代仁八郎から伝授された可能性のある者として、現在の当主である藤蔵、先代の高弟だった内藤半左衛門、沖山茂兵衛、北爪平九郎、長坂権平、飯塚孫之丞に絞り込む。

二人は矢野の道場に赴く。ところが藤蔵自身は秘中の剣を受け継いでいないし、先代の高弟のひとりに伝わっているとしても、誰かは特定できないという。神道無念流の免許をもつ銀次郎は、一人ひとりと実際に立ち合うことで継承者を特定することにする。しかも秘剣を引き出すには竹刀などではなく、真剣に匹敵する木刀でなければならぬと考える。

しかし、藤蔵も弟子たちも、他流試合の禁を盾にして立ち合いを断る。が、銀次郎は恐喝まがいの手段を用いてまで試合を強要する。そうして銀次郎は沖山、内藤、長坂との試合を実現し、彼等は「馬の骨」とは無関係であることを確認した。残るのは北爪平九郎と飯塚孫之丞。二人はそれまで立ち合った者より腕前は上とみられる。とくに飯塚は道場始まって以来の天才といわれている。銀次郎はどう挑むのか……。

秘剣探索と同時に半十郎の家庭の問題も織り込まれている。妻の杉江が一年前に長男を急病で亡くして以来、気鬱の病にかかり、人が変わってしまったように半十郎をさいなむのである。

物語は秘剣の伝承者を追う謎解きと並行して、杉江が次第に回復していくさまを絡ませながら展開する。読者は本当に「馬の骨」の伝承者はいるのか。いるとすれば誰なのか、という疑問を抱きながら物語の先を急ぐことになる。最後に真の秘太刀の伝承者が判明するが、それはなんとも意外な人物だった……。

六年五月、周平は松本清張賞の選考委員に就任する。他の委員は阿刀田高、井上ひさし、佐野洋、津本陽。

十月十六日、周平は鶴岡に帰省する。墓参の後、「漆の実のみのる国」の取材に米沢を訪れ白子神社、春日神社、「籍田の碑」、漆の木などを見て回り白布温泉に泊まる。「漆の実のみのる国」の連載は「文藝春秋」一月号からスタートしていた。この作品に精力を注いだためか、この年の執筆は「岡安家の犬」「深い霧」だけだった。

それにしても執筆量が落ちていることは否めない。

『藤沢周平全集』が完結するのは六年四月だが、それに先駆け一月二十六日、周平は朝日賞を受賞する。受賞理由は「藤沢周平全集をはじめとする時代小説の完成」とある。

奇しくも同日は、周平夫妻の銀婚式の日に当たっていた。このころから周平には心境の変化があった。というのは、先にもちょっと触れたが、それまで周平は最初の妻・悦子を癌で亡くしたことと、再婚のことはほとんど語らなかった。しかし、朝日賞をもらったときに解禁することにした。

その心境の変化について、周平は「プレジデント」（七年十二月号）のインタビューで、〈それはなぜかというと、今の家内との銀婚式がちょうど受賞日と重なったんですね。それでその昔のことを外部に発表してもいいことにしたんです〉と語っている。少しく意味の取りにくい部分もあるが、確かに周平は『半生の記』（六年九月刊）に先立つ二冊のエッセイ集（註＝『周平独言』『小説の周辺』）で少年時の記憶や身辺雑事についてはよく語っているが、悦子の死や再婚については触れていない。

周平を小説に向かわせた大きな動機の要因だったにもかかわらずである。

しかし、今にして思えば、晩年を迎えた周平が、自分の生の軌跡を検証するとき、悦子の存在を抜きにして語れなかったのだろう。

朝日賞につづいて二月二十五日には第十回東京都文化賞を受賞する。このとき周平は、〈四十年以上、東京に住んでいながら顔はいつも山形のほうを向いています。そんな私がこういう賞をいただくのは、いささか面映ゆい気がします〉との受賞スピーチをしている。

確かに周平の視線はいつも郷里・山形に注がれてきた。周平には五冊のエッセイ集があるが、いずれにも多くの山形の思い出、子どものころの記憶が語られている。そんなことから、最初の随筆集の書評には、これほど郷里に執着する作家も珍しいとの評も見られたほどだ。

ちなみに『周平独言』もまた郷里への想い入れの強いものである。中でも「出羽三山」「帰郷して」「三つの城下町」「日本海の魚」「荘内の酒と肴」「ふるさとの民具」などは、ほとんど手放しの故郷讃歌と言っていい。生前、最後の随筆集になった『ふるさとへ廻る六部は』（新潮文庫）でも、

私のエッセイ集には、書いた本人も気がひけるほどに生まれそだった田舎の話がひんぱんに出てくる。今度の『ふるさとへ廻る六部は』も例外ではなく、やはり田舎のことやら子供のころのことやらが出てくるが、（中略）私が田舎のことを書くのは、大方はそれが小説家としての私の存在理由と切りはなせないものになっているためだが、このエッセイ集では大切なわが田舎は崩壊の危機に立たされている。（「あとがき」）

として、思い出を語ることで変貌を強いる〝あるもの〟に対する告発の意志を露にしている。

ところで、文学者の思想や美意識、文学作品の基調となっている作者の内的イメージ、深層意識は、その生まれた故郷の風土や風景に密接に関わっているといわれる。それを〈原風景〉と規定して文学理論を構築したのは奥野健男であるが、藤沢文学でみれば多くの武家ものでは庄内藩を彷彿させる海坂藩が舞台になっている。そして故郷の自然、風物、生活習慣、食べ物などが存分に表現されている。それがエッセイになるとさらに頻出する。

後に周平は、〈懐古趣味の産物でないとすれば、この大量のふるさと礼賛めいたエッセイは、い

ったいどこから生まれたのだろうか。そう問われたとき、いまなら私は、それはアイデンティティーというもののなせるわざだったろうと答えることが出来るように思う〉(「乳のごとき故郷」)と語っている。

周平の〈原風景〉である風光もそうだが、作品に頻出する食べ物にも庄内の影が色濃く漂っていることは、これまでも縷々《るる》述べた。周平はなぜそれほど食べ物にこだわったのだろうか。もちろん望郷の念もあるだろう。が、もともと幼年時から親しんだ味覚というものは、言葉(方言)と同じに〝原郷の色彩〟を容易に消すことは出来ないのである。

そんな周平の好物に塩ジャケがある。周平は井上ひさしと「塩ジャケ談義」をしたことがある。談義は、

塩引きの鮭の話をすると、これがよほどお好きだったとみえて、藤沢さんの寡黙な舌が別人のようによく動き出す。(中略)昼、教室で弁当を開き塩ジャケを蓋に取り分けると、その塩ジャケの載っていたあたりの御飯が薄く黄色に染まっている。ここに塩味と脂がしみこんでいて、これがじつにうまかった。
この話になると、藤沢さんの目がかすかに潤み出し唇がなんとなく濡れてくる。(井上ひさし「塩引きの鮭」)

と展開する。その周平の塩ジャケ賛歌である。

スーパーの魚でうまいのはめったにないけれども、そのうまくない一例に塩ジャケがある。再三言うようで恐縮だが、私は東北の田舎育ちなので、塩ジャケといえば、腹にまだ塩が残っているようないわゆる塩引き、ギリギリと塩味のきついものをたべた。

ところがいまのスーパーには、近ごろの減塩ばやりでろくな塩ジャケがない。甘塩などというものがある。これが、たべてもうまくも何ともない。結局甘塩ジャケのうまい味というものが確立出来ていなくて、ただ塩をうす目に使っているというだけのように思える。

私があまりに不平を鳴らすので、かわいそうと思うのか、家内が、塩分の取りすぎで死んでも知りませんからねなどとおどかしながら、辛塩ジャケというのを買って来る。

辛塩というからには相当にしょっぱいのかと思うと、これがとんだ看板倒れというか、ちっとも辛くない。なにが辛塩だと言いたいようなしろもので、要するに売り上げ優先、減塩時代の客の好みに迎合している辛塩なのである。

私は、こんなもので死んだらヘソが茶をわかすねと思いながら、それでも、これ以上文句を言っても仕方ないので、辛塩でご飯をいただく。何しろ夏バテで食欲が落ち、シャケぐらいしか喰えるものがないのだから、やむを得ない。(「塩ジャケの話」)

ところが、ごく稀にスーパーでも本物の塩ジャケにお目にかかることがある。

もっとも本物の味といっても切身の腹の部分だけの話で、肝心の魚肉の方は相変わらず要領を得ないような塩味のことが多いけれども、塩ジャケの本当の美味は、私の田舎でハラセという、

まさにその腹の部分にあるので、その余のことについては、べつに不満を言う必要もないのである。（同前）

わたしにとっても塩ジャケといえば、ビリビリ塩の効いた、焼くと真っ白く塩が噴き出すハラセ（ハラスとも）のことに他ならない。いわゆる「猫マタ」と称する、塩分がきつくて猫も跨いでいくといった代物のことである。

塩ジャケについては、大河内昭爾の一文も紹介しておきたい。

私は今日も吉祥寺駅前のハーモニカ横丁にある魚屋から塩をふいた塩鮭の一枚を求めてきて冷や飯で一食をすませたばかりである。そして藤沢さんのことを思い出していた。というのは藤沢さんの随筆に、あぶると薄くそがれたような塩鮭から塩をふき出すやつを目にしなくなって寂しいという意味の文章を読んで、同様の思いを常日頃抱いていたので強く印象に残っているからである。ところが藤沢さんが亡くなってから、吉祥寺で目にするようになり、ハーモニカ横丁に足を踏み入れると、必ず鮭の切り身一片を求めるようになった。（中略）火にあぶると大仰に塩を吹き出すので、家内の目をはばかって深夜とか、時ならぬとき、それで冷や飯を食べる。そして藤沢さんが生きていたら届けて上げるものをとしきりに思うのである。（「文學界」平成十九年四月号）

食べ物が出たところで、食事の光景を覗いてみよう。和子夫人は、食べ物は、油こい物は駄目、分量も少な目の方がご満足で、夕飯の副食を一人前全部を平らげたときには、「ほう、食べられたぞ」と、自分でびっくりしている有様です。

それなのに、健康に悪いと言われている煙草、コーヒー、辛い物、熱い物が大好きなのです。（中略）このようなひとにも大好物が、たった一つあるのです。それは果物。食卓に並んだ果物を見ると、少しでも大きな方に、手を出すのです。自分のはさっさと食べ、まだ心のやさしい誰かが、「どうぞ」と言ってくれないかと待ち構えているのです。

重い病気でご飯が食べられなくなったようなときは、果物を食べて、煙草を吸うからいいなどと言います。困ったひとというしかありません。（「ハダカの亭主」「別冊文藝春秋」昭和五十二年十二月五日号）

六年十月三日、周平は妻・和子と展子一家の五人で鶴岡に帰郷する。旅行といっても、この時の一番の目的は亡妻・悦子の遺骨を取りに行くことだった。悦子の遺骨は鶴岡と八王子にある小菅家の墓とに分骨されており、死産した長男の遺骨も一緒に持ち帰ることにしていた。遺骨を東京に持って来て、自分が元気なうちにお墓をきちんとしておこうと思ったのだろう。しかし、赤ん坊の骨は見つからなかった。悦子が亡くなってから、茫々三十一年の歳月が流れていた。

帰郷時の周平のはしゃぐような光景を、展子は次のように綴っている。

父は、田舎に帰るといつもそうですが、まるで今までずっとそこに住んでいたかのように、庄内弁丸出しで話すのです。庄内弁というのはとても柔らかな響きがあって、人を包み込むような不思議な魅力があります。東京に暮らしてからのほうが長い父なのに、鶴岡に帰ると、すっぽりとそこに収まってしまうのです。（「たった二回の家族旅行」）

この旅で周平は家族孝行をする。遺骨収集の翌日、タクシーを頼んで鶴岡観光に出かける。まず小説『龍を見た男』に出てくる善宝寺を訪れる。その門前にある庄内鉄道湯野浜線の廃駅を利用した善宝寺鉄道記念館の前で記念写真を撮った。次に幼い孫・浩平に配慮して加茂水族館に向かう。そこは展子にとっても、小学生のころに親戚に連れられてきた懐かしい場所だった。庄内空港は運転手が勝手に案内したものでしようもないが、庄内藩校致道館で周平は名ガイドぶりを発揮してみせた。

業界紙の記者時代は仕事に追われ、金銭的にも余裕がなかった。その後、「オール讀物」新人賞を経て直木賞を受賞、以来、膨大な執筆量をこなしてきた。周平の多忙な季節はつづき家族で旅行したのは、この旅行を含めてたった二回。一回目は業界紙時代に会社の保養所のある伊豆への旅。そして、この旅行が二回目。二泊三日の家族旅行だった。

肝炎を発病してから、周平は食後、必ず三十分、横になって休むのが習慣になっていた。無理をするとすぐ疲れるので体調を心配したが、それは杞憂だった。亡くなった悦子や子どもも含めた、家族全員が揃っての最初で最後の旅行は無事に終わった。

さて「年譜」には見えないが、この年の十月、周平は鶴岡市名誉市民に推挙された。しかし、周平は断っている。なぜ鶴岡市名誉市民を固辞したのか。富塚陽一鶴岡市長に送った、六年十月二十八日付の手紙が残されている。

拝復　主義主張でせっかくの栄誉をおことわりするほどえらくありませんが、私はつねづね作家にとって一番大事なものは自由だと思っており、世間にそういう生き方を許してもらっていることを有難く思っておりました。

市長さんのおっしゃる名誉市民ということは、この上ない名誉なことですが、これをいただいてしまうと気持だけのことにしろ無位無官ということでは済まなくなり、その分だけ申し上げたような自由が幾分か制限され（る）気がしてなりませんので、せっかくの打診でございますが辞退させていただきたいと思います。

しかし、作家としての考えもあろうからとおっしゃる市長さんの打診のお言葉は、ご自身市の広報にコラムなどを書かれる方ならではの理解あるおっしゃりようで、よくあるお役所的な、一方的なおっしゃり方ではないことに感銘し、深く感謝している次第です。

有難うございました。敬白

七年一月十二日、第百十二回直木賞選考会に出席。この回の受賞作はなかった。ところが春ごろから体調を崩し、七月十八日の選考会は欠席しているから、この回が最後になった。五月十八日の第二回松本清張賞選考会も体調不良のため欠席。この回で任期を終え、選考委員を辞任した。

十一月三日、周平は紫綬褒章を受章する。受章決定が報道されたとき、松坂俊夫はすぐにお祝いの電話を入れた。返ってきたのは「作家としてはそんな賞はぜんぜん関係ないんだ」という言葉だった。受章インタビューも山形新聞以外は全部断ったようである。松坂は「地元の新聞だけはどうしても断りきれない」と苦笑していたと報告している。そのコメントは「好きでやってきた仕事だし、特別褒められたことをしてきたわけでもない。でも認められたことは大変に光栄です」（「山形新聞」十一月二日）という、いたって控え目なものだった。七日、如水会館で授章式が行われた。

体調の思わしくない周平の執筆活動は減少している。六年三月に上梓された『夜消える』（文春文庫）も新作ではない。同書には、デビュー作「溟い海」以降、平成二年までに書かれた九十篇近い市井物の短篇小説の中で、最も執筆年代の新しいものが収められている。それでも表題作は昭和五十八年作である。ほかに「にがい再会」「永代橋」「踊る手」「消息」「初つばめ」「遠ざかる声」の六篇。初出は「夜消える」から「初つばめ」までは「週刊小説」、「遠ざかる声」は「小説宝石」である。

この作品集の「解説」を執筆したのは駒田信二である。駒田は、

いずれも、江戸の裏店を舞台にして庶民の哀歓を描いた作品であるが、作品の手法は多彩である。（中略）

——私はかつて「モノクロームの魅力」という標題で藤沢さんの作品を論じたことがある（「ノーサイド」平成四年九月号）。その中で次のように書いた。

「藤沢さんの文体は、写真や映画にたとえていうならば、モノクロームであって、カラーではない。一字一字、句読点を踏まえて読んでいかなければ、モノクロームのつくりだす陰翳は読み取れない。その陰翳によって、カラーフィルムの人為《じんい》の（つまり偽《にせ》の）色とはちがったほんとう

の色を出していくのが藤沢さんの小説世界（文章表現）なのである。」
　この「モノクロームの魅力」の「モノクローム」という言葉と、「作品の手法は多彩である」という「多彩」という言葉とは、私においては矛盾しないのである。この「解説」で私のいいたいことは「モノクローム」の作品七篇のそれぞれに見られる「手法の多彩」なのであるから。

と述べている。さらに、

　藤沢さんの小説の、一つのすぐれた特色は、その女性像の鮮やかさであろう。それは、モノクロームの陰翳によってテクニカル・カラーとはちがった、ほんとうの色が、読み取れるからではなかろうか。（中略）はじめに「多彩」といったのは、七篇それぞれの手法がそれぞれちがうことを指摘したかったのである。（中略）要するに、これらの単行本未収録の市井小説を集めたこの一巻は、藤沢さんの、モノクロームゆえに一様と思われがちな小説の、多彩な手法の妙をたのしむためにも恰好の一巻といえよう。

と語り、筆を擱いている。こうした温かい理解者を持つ周平とは、なんと幸せな作家だろうと思わずにはいられない。
　多くの評者が指摘する「女性像の鮮やかさ」であるが、「文藝春秋」（平成九年四月臨時増刊号）に皆川博子、杉本章子、宮部みゆきによる「女の描写に女もため息」と題する座談会が掲載されている。

その中で「冬の足音」に登場する女性の心理について杉本の、〈男性の藤沢先生のほうがよっぽど女性の気持ちの裏も表も見えていらっしゃる〉という発言に対して、宮部は、〈見抜かれて恥ずかしいんだけれども、イヤな部分を暴かれたとか、そういう悪い感じがしないのはなぜでしょうね〉と受け、杉本は、〈それは小説の中で、女性が刺身のツマみたいにあつかわれてないからじゃないかしら。都合のいい登場人物なんかじゃなくて、ひとつの人格をもった人間として書かれているから〉と応えている。

さらに周平の文章について触れ、

藤沢さんの叙景の文章がいい。たとえば、本所・深川あたりの庶民の町の朝夕のたたずまい、その町を流れる川面の光や水の匂い、あるいは風のそよぎを描いてもゆかしきかぎりだが、とりわけ、作者の故郷を彷彿させる田園風景を描く文章は絶品である。引用は控えるが、この種の文章としては、空前かどうかはともかく、恐らく絶後だろう。もとになる自然の風景自体がほとんど失われてしまったのだから、絶後となるのはやむを得ない。(中略)

それに劣らず大方の読者を魅了するのは、この作家の描く女たちの姿のよろしさである。数多い短編は措くとしても、『用心棒』シリーズの佐知、『蟬しぐれ』のふく、『海鳴り』のおこう、『三屋清左衛門残日録』のみさ——どれもみな、やさしくて、一筋つよくて、つつましくて、しかもおのずからエロチシズムの芳香を漂わせて、それでいて一様でない、これら、男ごころをしびれさせる女たちを描く藤沢周平の文章もまた、絶後かもしれない。風景とともに、こういう女性たちも消えてしまったら、それを描く文章もまた絶後となるのはやむを得ないというべきか。

（『藤沢周平「海坂藩」の原郷』前掲）

と記すのは蒲生芳郎。ほとんど手放しの絶賛である。

第八章　有終へ

平成八（一九九六）年一月、ほぼ一年ぶりに「偉丈夫」（「小説新潮」一月号）を発表する。四百字詰め原稿用紙に換算して十四枚ほどの作品で、これが周平の最後の短篇になった。本藩の海坂藩と支藩の海上藩との境界争いを描いた作品である。海坂藩対海上藩という構図にも驚かされるが、最後の短篇がユーモア溢れる作品であったことは、周平ファンを慰撫するものだろう。「偉丈夫」は『静かな木』（新潮社・新潮文庫）に表題作と「岡安家の犬」と合わせて収録されている。

三月十五日、周平は保谷厚生病院に入院。三日後の十八日には新宿の国立国際医療センターに転院する。二十代のとき、結核手術の際の輸血で感染した肝炎を発症したのである。周平は二十期十一年つとめた直木賞選考委員を辞任、肝炎の治療に専念することになる。「文藝春秋」に連載していた「漆の実のみのる国」は、この年の四月号から休載となった。

六月二十四日、松坂俊夫が病室を見舞っている。さくらんぼの季節だった。周平はベッドに起きて松坂を迎えた。この見舞いのとき、周平が「最初の入院先から国際医療センターに転院したが、その間のことは全く記憶にない。死もまたそうしたものならば、さほどのことではない」と言ったことが心に残った、と松坂は語っている。

間もなく退院し自宅に帰った周平は松坂宛に、〈おかげさまで、七月二日予定通り退院いたしました。病院とは違い、空気は新鮮、鳥の声など、すべてがいきいきと胸にせまり、目下シャバの空気を満喫しております〉云々の礼状をしたためている。短い文言の中にも〈生還〉の喜びが感じられる。が、病気が完治したわけではない。

すぐに「漆の実のみのる国」が書き継がれると期待されたが、連載は再開されなかった。病状が楽観できないことを知る関係者は、この作品が未完で終わるかもしれないことを危惧した。完結までには連載の回数で二、三回、枚数にして四十枚から六十枚は必要であることを、本人が家族や編集者に話していたからである。

しかし、周平は最終回を書き上げた。枚数にして六枚だった。和子夫人が「短すぎませんか」と言うと、きっぱり「これでいい」と応えたと言う。『藤沢周平全集』の解説を二十四巻まで担当した向井敏は、〈驚いたことに、その六枚のなかで、既発表分の話柄を巧みに受けて物語がとりまとめられ、大作の幕引きにふさわしく、余韻を豊かに響かせて閉じられていた〉と記している。その結末部分の六枚が絶筆となった。

原稿を受け取ったのは萬玉邦夫である。萬玉はその六枚を雑誌に掲載する気になれず、周平の本復まで保管することにした。

九月十五日、鶴岡市立湯田川小学校の校庭で「藤沢周平先生記念碑」の除幕式が行われた。周平は体調がすぐれず出席できなかった。

記念碑はすんなり決まったものではない。建立までの曲折の経緯を記しておこう。

周平に「郷里の昨今」(「民主文学」昭和六十二年四月号)と「碑が建つ話」(「オール讀物」平成八年二月号)と題するエッセイがある。それらは「山形新聞」文化欄に載った文学碑にまつわるコラム

「季節風」に関する感想といったものである。一篇の匿名コラムは結城哀草果（註＝齋藤茂吉の愛弟子。「アララギ」の歌人で『村里生活記』等の随筆家としても著名）の歌碑の周囲が、ごみ捨て場同然になっていることについて論じたものである。

まず前者はそういう現状を慨嘆し、歌碑を建立した人たちは、その時のおもいを碑を訪ねる人に伝える責任があるというものである。ほどなくして書かれた後者のコラムは前者の意見に概ね同意しながらも、県内には文学碑が八百を超え、〝文学碑公害〟の一歩手前の状態にあることを指摘した上で、文学者にとっては作品がすべてであり、文学碑は第二義的なものである。ごみの山に覆われようと何ほどのことでもないと論じたものである。

コラムの背景には、多くの文学碑が存在することに驚くのに、なお文学碑の建立が相次いでいたことにある。こんなことを披瀝するのは、山形の恥部を天下に晒すことになるが、公共の場所に自費で己れの〝文学碑〟なるものを建てる〝破廉恥漢〟もいたのだ。

周平は言う。

県内に文学碑八百というのはとても正気の沙汰とは思えず、また私は文学者などという気取った者ではなくてただの小説家だからその心配はあるまいと思うものの、まかり間違っておまえの文学碑をつくるぞなどと言われたら、嫌悪感で身ぶるいするだろう。後者のコラム〈由〉氏の言うとおり、物を書く人間にとっては書いたものがすべてで、余計なものはいらない。八百何基目かの文学碑の主になるのはまっぴらごめんこうむりたいものだ、というのが率直な感想だった。

しかしまたこうも考えた。たとえば生まれた村の人びと、私の若かったころの教え子などが、

かりに私にちなんだ碑を建てたいと言い出したときはどうするか。私は文学碑は嫌いだからでは済まされまいとも思った。（中略）

そして碑を建ててもらう人は、自分にそそがれる人びとの志をありがたく受け、ついでに心ある人にまた文学碑かと嘲笑されたり、いずれは世に忘れ去られて哀草果の歌碑の運命（いまの状況は知らない）をたどることも甘受しようと、心に決めるものなのではあるまいか。（「碑が建つ話」）

周平は文学碑なるものに関心をもたなかった。しかし、平成六年あたりから、文学碑を建立したいという話が起こってきた。

朝日賞を受賞したとき、そのパーティーに周平は教え子たちを何人か招待した。その中のひとり佐藤徳一が「まもなくみんな還暦を迎えるのだから、全員で集まり、先生に感謝するお祝いをしようじゃないか」と提案した。泉話会の集まりと、その提案が合わさって記念碑の話に発展した。積極的に動いたのは郷里に残る教え子たちのまとめ役をしている大滝澄子と萬年慶一である。

六年十月に墓参のため帰省したときだろうか、宿泊していた湯田川温泉の旅館のロビーに二人を並べ、周平は哀草果歌碑の例も出して、文学碑は駄目だと強い口調で諭した。

二人は黙然と聞いていていたが、やがて萬年君が顔を上げた。

「先生が派手なことを嫌うことはよくわかっているけれども、文学碑は先生だけのものでなく、私たちのものでもあると思う。碑を見て、ああのころはこんなに身体がちっちゃくて、先生から勉強を習ったなと懐かしく思い出したり、そこに碑があることで何かのときには力づけられる、そういうもんではねえだろうか。もし、先生と私たちをむすぶ絆を形にしたものが何もなかったら、さびしい」

今度は私が黙って聞く番だった。負うた子に教えられるという言葉がちらりと頭を横切った。結局私は、あなたがたにまかせようと言った。ただし文学碑という言葉を一切使わないことを条件に出した。（中略）その動きを私はいま、時にはとてもはずかしく、時には私ほどしあわせな者はいまいと思ったり、複雑な気持で眺めているところである。（同前）

教え子の熱意に負けて承諾したが、文学碑という言葉を使わないことの他に、周平はいくつかの条件を出した。それは「みんなの記念碑にすること」「目立つものにするな」「無理して大きなものにするな」「後々迷惑がかかるものにするな」というものだった。

八年五月一日、周平は碑文の案を墨書して萬年慶一宛に送った。原案は、①〈私は二十一歳だった。赴任した学校は隣村の湯田川中学校である〉。②〈赴任してはじめて、私はいつも日が暮れる丘のむこうにある村を見たのである〉。③〈私はその生徒たちがかわいくて仕方がなくなった。多分ここが教育というものの原点だったのだろう〉というもので、いずれも「半生の記」から抜いたものである。

碑は湯田川中学校跡に建てられた。本を開いた形にデザインされ、右頁に〈赴任してはじめて、私はいつも日が暮れる丘のむこうにある村を見たのである〉、左頁には〈花合歓や畦を溢るゝ雨後の水〉と周平の句と署名を刻んでいる。〈花合歓や〉では分からない人もいるかと思い、最初は「花ネムや」という表記にしてみたが、字面が落ち着かないので〈花合歓〉に戻したことが萬年宛のはがきから識れる。

御影石の碑の高さ一メートル四十センチは、教え子たちの当時の身長に等しい。費用百万円は約百人の教え子たちが拠出した。

体調を崩していた周平の除幕式への出席は叶わなかった。九月十三日付の萬年宛のはがきには、〈教え子の顔を久しぶりに見るのを楽しみにしていたが、出席できず残念です。短い教師生活だったのに、記念碑まで建立していただき、面はゆくも感謝しています。藤沢周平〉とあるが、和子夫人の代筆だった。ついに周平は〈文学碑〉という言葉を使うことを拒んでいた。

記念碑が除幕したほぼ一週間後の九月二十三日、周平は国立国際医療センターに再入院する。

最後の長篇となった『漆の実のみのる国』（文藝春秋・文春文庫）の主人公は上杉鷹山《ようざん》である。鷹山は描きにくい。名君の名をほしいままにしている人物だからである。特に地元の米沢市民にとっては偉大な歴史上の人物である。米沢で鷹山などと呼び捨てにするなどもってのほか、「鷹山公」と言わなければならない。横山昭男編『上杉鷹山のすべて』（新人物往来社）の帯には〈ジョン・F・ケネディが尊敬した唯一の日本人・上杉鷹山のすべてを描く労作。〉という惹句が大活字で躍っている。出典は定かではないが、それを信じている（？）市民は意外に多いようである。だから米沢市民にとっては名君であることを証明されて当たり前。仮に否定しようものなら顰蹙《ひんしゅく》を買う、といった精神風土なのだ。

かつて周平は米沢での講演で、〈米沢に来てこういうことを言うのは非常に怖いことなんですが、鷹山公は名君なりやということ。名君であるというのは天下知らぬ人はいないわけです。ところが小説に書くときは、それを前提にはしません。書いていくうちに分かるだろうと、まあそういうことで書いていくわけですね。そんなこと言うと、むっとなさる方もあるかもしれません。私だって鶴岡の庄内藩の酒井忠徳《ただあり》公という人は、名君と言われてるんですが、名君でないかもしれないなんて言われたらむっとしますからね。名君というのは土地の誇りなんです。悪い殿さまにおさめられたというのにくらべると、気持ちが晴れ晴れとするところがある。それでお気持ちはよく分かりますが、まあ作家というものはそういう立場でもって書かないと、色眼鏡がかかって変な小説になります。やはり事実に教えられて、名君なりやということを追求していかなきゃならない〉(「米沢と私の歴史小説」)と語っている。

同様のことは、「オール讀物」(平成五年八月号)の城山三郎との対談「日本の美しい心」でも、〈私はいま上杉鷹山を書いているんですが、世に言う鷹山名君説はどうも少し違うんじゃないかと思っているんですよ。かなり美化されている。で、そういうものをいっぺん取りはらって、出来る限りありのままの鷹山公を書いてみたいと思っているんです。結果として名君だったとなるかも知れませんが〉と執筆の経緯について触れている。

つまり鷹山は果たして名君だったのか、ということがこの小説の執筆動機である。

ところで周平は昭和五十一(一九七六)年、「別冊小説新潮」(冬季号)に「幻にあらず」(『逆軍の旗』所収)という百十枚ほどの小説を書いている。上杉鷹山の藩政改革を描いたものである。なぜ同じテーマのものを取り上げたのか。

周平は「幻にあらず」は原稿依頼が急増し、締め切りに追われていたため、手持ちの資料だけで大急ぎで書き上げた、と当時を回想している。実際、「年譜」によれば、その前年には「檻車墨河を渡る」「十四人目の男」「時雨のあと」「穴熊」「桃の木の下で」「臍曲がり新左」「夜の城」「冬の終りに」「冤罪」「冬の潮」「意気地なし」「しぶとい連中」「上意改まる」「一顆の瓜」「秘密」「鱗雲」「石を抱く」「暁のひかり」「龍を見た男」「鬼気」「竹光始末」「果し合い」の二十二の単発ものの他に「歌麿おんな絵暦」「神谷玄次郎捕物控」「義民が駆ける」と三本の連載を抱えている。

　この年にも「幻にあらず」の他に、「遠方より来る」「乱心」「夜の橋」「拐し」「雪明かり」「闇の顔」「小川の辺」「神隠し」「閉ざされた口」「木綿触れ」「闇の穴」「三年目」「狂気」「荒れ野」「狐はたそがれに踊る」「長門守の陰謀」を発表、「橋ものがたり」「用心棒日月抄」「隠し剣シリーズ」などの連載をしている。そして『冤罪』『暁のひかり』『逆軍の旗』『竹光始末』『時雨のあと』『義民が駆ける』の単行本が出ているから、校正等に奪われる時間も半端なものではなかったと思われる。

　この驚異的な執筆量に加え、この年から「オール讀物」新人賞の選考委員に就任しているのだから、その多忙さは想像して余りある。

　それはそれとして、同じテーマを取り上げた「幻にあらず」の冒頭に米沢藩世子直丸（後の鷹山）の素読師範藁科松伯《わらしなしょうはく》が家老竹俣当綱《たけのまたまさつな》と対話している場面がある。この二人の対話があった時、当綱は三十四歳であるが、松伯の年齢がよく分からなかった。お師匠さんなのだから当綱よりは相当の齢上だろうと思いながら、周平は老人を想定して書いたという。

　またこの作品は、書くべき後半部分を書かずじまいの未完成の小説だったのである。そのことが気になっていて、想を改めて再度取り上げることにしたのが「漆の実のみのる国」だった。「幻にあらず」を執筆して十数年たつ間には歴史の研究も進み、いろいろ新事実が判明したこともある。その一つが松伯の年齢である。実際の松伯は老人どころか、当綱より七歳も齢下の青年だった。

歴史小説といえども想像力を抜きにしては、小説は書けない。そして歴史小説における事実の重さは、時代小説の比ではない。想像力はこれらの事実をもとにして動き出すからである。米沢藩江戸藩邸の一室における家老ともとの師匠との対話は、お師匠さんが老人である場合と二十七歳の青年である場合とでは根本的に違うというように、想像力は働かなければならないだろう。若いときには若いときの考え方や決断といったものがあるだろうからである。(「小説の中の事実両者の微妙な関係について」)

そして『漆の実のみのる国』では〈藁科松伯は二十六歳。八歳の齢下だが当綱の学問の師である〉となっている。また米沢藩の「七家騒動」に関しても、研究者の新しい成果がもたらされたことなどが、鷹山を再度取り上げるきっかけになったのだろう。

未完の部分というのは、「幻にあらず」は財政再建の途中で終わっていることだ。藩建て直し策を推進する当綱が奉行職の辞意を表明する。当綱が采配を振るう政策は漸く緒についたばかりなのにである。当綱は言う。

「正直に申しあげますと、それがし、ほとほと疲れました」

「………」

「賽の河原でござりますな。一所懸命に石を積んで、今度はよいかと思うと、鬼がやってまいります」

「はい。それがしはもう若くはございません。しかるに、藩の建て直しはまだ先が見えておりません。なるほどいろいろとやってはみましたが、それでいくらか家中や農夫が楽になり申したかといえば、否です。殿はいまだに木綿を召しておられる」

当綱の辞意は堅い。辞意を通すためにか、遊楽にふけり、果ては藩中慎みの日とされている藩祖謙信公の忌日に酒宴をはったりもする。治憲（鷹山）は説得を諦めて当綱を辞職させる。そして物語は、

——隠居の上押し込め、は止むを得まい。

治憲は当綱の罪名を、そう判定しながら、なおも庭の枯草を眺め続けた。明るい日射しに、枯草の茎も穂も微かな光を帯びている。

ふと当綱がうらやましい気がした。改革はときに人に非人間的な無理を強いる。当綱は、長いこと一汁一菜、木綿着を窮屈に思い、最後には罪を覚悟で大胆に遊んだのかも知れないという気がした。

——だがわしには、それは許されまい。

治憲はそう思い、長く険しい道を心の中に描いてみた。藩改革は、まだ始まったばかりのところで、じっと停滞していた。

で終わっている。ところで米沢藩はなぜ財政窮乏を招いたのか。そもそもの原因は多くの藩のような失政というものではなかった。かつて越後の上杉謙信《けんしん》を祖とする上杉氏は、二代景勝《かげかつ》時代に豊臣秀吉により会津に移されたが、百二十万石を領していた。秀吉の死後、反徳川の姿勢を強めていたが、慶長五（一六〇〇）年九月の関ケ原の合戦では西軍には属さず独力で家康に対抗する。が、結局は和睦を受け入れることになる。その結果、招来したのが財政窮乏という状況なのである。もう少し詳しく触れてみる。

なぜ戦国の雄である上杉軍が関ケ原合戦に参戦しなかったのか。その疑問について、周平は『逆軍の旗』でも描いている。関ケ原合戦の翌年、家康は百二十万石を領していた上杉氏を羽州米沢三十万石に減知・転封した。そのとき景勝は譜代の家臣五千人をそのまま連れて米沢に入っている。これでは人件費過剰による経済的逼迫を招くのは当然の帰結である。

さらに寛文四（一六六四）年、四代綱勝が若くして急逝する。綱勝に嗣子はなく、改易離散の危機に直面するが、赤穂浪士の討ち入りで知られる吉良義央（通称上野介）の幼い長子を迎え、かろうじて改易を免れるが、知行は半分の十五万石に減らされた。封土が八分の一になったのに、家臣の召し放ちを行わなかったことなどで藩財政は逼迫。米沢藩では国役や飢饉のたびに、財政窮乏を理由に家臣の俸禄から一定額を徴収する借り上げを行う。そのため家臣や領民はいよいよ困窮し、士風も疲弊。財政改革は避けられぬ事態に陥ったのだ。

その米沢藩の改革は二期に分けられる。第一期は竹俣当綱を中心とする明和・安永期（一七六〇～七〇年代）で、明和四年、鷹山の藩主就任と共に着手された。その柱は倹約と農民の管理把握による年貢の確保だった。同時に三本植立ての計画を立て実行に移した。漆、桑、楮（紙の原料）の三種の苗木合わせて三百万本を植え、商品作物を増産することで現金収入を確保するというのである。ことに漆の実を加工してつくる蠟の生産で、十年後には一年間の総年貢米の売却代金と同じ規模のあがりが期待できると読んだのである。

しかし、計画は遅々として進まなかった。さらに西国諸国では櫨《はぜ》の実から精製する蠟の生産に力を注いでおり、そのことが〝失政〟に拍車をかけた。櫨を原料とする蠟の方が良質なため、米沢の漆蠟を圧迫するのは日の目を見るより明らかである。そして天明の大飢饉は耐える体力を農民から奪い、大幅な人口の減少を招いた。第一期の改革は失敗したといわざるを得ない。

次の寛政期（一七九〇年代）における第二の改革を担ったのが莅戸善政《のぞききよしまさ》である。莅戸善政は、のちに十六年組み立てとよばれることになる意見書を提出する。それは改革すべき項目を十六段階に分け、一年に一項目を実施して、その上に次の新規の事業を積み上げていくという方法である。

事業の完結まで最低でも十六年という歳月を必要とする。ときに莅戸善政は五十七歳。たとえ計画がうまく運んだとしても、殖産振興が花開く光景を見ることはかなわないだろう。それは容易に推測できる。

〈しかし治憲はそのことに触れなかった。いたわりをこめて言った。／「善政、そなたのような人物こそ、真の政治家と申すものだ」／善政はうつむき加減のまま、めずらしく微笑した〉という場面が置かれる。

そして小説は終焉を迎える。周平の絶筆となった原稿六枚のうちのラストである。

治憲は享和二年に鷹山と改名し髪を総髪に改めた。文政五年、鷹山は池のほとりに出て、一月の日の光を浴びて立っていた。一月の光はか弱く、風はなかったが、光の中に冷ややかなものがふくまれていた。冬の日のつめたさである。

鷹山は前年の十一月に、愛妻のお豊の方を喪った。糟糠の妻だった。その欠落感は大きく、冬日の中にじっと立ちながら、鷹山は胸の中に巨大な穴が空いている感覚を捨て切れない。

だがいま鷹山の胸にうかんでいることは亡妻のことではなく、漆のことだった。

米沢に初入部し、国入り前に江戸屋敷から国元にむけて大倹実施を発表したことで、入部するや否やむかえた藩士たちの憤激を買い、嘲罵ともいうべき猛反対の声を浴びてから五十年が経過している。白子神社におさめた大倹執行の誓文。竹俣当綱によって、漆の実が藩の窮乏を救うだろうと聞いて心が躍ったとき、漆の実は、秋になって成熟すれば実を稷って蠟にし、商品にすると聞き、熟すれば漆は枝先で成長し、いよいよ稔れば木木の実が触れ合って枝頭でからからと音を立てるだろう、そして秋の山野はその音で満たされるだろうと思ったのだ。収穫の時期が来たと知らせるごとく。

鷹山は微笑した。若かったとおのれをふり返ったのである。漆の実が、実際は枝頭につく総《ふさ》のようなもの、こまかな実に過ぎないのを見たおどろきがその中にふくまれていた。

周平は米沢藩九代藩主・上杉治憲が窮乏した藩財政を建てなおすため家臣竹俣当綱、莅戸善政ら名執政とともに、不退転の決意をもって倹約、殖産興業を柱とする改革に苦闘する過程を丹念に追ってきた。

鷹山は心やさしい君主であったが、政治家としてはどうなのか。領内に百万本の漆の木を植え、その実によって米沢を豊かに潤おそうとしたのは、竹俣当綱が発案した壮大な計画だった。産業の振興によって藩は救われるはずだったが、それは見果てぬ夢に過ぎなかった。描かれたのは華々しい成功物語ではなく、挫折につぐ挫折、失敗と失望の連続である。ついに豊かな米沢が蘇る、ということが描かれることはなかった。

この作品について高橋義夫は、実作者ならではの見解を見せている（『没後十年　藤沢周平読本』）。

『漆の実のみのる国』は、悠々たる大河小説の趣をただよわせて作品がはじまっている。藩主上杉重定の寵臣森利真《としざね》を、江戸家老竹俣当綱たちが誅殺するまでに、十回分、およそ作品全体の六分の一が費され、まだ鷹山は登場していない。作者の胸の内をおしはかることはできないが、あるいは数年がかりの数巻におよぶ大河小説を構想しておられたのだろうか。

作家が亡くなってからのちにこの作品を読んだとき、病気のことを知っていたせいかもしれないが、回をおうごとに、さきを急ぐ筆勢が感じられて、胸をつかれる思いをしたことがあった。作品の終章に近く、いったん職を辞して藩政から離れた莅戸善政が、藩の危機に対処すべくふたたび登用される。すでに老齢にさしかかった善政に、鷹山がこんな言葉をかける。

そして高橋は治憲と善政との次の場面を引く。

「だが近ごろ、ちと働きすぎではないのか。そなたはいまや藩の柱だ。自重して身体をいたわることも考えねばならんぞ」

「もったいないお言葉にござります」

善政はうやうやしく頭を下げて言った。

「やらねばならぬことは山積し、わが齢は限られておりまする。おそらくはその思いが知らず知らず事をいそがせるのでござりましょう」


このあたりを高橋は、〈この回の原稿が、まとまった原稿としては最後で、あとは六枚の絶筆を残すのみである。藤沢周平さんはどのような思いで、この会話を書かれたのだろうか〉と述べている。

わたしには米沢藩の財政再建などにさほどの興味はない。正直なところを記せば熱心な歴史小説ファンでもない。藩の派閥とか、込み入った人間関係を追うのは苦手である。それでもなおかつ周平の作品は読ませる。それは物語の途中に用意されている清冽な筆致の風景描写があるからだ。その間歇泉にも似た場面に接することで、緊張して読むことの疲れを癒してくれるのである。

例えば、その箇所が引用するに最も適しているかどうかは別として、次のような文章がある。


そのとき当綱は、上空に何か光るものがあるような気がして足をとめると空をふりあおいだ。すると真南からわずかに西に片寄るあたりの高い空に、大日嶽がそびえているのが見えた。光はそこからきていた。大日嶽は、このあたりでもっとも目立つ吾妻山中の高峰である。日はいま南から西に回っているらしく、姿は山に隠れて見えなかったが、背後からさしかける光が大日嶽をてらしているのだろう。そのために山の北側は青ざめた雪の斜面を見せているのに、東側の稜線だけが金色の糸のように光っているのだった。

神秘的な光景に見えた。当綱の胸に、ふと神仏の加護という考えがうかんだ。幸先よしとも思った。だがそれは一瞬のことで、考えはすぐに現実にもどった。いったん西に回った日は、一目散に落日をいそぐだろう。明るいうちに山を降りねばならぬ。(九章)

前日に降った雨のせいで、城も城下の町町も濃い朝靄《あさもや》につつまれ、四囲はまだうす暗かった。しかし馬上の治憲を中心にした一行が、城下北端の北町番所を通りぬけ、米沢街道を北にすすんで中田村にさしかかったころに、雨雲のように上空を閉ざしていた靄の一角にほの紅い筋のようなものが現われ、それはみるみる夜明けの光になった。

そしてまるでそれが合図だったように、靄は急速に引きはじめて、靄の中からいちめんの青い稲田、点在する村村などが姿を現わした。と思う間もなく、街道の奥につらなる山山の上に日がのぼって、一行を照らした。(二十五章)

当綱は上級家臣の大きな門構えが左右にならぶ主水町の通りを、北にむかってゆっくりと馬を歩ませた。夜が明けたばかりで、路にはまだ人影は見えなかった。

空は昨日と同様に、隅隅まで灰いろの雲に覆われているとみえて日が差してくる気配はなく、町にはまだ薄ぼんやりとした暗さが残っていた。肩をまるめても、夜明けの寒気はひしと身体をしめつけてくる。こういう底冷えのする日が数日つづいている間に、国境の山山に雪が降ることがある。

ようやく空が晴れて、初冬の日差しがくまなく領国にさしかけるような日に、人人はふと見た遠山のいただきが白くなっているのにおどろくのだ。（二十七章）

四方の山山はいつ晴れるとも知れない、霧のように厚味のある雲に覆われ、盆地にはつめたい雨が降ったりやんだりしていた。雨の日によっては霙《みぞれ》になったり、霰《あられ》に変ったりしながら、米沢の領国を冬景色に変えつつあった。

安永六年十一月二十五日。その日も午過ぎまでは雨が降り、その雨に時どき霰がまじったが、午後になると雲がうすれてきて、やがて小さな雲の切れ目から恩寵のような日の光が地上に差しこんだ。草は枯れ、木木は葉が落ちて裸だった。束の間の日差しは濡れている木肌や枝の先にとまっている水滴を光らせ、枯草の上で溶けかかっている霰の水玉を光らせたが、空は間もなくもとの曇りぞらにもどってしまった。そして点在する村村が暮色に沈むと底冷えのする冬の闇が足早に盆地を覆いつつんでしまった。（同）

などである。そうした描写に魅せられ、一息ついて視線は次の筋を追うことになる。陳腐な表現になるが、それは砂漠を行く隊商が、オアシスに辿り着いたときに覚える、安息にも似た時間といえよう。藤沢文学の風景描写を称賛する評者の多いのが納得される。

平成八年九月二十三日、周平が国立国際医療センターに再入院したことは述べた。入院中に『日暮れ竹河岸』（文藝春秋・春秋文庫）の刊行の話が進み、十一月に上梓された。同書は浮世絵からテーマをとった作品である。もちろん新作ではない。「江戸おんな絵姿十二景」（「文藝春秋」・昭和五十六年三月号〜五十七年二月号）から「夜の雪」「うぐいす」「おぼろ月」「つばめ」「梅雨の傘」「朝顔」「晩夏の光」「十三夜」「明烏」「枯野」「年の市」「三日の暮色」。「広重『名所江戸百景』」（「別冊文藝春秋」一九四号―二一四号）から「日暮れ竹河岸」「飛鳥山」「雪の比丘尼橋」「大はし夕立ち少女」「猿若町月あかり」「桐畑に雨のふる日」「品川洲崎の男」の合わせて十二の掌篇と七つの短篇の十九篇が収録されている。

この本の「あとがき」が、周平の書いた最後の「あとがき」ということになる。

「江戸おんな絵姿十二景」は、かなり前に文藝春秋本誌に一年間連載したもので、一枚の絵から主題を得て、ごく短い一話をつくり上げるといった趣向の企画だった。一話が大体原稿用紙十二、三枚といった分量ではなかったかと思う。いわゆる掌篇小説である。

どんな種類の絵にするかは、その当時浮世絵に凝っていたのですぐにこれと決まったが、ただ漫然と自分の好みの浮世絵にお話をつけるだけでは、おもしろくも何ともない。そこで一月から十二月まで季節に対応した話を、ごく簡単なあらすじだけつくって、担当編集者の佐野佳苗さんにわたし、それに対応するような絵をさがしてもらうことにした。

その上で、小説に仕上げるときは微調整を行なうことにした。絵を編集者の選択にゆだねることで、創作のときのハードルを高くしたわけである。だから「江戸おんな絵姿十二景」には、若干の遊びごころと、小説家としてこの小さな器にどのような中味を盛ることが出来るか、力倆を試されるような軽い緊張感が同居している。（中略）

なお「広重『名所江戸百景』より」の方は「江戸おんな絵姿十二景」の趣向を継承するもので

はあるけれども、こちらは掌篇小説ではなく、枚数は多少ひかえ目ながら、一般的な短篇小説に近く、掌篇小説の苦労はなく仕上がっている。あわせてお読みいただきたい。

一九九六年秋　藤沢周平

この作品の成立の裏話ともいえることを長々と記したことに対しては、〈私は若干の遊びごころなどと言っているが、絵をさがした佐野さんの苦労は大変なものだったろうと思うわけで、あえて当時の事情を記し、改めて編集者の佐野さんに感謝の気持を表したいと考えたからにほかならない〉（同前）としている。

八年の暮れも押し迫った十二月二十六日、病室で家族五人が集まって六十九回目の誕生日を祝った。展子によると、この日の周平は体調も良く、〈「来月は結婚記念日だから、またお祝いできるように頑張ろうね」と、皆で話をしました〉（『父・藤沢周平との暮し』）という。しかし、〈年が明けて平成九年の一月に入り、だんだん父の体調は悪くなりました（註＝二十四日病状悪化。肝機能、腎機能低下、血圧も四〇台に下がる）。／その日は朝から、病院の花屋さんが開くのを待って、父と母の結婚記念日のために、父の好きな赤い薔薇の花束を作ってもらいました。既に父の意識は遠のいていましたが、父と母と夫と私で、父母のお祝いをしました。／父は、母との約束どおり結婚記念日の一月二十六日まで頑張って、その日の夜、亡くなりました（註＝午後十時十二分）。父、六十九歳の冬でした〉（同前）。

二十七日、鶴岡市の菩提寺・洞春院から「藤澤院周徳留信居士」という戒名が届けられる。

二十九日、信濃町千日谷会堂にて通夜。

三十日、同所にて葬儀・告別式が執り行われた。弔辞は丸谷才一、井上ひさし、富塚陽一鶴岡市長、山形師範同級生の蒲生芳郎、湯田川中学の教え子の萬年慶一だった。

丸谷才一と井上ひさしの弔辞が「文藝春秋」（平成九年四月臨時増刊号）に掲載されている。丸谷は時代小説に触れ、藤沢文学の核心を以下のように述べた。

戦前と戦後の時代小説をくらべて、誰も認めなければならないのは、戦後は文章がよくなつたことだと思ひます。意味がよく通るし、言葉の選び方も丁寧になつた。これはもちろん読者の成熟といふことが大きい。昔風の大ざつぱな文章ではもう読んでもらへなくなつたのです。しかしそのなかで藤沢周平の文体が出色だつたのは、あなたの天賦の才と並々ならぬ研鑽によるものでせう。あなたの言葉のつかひ方は、作中人物である剣豪たちの剣のつかひ方のやうに、小気味がよくてしやれてゐた。粋でしかも着実だつた。わたしに言はせれば、明治大正昭和三代の時代小説を通じて、並ぶ者のない文章の名手は藤沢周平でした。そしてわれわれは、その自在な名文のせいでの現実感と様式美があればこそ、江戸の市井に生きる男女の哀歓に泪し、どうやら最上川下流にあるらしい小さな藩の運命に一喜一憂することができたのです。（中略）わたしはあなたと同じ土地の生れです。職業も故郷も同じ人が一人ゐて、しかもそれが小説の名手であり、文章の達人であることは、心楽しいことでした。語り合つたことは一度か二度あるきりでしたが、それはまあ仕方がない。あなたの本に出て来る、侍や女忍者が江戸で食べる東北の食べ物、カスベや醬油の実のことを語り合ひたいと思つてゐましたが、その機会はなかつた。いづれそのうち、ゆつくりと話をしませう。そこでは時間はいくらでもあるはずだ。

その丸谷才一も二十四年十月十三日に亡くなった。享年八十七だった。一方井上ひさしは、こう語りかけた。

藤沢周平さん。藤沢さんが新作を公になさるたびに、私は御作に盛り込まれている事柄を、私製の、手作りの地図に書き入れるのを日頃のたのしみにしておりました。とりわけ海坂藩城下町の地図は十枚をこえています。そのたのしみがいま、永遠に失われたのかと思うとほとんど言葉がつづきません。(中略)藤沢さん、私に理想郷海坂を与えてくださってありがとう。藤沢さん、いまあなたがどこでこれを聞いておいでか私にはおよその見当がつきます。お城の南の高台にある円照寺近くの小さな家の縁側で、蟬しぐれの中、海坂名産の小茄子の浅漬を召し上がりながら、にこにこしていらっしゃるのではないのですか。小茄子の浅漬は山形の名物、私の好物でもあります。少しのこしておいてください。おっつけ私もそちらへ呼ばれますから。

書き終えたところへ妻が顔を出し、「そんなことをいって、仙台の長茄子、大坂の水茄子、シチリアの茄子のスパゲッティはどうするんだ」と一喝しましたので、そちらへ参るのは、少しおくれるかもしれません。が、一粒ぐらいは食べのこしておいて下さいますように。

井上ひさしはその十四年後、二十二年四月九日に亡くなった。享年七十五だった。

一月三十日午後二時半、代々幡斎場にて荼毘にふす。

周平の「書き遺すこと」という原稿用紙五枚ほどの文章がある。平成八年八月前後に書かれたものと思われる。それは自身の死に備えて書かれたものである。まず、〈展子をたのみます〉から始まって、葬儀のこと、次に和子に〈(特に言い残したいこと)〉として、次のように記されていた。

イ、ひとさわぎが終るまで、和子は疲れすぎないように注意すべし。疲れたら展子に言ってすぐ横になること。

ロ、身体が利くうちは、展子たちとの同居は無用。これまでの生活ペースを崩さない方が健康によい。同居する気分になったときに、考えればよい。

ハ、叔母さんに会ったり、横浜に会ったり、一緒に買物をし、食事をし、小旅行をしたりして、長生きしてください。家に閉じこもらないこと。

そのうち浩平（註＝孫で遠藤正の長男）が役に立つようになる。

ニ、小説を書くようになってから、私はわがままを言って、身辺のことをすべて和子にやってもらったが、特に昭和六十二年に肝炎をわずらってからは、食事、漢方薬の取り寄せ、煎じ、外出のときの附きそい、病院に行くときの世話、電話の応対、寝具の日干しなどすべて和子にやってもらった。ただただ感謝するばかりである。

そのおかげで、病身にもかかわらず、人のこころに残るような小説も書け、賞ももらい、満ち足りた晩年を送ることが出来た。思い残すことはない。ありがとう。

そして最後に〈展子夫妻と浩平に〉が置かれ、〈浩平は元気に大きくなってください。そしておばあちゃん、お母さん、お父さんの役に立つような子供になること〉（『藤沢周平全集』第二十五巻所収）で筆を置いている。

三月八日、山形県は周平に県民栄誉賞を贈った。同賞の第一号は富樫剛（元横綱柏戸剛）。周平は第二号である。この賞を遺族が受けるかどうかが注目された。というのは、前に触れたように、六年に推挙された鶴岡市の名誉市民を固辞したことが記憶に新しいからである。和子夫人は「山形新聞」（三月九日）で、〈本人は晴れがましいことが好きでなかったので辞退しようかとも思いましたが、県民の皆さまの気持ちと思ってちょうだいすることにしました〉と語った。同じ庄内出身の佐高信は、〈名誉市民を断わって県民栄誉賞を受けることになったのを、泉下の藤沢はどう考えるだろうか。名誉市民を断わったと聞いて粛然とさせられた私としては、かなり割り切れないものが残る〉（光文社知恵の森文庫『司馬遼太郎と藤沢周平』）と述べている。

三月九日、都営八王子霊園に納骨。三月三十一日、周平が創業時から十四年勤めた日本食品経済社は不渡り手形を出して倒産、「日本加工食品新聞」も三月二十六日付一六二六号で廃刊となった。創業から三十七年後のことだった。「文藝春秋」四月臨時増刊号「藤沢周平のすべて」が刊行された。同誌の「編集を終えて」では、〈「物をふやさず、むしろ少しずつ減らし、生きている痕跡をだんだん消しながら、やがてふっと消えるように生涯を終ることが出来たらしあわせだろう」と、二十年も前に藤沢さんは書いている。／その言葉通りこの作家は、豪邸も高級車も持たずに逝った。／だが生きた痕跡は消えるどころか、巍々たる作品の山脈が残った。作品の一つ一つを読み返すたびに喪ったものの大きさが実感される〉と記している。

桶谷秀昭は、同誌に次の一文を寄せている。

藤沢周平は書くべきことを書きつくして死んだ。その死の知らせを聞いたとき、さう思った。おそらくこの作家に心残りはなかつたであらう。

おなじ思ひは、昨年死んだ司馬遼太郎についてもいへさうである。およそ作風のちがふ、といふよりも対照的な、天下国家と文明論の壮大なヴィジョンをくりひろげたこの作家が、文化勲章を貰つたとき、生まれかはつて小説を書くとすれば、男女の痴情を描きたい、と語つた言葉が、その当時も今もつよく胸にのこつている。そのことを思ひだしたうへで、なほ、司馬遼太郎は書くべきことを書きつくして死んだといふ思ひがつよいのである。(「人間哀歓の風景を描いた作家」)


桶谷の言うようにそうだろうし、そうであったと思いたい。しかしそれでも、どこかに全面的に諾うことを躊躇う気持ちがある。それは、展子のエッセイと、そんなものだろうかという想いが心の隅にひっかかっているからである。展子は次のように綴っている。


息子の浩平がまだ小さかったので私も同行できず、夫が父に付き添って行きました。病院に向かう電車の中では、父の仕事についての話題が多かったそうです。次の作品とか、これから書いてみたい作品とか。父は、江戸時代以前の、戦国時代や、人物なら楠木正成なども書いてみたいと言っていたそうです。そこで夫が、「お父さん、読んでみたいので、是非書いてください」と言うと、「そうだな」と答えたそうです。

そういえば私も、父がこんなことを言うのを聞いたことがあります。

「お父さんね、隠居したら、仕事としての小説じゃなくて、売れなくてもいいから自分の好きなものを書きたいと思っているんだよ」

「でも、お父さん、好きな小説を書いているじゃあないの？」

「小説を書くのは好きだけど、仕事となれば、やっぱり好きなようにばかり書けるわけじゃないよ。まず枚数の制限もあるし、連載だったら次に読みたいと思うように話をもっていかなくてはいけないからね」

それを聞いて、（小説を書くのも、職業となると、まるで職人のようだな）と思ったものでした。また、好きなように好きなだけ時間をかけて書いてみたいという父の気持ちが分かるような気がしました。（中略）サラリーマンのように、朝、仕事部屋に入ると、夕方まで原稿を書く。サラリーマンなら土曜、日曜のお休みや有給休暇がありますが、父の場合は、まとめて休みをとるとか、まるまる一日休んでいる姿は見たことがありません。そんな父だったからこそ、時間にとらわれず、気の済むまで好きな作品に取り組んでみたいという願望があったのだと思います。

（「東大病院の付き添い」）


書き残したことの一つに石川啄木もあったのではないだろうか。

わたしは周平の時代小説もさることながら、エッセイにより強い愛着をもっている。あるいは周平が本当に書きたいことを書けたのは、肩肘をはることのないエッセイではなかったか、と思うことがある。

五月十一日、鶴岡市は改めて周平に顕彰の記を贈呈した。しかし生前の周平の強い意志を尊重する鶴岡市の姿勢は変わっていない。名誉市民を固辞した手紙は、〈藤沢周平氏の「作家として自由を制約されずにいたい」というお考えから名誉市民の推載を控えてきましたが、氏が日本文学界に残された偉大な功績をたたえ、末永く後世に伝えるため、市では平成九年三月市議会の議決を経て名誉市民と同様に顕彰していくこととしたものです〉という但し書きとともに、鶴岡市立図書館に展示されている。手元にある平成十三年版『山形県年鑑』(山形新聞社)には、名誉市民の相良守峯、丸谷才一等と並んで〈藤沢周平(同様顕彰)〉の文字が見える。

周平が亡くなって一人になった和子夫人は、一周忌を済ませると、親戚の近くに引っ越す。大泉学園の家はしばらく親戚の一家が住んでいたが、やがて住む人もいなくなり手放すことになった。

そのころ、鶴岡市に藤沢周平記念館を建てる計画が進み、仕事部屋の再現が持ち上がった。思い出のつまった家は解体され、在りし日を偲ぶ品々は鶴岡に運ばれた。

鶴岡市立藤沢周平記念館が鶴岡市馬場町の鶴岡公園内に開館したのは二十二年四月二十九日。建物は鶴ケ岡城本丸御殿が建っていた荘内神社の参道に面している。建築面積は七一六平方メートル。延床面積は九二九・一平方メートル(一階六九〇平方メートル、二階二三九平方メートル)。展示室は二一七平方メートル。展示内容は常設展示として第一部〈「藤沢文学」と鶴岡・庄内〉。第二部〈「藤沢文学」のすべて＊自宅書斎を移築〉。第三部〈「作家・藤沢周平」の軌跡〉。ほかに随時特別企画展を開催している。

周平が税務課書記補として昭和十八年春から二十一年まで勤務した鶴岡市青龍寺にある旧黄金村役場は解体されることになった。昭和十一年に建てられた木造二階建てで土蔵が棟続きでつながり、瓦と白い板壁がノスタルジックな雰囲気を漂わせる村舎だった。老朽化が進み、地区民からは安全面からも解体が求められていた。鶴岡市では建物の部材を希望者に譲渡することにして希望者を募った。二十四年二月に譲渡先が決まった。同市黒川地区に伝承される国指定重要無形民俗文化財・黒川能と強いつながりをもつ春日神社の神職を代々務める遠藤家で、三年以内に建設予定の施設の一部に部材を活用、同家に伝わる古文書などを収容する方針という。

十二年一月、「鶴岡藤沢周平文学愛好会」が周平を偲ぶ「寒梅忌」をスタートさせた。作家の忌日には植物にちなんだ命名が結構ある。海棠忌（久米正雄）、連翹忌（高村光太郎）、糸瓜忌（正岡子規）、椿寿忌（高浜虚子）、桜桃忌（太宰治）、秋艸忌（会津八一）、忍冬忌（石田波郷）、菜の花忌（司馬遼太郎）などである。寒梅は〈その花の凜として清げなところ、その香りの高雅なところが、故人の人柄や作柄にも通い合って好ましい〉（「菜の花忌と寒梅忌」）と向井敏は述べている。厳寒の間隙を縫って百花に先駆けて開き、「四君子」の異称をもつ梅こそは、清潔な周平忌には相応しい命名だろう。

十三年の第二回寒梅忌には向井が出席して講演をしている。向井は『藤沢周平全集』の解説を第二十四巻まで担当した。二十三巻までの分は『海坂藩の侍たち　藤沢周平と時代小説』（文春文庫）として刊行されている。十四年一月に死去したが、丸谷才一は、〈文学の批評は昭和前半までは文芸時評が中心だつたが、昭和後半からは書評に比重が移つた〉として、〈文藝時評の最高の名手が平野謙だといふことはすでに名声が確立した観がありますが、それなら書評の名手は誰か。この新しいジャンルを作り、最も花やかに腕をふるつたのは向井敏でした〉（向井敏を偲ぶ会での挨拶）との賛辞を贈った。

周平の作品集は死後も版が重ねられ人気は衰えを知らない。ちなみに没後に出版されたものに、まず遺作となった『漆の実のみのる国　上下』（文藝春秋・文春文庫）、そして新たに上梓されたものに『早春　その他』（文藝春秋・文春文庫）、『静かな木』（新潮社・新潮文庫）、『藤沢周平句集』（文藝春秋）、『藤沢周平　未刊行初期短篇』（文藝春秋、文庫化に当たり『無用の隠密　未刊行初期短篇』と改題）、『帰省　未刊行エッセイ集』（文藝春秋）、『藤沢周平全集』（第二期、二十四、二十五巻、別巻）などがある。

さらに新刊とはニュアンスが異なるが、「海坂もの」だけを収録した『海坂藩大全　上下』（文藝春秋）も特記したい。というのは、一般の人にはあまり関心がないかも知れないが、この本の活字について触れておきたいからである。

周知のように活字にはいろいろな書体がある。一般に知られているのは明朝体、毛筆体、ゴシック体、教科書体などだろうか。それらは同じ書体でも活字メーカーによって微妙に異なる。新聞活字が顕著だろう。ところで『海坂藩大全』に使用されている活字は「游明朝体R」、あるいは「海坂明朝体」といわれているものなのだ。この書体は周平と同郷である庄内出身の活字デザイナー・鳥海修が考案した。鳥海は「藤沢周平を組む書体」と題するエッセイで、その経緯を次のように書いている。

> 書体を作る発端は、（中略）酒場談義でした。「藤沢作品を組むためのいい本文書体が作れないものか」。そんな会話でした。でも、書体をひとつつくるには膨大な手間がかかります。まして、藤沢作品という大きな目標があるのですからなおさらです。渋くて、透明で、暖かくて、まさにいぶし銀のような小説ばかり。それに立ち向かうには、小細工なしで、奇をてらわずに一字一字仕上げるしかありませんでした。

漢字は強く、仮名は弱くつくりました。

漢字は線と線のアキを均等にすることで、明るい印象を与えるように。点やハネがつんつんした感じにならないように、先や角を丸くして優しい印象に。「蟬しぐれ」の「蟬」の字も作ってあります。ひらがなは、日本古来の伝統的なかな書体を手本にしました。

着手したのが一九九六年、九五〇〇字の活字が完成したのが六年後の二〇〇二年です。

書体を発売してから四年をすぎたある日、書店で『海坂藩大全』を見つけました。嬉しかった。念願かなって、藤沢作品、しかも「海坂もの」ばかりを集めた本でこの書体をつかってくれていたのです。(『藤沢周平記念館』)

途方もないファンがいるものである。この本を手にしたら、ぜひ、拡大鏡を使って他の活字と見比べてほしい。

周平が亡くなってから十六年が経過したが、いまも作品は増刷を続け、書店では平積みにしている所も多い。この現象をどうみるか。高橋義夫はこう語っている。


小説家にかぎらず、ふつうは年を重ねると影がうすくなってきて、幽明の境をへだつようになると、淡い影がしだいに消えて行くものだが、藤沢周平さんはそうではなかった。没後ますます影がくっきりと濃くなり、存在感が増した不思議な小説家である。

その理由をひとことでいえば、藤沢さんが遺した作品群の底力というしかない。忘れかけていた日本人の心の風景がそこにあることを、多くの人々が発見した。藤沢さんの作品が時代小説の枠をこえ、世代をこえて読まれるゆえんだ。(『没後十年　藤沢周平読本』)

これまで縷々述べてきたが、周平とは何なのか。ただちに結論を下すのは無理だろう。ただ、確実にいえるのは、これからも藤沢文学は長く読者に迎えられるだろうということである。それを予感させるに足る理由はいくつかある。

藤沢文学の特徴といえる緻密な構成もさることながら、随所に鏤《ちりば》められている端正で清冽な〝美しい日本の原風景〟の提示も、その一つだろう。そうした優れた自然描写の執筆可能な作家が今後現れることは期待薄である。なぜならば描く対象である自然がすでに変貌し、あるいは消滅しているからである。

いま一つ、多くの評者が指摘する、藤沢文学に通底する人情の機微があげられる。登場する市井の人々はことごとく優しい。優しさとは文字通り、人の憂いを知ってはじめて可能なのである。そして物語を彩る女が魅力的である。どの女も哀しく、美しく、可憐で控え目ながらひたむきさがある。そんな女性群像は読者を魅了してやまない。その女にしても、いまや日本女性の美徳とされてきた風姿は失われている。慎み深さ、弱さと哀しみからくる思いやり、凜とした気品のある女性など、もう昔日の光景の中にしか見いだせない。そして歴史は決して繰り返すことはなく、後戻りもできない。となると、懐かしい〝日本の女〟を描けるのも周平が最後になるかもしれない。それは季節が歳時記の中にしか見いだせなくなっている現状に似ていなくもない。多くの読者は人肌のぬくもりを求めて藤沢文学の森を彷徨うことだろう。

そんな藤沢文学が広く受容される背景に、見通しのきかない将来の展望や時代の閉塞感をあげる評者もいる。換言すれば、この殺伐とした世にあって癒しを求めて止まない人種が多いということだろう。であれば、藤沢文学がもてはやされ、愛される時代とは、あるいは「不幸な時代」と言えるかもしれない。その「不幸な時代」を選んだのは、わたしたちではない。が、それがたとえどんな世であろうと、人々は生きて行かなければならない。そうした状況下にあって、藤沢文学が生きるための支えになるのであればもって瞑すべきだろう。藤沢文学の放つ光芒は、ともすれば衰える魂を支えるものとして、ますます存在感を強めていくようである。

周平が本領とした市井小説の世界は、心の連帯とぬくもりを失って彷徨う現代人にとってはカナンの地とも言える。失われた楽土の岸辺に曳航する水先案内人が藤沢文学ではないだろうか。

あとがき

　私は山形新聞社に昭和四十年から平成十年まで在籍し、主に文化欄を担当させてもらった。藤沢周平氏が「オール讀物」新人賞に応募を始めたのが昭和三十九年、亡くなったのが平成九年だから、藤沢氏の活躍の全容を同時進行で眺めてきたことになる。たびたび原稿を依頼したこともあり、作品は折々に読んでいた。しかし、それは一読者として単純に楽しんでいただけで、〝評伝〟の執筆につながるような読書ではなかった。いつか藤沢氏の評伝が上梓されるとすれば、最適の筆者は山形師範学校時代に同人雑誌「碎氷船」の仲間だった松坂俊夫氏しかいない、と信じていたからである。松坂氏は山形県出身の藤沢氏と井上ひさし氏については、人気を博す前から新聞等で熱心に紹介、応援していた。資料にしても本人を除くと最も多く保管していると思われ、いずれは藤沢と井上の研究者として一家をなすだろうことを疑わなかった。が、松坂氏は平成六年三月に早世、二人の評伝が執筆されることはなかった。

　昨年、わたしはひょんなことから井上ひさし氏について書くことになり、『ひさし伝』（新潮社）を上梓した。拙著を読んでくれた高校の同級生から、今度は『藤沢周平伝』だな、とおだてられ、浅学非才の身もかえりみず、木に上る豚となった。豚の呟きを記せば、次のようなことになる。

　藤沢氏はいつも郷里・山形を向いていた。ならば山形から情報を発信してみるのも悪くはないのではないか。手元にある資料を整理していると、未刊行と思われる二篇のエッセイの生原稿や色紙なども見つかった。それだけでも藤沢ファンに届ける価値があるのではないか、と思ったのである。前拙著と同様に活字になっている資料だけを使い、読者が追体験できる方法をとった。この方法が評伝としてどう評価されるか分からない。尊称は多く省いたが他意はない。

執筆のきっかけをつくってくれた田崎明氏、応援してくれた高橋哲雄氏、無名のわたしに目を止めてくださった白水社の和気元氏に感謝したい。

笹沢　信

平成二十五年七月

藤沢周平略年譜

昭和二（一九二七）年

十二月二十六日、山形県東田川郡黄金村大字高坂字楯ノ下一〇三（現・鶴岡市高坂）で農業を営む父小菅繁蔵（三十八歳）、母たきゑ（三十三歳）の次男として生まれる。本名は留治。長姉繁美（十一歳）、次姉このゑ（十歳）、長兄久治（七歳）。

昭和五（一九三〇）年　三歳

三月、妹てつ子生まれる。

昭和八（一九三三）年　六歳

六月、弟繁治生まれる。

昭和九（一九三四）年　七歳

四月、青龍寺尋常高等小学校（昭和十六年、黄金村国民学校と改称、現・黄金小学校）に入学。

昭和十三（一九三八）年　十一歳

五年生。担任は文学の素養があった宮崎東龍で読書や作文の楽しみを知る。このころ、ひどい吃音に悩む。

昭和十四（一九三九）年　十二歳

六年生。担任は引き続き宮崎東龍だったが夏休みの終わりに召集され、以後卒業まで上野元三郎校長が代理担任になる。

昭和十五（一九四〇）年　十三歳

三月、青龍寺尋常高等小学校尋常科卒業。郡賞を受けるが吃音のため答辞は代読してもらう。四月、同校高等科に進む。

昭和十六（一九四一）年　十四歳

四月、高等科二年。担任は佐藤喜治郎。秋、兄久治が教育召集で山形市霞ヶ城址にある陸軍歩兵第三十二聯隊に入隊。翌年春、帰宅。

昭和十七（一九四二）年　十五歳

三月、黄金村国民学校高等科卒業。四月、山形県立鶴岡中学校（現・山形県立鶴岡南高等学校）夜間部入学。昼は鶴岡印刷で文選工として働く。

昭和十八（一九四三）年　十六歳

春、鶴岡印刷を辞め、黄金村役場の税務課書記補として働く。六月、経書の講義を受けたり農事を勉強する集まりである「荘内松柏会」に参加する。九月、兄久治、再召集で北支へ。

昭和二十（一九四五）年　十八歳

八月十五日、終戦のラジオ放送を黄金村役場の控え室で聞き、だだっぴろい空虚感に包まれる。

昭和二十一（一九四六）年　十九歳

三月、鶴岡中学校夜間部を卒業。五月、兄久治が中国より復員。山形師範学校入学。一級上に『山びこ学校』で知られる無着成恭がいた。北辰寮北寮に入寮。同人雑誌「碎氷船」に参加。同人は蒲生芳郎、小松康祐、土田茂範、那須五郎、丹波秀和、松坂俊夫、小菅留治。母胎になったのは自筆原稿の回覧雑誌「ピラミッド」だった。そこにアラン・ポーの評伝や「大鴉」の翻訳を発表。夏、帰省した伯母に同行して千葉の伯母の家に行き滞在。その間、従姉に連れられて初めて東京へ。

昭和二十二（一九四七）年　二十歳

四月、二年に進級、南寮に移る。このころよく映画館に通う。第二寮歌募集に応募、当選する。秋、寮を出て三年の芦野好信、二年の小野寺茂三と善龍寺に下宿。

昭和二十三（一九四八）年　二十一歳

四月、三年に進級。小野寺茂三と善龍寺を出て山形市薬師町の須貝方に下宿。暮れに一人で同市宮町の長谷川方に移る。十二月、同人雑誌「砕氷船」（がり版刷り・二十部）発行。「女」「死を迎へる者」「白夜」「睡猫」の四篇の詩を発表。

昭和二十四（一九四九）年　二十二歳

三月、山形師範学校卒業。四月、山形県西田川郡湯田川村立湯田川中学校へ赴任。二年B組（生徒数二十五人）を担任、同時に二年A組も教える。担当科目は国語と社会。教育現場では悩みも多く一時自信を失う。九月、教員異動にともない、一年生（五十五人）の担任を命ぜられる。

昭和二十五（一九五〇）年　二十三歳

一月、父繁蔵、死去、六十一歳。四月、一年生を持ち上がり、二組に分かれたうちの二年A組を担任。

昭和二十六（一九五一）年　二十四歳

二月、同人雑誌「プレリュウド」第二号を発行。同人は小松康祐、東海林勇太郎、土田茂範、那須五郎、小菅留治。山形師範時代の「砕氷船」を引き継ぐものだった。詩「みちしるべ」を発表。三月、学校の集団検診で肺結核が見つかり新学期から休職。鶴岡市三日町（現・昭和町）の中目《なかのめ》医院へ入院。半年後に退院、自宅で通院療養をつづける。

昭和二十八（一九五三）年　二十六歳

二月、中目医師の奨めで上京、東京都北多摩郡東村山町（現・東村山市）の篠田病院・林間荘へ。入院早々に療養仲間である鈴木良典の提唱で俳句同好会が作られ参加。鈴木から自分の提稿していた静岡の俳誌「海《うな》坂《さか》」への投句を奨められ投句。「海坂」は百合山羽公、相生垣瓜人が共宰する俳誌。二十八年六月号に初めて四句が採られ、以後三十年八月号まで四十四句が入選。俳号は最初は小菅留次、のち北邨。六月、東村山町保生園病院で手術を受ける。右肺上葉切除のあと、さらに二回の補足成形手術を行い肋骨五本を切除。十月、篠田病院・林間荘に戻る。

昭和二十九（一九五四）年　二十七歳

手術の予後が悪く、二人部屋の生活がつづく。

昭和三十（一九五五）年　二十八歳

三月、病院内に詩の会「波紋」が旗揚げされ同人に加わる。このころ、安静度四度の大部屋に移り病院外への散歩を許可される。このころから三浦悦子が時どき見舞いに訪れる。

昭和三十一（一九五六）年　二十九歳

五月、「波紋」選集第一号を発行。当時の会員は在院者三十三名、退院者十六名の計四十九名。このころ、患者自治会の文化祭に戯曲「失われた首飾り」を書き、自治会文化部の文芸サークル誌「ともしび」にも寄稿する。

昭和三十二（一九五七）年　三十歳

病院敷地内の外気舎（独立作業病舎）に移り、退院準備に入る。この年、時どき帰郷して就職先を探すが難航する。七月、自治会の機関紙「黄塵」の編集責任者になる。八月の一カ月間、病院内の新聞配達のアルバイトをする。報酬は月千二、三百円。十月、湯田川中学校での同僚、大井晴の紹介で業界新聞社に就職が決まる。十一月、篠田病院・林間荘を退院。東京都練馬区貫井町（現・貫井）に間借りし、就職先の新聞社に通勤をはじめる。その後、二年ほどの間に一、二の業界新聞社を転々とする。

昭和三十四（一九五九）年　三十二歳

八月、山形県鶴岡市大字藤沢（現・鶴岡市藤沢）、三浦巌・ハマの三女悦子と結婚、東京都練馬区貫井町のアパートに住む。

昭和三十五（一九六〇）年　三十三歳

㈱日本食品経済社に入社。研修期間を経て「日本加工食品新聞」の編集に携わる。生活がようやく安定の兆しを見せる。

昭和三十六（一九六一）年　三十四歳

一月、長男展夫、死産。

昭和三十七（一九六二）年　三十五歳
このころから「藤沢周平」のペンネームを使い、高橋書店発行「読切劇場」「忍者読切小説」「忍者小説集」に作品を発表するようになる。それらの雑誌への寄稿は三十九年の「忍者小説集」八月号までつづく。

昭和三十八（一九六三）年　三十六歳
読売新聞が毎月募集していた読売短編小説賞に本名で応募。一月（第五十七回）、「赤い夕日」が選外佳作になる。選者は吉田健一。二月、長女展子生まれる。北多摩郡清瀬町（現・清瀬市）中家繁造方に間借り。六月ごろから妻悦子は体調を崩し腹痛を訴え、日本医科大学病院でガンを宣告される。十月、悦子、転院先の品川区旗の台の昭和医科大学病院で死去、二十八歳。

昭和三十九（一九六四）年　三十七歳
「オール讀物」新人賞に投稿をはじめる。八月、北多摩郡清瀬町（現・清瀬市）の都営中里団地に転居。

昭和四十（一九六五）年　三十八歳
「オール讀物」新人賞に応募を続け、第二十六回に「北斎戯画」が第三次予選、第二十七回に「蒿里曲」が第二次予選まで通過するが、いずれも最終候補作とはならず。

昭和四十一（一九六六）年　三十九歳
日本食品経済社が港区愛宕町（現・愛宕）から中央区東銀座に移転。第二十九回「オール讀物」新人賞に応募した「赤い夕日」が第三次予選まで通過。

昭和四十四（一九六九）年　四十二歳
一月、江戸川区小岩、高澤庄太郎・ヱイの次女和子と再婚。四月、鶴岡市に帰省、武藤対前森、東禅寺対本庄の決戦を描いた作品「残照十五里ヶ原」の古戦場に立つ。

昭和四十五（一九七〇）年　四十三歳
一月、北多摩郡久留米町（現・東久留米市）に転居。二月、妹てつ子死去、四十歳。

昭和四十六（一九七一）年　四十四歳

三月、「溟い海」が「オール讀物」新人賞最終候補となる。四月、選考会で第三十八回「オール讀物」新人賞に決まる。発表は六月号。選考委員は遠藤周作、駒田信二、曾野綾子、立原正秋、南條範夫。六月、「溟い海」が第六十五回直木賞候補となる。七月、第六十五回直木賞は受賞作なしと決定。九月、新人賞受賞第一作として「囮」を「オール讀物」十一月号に発表。十二月、「囮」が第六十六回直木賞候補となる。

昭和四十七（一九七二）年　四十五歳

一月、第六十六回直木賞は受賞作なしと決定。「賽子無宿」を「オール讀物」六月号に、「帰郷」を「同」十二月号に、「黒い縄」を「別冊文藝春秋」一二一号に発表。十二月、「黒い縄」が第六十八回直木賞候補となる。

昭和四十八（一九七三）年　四十六歳

一月、第六十八回直木賞は受賞作なしと決定。三月、「暗殺の年輪」を「オール讀物」三月号に発表。七月、「暗殺の年輪」が第六十九回直木賞候補となる。七月十七日、第六十九回直木賞選考会で長部日出雄の「津軽世去れ節」「津軽じょんから節」と同時受賞と決定。選考委員は石坂洋次郎、川口松太郎、源氏鶏太、今日出海、司馬遼太郎、柴田錬三郎、松本清張、水上勉、村上元三。九月、最初の作品集『暗殺の年輪』を文藝春秋社より刊行（定価六百八十円）。十月、鶴岡市へ帰郷、湯田川中学校などで講演。

昭和四十九（一九七四）年　四十七歳

一月、『又蔵の火』（文藝春秋・文春文庫）刊。五月、駒田信二と山形市を訪れ近藤侃一、新関岳雄らと郊外の寺で清遊。のち雲井龍雄（「檻車墨河を渡る」）取材のため米沢市へ。日本食品経済社が港区新橋へ移転。六月、『闇の梯子』（文藝春秋・文春文庫）刊。八月、母たきゑ死去、八十歳。十一月、日本食品経済社を退社。丸谷才一、田辺聖子と鶴岡市主催の講演会で講演。

昭和五十（一九七五）年　四十八歳

五月、『檻車墨河を渡る』（文藝春秋・文春文庫化にあたり『雲奔る　小説・雲井龍雄』と改題）刊。八月、母の一周忌のため帰郷。十月、「龍を見た男」を山形新聞（五日から十六日）に連載。十二月、山形県東置賜郡川西町で講演。

昭和五十一（一九七六）年　四十九歳

一月、「一茶」取材のため長野県信濃町柏原へ旅行。『冤罪』（青樹社・新潮文庫）刊。三月、『暁のひかり』（光風出版・文春文庫）刊。五月、「一茶」取材のため再び柏原へ。六月、『逆軍の旗』（青樹社・文春文庫）刊。七月、『竹光始末』（立風書房・新潮文庫）刊。八月、『時雨のあと』（立風書房・新潮文庫）刊。九月、『義民が駆ける』（中央公論社・中公文庫）刊。「春秋山伏記」取材のため鶴岡市へ。湯田川温泉泊。十一月、東京都練馬区大泉学園町に転居、終の住み家となる。鶴岡市へ帰り、遊佐町吹浦、鶴岡市由良の二会場で行われた小中学校校長会で講演。衆院選に山形二区から立候補した小竹輝弥候補の応援演説をする。小竹は落選。十二月、「オール讀物」新人賞選考委員となる。他の委員は井上ひさし、城山三郎、古山高麗雄、山田風太郎。

昭和五十二（一九七七）年　五十歳

一月、『闇の歯車』（「狐はたそがれに踊る」を改題／講談社・講談社文庫）刊。二月、『闇の穴』（立風書房・新潮文庫）刊。五月、『喜多川歌麿女絵草紙』（「歌麿おんな絵暦」を改題／青樹社・文春文庫）刊。仙台市で講演。同人誌「碎氷船」の仲間も駆け付ける。帰途、初めて陸羽東線に乗り鶴岡へ帰郷。山形市で駒田信二と落ち合い近藤侃一の墓参。十二月、川西町小松で講演（教職員研修・演題「雲井龍雄と清河八郎の二人を通して見た東北の明治維新」）

昭和五十三（一九七八）年　五十一歳

一月、『長門守の陰謀』（立風書房・文春文庫）刊。二月、『春秋山伏記』（家の光協会・新潮文庫）刊。のちに同作品を秋田に拠点を置く劇団わらび座がミュージカルに仕立てロングランを続ける。六月、駒田信二、中山あい子と山形市へ行くが予定されていた講演会は、前日の宮城県沖地震による列車運行の乱れのため中止。『一茶』（文藝春秋・文春文庫）刊。八月、『用心棒日月抄』（新潮社・新潮文庫）刊。十月、鶴岡へ帰り、母校黄金小学校で講演。十一月、「闇の傀儡師」取材のため、山梨県甲府市、韮崎市へ取材旅行。実相寺、万休院、海岸寺などを見る。
昭和五十四（一九七九）年　五十二歳
一月、『神隠し』（青樹社・新潮文庫）刊。三月、首都圏に住む教え子との懇談会、第一回泉話会を東京・池袋の割烹料亭「はりまや」で開く。以後年一回開催。七月、『消えた女─彫師伊之助捕物覚え』（「呼びかける女」を改題／立風書房・新潮文庫）刊。十月、山形市で開かれた山形師範卒業三十周年の祝賀行事に出席。直木賞受賞とその後の文筆活動で表彰される。十一月、『回天の門』（文藝春秋・文春文庫）刊。
昭和五十五（一九八〇）年　五十三歳
二月、『驟り雨』（青樹社・新潮文庫）刊。四月、『橋ものがたり』（実業之日本社・新潮文庫）刊。四月、六月、八月、「密謀」取材のため、新潟県、福島県、山形県へ旅行。五月、『出合茶屋』（双葉社・文春文庫化にあたり『霧の果て─神谷玄次郎捕物控』と改題）刊。六月、『春秋の檻─獄医立花登手控え』（講談社・講談社文庫）刊。七月、『弧剣─用心棒日月抄』（新潮社・新潮文庫）、『闇の傀儡師（上下）』（文藝春秋・文春文庫）刊。十月、山形市で井上ひさしと講演会。つづいて「ふるさとの心と文学」をテーマに対談。
昭和五十六（一九八一）年　五十四歳
一月、「山形新聞」元日号に井上ひさしとの対談「ふるさとの心と文学」掲載。『隠し剣孤影抄』（文藝春秋・文春文庫）刊。二月、『隠し剣秋風抄』（文藝春秋・文春文庫）、『夜の橋』（中央公論社・中公文庫）刊。四月、「密謀」執筆のため、京都府、彦根市、関ケ原などへ約一週間の取材旅行。『時雨みち』（青樹社・新潮文庫）、『風雪の檻─獄医立花登手控え』（講談社・講談社文庫）刊。八月、初のエッセイ集『周平独言』（中央公論社・中公文庫）刊。九月、『霜の朝』（青樹社・新潮文庫）、『藤沢周平短篇傑作選一　臍曲がり新左』（文藝春秋）刊。十月～十二月、『同二　父《ちゃん》と呼べ』（文藝春秋）、『同三　冬の潮』（文藝春秋）、『同四　又蔵の火』（文藝春秋）刊。
昭和五十七（一九八二）年　五十五歳
一月、『密謀（上下）』（毎日新聞社・新潮文庫）刊。二月、『漆黒の霧の中で─彫師伊之助捕物覚え』（新潮社・新潮文庫）刊。三月、「白き瓶」執筆のため、茨城県石下町（現・常総市）国生の長塚節生家、光照寺、鬼怒川などを訪れる。『愛憎の檻―獄医立花登手控え』（講談社・講談社文庫）刊。五月、「海鳴り」取材のため埼玉県小川町へ紙漉きの作業を見に行く。このころから自律神経失調症に悩み、和子夫人が取材に同行。八月、鶴岡市へ一週間の帰郷。湯田川中学校の教え子たちの卒業三十周年の会に出席。十一月、「白き瓶」取材のため、再度石下町に行く。

昭和五十八（一九八三）年　五十六歳

二月、『よろずや平四郎活人剣　上・盗む子供』（文藝春秋・文春文庫化にあたり上中下三巻を上下二巻にする）刊。三月、『同　中・離縁のぞみ』（文藝春秋・文春文庫）、『同　下・浮草の女』（文藝春秋・文春文庫）刊。四月、「白き瓶」取材のため、福岡県・太宰府、宮崎市青島などを訪れる。『人間の檻―獄医立花登手控え』（講談社・講談社文庫）刊。六月、『刺客―用心棒日月抄』（新潮社・新潮文庫）刊。八月、『龍を見た男』（青樹社・新潮文庫）刊。

昭和五十九（一九八四）年　五十七歳

四月、『海鳴り（上下）』（文藝春秋・文春文庫）刊。十月、慢性肝炎を発症して港区赤坂の永沢クリニックへ通院始まる。「師弟剣」執筆のため茨城県鹿島町（現・鹿嶋市）、江戸崎町（現・稲敷市）へ取材旅行。

昭和六十（一九八五）年　五十八歳

一月、『風の果て（上下）』（朝日新聞社・文春文庫）刊。二月七日、「海坂」の主宰者・相生垣瓜人死去。七月、『決闘の辻』（講談社・講談社文庫）刊。十月、『ささやく河―彫師伊之助捕物覚え』（新潮社・新潮文庫）刊。十一月、『白き瓶』（文藝春秋・文春文庫）、『花のあと』（青樹社・文春文庫）刊。刊行された『白き瓶』を携えて、茨城県石下町国生の長塚節の生家を訪問。十二月、直木三十五賞選考委員に就任。

昭和六十一（一九八六）年　五十九歳

一月十六日、直木賞選考委員として初の選考会（第九十四回、新喜楽）に臨む。四月、『白き瓶』が第二十回吉川英治文学賞受賞。六月、九年半務めた「オール讀物」新人賞選考委員を辞任。七月、第九十五回直木賞選考会に出席。十月、丸谷才一と鶴岡市主催の講演会で講演。ついで青森旅行に出発。五能線（能代―五所川原）に乗り、青森県金木町（現・五所川原市）の斜陽館（太宰治生家）に泊まる。翌日、中世・安東氏の繁栄した十三湊跡といわれる十三湖を見て帰京。十二月、『小説の周辺』（潮出版社・文春文庫）刊。

昭和六十二（一九八七）年　六十歳

一月、第九十六回直木賞選考会に出席。三月、第四十回日本推理作家協会賞の選考会に出席。『本所しぐれ町物語』（新潮社・新潮文庫）刊。七月、第九十七回直木賞選考会に出席。十月、岩手旅行。盛岡から石川啄木の生家・常光寺、石川啄木記念館などを見る。翌日、原敬記念館、宮澤賢治記念館、羅須地人協会などを見て花巻温泉泊。翌々日、高村光太郎山荘を見て平泉へ。中尊寺、毛越寺を見て帰京。十二月、家族と還暦を祝う。

昭和六十三（一九八八）年　六十一歳

一月、第九十八回直木賞選考会に出席。二月、長女展子が遠藤正と結婚。四月、山本周五郎賞選考委員に就任。五月、第一回山本賞選考会に出席。『蟬しぐれ』（文藝春秋・文春文庫）刊。七月、第九十九回直木賞選考会に出席。九月、『たそがれ清兵衛』（新潮社・新潮文庫）刊。

平成元（一九八九）年　六十二歳

一月、第百回直木賞選考会に出席。三月、『麦屋町昼下がり』（文藝春秋・文春文庫）刊。四月、篠田病院の療養仲間六十人が東村山市に集まる。五月、第二回山本賞選考会に出席。『市塵』（講談社・講談社文庫）刊。七月、第百一回直木賞選考会に出席。九月、『三屋清左衛門残日録』（文藝春秋・文春文庫）刊。十月、「月刊Ａｓａｈｉ」主催の朝日新人文学賞選考委員に就任。小名木川の水上バスを利用して、江東区深川を取材。深川江戸資料館、富岡八幡宮などを訪ねる。十一月、「江戸市井に生きる人々の想いを透徹な筆で描いて現代の読者の心を摑み、時代小説に新しい境地を拓いた」功績により第三十七回菊池寛賞を受賞。第一回朝日新人文学賞選考会に出席。

平成二（一九九〇）年　六十三歳

一月、第百二回直木賞選考会に出席。「市塵」により第四十回芸術選奨文部大臣賞を受賞。四月、「わが思い出の山形」連載開始（「やまがた散歩」四月号から四年四月号）。五月、第三回山本賞選考会に出席。七月、第百三回直木賞選考会に出席。九月、第二回朝日新人文学賞選考会に出席。

平成三（一九九一）年　六十四歳

一月、第百四回直木賞選考会に出席。二月、『玄鳥』（文藝春秋・文春文庫）刊。五月、第四回山本賞選考会に出席。山本賞はこの回で任期を満了、選考委員を退任。七月、第百五回直木賞選考会に出席。八月、第三回朝日新人文学賞選考会に出席。『凶刃―用心棒日月抄』（新潮社・新潮文庫）刊。十月十二日、「海坂」主宰者・百合山羽公死去。

平成四（一九九二）年　六十五歳

一月、第百六回直木賞選考会に出席。三月、『天保悪党伝』（角川書店・角川文庫）刊。六月、文藝春秋社より『藤沢周平全集』（第一期・二十三巻）の刊行始まる。「月報」に自伝的エッセイ「半生の記」を連載。七月、第百七回直木賞選考会に出席。八月、第四回朝日新人文学賞選考会に出席。この回をもって朝日新人文学賞選考委員を辞任。九月、次姉このゑ死去、七十五歳。帰郷して葬儀に出席する。十二月、『秘太刀馬の骨』（文藝春秋・文春文庫）刊。

平成五（一九九三）年　六十六歳

一月、「漆の実のみのる国」連載開始（「文藝春秋」一月号から）。第百八回直木賞選考会に出席。五月、松本清張賞選考委員に就任。七月、第百九回直木賞選考会に出席。十月、鶴岡市へ帰郷。墓参ののち、「漆の実のみのる国」の取材のため米沢市へ。白子神社、春日神社、「籍田の碑」、漆の木などを見て白布高湯温泉泊。十一月、初孫浩平誕生。

平成六（一九九四）年　六十七歳

一月十三日、第百十回直木賞選考会に出席。二十六日、九十三年度朝日賞を受賞。受賞理由は『藤沢周平全集』をはじめとする時代小説の完成。同日、銀婚式を祝う。二月、第十回東京都文化賞を受賞。「四十年以上、東京に住んでいながら顔はいつも山形のほうを向いています。そんな私がこういう賞をいただくのは、いささか面映ゆい気がします」といった受賞スピーチ。三月、『夜消える』（文春文庫）刊。四月、『藤沢周平全集』（文藝春秋）第一期二十三巻完結。五月、第一回松本清張賞選考会に出席。六月、東京宝塚劇場で宝塚星組公演「若き日の唄は忘れじ」を妻和子と観劇（原作「蟬しぐれ」）。七月、第百十一回直木賞選考会に出席。九月、『半生の記』（文藝春秋・文春文庫）刊。十月、墓参のため、妻和子、長女展子一家と鶴岡市へ帰郷。鶴岡市の名誉市民推挙を辞退。

平成七（一九九五）年　六十八歳

一月、第百十二回直木賞選考会に出席。直木賞選考会出席はこれが最後となる。五月、第二回松本清張賞選考会を体調不良のため欠席。この回で任期を終え選考委員を辞任。『ふるさとへ廻る六部は』（新潮文庫）刊。七月、第百十三回直木賞選考会欠席。十一月、紫綬褒章受章。

平成八（一九九六）年　六十九歳

一月、ほぼ一年ぶりに短篇小説「偉丈夫」（「小説新潮」一月号）を発表。これが最後の短篇となる。第百十四回直木賞選考会を欠席。三月、二十期十一年務めた直木賞選考委員を辞任。肺炎のため、保谷厚生病院に入院。国立国際医療センター（新宿区戸山）に転院、肝炎の治療につとめる。この間、司馬遼太郎追悼エッセイ「遠くて近い人」、『日暮れ竹河岸』の「あとがき」を執筆。七月、退院し自宅へ戻る。連載「漆の実のみのる国」（「文藝春秋」四月号より連載中断）の結末部分六枚を執筆。教え子たちが中心となって、湯田川中学校跡に建てられる「藤沢周平先生記念碑」の碑文として、「半生の記」の一節と自作俳句を墨書して送る。九月十五日、同記念碑除幕式が行われる。二十三日、国立国際医療センターに再入院。十一月、『日暮れ竹河岸』（文藝春秋・文春文庫）刊。十二月二十六日、病室に家族五人が集まって誕生日を祝う。

平成九（一九九七）年　六十九歳

一月二十四日、病状悪化。二十六日午後十時十二分死去。二十七日、鶴岡市の菩提寺・洞春院より戒名「藤澤院周徳留信居士」が届けられる。二十九日、新宿区南元町の千日谷会堂にて通夜。三十日、同所にて葬儀・

告別式。弔辞は、丸谷才一、井上ひさし、富塚陽一（鶴岡市長）、蒲生芳郎（山形師範同窓生）、萬年慶一（湯田川中学校での教え子）。三月八日、山形県県民栄誉賞を受賞。九日、都営八王子霊園に納骨。四月、「文藝春秋」が臨時増刊号「藤沢周平のすべて」、『藤沢周平の世界』（文春文庫）を発行。五月十一日、鶴岡市は名誉市民と同じく顕彰。同月、『漆の実のみのる国（上下）』（文藝春秋・文春文庫）刊。

平成十（一九九八）年

一月、『早春　その他』（文藝春秋・文春文庫）、『静かな木』（新潮社・新潮文庫）刊。

平成十一（一九九九）年

三月、『藤沢周平句集』（文藝春秋）刊。

平成十二（二〇〇〇）年

一月、鶴岡藤沢周平文学愛好会による「寒梅忌」が発足。

平成十四（二〇〇二）年

五月、『藤沢周平全集』第二期（二十四巻、二十五巻、別巻）刊行開始。

平成十七（二〇〇五）年

九月、東京都世田谷文学館で「藤沢周平の世界展」開く。

平成十八（二〇〇六）年

一月、作家デビュー前に執筆した作品十四篇が見つかる。九月、仙台文学館で「藤沢周平の世界展」開く。十一月、『藤沢周平　未刊行初期短篇』（文藝春秋・文春文庫化にあたり新しく見つかった一作品を加え『無用の隠密　未刊行初期短篇』と改題）刊。

平成十九（二〇〇七）年

一月、『海坂藩大全』（文藝春秋）刊。

平成二十（二〇〇八）年

七月、『帰省　未刊行エッセイ集』（文藝春秋）刊。

平成二十二（二〇一〇）年

四月、鶴岡市立藤沢周平記念館が鶴岡市馬場町四―六に開館。

平成二十四（二〇一二）年

一月、『藤沢周平全集』第二十六巻刊行。

註＝年譜は「鶴岡市立藤沢周平記念館」の冊子と「文藝春秋」（平成九年四月臨時増刊号）に掲載された阿部達児製作「完全年譜―六十九年の生涯」を参考にして作成した。

主要人名索引

〈か行〉

〈な行〉

藤沢周平作品索引

〈た行〉

〈な行〉

〈は行〉

著者略歴

一九四二年京城市生まれ
一九六六年山形大学文理学部卒
山形新聞社入社、主に文化欄を担当
一九九八年退社、出版社「一粒社」を立ち上げる。
一九九四年、小説集『飛島へ』（深夜叢書社）で山形市芸術文化協会賞、
二〇一三年、『ひさし伝』（新潮社）で真壁仁・野の文化賞、山形市芸術文化協会特別賞受賞。

藤沢周平伝

二〇一三年一〇月　五日　第一刷発行
二〇一四年　一月三〇日　第五刷発行

著　者 © 笹《ささ》　沢《ざわ》　信《しん》
発行者　及　川　直　志
印刷所　株式会社　三　秀　舎
発行所　株式会社　白　水　社

東京都千代田区神田小川町三の二四
電話　営業部〇三（三二九一）七八一一
　　　編集部〇三（三二九一）七八二一
振替　〇〇一九〇―五―三三二二八
　　　郵便番号一〇一―〇〇五二
http://www.hakusuisha.co.jp

乱丁・落丁本は、送料小社負担にてお取り替えいたします。

松岳社 株式会社 青木製本所

ISBN978-4-560-08319-2

Printed in Japan

▷本書のスキャン、デジタル化等の無断複製は著作権法上での例外を除き禁じられています。本書を代行業者等の第三者に依頼してスキャンやデジタル化することはたとえ個人や家庭内での利用であっても著作権法上認められていません。

周五郎伝　虚空巡礼

齋藤愼爾

六〇年安保に前後する時代背景のなかで、『青べか物語』などの最高傑作の数々を読み解き、大衆の原像ともいうべき人物像を追いながら、汗牛充棟の周五郎への論評に新たな楔を打ち込む。

寂聴伝　良夜玲瓏

齋藤愼爾

一身にして二生も三生も経るがごとき、苛烈にして波瀾万丈の生の軌跡を、渾身の力を込めて書き下ろした初の評伝。未知の光芒を放つ文学空間を出現せしめた作家の、創造の秘密を解く。

井上ひさし全選評

井上ひさし

三十六年にわたり延べ三百七十余にのぼる文学賞・演劇賞の選考委員を務め、比類なき読み込みの深さで新人を世に送り出し、中堅をさらなる飛躍へと導いた現代の文豪が築き上げた一大金字塔。

初日への手紙　「東京裁判三部作」のできるまで

井上ひさし

著者の代表作の一つ、「東京裁判三部作」（『夢の裂け目』『夢の泪』『夢の痂』）制作過程で新国立劇場担当者に送られた膨大な手紙や資料から、作品創造の苦闘や秘密を明かす貴重な記録。